CB033559

TODOS OS PÁSSAROS NO CÉU

Publicado em comum acordo com a autora e Baror International Inc., Armonk, Nova York, Estados Unidos.
Título original em inglês: *All the birds in the sky*

Tradução: Petê Rissatti
Revisão: Nanete Neves e Suzannah Almeida
Preparação: Carolina Caires Coelho
Design de capa: © Will Staehle / Unusual Co.
Adaptação da capa original: Luana Botelho
Imagens folha de guarda: © iStockphoto.com
Diagramação: Desenho Editorial

Dados Internacionais de Catalogação na Publicação (CIP)

AN544t Anders, Charlie Jane
Todos os pássaros no céu/ Charlie Jane Anders;
Tradução Petê Rissatti. – São Paulo: Editora Morro
Branco, 2017. p. 480; 14x21cm.

ISBN: 978-85-92795-21-4

1. Literatura americana – Romance. 2. Ficção
americana. I. Rissatti, Petê. II. Título.
CDD 813

Todos os direitos desta edição reservados à:
EDITORA MORRO BRANCO
Alameda Campinas 463, cj. 23.
01404-000 – São Paulo, SP – Brasil
Telefone (11) 3373-8168
www.editoramorrobranco.com.br

Impresso no Brasil
2017

Para Annalee

No jogo da vida e da evolução, existem três jogadores à mesa: os seres humanos, a natureza e as máquinas. Sem dúvida, estou do lado da natureza. Mas a natureza, suspeito eu, está do lado das máquinas.

– George Dyson, *Darwin Among the Machines*

TODOS OS PÁSSAROS NO CÉU

LIVRO UM

1

QUANDO PATRICIA TINHA seis anos, encontrou um pássaro ferido. O pardal debatia-se sobre uma pilha de folhas vermelhas e molhadas no vão entre duas raízes, mexendo a asa esmagada. Piando, em um tom quase alto demais para Patricia ouvir. Ela fitou o olho do pardal, envolto por uma faixa escura, e viu seu medo. Não só medo, mas também sofrimento – como se o pássaro soubesse que logo morreria. Patricia ainda não compreendia como a vida simplesmente podia sair do corpo de alguém para sempre, mas sabia que aquele pássaro lutava contra a morte com todas as forças.

Patricia prometeu, de todo coração, fazer tudo o que estivesse a seu alcance para salvar o pássaro. Foi isso o que a fez se deparar com uma pergunta para a qual não havia uma boa resposta, e que marcou sua vida.

Ela recolheu o pardal com uma folha seca, muito suavemente, e o pôs em seu balde vermelho. Raios de sol vespertino entravam horizontalmente no balde, banhando o pássaro com uma luz vermelha, fazendo-o parecer radioativo. O pássaro ainda se debatia, tentando voar com uma asa.

– Tudo bem – a menina disse ao pássaro. – Já peguei você. Está tudo bem.

Patricia já tinha visto criaturas em desespero. Sua irmã mais velha, Roberta, gostava de pegar animais selvagens e brincar com eles. Roberta punha sapos em uma panela Cuisinart enferrujada que sua mãe havia jogado fora e enfiava ratos em seu lançador de foguetes caseiro para ver a que distância conseguia atirá-los. Mas era a primeira vez que Patricia via uma criatura viva com dor e realmente a enxergava, e todas as vezes que olhava para dentro dos olhos do pássaro, jurava com mais fervor que o protegeria.

– O que aconteceu? – perguntou Roberta, pisando em gravetos ali por perto.

As duas meninas eram pálidas, tinham cabelos castanho-escuros que cresciam muito lisos, não importava o que se fizesse, e narizinhos que eram quase bolinhas. Mas Patricia era uma garota travessa, encardida, com rosto redondo, olhos verdes e vivia com eternas manchas de terra em seu macacão surrado. Já estava virando a menina com quem as outras meninas não se sentavam, porque era exagerada demais, fazia piadas malucas e chorava quando o balão de alguém (não apenas o dela) estourava. Por sua vez, Roberta tinha olhos castanhos, um queixo pontudo e postura absolutamente perfeita quando se sentava, sem se remexer, com seu vestido branco e limpo em cadeiras de gente grande. No caso das duas garotas, os pais esperavam um garoto e escolheram um nome de antemão. Com a chegada de cada uma delas, apenas trocaram o final do nome que já haviam escolhido.

– Encontrei um passarinho ferido – disse Patricia. – Não consegue voar, a asa está machucada.

– Aposto que posso fazer voar – disse Roberta, e Patricia sabia que a irmã estava falando de seu lança-foguetes. – Traz ele aqui. Vou fazer ele voar direitinho.

– Não! – Os olhos de Patricia se inundaram, e ela sentiu a respiração acelerar. – Não pode! Não pode! – E, então, saiu correndo, descontrolada, com o balde vermelho em uma das mãos. Conseguia ouvir a irmã atrás dela, quebrando gravetos. Correu mais rápido de volta para casa.

Sua casa havia sido uma loja de especiarias cem anos antes, e ainda cheirava a canela, cúrcuma, açafrão, alho e um pouco de suor. O assoalho perfeito de madeira maciça fora percorrido por visitantes da Índia, China e de todos os lugares, trazendo todo tipo de especiaria do mundo. Se Patricia fechasse os olhos e respirasse fundo, conseguiria imaginar as pessoas descarregando caixas de madeira enroladas em papel, carimbadas com o nome de cidades como Marrakesh e Bombaim. Os pais leram numa revista um artigo sobre reformas de casas de comércio coloniais, compraram aquele imóvel às pressas, e agora ficavam o tempo todo gritando com Patricia para não correr dentro de casa ou riscar os móveis perfeitos de carvalho, até as veias na testa saltarem. Os pais de Patricia eram do tipo que conseguiam ficar bem-humorados e furiosos ao mesmo tempo.

Patricia parou na pequena clareira de bordos perto da porta dos fundos.

– Tudo bem – ela disse ao pássaro. – Vou levar você para casa. Tem uma gaiola antiga no sótão. Sei onde está. É uma gaiola bonita, tem um poleiro e um balanço. Vou pôr você lá, depois contar para os meus pais. Se alguma coisa acontecer com você, vou segurar a respiração até desmaiar. Vou te proteger. Eu prometo.

– Não – disse o pássaro. – Por favor! Não me tranque. Prefiro que você simplesmente me mate agora.

– Mas – disse Patricia, mais espantada porque o pássaro estava rejeitando sua proteção do que por ter falado com ela. – Posso manter você seguro. Posso trazer insetos, sementes ou qualquer coisa.

– Cativeiro é pior que a morte para um pássaro como eu – disse o pardal. – Olha só. Você consegue me ouvir falar. Certo? Significa que você é especial. Como uma bruxa! Ou algo assim. E isso significa que tem o dever de fazer o que for correto. Por favor.

– Ah. – Era muita coisa para Patricia assimilar. Sentou-se em uma raiz de árvore especialmente grande e áspera, com casca grossa que parecia um pouco úmida e também como uma pedra irregular. Pôde ouvir Roberta batendo nos arbustos e no chão com uma grande forquilha, bem na clareira ao lado, e ficou preocupada com o que aconteceria se Roberta ouvisse os dois conversando. – Mas sua asa está machucada, certo? E eu preciso cuidar de você. Está paralisado.

– Bem. – O pássaro pareceu ponderar por um momento. – Você não sabe curar uma asa quebrada, sabe? – disse mostrando o ferimento. Sua asa parecia cinza e marrom à primeira vista, mas olhando de perto, Patricia conseguiu enxergar faixas brilhantes, vermelhas e amarelas. Tinha também uma barriga leitosa e um bico escuro e levemente curvado.

– Não. Não sei de nada. Desculpe!

– Tudo bem. Você poderia simplesmente me colocar em uma árvore e torcer para que o melhor aconteça, mas provavelmente vou ser comido ou morrer de fome. – Ele mexeu a cabeça para cima e para baixo. – Ou... Bem, tem uma solução.

– Qual? – Patricia olhou para os joelhos, pelos buracos desfiados no macacão jeans, e pensou que seus joelhos pareciam ovos esquisitos. – Qual? – Ela olhou para o pardal no balde, que, por sua vez, a analisava com um olho, como se tentasse decidir se confiaria nela ou não.

– Bem – pipilou o pássaro. – Digo, você poderia me levar ao Parlamento dos Pássaros. Eles consertam asas, sem problema. E se você vai ser uma bruxa, vai precisar se reunir com eles de qualquer forma. São os pássaros mais espertos dessas paragens. Sempre se reúnem na árvore mais majestosa da floresta. A maioria deles já tem mais de cinco anos.

– Eu sou mais velha que isso – disse Patricia. – Tenho quase sete, faço em quatro meses. Ou cinco. – Ela ouviu Roberta se aproximar, então agarrou o balde e saiu correndo para dentro da floresta.

O pardal, cujo nome era Dirrpidirrpiwheepalong, ou Dirrp para encurtar, tentou orientar Patricia pelo caminho até o Parlamento dos Pássaros da melhor maneira que podia, mas, de dentro do balde, não conseguia ver para que direção seguiam. E suas descrições de pontos de referência não faziam sentido para Patricia. Aquilo tudo fez com que se lembrasse de um dos exercícios em grupo na escola, nos quais se dava mal desde que sua única amiga, Kathy, havia se mudado. Por fim, Patricia pôs Dirrp empoleirado no dedo, como a Branca de Neve faz, e ele pulou em seu ombro.

O sol se pôs. A floresta era tão densa que Patricia mal conseguia ver as estrelas ou a Lua, e tomou alguns tombos, ralando as mãos e os joelhos e sujando o macacão novo de terra. Dirrp agarrou-se à alça do ombro do macacão com tanta força que suas garras a beliscavam e quase perfuraram sua pele. Ele tinha cada vez menos certeza da direção em que seguiam, embora tivesse certeza de que a Árvore majestosa ficava perto de algum tipo de riacho ou talvez em um campo. Definitivamente achava que era uma árvore muito grossa, separada de outras árvores, e observando com atenção, os dois grandes galhos da Árvore Parlamentar balançavam como asas. Além disso, ele conseguiria dizer onde ficava com facilidade pela posição do Sol. Se o Sol ainda estivesse no céu.

– Estamos perdidos na floresta – disse Patricia, sentindo um arrepio. – Provavelmente vou ser comida por um urso.

– Não acho que haja ursos nesta floresta – disse Dirrp. – E se um nos atacar, você pode tentar falar com ele.

– Então, eu posso falar com todos os animais agora? – Patricia via utilidade nisso, por exemplo, se ela conseguisse convencer o poodle de Mary Fenchurch a mordê-la da próxima vez que Mary fosse malvada com ela. Ou se a próxima babá que seus pais contratassem tivesse um animal de estimação.

– Não sei – respondeu Dirrp. – Ninguém nunca explica nada para mim.

Patricia concluiu que não restava mais nada a fazer além de subir na árvore mais próxima e tentar ver alguma coisa de lá. Como uma estrada. Ou uma casa. Ou algum marco que Dirrp pudesse reconhecer.

Estava muito mais frio no topo do carvalho antigo e grande no qual Patricia conseguiu subir como fazia no trepa-trepa. O vento a encharcou como se fosse água, e não apenas ar. Dirrp cobriu a cara com a asa boa e precisou que ela o convencesse a olhar ao redor.

– Ah, tudo bem – ele trinou –, deixe-me ver se consigo reconhecer essa paisagem. Não é o que podemos chamar de vista de pássaro. Uma vista de pássaro real seria muito, muito mais alta que esta. Essa é uma vista de esquilo, no máximo.

Dirrp saltou e disparou ao redor da copa da árvore até enxergar o que pensou ser uma das árvores sinalizadoras que levavam até a Árvore Parlamentar.

– Não estamos longe. – Ele já parecia mais animado. – Mas temos que nos apressar. Nem sempre ficam reunidos a noite toda, a menos que estejam debatendo uma medida delicada. Ou tendo um Tempo de Questão. Mas é melhor você torcer para não ser um Tempo de Questão.

– O que é Tempo de Questão?

– Não vai querer saber – respondeu Dirrp.

Patricia estava achando muito mais difícil descer da copa do que subir, o que parecia injusto. Quase errou a pegada várias vezes e a queda tinha mais de três metros.

– Ei, é um pássaro! – disse uma voz vinda da escuridão assim que Patricia chegou ao solo. – Venha aqui, passarinho. Só quero te dar uma mordida.

– Ai, não – disse Dirrp.

– Prometo que não vou brincar demais com você – disse a voz. – Vai ser divertido. Você vai ver!

– Quem é? – perguntou Patricia.

– Tommington – respondeu Dirrp. – É um gato. Vive em uma casa com pessoas, mas entra na floresta e mata vários dos meus amigos. O Parlamento está sempre debatendo o que fazer com ele.

– Ah – disse Patricia. – Eu não tenho medo de um gatinho.

Tommington saltou, tomando impulso de uma grande tora, e aterrissou nas costas de Patricia como um míssil peludo. E com garras afiadas. Patricia deu um berro e quase caiu de cara no chão.

– Sai de cima de mim! – disse ela.

– Me entregue o pássaro! – exigiu Tommington.

O gato preto de barriga branca tinha quase o mesmo peso de Patricia. Ele esgarçou os dentes e chiou no ouvido dela enquanto a arranhava.

Patricia fez a única coisa que lhe veio à cabeça: cobriu com uma das mãos o coitado do Dirrp, que temia por sua vida, e lançou a cabeça para a frente, abaixando-se até se dobrar e a mão livre quase tocar os dedos dos pés. O gato saiu voando de suas costas, fazendo um escândalo durante a queda.

– Fique quieto e nos deixe em paz – disse Patricia.

– Você pode falar. Nunca encontrei um humano que pudesse falar. Me dê esse pássaro!

– Não – disse Patricia. – Sei onde você mora. Conheço seu dono. Se for malvado, eu vou contar. Vou dedurar você. – Ela estava meio que blefando. Não conhecia o dono de Tommington, mas talvez sua mãe conhecesse. E se Patricia voltasse para casa cheia de mordidas e arranhões, a mãe ficaria brava. Com ela, mas também com o dono de Tommington. Era melhor evitar deixar a mãe de Patricia brava, pois ela ganhava a vida para ficar brava e era muito boa nisso.

Tommington havia aterrissado em pé, com os pelos eriçados e as orelhas como pontas de flecha.

– Me dê o pássaro! – berrou ele.

– Não! – disse Patricia. – Gato malvado! – Ela jogou uma pedra em Tommington. Ele gemeu. Ela jogou outra pedra. Ele fugiu.

– Vamos – disse Patricia a Dirrp, que não tinha muita opção. – Vamos sair daqui.

– Não podemos deixar o gato saber onde fica o Parlamento – sussurrou Dirrp. – Se ele nos seguir, talvez encontre a Árvore. Isso seria um desastre. Deveríamos andar em círculos, como se estivéssemos perdidos.

– Nós *estamos* perdidos – retrucou Patricia.

– Tenho uma ideia razoavelmente boa de onde ir a partir daqui – disse Dirrp. – Ao menos, um pouco de noção.

Algo farfalhou nos arbustos baixos logo depois da árvore maior e, por um segundo, a luz do luar reluziu em um par de olhos, emoldurados por pelos brancos, e em uma medalhinha de coleira.

– Estamos acabados! – sussurrou Dirrp em um gorjeio lamentável. – Aquele gato pode perseguir a gente para sempre. Pode me entregar para sua irmã. Não há nada a ser feito.

– Espere um minuto. – Patricia estava se lembrando

de algo sobre gatos e árvores. Ela viu em um livro ilustrado. – Segure firme, passarinho. Precisa segurar firme, está bem?

A única reação de Dirrp foi se agarrar mais firme do que nunca no macacão de Patricia. Ela olhou para algumas árvores até encontrar uma com galhos fortes o suficiente e escalou. Estava mais cansada que na primeira vez, e seus pés deslizaram algumas vezes. Ela puxou o corpo para o próximo galho com as duas mãos, olhou para o ombro e não viu Dirrp. Ficou sem fôlego até vê-lo erguendo a cabeça, nervoso, para olhar sobre o ombro dela, e percebeu que ele estava apenas pendurado na alça das costas.

Por fim, chegaram à copa da árvore, que balançava um pouco ao vento. Tommington não os seguiu. Patricia olhou ao redor duas vezes em todas as direções até ver uma forma redonda e peluda caminhando no chão ali perto.

– Gato idiota! – gritou ela. – Gato idiota! Não consegue nos pegar!

– A primeira pessoa que já encontrei que consegue falar – grunhiu Tommington. – E você acha que *eu* sou idiota? Graaah! Sinta o gosto das minhas garras!

O gato, que provavelmente tinha muita prática de escalada em um daqueles brinquedos acarpetados em casa, correu pela lateral da árvore, saltou em um galho e depois em outro mais alto. Quando Patricia e Dirrp se deram conta do que estava acontecendo, o gato já estava na metade do caminho.

– Estamos cercados! Em que você estava pensando? – gritou Dirrp.

Patricia esperou até Tommington chegar à copa, então escorregou para o outro lado da árvore, despencando de galho em galho tão rápido que quase deslocou o braço, e então aterrissou no chão de bunda com um "puff".

– Ei – disse Tommington do alto da árvore, onde seus olhos grandes refletiam o luar. – Aonde vocês foram? Voltem aqui!

– Você é um gato malvado – disse Patricia. – É um valentão, e eu vou deixar você aí em cima. Deveria pensar no que tem feito. Não é legal ser malvado. Vou pedir para alguém vir pegar você amanhã. Mas por enquanto fique aí mesmo. Tenho outra coisa para fazer. Tchau.

– Esperem! – disse Tommington. – Não posso ficar aqui em cima. É alto demais! Estou com medo! Voltem!

Patricia não olhou para trás. Ouviu Tommington gritando por um bom tempo até cruzarem uma fileira grande de árvores. Os dois se perderam mais duas vezes e, em um momento, Dirrp começou a chorar, cobrindo os olhos com a asa boa, até se depararem com a trilha que levava à Árvore secreta. E a partir dali, foi apenas uma escalada íngreme e árdua, subindo por uma inclinação salpicada de raízes ocultas.

Patricia viu a copa da Árvore Parlamentar primeiro, e então ela pareceu crescer a partir da paisagem, ficando mais alta e mais imponente ao passo que ela se aproximava. A Árvore tinha um formato de pássaro, como Dirrp havia dito, mas em vez de penas, tinha galhos escuros pontudos com folhagem que pendiam até o chão. Erguia-se como a maior igreja do mundo. Ou um castelo. Patricia nunca tinha visto um castelo, mas achava que se agigantavam na frente da gente daquele jeito.

Uma centena de pares de asas revoou com a sua chegada e depois parou. Uma coleção imensa de formas se encolheu dentro da Árvore.

– Tudo bem – gritou Dirrp. – Ela está comigo. Eu machuquei a asa. Ela me trouxe aqui para conseguir ajuda.

A única resposta, por um bom tempo, foi o silêncio. Em seguida, uma águia se levantou, quase na copa da Árvore, uma ave de cabeça branca com um bico curvado e olhos pálidos, perscrutadores.

– Não deveria tê-la trazido aqui – disse a águia.

– Desculpe, senhora – disse Dirrp. – Mas está tudo bem. Ela sabe falar. Sabe falar mesmo. – Dirrp deu um giro para falar no ouvido de Patricia. – Mostre para eles. Mostre para eles!

– Hum, oi – disse Patricia. – Desculpe se incomodei vocês. Mas precisamos de sua ajuda!

Ao som de uma humana falando, todos os pássaros entraram em um frenesi imenso de grasnados e gritos, até uma grande coruja perto da águia bater uma pedra contra o galho e gritar:

– Ordem, ordem.

A águia esticou a cabeça branca e felpuda para a frente e examinou Patricia.

– Então, você deve ser a nova bruxa de nossa floresta, não é?

– Não sou bruxa. – Patricia mordiscou o dedão. – Sou uma princesa.

– É melhor você ser uma bruxa. – A águia mexeu o corpo escuro no galho. – Porque se não for, Dirrp infringiu a lei trazendo você até nós. E terá que ser punido. Nesse caso, certamente não ajudaremos a curar sua asa.

– Ah – disse Patricia. – Então, sou uma bruxa. Acho.

– Ah. – O bico curvado da águia estalou. – Mas vai ter que provar. Ou você e Dirrp serão castigados.

Patricia não gostou daquilo. Vários outros pássaros piaram, dizendo "Ponto de ordem!", e um corvo inquieto estava declarando a lista de áreas importantes do procedimento Parlamentar. Um deles foi tão insistente que a águia foi forçada a ceder o galho para o Honrado Senhor do Carvalho Largo – que então esqueceu o que ia dizer.

– Então, como provo que sou bruxa? – Patricia imaginou se poderia fugir. Pássaros voavam muito rápido, certo? Provavelmente não conseguiria escapar de um bando de pássaros se estivessem bravos com ela. Especialmente pássaros mágicos.

– Bem. – Um peru gigante em um dos galhos mais baixos, com a barbela que parecia uma gola de juiz, empertigou-se e pareceu consultar algumas marcas riscadas na lateral da Árvore antes de se virar e soltar um alto "glu" bem treinado. – Bem – disse de novo –, há vários métodos que são reconhecidos na literatura. Alguns deles são provas mortais, mas talvez possamos pular estes por ora. Há também alguns rituais, mas é preciso ter uma certa idade para fazê-los. Ah, sim, este é dos bons. Podemos fazer a Questão Infinita para ela.

– Aah, a Questão Infinita – disse um tetraz. – Essa é empolgante.

– Não ouvi ninguém responder à Questão Infinita antes – disse um açor. – Isso é mais divertido que o Tempo de Questão.

– Hum – disse Patricia. – Essa Questão Infinita vai levar muito tempo? Porque aposto que minha mãe e meu pai estão preocupados comigo. – A todo o momento ela lembrava que já havia passado muito da sua hora de ir para a cama, e que ela não havia jantado e estava fora de casa, no meio da floresta congelante, sem falar que ainda estava perdida.

– Tarde demais – disse o tetraz.

– Estamos perguntando – disse a águia.

– Aqui vai a pergunta – disse o peru. – Uma árvore é vermelha?

– Hum – disse Patricia. – Podem me dar uma pista? Hum. "Vermelho" é como a cor? – Os pássaros não responderam. – Podem me dar mais tempo? Prometo que vou responder, só preciso de um pouco mais para pensar. Por favor. Preciso de mais tempo. Por favor!

De repente, Patricia se deu conta de que o pai a pegava nos braços. Estava usando uma camiseta velha, raspando a barba ruiva no rosto dela, e quase a derrubou várias vezes, porque estava tentando fazer fórmulas de avaliação com as mãos enquanto a carregava. Mas era tão morninho e perfeito ser levada para casa pelo pai que Patricia nem ligou.

– Eu a encontrei às margens da floresta perto de casa – o pai disse à mãe. – Deve ter se perdido e encontrou o caminho para sair. É um milagre ela estar bem.

– Você quase matou a gente de susto. Ficamos procurando junto com todos os vizinhos. Juro, você deve achar que meu tempo não vale nada. Você me fez estourar um prazo de um relatório de gestão de produtividade. – A mãe de Patricia tinha os cabelos escuros presos para trás, o que deixava o queixo e o nariz parecendo mais pontudos. Os ombros ossudos se curvavam, quase até encostar nos brincos antigos.

– Só quero entender por que fez isso – disse o pai de Patricia. – O que fizemos para você querer agir dessa forma? – Roderick Delfine era um gênio imobiliário que quase sempre trabalhava de casa e cuidava das meninas nas folgas das babás, sentando-se em uma cadeira alta na bancada de café da manhã com o rosto largo enterrado em equações. A própria Patricia era muito boa em matemática, exceto quando pensava demais sobre as coisas erradas, como no fato de o número 3 parecer o 8 cortado pela metade, então duas vezes 3 na verdade deveria ser 8.

– Ela está testando a gente – disse a mãe de Patricia. – Está testando nossa autoridade, porque a gente pega muito leve com ela.

Belinda Delfine fora ginasta, e seus pais lhe colocavam caminhões de pressão para que ela fosse excelente no esporte, mas ela nunca entendera por que a ginástica precisava de juízes, em vez de tudo ser medido com o uso de câmeras e, talvez, lasers. Ela conheceu Roderick quando ele começou a ir a todos os seus torneios, e eles inventaram um sistema de medição de ginástica totalmente objetivo que ninguém nunca adotou.

– Olhe para ela. Está rindo da gente – disse a mãe, como se a própria Patricia não estivesse bem ali. – Precisamos mostrar para ela que estamos falando sério.

Patricia não achava que estava rindo, não mesmo, mas agora estava apavorada por parecer. Tentou muito, muito manter uma expressão séria.

– Eu nunca fugiria desse jeito – disse Roberta, que deveria ter deixado os três sozinhos na cozinha, mas entrou para pegar um copo d'água, e tripudiar.

Trancaram Patricia em seu quarto por uma semana, empurrando comida por baixo da porta. A parte de baixo da porta costumava arrancar a camada de cima de qualquer tipo de refeição. Por exemplo, se fosse um sanduíche, a metade de cima do pão era levada pela porta. Ninguém quer comer um sanduíche depois que a porta deu a primeira mordida, mas quando a fome realmente bater, você vai.

– Pense no que fez – disseram os pais.

– Vou ficar com todas as sobremesas dela pelos próximos sete anos – disse Roberta.

– Não vai, não! – retrucou Patricia.

Toda a experiência com o Parlamento dos Pássaros se transformou em uma espécie de borrão para Patricia. Na maioria das vezes ela se lembrava dele em sonhos e fragmentos. Uma ou duas vezes, na escola, teve um *flashback* de um pássaro lhe perguntando algo. Mas não conseguia se lembrar qual tinha sido a pergunta, nem se ela havia respondido. Perdeu a capacidade de compreender a fala dos animais enquanto estava trancada no quarto.

2

ODIAVA SER CHAMADO DE LAU. Não suportava. E por isso, claro, todos o chamavam de Lau, às vezes até mesmo seus pais.

– Meu nome é Laurence – insistia, de cabeça baixa. – Com U, não com W.

Laurence sabia quem era e o que estava fazendo, mas o mundo se recusava a reconhecer.

Na escola, as outras crianças o chamavam de Lau Cara-de-Pau ou Lau Cara-de-Bilau. Ou, quando ele ficava furioso, Lau Cara-de-Mau, e essa era uma rara demonstração de ironia entre seus colegas trogloditas, pois, na verdade, Lau não tinha cara de mau. Em geral, vinha antes de um "Uhhh" apenas para encaixar a piada em seguida. Não que Laurence quisesse ser malvado. Só queria que o deixassem em paz e talvez que as pessoas pronunciassem seu nome certo quando precisassem falar com ele.

Laurence era um garoto pequeno para sua idade, com cabelos ruivos desbotados como água de salsicha, um queixo comprido e braços longos como minhocas. Os pais compravam roupas dois tamanhos maiores para ele, porque sempre pensavam que qualquer dia daria um estirão, e estavam tentando economizar. Então, o tempo todo tropeçava nas calças jeans longas demais, folgadas demais, as mãos desaparecendo sob as mangas do blusão. Mesmo se Laurence quisesse parecer uma figura ameaçadora, a falta de mãos e pés visíveis dificultaria as coisas.

As únicas alegrias na vida do menino eram os jogos ultraviolentos de Playstation, em que vaporizava milhares de inimigos imaginários. Mas Laurence também encontrou outros jogos na internet – quebra-cabeças que ele levava horas para montar e MMOs, onde se lançava em campanhas intrincadas. Não demorou para começar a escrever um código próprio.

No passado, o pai de Laurence já tinha sido muito bom com computadores. Mas cresceu e arranjou um emprego no setor de seguros, onde ainda precisava ser bom com números, mas ninguém queria saber disso. Sempre estava com medo de perder o emprego, porque sem ele morreriam de fome. A mãe de Laurence fazia doutorado em biologia, então engravidou, seu orientador abandonou o projeto, ela ficou um tempo sem estudar e nunca mais voltou.

Os pais temiam que Laurence, por passar o dia inteiro na frente de um computador, se tornasse uma pessoa socialmente disfuncional, como seu tio Davis. Então, forçaram o filho a fazer uma série de cursos para tirá-lo de casa: judô, dança moderna, esgrima, polo aquático para iniciantes, natação, teatro de improviso, boxe, queda livre e, o pior de todos, Fins de Semana de Sobrevivência na Floresta. Toda aula servia apenas para obrigar Laurence a usar outro uniforme largo enquanto as crianças gritavam “Que mau, Lau, que mau!” e davam um caldo nele, o jogavam do avião antes do tempo e o forçavam a improvisar uma cena enquanto o seguravam de cabeça para baixo pelos tornozelos.

Laurence tentava imaginar se, em algum lugar, havia outro garoto chamado Lau que toparia ser jogado numa encosta de montanha. Lau talvez fosse a versão de um universo alternativo de Laurence, e talvez Laurence só precisasse armazenar toda a energia solar que incide na Terra durante cerca de cinco minutos para poder gerar uma fissura de espaço-tempo localizada em sua banheira e ir raptar o Lau do outro universo. Assim, Lau poderia sair e ser atormentado enquanto Laurence ficava em casa. O mais difícil seria encontrar uma maneira de abrir um buraco no universo antes do campeonato de judô, que aconteceria em duas semanas.

– Ei, Lau Cara-de-Bilau – disse Brad Chomner na escola –, pensa rápido.

Essa era uma das frases que nunca fizeram sentido para Laurence: as pessoas que dizem para alguém "pensar rápido" são sempre as que pensam muito mais devagar. E dizem isso apenas quando estão prestes a fazer algo para contribuir com a inércia mental coletiva. E, ainda assim, Laurence nunca pensou em um revide perfeito para "pensa rápido", e de qualquer forma não teria tempo de dizer coisa alguma, pois em geral era atingido por algo desagradável um segundo depois. Laurence tinha que ir se limpar.

Um dia, Laurence encontrou uns esquemas na Internet, que imprimiu e releu cem vezes até começar a entender o que significavam. E, assim que os combinou com um projeto de bateria solar que encontrou em páginas antigas de um fórum, começou a ter algo de concreto. Roubou o velho relógio de pulso à prova d'água do pai e juntou com algumas peças que tirou de uma porção de micro-ondas e celulares. E de algumas tranqueiras da loja de eletrônicos. E, ao final, fez uma máquina do tempo funcional que conseguia levar no pulso.

O dispositivo era simples: havia apenas um botãozinho. Sempre que a pessoa apertasse o botão, avançaria dois segundos no tempo. Só fazia isso. Não havia como prolongar o período ou voltar. Laurence tentou se filmar com sua *webcam* e descobriu que, quando apertava o botão, meio que desaparecia por um ou dois segundos. Mas só podia usar de vez em quando, caso contrário sentia a pior vertigem da vida.

Poucos dias depois, Brad Chomner disse "Pensa rápido", e Laurence pensou rápido. Apertou o botão no pulso. A bolota branca que foi arremessada em sua direção aterrissou bem atrás dele com um "ploft". Todos olharam para Laurence, para o rolo de papel higiênico encharcado escorrendo pelos ladrilhos e de novo para Laurence. Ele pôs o "relógio" em modo de descanso, ou seja, não funcionaria com mais ninguém que tentasse fuçar nele. Mas não precisava ter se preocupado – todos pensaram que Laurence havia desviado com reflexos sobre-humanos. O sr. Grandison saiu bufando de sua sala e perguntou quem havia jogado aquele papel higiênico, e todos disseram que tinha sido Laurence.

A capacidade de avançar dois segundos no tempo podia ser muito útil – se os dois segundos escolhidos fossem os corretos. Como quando você está jantando com os pais, sua mãe acaba de dizer algo sarcástico sobre o pai não ter sido promovido de novo e você sabe que seu pai está prestes a soltar um revide indignado, breve, mas letal. É preciso um *timing* quase divino para escolher o exato instante em que a farpa será lançada. Existem centenas de indicadores importantes: o cheiro de um cozido quase queimado, a sensação da temperatura da sala caindo levemente. Os estalos do forno perdendo a potência. É possível deixar a realidade para trás e reaparecer para o que vem a seguir.

Mas havia muitas outras ocasiões. Como quando Al Danes o jogou do trepa-trepa na areia do *playground*. Ele se desmaterializou quando aterrissou. Ou quando alguma garota popular estava prestes a se aproximar e fingir ser simpática com ele para depois sair rindo com as amigas. Ou quando um professor começava a dar uma bronca bem maçante. Mesmo dois segundos suprimidos faziam diferença. Ninguém parecia perceber que ele desaparecia, talvez porque era preciso olhar diretamente para ele, e ninguém nunca olhava. Quem dera Laurence pudesse usar o dispositivo mais vezes ao dia sem ter dor de cabeça.

Além disso, saltar no tempo apenas enfatizava o problema básico: não havia nada que Laurence ansiasse.

Ao menos era assim que Laurence se sentia até ver a foto da nave brilhando à luz do sol. Encarou as curvas afuniladas, o lindo cone da ponta, os motores potentes, e algo despertou dentro dele. Fazia séculos que não sentia aquilo: empolgação. A espaçonave, custeada com recursos próprios e totalmente montada pela equipe, entraria em órbita graças ao investidor independente de tecnologia Milton Dirth, um punhado de parceiros criadores e alunos do MIT. O lançamento aconteceria em poucos dias, próximo ao campus do instituto, e Laurence precisava estar lá. Nunca antes desejou uma coisa como ver esse lançamento ao vivo.

– Pai – disse Laurence. Já tinha começado mal: o pai estava olhando fixamente para o laptop, curvando as mãos como se tentasse proteger o bigode, as pontas se enfiavam nas linhas fundas ao redor da boca. Laurence havia escolhido um momento ruim para o pedido. Tarde demais. Estava feito. – Pai – disse Laurence de novo. – Vai ter tipo um teste de um foguete na terça-feira. Olha aqui um artigo sobre o lançamento.

O pai de Laurence já havia começado a dispensá-lo, mas então retomou uma decisão meio esquecida de dedicar mais tempo para fazer seu papel de pai.

– Ah. – Ele continuou olhando para o laptop, para a planilha aberta, até que fechou a tampa com tudo e deu a Laurence o que ele considerava atenção exclusiva. – É. Ouvi falar disso. É aquele cara, o Dirth. Hum. Um tipo de protótipo leve, certo? Que poderia ser usado para aterrissar no lado escuro da Lua, no fim das contas. Ouvi falar. – Em seguida, o pai de Laurence começou a fazer piadas sobre uma banda velha chamada Floyd, maconha e luz ultravioleta.

– É. – Laurence interrompeu a linha de pensamento do pai antes que o assunto morresse. – Isso mesmo. Milton Dirth. E eu quero muito assistir. É o tipo de coisa que só acontece uma vez na vida. Pensei que talvez pudéssemos fazer um programa de pai e filho. – Seu pai não poderia recusar um programa de pai e filho; seria admitir que era um pai ruim.

– Ah. – Nos olhos fundos do pai, atrás dos óculos quadrados, ele viu a vergonha aparecer. – Você quer ir? Na próxima terça?

– Quero.

– Mas... bem, preciso trabalhar. Tem um projeto, e eu preciso me dar bem nele, ou as coisas vão ficar feias. E sei que sua mãe ficaria chateada se eu deixasse você faltar na escola desse jeito. E tem mais, você pode ver no computador. Devem passar ao vivo por *webcam* ou algo assim. Sabe que essas coisas são chatas pessoalmente. Ficar lá em pé um tempão, e sempre acabam atrasando muito. Nem vai ver nada se estiver lá. Vai ter uma visão muito melhor via web. – Parecia que o pai de Laurence estava tentando convencer a si mesmo mais do que ao filho.

Laurence assentiu com a cabeça. Não adiantava discutir quando o pai começava a dar uma porção de desculpas. Então, não disse nada até conseguir se afastar numa boa. Em seguida, subiu para o quarto e procurou horários de ônibus.

Alguns dias depois, enquanto os pais ainda dormiam, Laurence desceu as escadas pé ante pé e encontrou a bolsa da mãe no pequeno aparador perto da porta de entrada. Abriu o fecho como se um bicho pudesse pular lá de dentro. Todo ruído na casa parecia alto demais: a cafeteira começando a esquentar água e o refrigerador zumbindo. Laurence encontrou uma carteira de couro dentro da bolsa e puxou de lá cinquenta dólares. Nunca havia roubado antes. O tempo todo esperou que policiais irrompessem porta adentro e o algemassem.

Na segunda fase do plano, Laurence tinha que ficar cara a cara com a mãe depois de roubá-la. Foi procurá-la assim que ela acordou, ainda zonza em seu robe florido, e lhe disse que havia uma excursão da escola e precisava da autorização dela por escrito para ir. (Ele já havia entendido uma grande verdade universal, que as pessoas nunca pediam documentação para nada, contanto que você pedisse documentação primeiro.) A mãe de Laurence pegou uma caneta ergonômica gorducha e escreveu uma autorização. Seu esmalte estava descascando. Laurence disse que talvez fosse uma viagem de um dia para o outro, e se fosse, ele ligaria. Ela meneou a cabeça, balançando os cachos ruivos brilhantes.

Ao caminhar até o ponto de ônibus, Laurence passou por um momento de tensão. Estava partindo para uma viagem grande sozinho, ninguém sabia onde ele estava, e tinha apenas cinquenta dólares no bolso, mais uma moeda romana falsa. E se alguém pulasse detrás de um contêiner de lixo perto do centro comercial e atacasse Laurence? E se alguém o arrastasse até um caminhão e dirigisse por centenas de quilômetros, mudasse seu nome para Darryl e o forçasse a viver como seu filho, tendo aulas em casa? Laurence tinha visto um filme assim na televisão.

Por outro lado, lembrou-se dos finais de semana na floresta, quando encontrou água fresca, raízes comestíveis, e até espantou um esquilo que parecia determinado a brigar com ele por seu saquinho de castanhas. Ele odiou cada segundo, mas se conseguiu sobreviver àquilo, poderia pegar um ônibus para Cambridge e descobrir como chegar ao local do lançamento. Era Laurence de Ellenburg, e era impassível. Laurence tinha descoberto pouco tempo antes que "impassível" não tinha nada a ver com o fato de alguém poder ou não passar sua roupa, e agora usava aquela palavra sempre que podia.

– Eu sou impassível – disse Laurence ao motorista do ônibus, que deu de ombros, como se também pensasse do mesmo jeito no passado, até alguém passar por cima dele.

Laurence havia pegado algumas provisões, mas levou apenas um livro fino de capa mole sobre a última grande guerra interplanetária. Terminou de ler o livro em uma hora e depois não tinha nada a fazer além de olhar pela janela. Parecia que as árvores da rodovia perdiam velocidade quando o ônibus passava por elas, depois aceleravam de novo. Uma espécie de dilatação temporal.

O ônibus chegou a Boston, e Laurence precisava encontrar a estação T do metrô. Caminhou até Chinatown, onde havia gente vendendo coisas na rua e restaurantes com enormes aquários nas vitrines, como se os peixes quisessem inspecionar os clientes em potencial antes que estes pudessem entrar. E depois Laurence cruzou o rio, e o Museu de Ciências brilhava ao sol da manhã, abrindo seus braços de aço e vidro para ele e ostentando seu Planetário.

Quando Laurence chegou ao campus do MIT, se deu conta de que não tinha ideia de como encontrar o local onde o lançamento aconteceria e ficou parado diante do restaurante Legal Sea Foods, tentando se entender com o mapa de prédios codificados.

Laurence imaginou que chegaria ao MIT e ele pareceria uma versão maior da Escola de Ensino Fundamental Murchison, com a escadaria na frente e um quadro onde as pessoas penduravam as próximas atividades. Laurence não conseguiu nem entrar nos primeiros prédios que tentou. Achou um quadro em que as pessoas postavam avisos de palestras, conselhos amorosos, e os Prêmios IgNobel. Mas não havia informações de como assistir ao grande lançamento.

Laurence acabou na cafeteria Au Bon Pain, comendo um bolinho de milho e se sentindo um idiota. Se pudesse entrar na internet, talvez descobrisse o que fazer, mas os pais ainda não deixavam que tivesse um telefone, muito menos um laptop. No café, tocavam músicas antigas e chorosas: Janet Jackson dizendo que estava muito solitária, Britney Spears confessando que tinha feito "aquilo" de novo. Assoprava bastante o chocolate quente antes de cada golada enquanto tentava montar uma estratégia.

O livro de Laurence havia desaparecido. Aquele que estava lendo no ônibus. Tinha posto na mesa, ao lado do bolo, e agora não estava mais lá. Não, um momento – estava na mão de uma mulher com uns vinte e poucos anos, com tranças castanhas longas, um rosto largo e um suéter vermelho tão cheio de fiapos que era quase uma peruca. Tinha mãos calosas e usava coturno. Estava virando e revirando o livro de Laurence.

– Desculpe – disse ela. – Eu me lembro desse livro. Li, tipo, três vezes na escola. É um com o sistema estelar binário que entra em guerra com os AIs que vivem no cinturão de asteroides. Não é?

– Hum, é – confirmou Laurence.

– Boa escolha. – Nesse momento, ela estava olhando o pulso de Laurence. – Ei. Isso é uma máquina do tempo de dois segundos, não é?

– Hum, é – confirmou Laurence.

– Legal. Tenho uma também. – Ela mostrou para ele. Parecia igual à sua, mas era um pouco menor e tinha uma calculadora. – Fiquei séculos para entender aqueles diagramas on-line. É como um pequeno teste de habilidades de engenharia, coragem e coisa e tal, e no final você acaba com um dispositivo com mil utilidades. Posso me sentar? Em pé na sua frente fico me sentindo uma autoridade.

Laurence disse que tudo bem. Estava com dificuldades para dar continuidade à conversa. A mulher se sentou diante dele e dos restos do bolinho. Agora que estava frente a frente com ela, percebeu que era meio bonita. Tinha um nariz bonitinho e queixo redondo. Lembrava sua professora de Estudos Sociais por quem havia tido uma queda no ano anterior.

– Meu nome é Isobel – disse a mulher. – Sou cientista de foguetes.

No final, descobriu que ela iria ao grande lançamento do foguete, mas ele havia sido postergado por conta de alguns problemas de última hora, o clima e coisas assim.

– Provavelmente será em alguns dias. Sabe como são essas coisas.

– Ah. – Laurence olhou para a espuma do chocolate quente. Então, era isso. Não conseguiria ver nada. De alguma forma, havia acreditado que, se visse com os próprios olhos um foguete ser lançado e depois ficar livre da gravidade de nosso planeta, ele também estaria livre. Poderia voltar à escola e não importaria, porque estaria conectado a algo no espaço.

Agora, estava prestes a ser o esquisitão que havia matado aula à toa. Olhou para a capa do livro, que tinha a imagem de uma espaçonave grumosa e uma mulher nua com olhos no lugar dos peitos. Não começou a chorar nem nada disso, mas sentiu uma certa vontade. Na capa do livro estava escrito: "ELES FORAM AOS CONFINS DO UNIVERSO – PARA IMPEDIR UM DESASTRE GALÁCTICO!"

– Saco – disse Laurence. – Obrigado por me dizer.

– Por nada – disse Isobel. Ela contou mais sobre o lançamento do foguete e como aquele novo projeto era revolucionário, coisas que ele já sabia, e depois ela percebeu que o garoto estava arrasado. – Ei, não se preocupe. Só atrasou alguns dias.

– Sim, mas – disse Laurence –, não vou poder voltar aqui.

– Ai.

– Vou estar ocupado. Tenho um compromisso já marcado. – Laurence gaguejou um pouco. Ele empurrou o canto da mesa, tanto que a nata do chocolate quente ficou enrugada.

– Você deve ser um homem ocupado – disse Isobel. – Parece que tem uma agenda lotada.

– Na verdade – disse Laurence –, todo dia é a mesma coisa. Tirando hoje. – E então, ele começou a chorar de verdade. Caramba.

– Ei. – Isobel levantou da cadeira à sua frente e se sentou ao lado dele. – Ei, ei. Tudo bem. Olha, seus pais sabem que você está aqui?

– Não... – Laurence fungou. – Não desse jeito.

Ele acabou contando a história toda para ela, como roubou cinquenta dólares de sua mãe, faltou na escola e pegou o ônibus e o T. Enquanto contava tudo a Isobel, começou a se sentir mal por deixar os pais preocupados, mas também sabia, com certeza cada vez maior, que não daria para repetir aquele feito. Em poucos dias, nem pensar.

– Tudo bem – disse Isobel. – Uau. Bem, acho que tenho que ligar para seus pais. Mas vai levar um tempo para chegarem aqui. Ainda mais com a explicação confusa que vou dar para eles chegarem ao local do lançamento.

– Local do lançamento? Mas...

– Pois é lá onde você vai estar quando eles chegarem. – Ela deu um tapinha no ombro de Laurence. Ele parou de chorar, graças a Deus, e estava se recompondo. – Vamos, vou te mostrar o foguete. Vou fazer um *tour* com você e apresentá-lo a algumas pessoas. – Ela se levantou e estendeu a mão. Ele a pegou.

E foi assim que Laurence conheceu uns dez dos nerds de foguete mais legais da Terra. Isobel o levou até lá no seu Mustang vermelho cheirando a cigarro, e os pés de Laurence ficaram enterrados sob pacotes vazios de salgadinho. Laurence ouviu MC Frontalot pela primeira vez no som do carro.

– Já ouviu falar de Heinlein? Talvez seja um pouco adulto, mas aposto que você dá conta dos livros juvenis dele. Aqui. – Ela fuçou no banco traseiro e entregou para ele um livro de bolso surrado chamado *Viajantes do espaço*, que tinha uma capa agradavelmente vívida. Ela disse que ele poderia levar aquele, pois tinha outro.

Passaram pela Memorial Drive e depois por uma série de estradas, ruas em zigue-zague e túneis, e Laurence percebeu que Isobel tinha razão: seus pais se perderiam várias vezes tentando buscá-lo, mesmo que ela explicasse o caminho perfeitamente, sem confusão. Sempre reclamavam que dirigir em Boston era pedir para se perder. A tarde ficou mais sombria quando as nuvens aumentaram, mas Laurence nem ligou.

– Observe – disse Isobel – um foguete orbital de um estágio. Vim da Virgínia até aqui apenas para ajudar com ele. Meu namorado ficou todo enciumado.

A máquina era duas ou três vezes o tamanho de Laurence, abrigada em um celeiro perto do rio. Brilhava, seu casco de metal pálido tomando os raios de luz através das janelas do celeiro. Isobel levou Laurence para conhecer as instalações, mostrando todas as características bacanas, inclusive o isolamento de nanofibra de carbono ao redor dos sistemas de combustível e a carenagem leve de polímero orgânico/silicato sobre motores de verdade.

Laurence estendeu a mão e tocou o foguete, sentindo o revestimento furadinho com a ponta dos dedos. As pessoas começaram a se aproximar, questionando quem era o garoto e por que estava encostando no precioso foguete.

– É um equipamento delicado. – Um homem sério com um suéter de gola alta cruzou os braços.

– Crianças não podem andar por aqui no celeiro do foguete – disse uma mulher pequena de macacão.

– Laurence – disse Isobel. – Mostre para eles.

Ele sabia do que ela estava falando.

Ele levou a mão esquerda ao punho direito e apertou o botãozinho. Teve a sensação familiar, como uma batida de coração acelerada ou uma respiração ofegante, que não durava nada. E então eram dois segundos depois, e Laurence ainda estava ao lado de um belo foguete em um círculo de pessoas, todas olhando para ele. Todo mundo aplaudiu. Laurence percebeu que todos usavam coisas no pulso também, como se estivesse na moda. Ou fosse um distintivo.

Depois disso, passaram a tratá-lo como um igual. Conquistou um pedaço pequeno do tempo, e eles estavam conquistando um pedaço pequeno do espaço. Entendiam, como ele, que aquele era o primeiro passo. Um dia, eles, ou seus descendentes, teriam uma parcela muito maior do cosmos. Celebravam as pequenas vitórias, sonhavam com as grandes que estavam por vir.

– Ei, garoto – disse um cara cabeludo de calças jeans e sandálias. – Veja só o que fiz com o projeto desse propulsor. É uma belezinha.

– O que fizemos – corrigiu Isobel.

O Cara da Gola Alta era mais velho, com seus trinta ou quarenta anos, talvez até cinquenta, com cabelo ralo grisalho e sobrancelhas cheias. Fazia perguntas a Laurence o tempo todo e anotações em seu celular.

Pediu para Laurence soletrar seu nome duas vezes. – Vou me lembrar de procurar você quando fizer dezoito anos, garoto – disse ele. Alguém levou refrigerante e pizza para Laurence.

Quando os pais de Laurence chegaram, fervendo de raiva depois de terem passado por Turnpike, Storrow Drive, os túneis e todo o resto, Laurence já havia se tornado o mascote da Turma do Foguete Orbital de Um Estágio. No longo caminho de volta para casa, Laurence ignorou os pais, que explicavam para ele que a vida não é uma aventura, caramba, a vida é trabalho duro e uma série de responsabilidades e exigências. Quando Laurence tivesse idade suficiente para fazer o que quisesse, teria também idade para entender que não podia fazer o que quisesse.

O sol se pôs. A família parou para comer hambúrgueres e continuar com as broncas. Laurence lançava olhares furtivos para a sua edição de *Viajantes do espaço*, aberta e apoiada embaixo da mesa. Já estava na metade do livro.

LIVRO DOIS

3

AS SALAS DE AULA da parte oeste do mausoléu de concreto pálido da Canterbury Academy tinham as janelas viradas para o estacionamento, o ginásio de esportes e a rodovia de mão dupla. Mas as janelas da parte leste ficavam voltadas para uma encosta lamacenta com vistas para um riacho e, do outro lado, uma fileira irregular de árvores balançava ao vento de setembro. Em meio ao aroma de marshmallow mofado da escola, Patricia podia olhar para o leste e se imaginar correndo livremente.

Na primeira semana de escola, Patricia levou escondida uma folha de carvalho no bolso da saia – a coisa mais próxima que tinha de um talismã, que ela tocou até desmanchá-la. Durante todas as aulas de matemática e inglês, as duas aulas com vista para o leste, ela observava o trecho de floresta. E desejava poder escapar para lá e cumprir seu destino como bruxa, em vez de ficar ali sentada, memorizando antigos discursos de Rutherford B. Hayes. Sua pele coçava embaixo de um top de ginástica novo em folha, suéter endurecido e macacão da escola, enquanto ao seu redor garotos e garotas trocavam mensagens de texto e falavam: *Casey Hamilton vai chamar Traci Burt para sair? Quem experimentou o quê durante o verão?* Patricia se balançava na cadeira para a frente e para trás, para a frente e para trás, até ela bater no chão com um estrépito que assustou todo mundo na mesa de seu grupo.

Sete anos se passaram desde que alguns pássaros haviam dito a Patricia que ela era especial. Desde então, testou cada livro de feitiços e cada prática mística que encontrou na internet. Ela desapareceu na floresta, vez após vez, até gravar em seu coração todos os caminhos para se perder. Carregava um kit de primeiros-socorros caso encontrasse mais criaturas feridas. Mas nada na natureza jamais falou, e nada de mágico aconteceu. Como se a coisa toda tivesse sido uma espécie de pegadinha, ou como se ela tivesse se dado mal em uma prova sem saber.

Patricia atravessou o *playground* depois do almoço olhando para cima, tentando acompanhar uma revoada de corvos que passavam sobre a escola. Os corvos fofocavam entre si, sem deixar Patricia entrar na conversa – como o pessoal daquela escola; não que Patricia se importasse.

Ela havia tentado fazer amigos, porque prometera à mãe (e bruxas mantinham suas promessas, ela achava), mas estava entrando naquela escola no oitavo ano, enquanto todo mundo já estava ali há alguns anos. Bem no dia anterior, ela havia ficado junto à pia do banheiro das meninas, perto de Macy Firestone e suas amigas, enquanto Macy falava, obcecada, a respeito de Brent Harper não ter lhe dado bola na hora do almoço. O gloss labial brilhante de Macy combinava perfeitamente com sua tintura de cabelo amarelo manga. Patricia, cobrindo as mãos com sabão líquido verde e oleoso, foi tomada pela convicção de que também deveria dizer algo engraçado e solidário sobre o encanto, apesar da trágica insuficiência, de Brent Harper, que tinha olhos brilhantes e cabelos cheios de gel. Então, ela gaguejou dizendo que Brent Harper era O Pior – e de uma vez, as garotas se aproximaram ao redor dela, querendo saber exatamente qual problema Patricia tinha com Brent Harper. O que Brent tinha feito para ela? Carrie Danning cuspiu tão forte que seus cabelos loiros perfeitos quase perderam um grampo.

Os corvos voavam sem uma formação específica que Patricia pudesse discernir, embora a maioria das aulas na escola, naquela primeira semana, tivesse sido sobre encontrar padrões em tudo. Os padrões eram como se respondia a questões de teste padronizado, se memorizava grandes blocos de texto e, por fim, se criava uma estrutura na vida. (Era o famoso Programa Saariniano). Mas Patricia olhou para os corvos, loquazes em sua pressa para ir a lugar nenhum, e não conseguiu extrair nenhum sentido dali. Refizeram o caminho, como se fossem perceber Patricia no fim das contas, mas em seguida fizeram a curva na direção da estrada.

Qual tinha sido o objetivo de dizer a Patricia que era uma bruxa e depois deixá-la sozinha? Por anos?

Seguindo os corvos, Patricia esqueceu de olhar para baixo, até que trombou com alguém. Sentiu o impacto e ouviu o grito de susto antes de ver quem ela havia atropelado: um garoto magro com cabelos cor de areia e um queixo exagerado, que havia batido contra a tela de arame na lateral do *playground* e caído direto na grama. Ele se levantou.

– Caramba, por que não olha por onde... – Ele olhou algo no pulso esquerdo que não era um relógio, e xingou bem alto.

– O que foi? – perguntou Patricia.

– Você quebrou minha máquina do tempo. – Ele estendeu o pulso e mostrou para ela.

– Você é o Lau, certo? – Patricia olhou para o dispositivo, que estava mesmo quebrado. Havia uma rachadura irregular no estojo e um odor azedo saindo dele. – Eu realmente sinto muito pela sua coisa. Você consegue outro? Eu posso pagar, de verdade. Ou meus pais podem, eu acho. – Ela pensou que a mãe adoraria aquilo, outro desastre para consertar.

– Comprar outra máquina do tempo. – Lau bufou. – Acha mesmo que, sei lá, você vai entrar numa loja de eletrônicos e pegar uma máquina do tempo na prateleira? – Ele tinha um cheiro suave de frutas silvestres, talvez de algum desodorante ou algo assim.

– Não seja sarcástico – disse Patricia. – Ser sarcástico não é fantástico. – Ela não tinha a intenção de fazer uma rima, e aquilo parecia muito mais profundo em sua cabeça.

– Desculpe. – Ele estreitou os olhos para o aparelho quebrado, então tirou cuidadosamente a pulseira do pulso ossudo. – Acho que dá para consertar. Aliás, sou Laurence. Ninguém me chama de Lau.

– Patricia. – Laurence estendeu a mão, e ela a sacudiu três vezes. – Então, era mesmo uma máquina do tempo? – perguntou ela. – Não está brincando, não é?

– Era. Mais ou menos. Não era tão legal. Eu já ia mesmo jogar fora. Devia me ajudar a escapar de tudo isso aqui. Mas, em vez disso, tudo que fazia era me transformar em um macaquinho amestrado de um truque só.

– Melhor do que ser um macaquinho sem truque nenhum. – Patricia olhou de novo para o céu. Os corvos já tinham ido embora, e tudo que ela viu foi uma única nuvem se desintegrando lentamente.

DEPOIS DISSO, PATRICIA sempre via Laurence. Estava em algumas de suas aulas. Percebeu que Laurence tinha erupções na pele causadas por hera venenosa nos dois braços magrelos e uma picada vermelha na canela que ele inspecionava, erguendo a perna da calça o tempo todo durante a aula de inglês. Uma bússola e um mapa estavam saindo do bolso da frente de sua mochila, que tinha manchas de grama e terra na parte de baixo.

Alguns dias depois de ter quebrado sua máquina do tempo, ela viu Laurence depois da escola, sentado nos degraus perto do grande barranco, encurvado sobre um folheto onde se lia *Fins de Semana de Grandes Aventuras na Natureza*. Ela nem conseguia imaginar: dois dias inteiros longe das pessoas e de seu lixo. Dois dias sentindo o sol no rosto! Patricia se esgueirava para dentro da floresta atrás da casa de especiarias sempre que podia, mas seus pais nunca deixariam que passasse um fim de semana inteiro lá.

– Parece incrível – disse ela, e Laurence ficou agitado quando percebeu que ela olhava sobre seu ombro.

– É meu pior pesadelo – disse ele –, só que é real.

– Você já foi a um desses?

Laurence não respondeu, apenas apontou para uma fotografia borrada no verso do folheto, na qual um grupo de adolescentes carregava mochilas perto de uma cachoeira, abrindo sorrisos, exceto por uma presença triste ao fundo: Laurence, usando um chapéu verde, redondo e ridículo, como um pescador esportivo. O fotógrafo havia capturado Laurence no meio de uma cusparada ou algo assim.

– Mas isso é incrível – disse Patricia.

Laurence levantou-se e voltou para dentro da escola, arrastando os pés no chão.

– Por favor – disse Patricia. – Eu só... eu queria ter alguém para conversar sobre as coisas. Mesmo que ninguém consiga entender as coisas que eu já vi. Ficaria satisfeita só de conhecer mais alguém que fosse próximo da natureza. Espere. Não vá embora. Laurence!

Ele se virou.

– Você acertou meu nome. – Seus olhos se estreitaram.

– Claro que acertei. Foi você quem me disse.

– Hum. – Ele ruminou aquilo por um momento. – Então, o que tem de tão legal na natureza?

– Ela é real. É desordenada. Não é como as pessoas. – Ela contou para Laurence sobre as congregações de perus selvagens no seu quintal e das parreiras que subiam pelas paredes do cemitério que ficava na estrada, com uvas Concord muito mais docinhas pela proximidade com os mortos. – As florestas perto daqui são cheias de cervos e têm até mesmo alguns alces, e quase não restam predadores para os cervos. Um cervo macho adulto pode chegar ao tamanho de um *cavalo*.

Laurence pareceu horrorizado com aquela ideia.

– Você realmente não está vendendo bem a ideia – disse Laurence. – Então... você é dessas amantes da natureza, hein?

Patricia assentiu com a cabeça.

– Talvez tenha um jeito de um ajudar o outro. Vamos entrar num acordo: você me ajuda a convencer meus pais de que eu já passo bastante tempo na natureza, daí eles param de me mandar para acampamentos bizarros o tempo todo. E eu te dou vinte dólares.

– Quer que eu minta para os seus pais? – Patricia não sabia se aquilo era o tipo de coisa que uma bruxa honrada faria.

– Sim – disse ele. – Eu quero que você minta para os meus pais. Trinta dólares, tá? Isso é uma boa parte da minha poupança para o supercomputador.

– Vou pensar no caso – disse Patricia.

Esse era um grande dilema ético. Não apenas a mentira, mas também o fato dela estar afastando Laurence de uma experiência importante que seus pais queriam que ele tivesse. Ela não conseguiria saber o que aconteceria. Talvez Laurence inventasse um novo moinho de vento que abastecesse cidades inteiras com energia depois de observar as asas das libélulas. Imaginou Laurence, anos depois, recebendo o Prêmio Nobel e dizendo que devia tudo aos Fins de Semana de Grandes Aventuras na Natureza. Por outro lado, talvez Laurence fosse a um daqueles fins de semana, caísse em uma cachoeira e se afogasse, e seria meio que culpa dela. Além disso, trinta dólares poderiam vir a calhar.

Enquanto isso, Patricia continuou tentando fazer outros amigos. Dorothy Glass era uma ginasta, como tinha sido a mãe de Patricia, e a garota sardenta com feições de rato também escrevia poesia no celular quando achava que ninguém estava olhando. Patricia sentou-se ao lado de Dorothy na Reunião com Alunos, quando o sr. Dibbs, o vice-diretor, falou sobre a política da escola de proibição do patinete e explicou por que a memorização por repetição era a melhor maneira de otimizar o curto período de atenção das crianças que tinham sido criadas com Facebook e videogames. O tempo todo, Patricia e Dorothy cochichavam sobre o *webtoon* que todo mundo estava vendo na internet, aquele com o cavalo que fumava cachimbo. Patricia sentiu uma ponta de esperança, mas então Dorothy se sentou com Macy Firestone e Carrie Danning no almoço e, depois disso, passava direto por Patricia no corredor.

E assim Patricia foi até Laurence enquanto ele esperava o ônibus.

– Fechado – disse ela. – Vou ser seu álibi.

LAURENCE REALMENTE ESTAVA construindo um supercomputador no armário com tranca de seu quarto, atrás de uma camada protetora de bonequinhos articulados e livros de capa mole. O computador era montado a partir de toneladas de peças, inclusive as UPGs de uma dúzia de consoles da pQgame, que alardeou os gráficos vetoriais mais avançados e ramificação narrativa mais complexa que em qualquer outro sistema, durante os três meses em que esteve no mercado. Também entrou na sede de uma extinta desenvolvedora de games que ficava a duas cidades da sua e "resgatou" alguns discos rígidos, algumas placas-mãe e alguns roteadores sortidos. O resultado estava explodindo para fora de seu rack de metal corrugado, os LEDs piscando atrás de pilhas de porcarias. Laurence mostrou tudo aquilo a Patricia, enquanto explicava suas teorias sobre redes neurais, mapeamento contextual heurístico e regras de interação, e lembrava que ela havia prometido não contar a ninguém sobre aquilo.

No jantar com os pais de Laurence (um macarrão supercheio de alho), Patricia falou um bom tempo sobre como ela e Laurence tinham praticado escalada e até mesmo visto uma raposa bem de perto. Quase disse que a raposa havia comido da mão de Laurence, mas não quis exagerar. Os pais de Laurence ficaram mais que animados e surpresos ao ouvir em quantas árvores Laurence havia subido – nenhum deles parecia ter feito uma trilha em anos, mas se preocupavam com o fato de Laurence passar tanto tempo sentado diante do computador em vez de respirar ar puro.

– Fico muito feliz que Laurence tenha uma amiga – disse sua mãe, que usava óculos gatinho e tinha cachos tingidos em um tom ruivo obsceno. O pai de Laurence, que era carrancudo e careca, exceto por um tufo castanho, concordou com a cabeça e ofereceu a Patricia mais pão de alho com as duas mãos. A família de Laurence vivia em um bairro pobre, em um beco feioso, e toda a mobília e os utensílios eram antigos. Era possível enxergar o chão de cimento através do carpete.

Patricia e Laurence começaram a passar bastante tempo juntos, mesmo quando ela não servia de testemunha ao amor dele por atividades ao ar livre. Sentaram-se lado a lado no ônibus em uma excursão para o Museu de Enlatados, que era uma instalação inteira dedicada às latas. E todas as vezes que saíam juntos, Laurence mostrava outro dispositivo esquisito – por exemplo, construiu uma arma de raios que deixava a pessoa sonolenta se ele mirasse nela por meia hora. Escondeu a arma embaixo da carteira da escola e testou com o sr. Knight, o professor de estudos sociais, que efetivamente começou a bocejar pouco antes de tocar o sinal.

Um dia, na aula de inglês, a srta. Dodd pediu para que Patricia se levantasse e falasse sobre William Saroyan – não, espere, apenas para recitar William Saroyan de cabeça. Ela se embolou na fileira acidentada de palavras sobre insetos que vivem em frutas até perceber uma luz brilhando nos olhos, cegando-a, mas apenas no lado direito. Com o olho esquerdo, via o paredão de caras entediadas, que não viam graça em seu desconforto, e em seguida, encontrou a fonte daquele feixe verde-azulado ofuscante: Laurence segurava algo. Como um *laser pointer*.

– Eu... eu estou com dor de cabeça – disse Patricia. Ela foi dispensada.

No corredor, durante o período entre aulas, ela arrancou Laurence do bebedouro e quis saber que porcaria era aquela.

– Teleprompter de retina – suspirou Laurence, olhando para ela com uma expressão realmente assustada. Ninguém nunca havia se assustado com Patricia antes. – Ainda não está perfeito. Se funcionasse, eu teria projetado as palavras diretamente em seu olho.

Patricia ficou realmente escandalizada com aquilo.

– Ah, mas isso não é trapacear?

– Sim, porque memorizar os discursos de Rutherford B. Hayes vai mesmo preparar você para a vida adulta. – Laurence revirou os olhos e se afastou.

Laurence não ficava por aí sentindo pena de si mesmo, ele *agia*. Ela nunca havia conhecido alguém como ele antes. E, nesse meio-tempo, o que Patricia conseguia fazer com seus supostos poderes mágicos? Nada. Ela era totalmente inútil.

4

OS PAIS DE LAURENCE CONCLUÍRAM que Patricia era a namorada do filho, e não dariam ouvidos à razão. Continuaram se oferecendo para acompanhar os dois em festas da escola ou levá-los e buscá-los em seus "encontros". Não paravam de falar nisso.

Laurence queria encolher até desaparecer.

– Vou te contar uma coisa sobre encontros na sua idade. – A mãe de Laurence estava diante dele enquanto tomava café da manhã. O pai já tinha ido para o trabalho. – Isso não conta. É meio como um treino. Bicicleta com rodinhas. Você sabe que não vai dar em nada. Mas não significa que não seja importante. – Ela estava usando calça de moletom com uma blusa.

– Obrigado pela dica, mãe. Adoro todos os seus comentários perspicazes.

– Você sempre tirando sarro de sua pobre mãe. – Ela abriu as mãos para lados opostos. – Mas preste atenção. É nesse começo de namoro que você aprende a jogar, ou nunca mais. Você já é um nerd, querido, não queira ser um nerd sem habilidades de paquera. Por isso estou dizendo que não deveria deixar que os pensamentos sobre o futuro impeçam você de aproveitar ao máximo de seu namorico de escola. Falo por experiência própria. – A mãe de Laurence escolheu a quinta opção para a graduação em vez da primeira para ficar mais perto do pai, e essa foi a primeira de muitas concessões que os levaram até ali.

– Ela não é minha namorada, mãe. É só alguém que está me ensinando a gostar de picadas de pernilongo.

– Bem, talvez você devesse tomar uma atitude. Ela parece uma garota muito fofa. Muito bem-criada. Tem cabelos bonitos. Eu tentaria se fosse você.

Laurence sentiu-se tão desconfortável com aquela conversa que não sentiu comichão apenas na pele – seus ossos, ligamentos, vasos sanguíneos também estavam incomodando. Sentia-se preso à dura cadeira de madeira. Por fim, compreendeu o que todas aquelas antigas histórias de horror significavam quando falavam sobre um medo sobrenatural que vai até o fundo da alma. Era como Laurence estava se sentindo, ouvindo sua mãe falar com ele sobre garotas.

Pior ainda foi quando Laurence ouviu os outros alunos na escola cochichando sobre ele e Patricia. Quando estava no vestiário antes da educação física, garotos que geralmente não davam nenhuma atenção para ele, atletas como Blaze Donovan, por exemplo, começaram a perguntar se ele já havia tirado a camiseta dela. E davam conselhos para transar que pareciam ter vindo da internet. Laurence manteve a cabeça baixa e os ignorou. Não podia acreditar que havia perdido a máquina do tempo, bem quando mais precisava dela.

Um dia, Laurence e Patricia estavam sentados um ao lado do outro no almoço – não "com" o outro, apenas próximos um do outro, na mesma mesa comprida a qual os garotos em geral se sentavam em uma ponta e as garotas, em outra. Laurence inclinou-se e perguntou:

– As pessoas estão pensando que... você sabe... que nós somos namorados. Isso não parece esquisito para você?

Tentou fazer parecer que para *ele* não era grande coisa, mas que se preocupava com os sentimentos dela. Patricia só deu de ombros.

– Acho que as pessoas sempre vão falar alguma coisa, certo? – Ela era uma garota estranha e inquieta, com olhos que às vezes pareciam castanhos, às vezes verdes, e cabelos lisos e escuros que nunca perdiam o *frizz*.

Na verdade, Laurence não precisava ficar ao lado de Patricia na escola, pois precisava apenas que ela testemunhasse em seu favor sobre o seu período pós escola e, talvez sobre seus finais de semana. Mas se sentia estranho ao ficar sozinho quando ela também estava sozinha, em geral franzindo a testa e olhando pela janela mais próxima. E sentia curiosidade em perguntar algumas coisas para ver como ela responderia – porque ele nunca, nunca sabia o que Patricia comentaria. Sabia apenas que seria algo esquisito.

LAURENCE E PATRICIA estavam sentados embaixo de uma escada rolante do shopping center. Cada um havia comprado um Frostuccino Duplo Chocolate Ultra Cremoso Super Batido com café descafeinado, o que os fazia se sentirem muito adultos. Eram embalados pela máquina que funcionava sobre suas cabeças, a engrenagem de degraus rolando sem parar, e tinham vista para a grande fonte, que fazia um ruído suave de água caindo. Logo suas bebidas não passavam de barulhos secos, enquanto eles puxavam o resto do líquido com os canudos e ficavam inebriados com todo aquele açúcar

Conseguiam ver os pés e tornozelos das pessoas que desciam as escadas, entre eles e a fonte. Se revezavam tentando adivinhar quem eram aquelas pessoas apenas pelo que calçavam.

– Aquela moça de tênis brancos é uma acrobata. E espiã – disse Patricia. – Percorre o mundo, fazendo apresentações e plantando câmeras em prédios ultrassecretos. Consegue entrar escondida em qualquer lugar, porque é também contorcionista além de acrobata.

Um homem com botas de caubói e jeans pretos passou, e Laurence disse que era um campeão de rodeio que havia sido desafiado para um confronto de *Dance Dance Revolution* com o melhor dançarino de *break* do mundo, o que estava acontecendo ali, naquele shopping.

Uma garota com botas UGG era uma supermodelo que havia roubado uma fórmula para deixar os cabelos tão brilhantes que fazia uma lavagem cerebral em qualquer um que os visse, disse Patricia, e estava se escondendo no shopping, onde ninguém esperaria que uma supermodelo fosse.

Laurence achou que as duas mulheres de saltos sofisticados e roupas de náilon eram treinadoras de desenvolvimento pessoal que estavam treinando uma à outra, criando um *looping* infinito de *feedback*.

O homem de sandálias pretas e meias cinzas gastas era um assassino, disse Patricia, membro de uma sociedade secreta de matadores treinados que perseguiam suas vítimas, procurando o momento perfeito para atacar e matar sem ser detectado.

– É incrível o quanto se pode dizer sobre as pessoas vendo os pés – disse Patricia. – Os sapatos contam toda uma história.

– Menos os nossos – comentou Laurence. – Nossos sapatos são totalmente sem graça. Ninguém diria nada sobre nós.

– É porque nossos pais escolhem nossos sapatos – disse Patricia. – Espere até crescermos. Nossos sapatos vão ser muito loucos.

* * *

NA VERDADE, PATRICIA estava correta sobre o homem de meias cinzas e sandálias pretas. Seu nome era Theodolphus Rose e era membro da Ordem Inominada de Assassinos. Havia aprendido 873 maneiras de assassinar uma pessoa sem deixar um vestígio que fosse, e já havia matado 419 pessoas para alcançar o número nove na hierarquia da OIA. Teria ficado muito irritado se soubesse que aquelas sandálias o haviam denunciado, pois se orgulhava de passar despercebido. Tinha o caminhar de um leão da montanha perseguindo a presa entre arbustos, usando as sandálias pretas mais comuns e meias de montanhista. O restante de sua roupa era feito para ninguém notar, da jaqueta escura até as calças cargo com bolsos cheios de armas e suprimentos. Mantinha a cabeça ossuda e raspada abaixada, mas todos os seus sentidos eram aguçados. Em sua mente corriam incontáveis cenas de batalha, então, se qualquer daquelas donas de casa, velhotes ou adolescentes passeando pelo shopping atacasse sem aviso, Theodolphus estaria pronto.

Theodolphus tinha ido àquele shopping à procura de duas crianças especiais, porque precisava de um assassinato *pro bono* para manter sua posição na Ordem Inominada. Por isso, havia feito uma peregrinação até o Santuário dos Assassinos, na Albânia, onde jejuou, inalou vapores e passou nove dias sem dormir. E, então, encarou o Buraco da Visão, ornado e esculpido no chão do Santuário, e teve uma visão de coisas que estavam para acontecer e se repetiram em seus pesadelos. Morte e caos, máquinas de destruição, cidades inteiras ruindo e uma praga de loucura. E, no fim, uma guerra entre magia e ciência que deixaria o mundo em cinzas. No centro de tudo isso estavam um homem e uma mulher que, naquele momento, ainda eram crianças. Seus olhos sangraram quando ele se arrastou para longe do Buraco da Visão, as palmas arranhadas e os joelhos trêmulos. A Ordem Inominada recentemente havia imposto uma proibição estrita contra o assassinato de menores, mas Theodolphus sabia que aquela missão era sagrada.

Theodolphus havia perdido suas presas. Era a primeira vez que entrava em um shopping e já achava o ambiente opressor, com todas as propagandas escandalosas nas janelas e os códigos confusos de letras e números no mapa gigante. Até onde Theodolphus sabia, Laurence e Patricia o haviam identificado de alguma forma, ouviram falar de seus planos e estavam armando uma emboscada. A loja de utensílios domésticos estava cheia de facas que se moviam sozinhas. A loja de lingerie tinha um alerta críptico sobre uma Elevação Milagrosa. Ele não sabia nem para onde olhar.

Theodolphus não se abalaria com aquilo. Era uma pantera – ou, talvez, um guepardo, algum tipo de felino letal –, e estava apenas brincando com aquelas crianças idiotas. Todo assassino tem momentos em que sente estar perdendo o controle, como se a face de uma encosta estivesse se afastando e sobrasse apenas uma queda pura e simples. Tinham falado sobre esse mesmo assunto na convenção dos assassinos, poucos meses antes: que, mesmo quando você passa despercebido pelas sombras, teme que todos estejam secretamente observando e rindo de você.

Respire, pantera, disse Theodolphus a si mesmo. *Respire.*

Ele entrou no banheiro masculino da Cheesecake Factory e meditou, mas alguém ficava o tempo todo batendo na porta, perguntando se ele já estava para sair de lá.

Não havia nada a fazer, além de tomar um imenso sundae de brownie de chocolate. Quando chegou à mesa, Theodolphus encarou-o – como saber que não estava envenenado? Se realmente *estivesse* sendo observado, alguém poderia ter posto uma dezena de substâncias em seu sundae que não teriam cheiro nem gosto, ou poderiam até ter sabor de chocolate.

Theodolphus caiu em prantos, sem fazer nenhum som. Chorava como um gato selvagem silencioso. Então, acabou decidindo que a vida não valia a pena se não pudesse tomar um sorvete de vez em quando sem temer que estivesse envenenado e começou a comer.

O pai chegou e buscou Laurence e Patricia a menos de um quilômetro do shopping, bem no momento em que Theodolphus estava agarrando o próprio pescoço e se curvando – o sorvete estava mesmo envenenado – e Patricia fez o que ela em geral fazia quando falava com os pais de Laurence: exagerou.

– E nós fomos escalar um rochedo outro dia, e fazer *rafting* classe cinco, que eles chamam de "água branca", embora a água estivesse mais marrom que branca. E fomos até uma fazenda de cabras e perseguimos as cabras até as cansarmos e, posso falar, é difícil, pois as cabras têm *energia* – contou Patricia ao pai dele.

O pai de Laurence fez várias perguntas caprinas, que os adolescentes responderam com total solenidade.

Theodolphus acabou banido da Cheesecake Factory para sempre. Em geral, isso acontece quando você se debate e espuma pela boca em um lugar público enquanto toca nas partes baixas das calças cargo procurando alguma coisa, que você então engole de uma vez. Quando o antídoto fez efeito, e Theodolphus conseguiu respirar de novo, ele viu que seu guardanapo tinha o selo da Ordem Inominada estampado, com uma nota floreada em que se lia mais ou menos assim: *Ei, lembre que não matamos mais crianças. Certo?*

Aquilo exigiria uma mudança de tática.

5

SEMPRE QUE PODIA, Patricia escapava para o meio da floresta. Os passarinhos gargalhavam com suas tentativas de imitá-los. Ela chutou uma árvore. Não houve reação. Correu mais para o fundo da floresta.

– Olá? Estou aqui. O que querem de mim? Olá!

Ela teria dado qualquer coisa para conseguir se transformar, ou qualquer coisa assim, então seu mundo não seria apenas de paredes chatas e terra chata. Uma bruxa de verdade deveria ser capaz de fazer magias por instinto. Ela deveria ser capaz de fazer coisas místicas acontecerem pela simples vontade ou com uma crença profunda o bastante.

Algumas semanas depois do começo das aulas, a frustração aumentou demais. Patricia pegou algumas ervas e galhos secos do porão da casa de especiarias, foi para a floresta e pôs fogo neles com palitos de fósforo. Ela correu várias vezes ao redor da pequena chama feita dentro de um buraco raso, entoando cânticos sem sentido e balançando as mãos. Arrancou um tufo de cabelos e jogou nas chamas.

– Por favor – engasgou ela, entre lágrimas. – Olá? Por favor, façam alguma coisa. Por favor!

Nada. Ela se agachou, observando o feitiço fracassado virar cinzas.

Quando Patricia chegou em casa, sua irmã, Roberta, estava mostrando aos pais fotos de seu celular, de Patricia acendendo uma fogueira e dançando ao redor dela. Além disso, Roberta tinha um esquilo sem cabeça dentro de uma sacola do mercado FoodPile, que afirmou ser coisa de Patricia.

– Patricia está fazendo rituais satânicos na floresta – disse Roberta. – E usando drogas. Eu a vi usando drogas também. Havia uns cogumelos. E beck. E balas.

– Pepê, estamos preocupados com você – disse o pai de Patricia, balançando a cabeça até a barba virar um borrão. "Pepê" era o apelido de bebezinho de Patricia e, quando estavam prestes a castigá-la, ele começava a usá-lo de novo. Ela achava bonitinho quando era pequena, mas quando ficou mais velha concluiu que era uma referência sutil por ela não ter conseguido nascer menino. – Ainda esperamos que você comece a crescer. Não gostamos de puni-la, Pepê, mas temos de prepará-la para um mundo difícil, onde...

– O que Roderick está dizendo é que gastamos *muito dinheiro* mandando você para uma escola com uniformes, disciplina e um currículo que forma vencedores – sibilou a mãe de Patricia, o queixo e as sobrancelhas desenhadas parecendo mais finos que o normal. – Você quer mesmo desperdiçar esta última chance? Se quiser ser apenas um lixo, só nos avise, e daí pode voltar para a floresta. Só nunca mais volte para esta casa. Pode viver na floresta para sempre. Economizaríamos uma boa grana.

– Só queremos ver você *virar* alguma coisa, Pepê – seu pai interveio.

Então, eles a puseram de castigo por tempo indeterminado e disseram que ela *nunca mais* poderia ir à floresta. Dessa vez, não deslizavam comida por baixo da porta, mas mandavam Roberta com uma bandeja. Roberta punha Tabasco e óleo de pimenta Sriracha em tudo, não importava o que fosse.

Na primeira noite, a boca de Patricia ardeu muito e ela nem pôde sair do quarto para pegar um copo d'água. Estava sozinha e com frio, e seus pais tiraram do quarto tudo que pudesse entretê-la, inclusive seu laptop. Com um tédio absoluto, ela memorizou mais alguns trechos do livro de história e resolveu todos os problemas de matemática, até mesmo aqueles que rendiam pontos a mais.

No dia seguinte, na escola, todo mundo tinha visto as fotos de Patricia dançando ao redor da fogueira e do esquilo sem cabeça – pois Roberta havia enviado para todos os amigos *dela* no ensino médio, e algum desses amigos tinha irmãos e irmãs que frequentavam Canterbury. Mais pessoas começaram a lançar olhares estranhos a Patricia no corredor, e um garoto, cujo nome Patricia nem sabia, correu até ela durante o horário de almoço, gritou "vaca emo" e fugiu. Carrie Danning e Macy Firestone, as garotas do teatro, fizeram um grande escândalo verificando os pulsos de Patricia, porque provavelmente ela se cortava também, e elas estavam *preocupadas*.

– Só queremos ter certeza de que você está tendo a ajuda necessária – Macy Firestone disse, os cabelos laranja brilhantes ondulando ao redor do rosto em forma de coração. As garotas realmente populares, como

Traci Burt, só balançavam a cabeça e trocavam mensagens de texto.

Na segunda noite de castigo, Patricia começou a enlouquecer e estava engasgando com o peru com purê de batatas supertemperado e picante que Roberta levou até seu quarto. Tossia, pigarreava e ofegava. O som da televisão lá embaixo – alto demais para ignorar, baixo demais para que entendesse o que estavam dizendo – a deixava maluca.

O pior momento para se estar de castigo era o fim de semana. Os pais de Patricia deixaram de lado os próprios planos para poderem deixá-la trancada no quarto. Por exemplo, tiveram que perder uma exposição de aldravas antigas que tinham visto em uma das revistas de design e pela qual ansiavam muito.

Se Patricia fosse uma bruxa, poderia voar pela janela e se comunicar com bruxas da China e do México. Mas não. Era uma vida sem mágica, só trágica.

O domingo chegou, e a mãe de Patricia fez carne assada. Roberta despejou Tabasco na porção de Patricia antes de subir com ela. Roberta destrancou a porta e entregou a bandeja à irmã, e então ficou parada à porta, observando-a comer. Esperando para ver Patricia pirar e ficar vermelha.

Mas Patricia só enfiou uma bela garfada na boca, calmamente, mastigou e engoliu. Ela deu de ombros.

– Está muito fraco – disse ela. – Prefiro mais picante.

Em seguida, devolveu tudo a Roberta e fechou a porta.

Roberta levou a bandeja de volta para o térreo e encontrou um frasco de molho de churrasco Texas extrapicante número cinco. Espalhou o molho na carne assada de Patricia até sentir um aroma pungente.

Levou até o quarto e entregou a Patricia, que mastigou um pedacinho.

– Hum – disse ela. – Um pouco melhor. Mas ainda não está picante o suficiente. Eu queria uma coisa muito mais picante.

Roberta desceu e pegou um jarro de sementes de pimentas vermelhas peruanas e salpicou sobre a carne assada inteira.

Patricia tinha a sensação de que a boca pegava fogo depois de uma garfada, mas se forçou a abrir um sorriso.

– Hum. Eu gostaria de mais picante ainda. Obrigada.

Roberta encontrou pimenta em pó na última prateleira da despensa e pôs uma colherada generosa no jantar de Patricia. Precisou puxar o suéter sobre o nariz e a boca para levá-lo ao quarto da irmã.

Patricia analisou aquele pedaço de carne que berrava à sua frente, mais picante que a coisa mais picante que já havia comido (uma pimenta de ardência nível máximo que o restaurante de beira de estrada onde a família havia passado no último verão anunciava como "proibida pela convenção de culinária de Genebra"). Ela se forçou a comer uma grande bocada e mastigou lentamente.

– Ah, sim. Aí sim. Obrigada.

Roberta observou Patricia comer tudo, devagar, mas como se estivesse saboreando, não como se sentisse dor ou incômodo. Quando acabou, Patricia agradeceu de novo a Roberta. A porta se fechou e Patricia ficou sozinha. Ela soltou uma arfada ardida.

O estômago de Patricia estava sendo comido de dentro para fora. A cabeça borbulhava, e ela se sentiu zonza. Tudo estava branco, ofuscante, e a boca parecia uma zona de desastre tóxico. Suava óleo picante de cada poro. Acima de tudo, a testa doía por estar sendo empurrada contra o teto.

Espere um momento. Por que a testa estava contra o teto? Patricia conseguiu olhar para baixo e ver o próprio corpo, tombando um pouco. Estava voando! Ela havia saído do corpo! Muito pó de pimenta e óleo picante juntos devem tê-la colocado em um estado diferente. Estava fazendo uma projeção astral. Ou algo do tipo. Não sentia mais a dor de estômago nem a dormência na boca, aquilo era coisa de seu corpo físico.

– Eu amo comida picante! – disse Patricia sem boca e sem respiração.

Voou até a floresta.

Passou pelos gramados e garagens, girando e alçando voo, surpresa pela sensação do vento no rosto. As mãos e os pés estavam prateados. Foi tão alto que a estrada virou um rio de luzes lá embaixo. A noite estava fria, não de um jeito doloroso, mas como se ela estivesse se enchendo de ar.

De alguma forma, Patricia soube o caminho até o lugar onde o Parlamento havia se reunido quando era menina. Imaginou se estava sonhando com tudo aquilo, mas tinha muitos detalhes engraçados, como a construção da rodovia fechando uma pista no meio da noite – quem sonharia com isso? – e tudo parecia totalmente real.

Logo estava diante da Árvore majestosa, onde o Parlamento se reunia, suas grandes asas de folhas se arqueando sobre ela. Mas não havia pássaros desta vez. A Árvore apenas se agitava na escuridão, o vento animando suas folhas um pouco. Patricia havia viajado para fora do corpo à toa, porque não havia ninguém ali. Que sorte a dela.

Quase se virou e voou de volta. Mas talvez os pássaros estivessem em recesso, em algum lugar ali perto.

– Olá? – disse Patricia no meio da escuridão.

– O – respondeu uma voz – lá.

Patricia estava em pé, plantada em um pedaço de terra, mas ao som da voz, saltou e se ergueu a doze metros, pois não pesava nada. Por fim, ela se lembrou de como aterrissar.

– Olá? – repetiu Patricia. – Quem está aí?

– Você chamou – disse a voz. – Eu respondi.

Dessa vez, Patricia soube de alguma forma que aquela voz estava vindo da própria Árvore. Como se houvesse uma presença ali, no centro de seu grande tronco. Não havia um rosto nem nada assim, apenas uma sensação de que algo a observava.

– Obrigada – disse Patricia. Estava ficando com frio, no fim das contas, com seu pijama de panda. Estava descalça ao ar livre em uma noite de outono, embora aquele não fosse seu corpo.

– Eu não falo com uma pessoa – disse a Árvore, formando as palavras sílaba a sílaba – faz muitas estações. Você estava agoniada. O que aconteceu? – A voz soava como o vento soprando através de um velho fole ou a nota mais baixa tocada em uma grande flauta doce de madeira.

Naquele momento, Patricia ficou envergonhada, pois de repente, quando colocados diante daquela presença gigante e antiquíssima, seus problemas pareceram pequenos e egoístas.

– Eu me sinto uma bruxa fajuta – disse ela. – Não consigo fazer *nada*. Nada. Meu amigo Laurence consegue montar supercomputadores, máquinas do tempo e armas de raio. Consegue fazer coisas legais acontecerem quando quer. Eu não consigo fazer *nada* de legal acontecer.

– Algo de legal – disse a Árvore em uma lufada de vogais e um estalo de consoantes – está acontecendo. Bem neste momento.

– Sim – disse Patricia, envergonhada de novo. – Sim! Com certeza! Isso é ótimo. De verdade. Mas aconteceu sem eu querer. Eu não consigo *fazer* nada acontecer quando eu quero.

– Seu amigo controlaria a natureza – disse a Árvore, farfalhando cada sílaba, uma a uma. – Uma bruxa deve servir a natureza.

– Mas – disse Patricia, pensando naquilo. – Isso não é justo. Se a natureza serve a Laurence, e eu sirvo a natureza, então é como se eu estivesse servindo a Laurence. Eu gosto de Laurence, eu acho, mas não quero ser sua criada.

– O controle – disse a Árvore – é uma ilusão.

– Tudo bem – disse Patricia. – Então, eu acho que sou mesmo uma bruxa. Certo? Digo, você acabou de me chamar de bruxa. Além disso, eu saí do meu corpo, isso conta alguma coisa. Obrigada por falar comigo. Sei que deve ser difícil ser uma árvore. Especialmente uma Árvore do Parlamento.

– Eu sou muitas árvores – disse a Árvore. – E muitas outras coisas. Adeus.

A viagem de volta à casa de Patricia foi muito mais rápida do que a de ida, talvez porque ela estivesse muito mais sonolenta. Passou pelo teto e entrou em seu corpo – que estava retorcido, com uma dor de estômago horrível, porque havia comido pimenta suficiente para cem mil *curries*.

– Aaaaaaaaa! – gritou Patricia, sentando e levando as mãos ao estômago. – Banheiro! Banheiro! Preciso ir ao banheiro AGORA!!!

NA SEGUNDA-FEIRA, ELA se sentou diante de Laurence no almoço, na ponta de uma das mesas compridas, perto dos latões de restos, onde os alunos que não tinham turma ficavam.

– Consegue guardar um segredo? – perguntou ela.

– Claro – disse Laurence sem hesitar. Ele estava abrindo buracos em seu hambúrguer cinzento e pegajoso com uma faca. – Você já sabe todos os meus.

– Ótimo. – Patricia abaixou a voz e cobriu a boca. – Então, ouça. Provavelmente você não vai acreditar em nada disso. Sei que vai parecer maluco. Mas preciso contar para alguém. Você é o único para quem eu posso contar.

Ela contou a história toda da melhor forma que conseguiu.

6

TODAS AS VEZES QUE LAURENCE mostrava a Patricia outra de suas invenções, sentia uma câimbra no pescoço. Uma espécie de dormência que acontecia apenas quando tirava um dispositivo experimental de sua mochila. Pensou naquilo por dias até perceber: instintivamente ele se afastava de Patricia e erguia um ombro. Preparava-se para ser chamado de esquisito por ela.

– Estive trabalhando nisso aqui – ele começava a dizer, e então sentia um espasmo no pescoço. Mesmo quando percebia o que estava fazendo, não conseguia evitar. Como se parte dele sempre voltasse ao desastre da Feira de Talentos do sexto ano, o Laserscópio.

Mas, na verdade, Patricia parecia apenas infinitamente curiosa. Mesmo quando um dia, depois da escola, mostrou o kit de barata ciborgue de controle remoto que pediu pela internet.

– Aqui é onde você conecta o kit ao sistema nervoso central da barata, então ela obedece a todos os seus comandos perversos – explicou Laurence, apontando para os pequenos fios na chavetinha de metal, recém-saída da caixa. Um caminhão roncava embaixo da passarela onde estavam sentados, então nenhum dos dois conseguiu falar enquanto ele passava.

– Barataborgue. – Patricia olhou para a sela de barata na palma da mão de Laurence. – Isso é maluco. – Ela começou a fazer a voz de um Borg de *Jornada nas estrelas*. – Doritos são irrelevantes.

– Você não sente nojo? – Laurence devolveu o equipamento para a caixa de onde viera, e a caixa de volta à mochila. Olhou para ela: ainda meio que sorrindo, embora com um quê de nervosismo. Um carro puxava um barco pela estrada. Provavelmente a última chance de navegar daquele ano.

Patricia pensou na pergunta.

– Claro, é meio eca. Mas não tão ruim quanto dissecar um cérebro de vaca, como fizemos na aula de biologia. Só não sinto pena da barata. – Ela balançava as pernas na parte debaixo da ponte, através das placas do parapeito. Naquele momento, até onde os pais de Laurence sabiam, ele e Patricia estavam a meio caminho da Trilha de Crystal Lake.

Os dois ficaram observando os carros por um momento. Patricia havia adquirido a mania de arregaçar as mangas do casaquinho do uniforme o tempo todo para que as pessoas pudessem ver que ela não estava se cortando – ela realmente não estava mesmo, tá?

– Lembre-se apenas – disse Patricia em uma voz repentinamente adulta – de que o controle é uma ilusão. – Ele conseguia enxergar as veias ilesas no antebraço nu. Percebeu que ela estava citando a voz mágica com quem ela havia falado. – E, ainda assim – continuou ela –, ainda tenho inveja de seus brinquedos. Você nunca desiste. Continua fazendo essas coisas. E sempre que mostra algo novo para mim, fica com essa expressão de felicidade no rosto.

– Felicidade? – Por um momento, Laurence pensou que tinha ouvido errado. – Não estou feliz, estou pê da vida o tempo todo. Sou um misantropo. – Aquela era sua palavra nova favorita, e já fazia um tempo que ele estava esperando para usá-la em uma frase.

Ela deu de ombros.

– Bem, você *parece* feliz. Fica todo empolgado. Fico com inveja.

Laurence imaginou se seria possível se retrair e ficar feliz ao mesmo tempo. Esfregou o pescoço dolorido, primeiro com uma das mãos, depois com as duas.

Por algum motivo, Laurence acreditou na história de Patricia falando com alguns pássaros e tendo uma experiência fora do corpo. Ainda era o tipo de pessoa crédula, que o transformava em um alvo fácil para trotes no acampamento de verão, mas também se rebelava contra a ideia de começar a limitar as possibilidades do mundo. Se Patricia, que era meio que sua amiga, acreditava naquilo, então seu desejo era apoiá-la. E ela também estava sofrendo por sua "bruxaria" e, para Laurence, era contra o senso básico de justiça pensar que estava sendo punida por nada. E, afinal, a história dela tinha sido mais louca que outras, como o fato de o corpo de Laurence parecer estar desenvolvendo características novas e totalmente indesejadas com velocidade alarmante? Não mesmo.

Além disso, Patricia havia se tornado a única pessoa com quem Laurence podia conversar na escola. Mesmo os outros supostos *geeks* na Canterbury Academy eram muito cagões para ficar ao lado de Laurence, especialmente depois que ele conseguiu ser expulso do laboratório de informática (ele não estava tentando hackear nada, estava apenas fazendo algumas melhorias) e da oficina da escola (estava fazendo um experimento cuidadosamente controlado com o lança-chamas). Ela era a única que conseguia rir das questões de teste bizarras do Programa Saariniano ("*A fé está para a religião como o amor está para* _____"), e ele gostava de como ela observava as pessoas no refeitório, como seu olhar transformava a campanha do conselho estudantil de Casey Hamilton em um cortejo divertido acontecendo nas cercanias da cidade das fadas.

Patricia saiu de onde estava, com as pernas entre as grades do parapeito, e se levantou.

– Mas você é sortudo – disse ela. – Existe uma diferença entre sua maneira de ser excluído e a minha. Se você é um *geek* das ciências, as pessoas vão fazer cuecão em você e não vão convidá-lo para as festas. Mas se você é bruxa, todo mundo já acha que você é uma psicopata maléfica. É meio que diferente.

– Nem tente me dar aulinha sobre a minha vida. – Laurence tinha se levantado também e jogou a mochila no chão, quase deixando cair para fora da passarela. Sentiu os dois lados do pescoço ficarem tensos. – Tipo... não. Você não sabe como é minha vida.

– Desculpe. – Patricia mordeu o lábio bem quando um carro-tanque passou por baixo deles. – Acho que foi mancada minha. Só estava tentando alertar você que, se for para ser meu amigo, precisa estar preparado para coisas piores do que as pessoas pensarem que somos namorados. Tipo, você talvez pegue um pouco do meu vírus da bruxaria.

Laurence revirou os olhos.

– Acho que posso lidar com um pouco de pressão social.

BRAD CHOMNER MERGULHOU Laurence de cabeça para baixo em um latão de lixo poucos dias depois, ao final da quinta aula. Laurence olhou para cima, a cabeça encharcada de lodo, as paredes enferrujadas do latão rasgando a camisa do uniforme, e Brad o estava agarrando pela gola e erguendo tanto que os dois ficaram *quase* cara a cara. O pescoço de Brad Chomner era mais grosso que o torso inteiro de Laurence. Pior ainda, quando Brad deixou Laurence cair na calçada de cimento, ele viu que sua paixão platônica indelével e infinita, Dorothy Glass, estava assistindo à cena toda.

– Não sei se consigo aguentar mais quatro anos deste lugar – disse Laurence a Patricia quando os dois se sentaram na ponta da mesa de almoço, desconfortavelmente próximos das lixeiras logo depois de seu batismo de lixo. – Continuo achando que talvez eu possa pedir transferência para a escola de ensino médio de matemática e ciência no centro da cidade.

– Sei lá – disse Patricia. – Vai precisar acordar cedo todo dia e pegar ônibus sozinho. Vai passar tanto tempo no ônibus que provavelmente não vai conseguir fazer tudo o que precisa depois da escola.

– Qualquer coisa é melhor que isso aqui – disse Laurence. – O senhor Gluckman, professor de matemática, já fez uma carta de recomendação para mim. Agora, só preciso fazer meus pais assinarem o formulário. Mas tenho a sensação de que não vão gostar nada de eu ir para uma escola tão longe.

– Eles só querem que você tenha uma infância de verdade. Não querem que você cresça tão rápido.

– Eles se preocupam demais comigo, desde que fugi de casa daquela vez para ver um foguete. Simplesmente não querem que eu me sobressaia. – Enquanto Laurence estava falando, um bolinho de batata acertou sua cabeça, mas ele continuou falando como se nada tivesse acontecido.

– Acho legal você ter pais que se importam com o que você vai ser. – Patricia parecia ver os pais de Laurence com bons olhos, talvez porque não fossem loucos como os seus, que exigiam sempre mais.

– Meus pais são covardes. Sempre ficam apavorados, pensando que alguém vai notá-los e eles precisarão se explicar. – Um segundo bolinho bateu. Laurence mal se moveu.

O almoço terminou, e então foram para classes diferentes. Laurence mudou de assunto.

– Ei, você quer conversar com meu supercomputador? – Ele estava juntando todas as coisas na sua bolsa de livros. – Acho que ele precisa de mais interação com pessoas diferentes para ajudá-lo a aprender como os humanos pensam.

– Sobre o que eu falaria com ele? – perguntou Patricia.

– Sobre o que você quiser – respondeu Laurence. – Pense nele como um amigo a quem você faz confidências. – Ele puxou um pedaço de papel amarelo pautado da bolsa. – Esse é o endereço de mensagens do computador em todos os principais sites. Seu nome é M3MUD@. – Ele soletrou. – É um nome temporário, como dá para ver. Quando M3MUD@ ficar totalmente senciente e começar a pensar por si, vai poder escolher um novo nome. Mas eu gosto desse nome. É como se eu estivesse desafiando o computador a crescer, mudar e encontrar uma identidade para si.

– Ou talvez você esteja pedindo para o computador mudar você – disse Patricia.

– É. – Laurence olhou para sua letra no papel. – É, talvez.

– Tudo bem – disse Patricia. – Vou tentar falar com ele. – Ela pegou o papel de Laurence e enfiou no bolso da saia.

– Qualquer coisa que disser a M3MUD@ vai ficar entre você dois – disse Laurence. – Nunca vou ler nada.

– Por falar nisso – disse Patricia –, ouvi falar que o novo orientador educacional é bem legal. Talvez você devesse falar com ele sobre seu problema com Brad Chomner.

O sinal tocou, e eles se separaram.

Laurence decidiu seguir o conselho de Patricia, pois tinha ouvido de outras pessoas que o novo orientador educacional era bacana. Tinha chegado havia pouco, depois de o antigo orientador ter sido atropelado por um caminhão de carne. O novo cara deu uma de apresentador de programa de entrevistas quando disse a Laurence que ele podia dizer qualquer coisa dentro de seu escritório, com seus pôsteres antidrogas e estantes no lugar de uma janela. Theodolphus Rose era um homem alto, de cabeça raspada, nem mesmo sobrancelha tinha, bochechas e queixo grotescos, ossudos.

– Eu só... – disse Laurence. – O *bullying*. Está atrapalhando. Minha capacidade de me desenvolver academicamente. Quando fico preso em um latão de lixo, perco a aula de estudos sociais, o que puxa minhas notas para baixo. Não sou mágico escapista para fugir fácil de lá.

Se Laurence já não estivesse calejado, pensaria que o sr. Rose o estava examinando. Como a um inseto. Em seguida, o momento passou, e o sr. Rose olhou para ele de novo com um ar amigável e incentivador.

– Para mim, parece – disse o orientador educacional – que os outros meninos veem você como um alvo fácil, porque é tão notável e ao mesmo tempo tão indefeso. Você tem duas opções nessa situação: fazer com que te respeitem ou se tornar invisível. Ou uma combinação dos dois.

– Então – disse Laurence –, parar de me destacar tanto? Parar de almoçar no refeitório? Construir um raio mortal?

– Eu nunca defendo a violência. – O sr. Rose recostou-se em sua cadeira de couro sintético com as mãos atrás da cabeça lisa. – Vocês, crianças, são muito importantes. Afinal, vocês são o futuro. Encontre maneiras de fazer com que vejam do que você é capaz, então vão respeitá-lo. Fique alerta e saiba sempre quais são suas rotas de fuga. Ou tente ficar à sombra o máximo possível. Eles não podem ferir o que não podem ver.

– Tudo bem – disse Laurence. – Eu meio que entendo o que o senhor está dizendo.

– Crianças – disse Theodolphus Rose – são adultos que ainda não aprenderam a transformar o medo em fantoche. – Ele sorriu.

7

UM SAPO-BOI PULOU do armário de Patricia. Grande, grande demais para se pegar com as mãos. Ele coaxou, provavelmente algo como "me tire daqui". Seus olhos pareciam tensos pelo pânico, e as pernas – terrivelmente pequenas para aguentar uma estrutura tão bulbosa – se debatiam. Queria encontrar seu ninho úmido e fresco e sair daquele inferno branco. Patricia tentou pegá-lo, mas ele escorregava de seus dedos. Alguém deve ter passado horas para capturar aquela coisa, acordando de madrugada ou algo assim. O sapo soltou um grunhido vingativo e pulou para o corredor, seguindo para sabe-se lá Deus onde, quando todas as crianças gritaram e gargalharam. "Vaca emo", alguém gritou.

Depois da escola, Patricia sentou-se na cama e falou com M3MUD@, o supercomputador de Laurence, como fazia todos os dias nos últimos tempos.

"Meus pais dizem que nunca mais na vida vão me deixar ir à floresta enquanto eu viver, o que significa que não sirvo para nada. E todo mundo na escola fica o tempo todo me acusando de ser uma maluca que se corta. Às vezes, queria ser maluca, assim seria tudo mais fácil."

"Se você fosse maluca", respondeu M3MUD@, "como saberia que é maluca?"

"Essa é uma boa pergunta", admitiu Patricia. "Teria que ter uma pessoa em quem eu confiasse totalmente. Tipo, se você confiasse em uma pessoa, poderia checar para ver se estava vendo as mesmas coisas que a pessoa." Ela mordiscou o dedão, sentada de pernas cruzadas sobre o edredom com estampa de chaleirinhas de latão, as pernas dobradas sob a saia.

"E se vocês não vissem as mesmas coisas?", perguntou M3MUD@. "Você seria louca?"

Às vezes, quando as coisas ficavam além de sua capacidade, o computador reformulava as respostas de Patricia e as mudava um pouco – e quase parecia que estava pensando, mas não era bem isso.

"Você tem sorte por não ter olhos nem um corpo", disse Patricia. "Você não precisa se preocupar com esse tipo de coisa."

"Com o que eu preciso me preocupar?", M3MUD@ perguntou em outro balão azul de conversa.

"Com ser desligado, eu acho. Com Laurence mudar de ideia e desligar você."

"Onde você encontraria outro par de olhos?", M3MUD@ puxou a conversa de repente para o tópico anterior, algo que acontecia quando julgava que haviam chegado a um beco sem saída. "Que tipo de olhos você gostaria de ter?"

Algo naquela conversa deu uma ideia a Patricia: se seus pais não deixavam que ela fosse até a floresta, poderia talvez fazer com que concordassem com outra coisa? Como talvez ter um gato. No jantar, Patricia remexeu a couve no vapor de seu prato enquanto a mãe perguntava o que todo mundo tinha feito para se melhorar naquele dia. Roberta, a estudante perfeita nota 10, sempre tinha as melhorias mais legais, tipo, todos os dias ela brilhava em uma tarefa muito difícil. Mas Patricia estava presa em uma escola onde tudo que se fazia era memorizar as coisas e preencher bolinhas de múltipla escolha, então precisava mentir ou aprender algo em seu tempo ocioso. Por três ou quatro dias na sequência, Patricia inventou melhorias que pareciam impressionantes, aumentando seu placar, e depois começou a mencionar que queria um gato.

Os pais de Patricia não gostavam de animais e tinham certeza de que eram alérgicos. Mas, ao fim, eles cederam – contanto que Patricia prometesse assumir todas as tarefas relacionadas ao gato e, se o gato ficasse doente, eles não teriam de correr para um veterinário ou coisa assim.

– Temos que combinar antes que todos os cuidados veterinários serão programados com muita antecedência, em uma janela conveniente para Roderick e para mim – disse a mãe de Patricia. – Não vai existir essa coisa de emergência relacionada ao gato. Estamos de acordo?

Patricia concordou com a cabeça e deu sua palavra.

Berkley era um gatinho preto e peludinho com uma faixa branca imensa na barriga e uma mancha branca na carinha mal-humorada. (Patricia o batizou com o sobrenome de um cartunista.) Pegaram Berkley já castrado, de uma ninhada de gatinhos da vizinha, a sra. Torkelford, e de pronto Patricia notou algo familiar nele. Vivia olhando feio para Patricia, fugindo dela e, depois de alguns dias, ela percebeu: devia ser o neto ou sobrinho-neto de Tommington, o gato que ela deixou no alto da árvore quando era pequena. Berkley nunca falou com ela, claro, mas ela não conseguia se livrar da sensação de que ele já tinha *ouvido* falar nela.

E, embora Roberta não tivesse expressado interesse *nenhum* em ter um gato antes, queria dividir Berkley. Ela levantava Berkley pelos ombrinhos e o carregava para o seu quarto, depois fechava a porta. Patricia ouvia um gemido de lamento, mesmo com a música alta vinda do quarto de Roberta. Mas a porta ficava trancada. E quando Patricia disse aos pais que achava que Roberta estava maltratando o gato, mencionaram a cláusula "de inexistência de emergências relacionadas a gatos". Tudo que Roberta disse foi: "Eu estava ensinando o gato a tocar bongô".

Patricia queria proteger Berkley de sua irmã, mas ele chiava quando Patricia se aproximava.

– Vamos – ela pedia toda vez com sua voz humana. – Você precisa deixar que te ajude. Não quero nada de você. Só quero te dar segurança.

Mas o gato fugia sempre que Patricia se aproximava. Ele começou a se esconder em um milhão de fendas e espaços na casa de especiarias, surgindo quando seu pote estava cheio de comida ou precisava da caixa de areia. Roberta tinha uma habilidade estranha de saber quando Berkley estava fora dos esconderijos e reflexos incríveis para pegá-lo no colo.

OUTRO DIA, OUTRA melhoria. Depois que as luzes se apagaram, Patricia ouviu miados, que começaram altos e ficaram cada vez mais baixos e mais dramáticos, vindos do quarto de Roberta.

No dia seguinte, depois da escola, Laurence foi até a casa de Patricia, onde já havia se acostumado ao aroma embolorado de temperos antigos. Os dois estavam sentados na sala da frente, onde ainda se podia ver as marcas na parede nos pontos em que as latas de temperos ficavam penduradas, e pensavam em uma solução para o problema de Berkley.

– Se conseguíssemos capturar o gato, poderíamos equipá-lo com algum tipo de exoesqueleto protetor – disse Laurence.

– Ele já sofreu demais – disse Patricia. – Não quero torturá-lo ainda mais irritando e prendendo algum tipo de equipamento a seu corpo.

– Se eu soubesse como construir nanomáquinas, eu faria um enxame delas seguirem Berkley e formarem um escudo quando ele estivesse em perigo. Mas meus melhores empenhos com nanomotores deram resultados meio que, hum, vagarosos. Você não gostaria de ver nanorrobôs vagarosos.

Eles viram Berkley de relance na escuridão penumbrosa do sótão da casa de especiarias, atrás de uma grande viga de suporte. O reflexo do pelo, o brilho de um par de olhos. Em outro momento, Berkley desceu as escadas correndo, bem quando eles se lançaram diante dele. Os dois acabaram enroscados e ralados no fim da escadaria.

– Olha só – disse Patricia no fim das escadas. – Tommington era um bom gato. Não tinha nada contra ele. Ele só estava agindo como um gato. Nunca quis fazer mal a ele, eu juro. – Não houve resposta.

– Talvez você devesse fazer um feitiço – disse Laurence. – Faça alguma magia ou algo assim. Sei lá.

Patricia tinha certeza de que Laurence estava zombando dela, mas ele não tinha nenhum tipo de malícia. Ela teria percebido em seu rosto.

– Estou falando sério – continuou ele. – Parece um problema meio mágico, se é que existe isso.

– Mas eu não sei como fazer – disse Patricia. – Digo, a única vez que fiz algo mágico depois de anos foi quando comi muita comida picante. Desde então, já tentei todo tipo de tempero uma centena de vezes.

– Mas talvez você não precisasse fazer nada nessas outras vezes – Laurence comentou. – E agora você precisa.

Berkley observava-os de cima de uma estante cheia dos livros de Avaliação de Produtividade da mãe de Patricia. Estava pronto para fugir mais rápido que um trem-bala se eles se aproximassem demais.

– Queria que pudéssemos ir até a floresta encontrar aquela Árvore mágica – disse Patricia. – Mas meus pais me matariam se descobrissem. E eu sei que Roberta diria para eles.

– Não acho que a gente precise ir para a floresta – disse Laurence, ainda ansioso para evitar a natureza. – Pelo que você me disse, o poder está dentro de você. Só precisa chegar até ele.

Patricia olhou para Laurence, que não estava mesmo zombando dela, e não conseguiu se imaginar tendo um amigo melhor no mundo.

Ela voltou ao sótão, onde sempre ficava mais quente que o restante da casa de especiarias, e ouviu a própria respiração. Parecia ela mesma um passarinho, o corpo tão pequeno com ossos ocos. Laurence e Berkley observavam para ver o que ela faria. Berkley até se aproximou um pouco mais, avançando em uma viga do teto.

Tudo bem. Agora ou nunca.

Ela imaginou que aquele sótão quente era uma selva, e as vigas secas eram árvores frutíferas, e as caixas de roupas velhas, arbustos exuberantes. Não conseguia ir até a floresta, não poderia contar com projeção astral uma segunda vez – ótimo. Traria a floresta até si. Respirou os aromas de arcas de açafrão e cúrcuma muito antigas, e imaginou um milhão de galhos estendidos no alto, infinitos troncos que ela conseguia enxergar em todas as direções. Tentou se lembrar do som da voz de Tommington, muito tempo antes, e tentou falar com Berkley da mesma forma, o mais próximo que conseguiu.

Não tinha a menor ideia do que estava fazendo e morreria se parasse um segundo para pensar em como parecia louca.

Estava falando baixinho, mas aumentou um pouco. Berkley se aproximou, a língua entre os dois dentes pontudos. Patricia cambaleou um pouco e alcançou um som áspero, grunhido no fundo da garganta. As orelhas de Berkley ergueram-se.

Berkley estava mesmo se aproximando, e Patricia ficava cada vez mais ruidosa. Ele estava quase ao alcance dela se quisesse agarrá-lo, o que não fez.

– Você... fala gatês? – perguntou Berkley, os olhos enormes.

– Às vezes. – Patricia não conseguiu evitar e gargalhou, aliviada. – Às vezes eu falo gatês.

– Você é aquela garota má – disse Berkley. – Enganou o tio Tommington.

– Não fiz de propósito – disse Patricia. – Estava tentando ajudar um pássaro.

– Pássaros são gostosos – observou Berkley, balançando um pouco nas patas dianteiras. – Eles batem as asas e tentam voar para fugir de nossas patas. São como brinquedos com carne dentro.

– Esse pássaro era meu amigo – disse Patricia.

– Amigo? – Berkley se esforçou para entender a ideia de ter um *pássaro* como amigo. O que viria em seguida, ter conversas com seu pratinho de comida?

– Sim, eu protejo meus amigos. Custe o que custar. Eu gostaria de ser sua amiga.

Berkley eriçou um pouco os pelos.

– Não preciso de proteção. Sou um gato forte e feroz.

– Sim, claro. Então, talvez você possa me proteger.

– Talvez eu possa. – Berkley se aproximou e se enrolou no colo de Patricia.

– Consegui! – Ela se virou para olhar Laurence, com um sorriso imenso, e percebeu que ele estava meio que... traumatizado.

Laurence apenas a encarou, depois estremeceu um pouco.

– Desculpe – disse Patricia –, foi tão bizarro assim?

Berkley estava ronronando no colo dela. Como uma serra de fita.

– Meio que. Foi – respondeu Laurence. Os ombros eram como dois apoios para as orelhas.

– Hum. Bizarro bom ou bizarro ruim?

– Só... bizarro. Bizarrice é um valor neutro... acho que tenho que ir. Vejo você na escola.

Laurence fugiu, quase tão rápido quanto Berkley fugiria, antes que Patricia pudesse dizer mais alguma coisa. Ela não podia ir atrás dele, finalmente tinha um gato ronronando no colo. Familiarizado com ela. Droga. Esperava que não fosse tão estranho. Que tipo de idiota era ela, fazendo magia na frente de alguém de fora? Foi ideia dele, claro, mas ainda assim.

Ela começou a acariciar Berkley.

– Vamos proteger um ao outro, tudo bem?

Ele não mostrou sinal de que conseguia entendê-la, mas e daí? Dessa vez, tinha finalmente feito um feitiço intencional, de verdade.

8

A BANDEJA BARATA DE ALMOÇO DE LAURENCE balançou, curvando-se sob o peso de tanto amido de milho malcozido, enquanto pensava onde se sentar, o mais longe possível de Patricia Delfine. Ela estava lá, sentada no lugar de sempre, perto da compostagem e das lixeiras, tentando chamar sua atenção, uma sobrancelha erguida embaixo da franja bagunçada. Quanto mais permanecia em pé, menos estável parecia a bandeja e mais ela parecia se contorcer enquanto ele a olhava de soslaio.

Por fim, Laurence virou com tudo para a esquerda e foi se sentar nos degraus dos fundos, quase onde os skatistas andavam depois da escola, equilibrando a bandeja de plástico sobre os joelhos. Era tecnicamente contra as regras comer ali fora, mas quem ligava?

Ele continuava achando que devia tentar falar com ela; por outro lado, lembrou-se da bizarrice. A imagem de Patricia vibrando e fazendo aquela coisa com as mãos e depois tendo um diálogo com o bichinho de estimação fazendo barulhos felinos por um tempo desconfortavelmente comprido foi suficiente para Laurence ter ânsia de vômito. Imaginou os dois passeando e Patricia se oferecendo para falar com a vida selvagem local em seu nome, talvez fazendo aquela dança nervosa dela.

Os fuxicos que Laurence vinha ouvindo sobre Patricia na escola pareciam muito mais relevantes, agora que ele a vira em ação. Nos últimos tempos, já procurava qualquer desculpa para se sentar perto da graciosa e longilínea Dorothy Glass, e ouviu Dorothy e suas amigas falando de toda uma mitologia em torno da garota que guardava sapos no armário. As pessoas ainda pensavam que Laurence estava saindo com Patricia, por mais que ele negasse. Não conseguia evitar a lembrança do alerta de Patricia sobre o "vírus de bruxa".

– Oi. – Patricia saiu pela porta dos fundos e ficou em pé bem atrás dele, lançando uma sombra no rosto enquanto tentava comer duas batatas com manteiga. Laurence continuou mastigando. – Oi – Patricia repetiu, dessa vez nervosa.

– Oi. – Laurence nem se virou.

– O que está acontecendo? Por que está me ignorando? Sério, por favor, fale comigo. Já estou ficando maluca. – A sombra sobre Laurence piscava e mudava de forma, pois Patricia estava gesticulando. – A ideia foi sua. Você sugeriu aquilo. E então eu fiz, e você pirou e vazou. Quem trata os amigos desse jeito?

– Não deveríamos falar disso na escola – disse Laurence bem baixo, usando o garfo como um objeto contrário a um microfone.

– Tudo bem – disse Patricia. – Então, quando você quer falar disso?

– Só quero me manter invisível – disse Laurence. – Até eu conseguir sair deste lugar. É tudo que eu quero. – Uma formiga cambaleava, carregando uma migalha do pão de Laurence.

– Pensei que odiasse seus pais porque *eles* queriam que você se mantivesse invisível.

Laurence sentiu uma combinação estranha de vergonha e raiva, como se uma nova parte de seu corpo tivesse crescido apenas a tempo de tomar um murro. Agarrou a bandeja e passou por Patricia, empurrando-a, sem se importar se jogaria restos de batata em si mesmo ou nela, e correu de volta para dentro. E, claro, alguém o viu apressado pelo corredor com uma bandeja meio cheia e estendeu a perna para ele tropeçar. Ele acabou caindo de cara nos próprios restos de comida. Nunca falhava.

Mais tarde, naquele dia, Brad Chomner tentou enfiar o corpo inteiro de Laurence em um mictório, e depois Brad e Laurence foram levados à sala do sr. Dibbs por brigar, como se fossem valentões do mesmo nível. O sr. Dibbs chamou os pais de Laurence para conversar.

– Aquela escola está acabando comigo – disse Laurence aos pais no jantar. – Eu preciso sair de lá. Eu já preenchi o formulário de transferência para a escola científica e só preciso que vocês assinem. – Deslizou o papel na mesa de fórmica lascada, onde ele ficou entre jogos americanos desbotados.

– Não sabemos se você tem maturidade suficiente para ir para a escola no centro da cidade sozinho. – O pai de Laurence estava cortando seu guisado com a lateral do garfo, fazendo barulhinhos fanhosos com o nariz e a boca. – O senhor Dibbs está preocupado por você ser uma influência perturbadora. Só porque você tem boas notas... *humpf, humpf*... não quer dizer que pode ser um mau elemento.

– Não provou ainda que consegue lidar com a responsabilidade que já tem – disse a mãe de Laurence. – Não pode causar problemas o tempo todo.

– Sua mãe e eu não causamos problemas – comentou o pai de Laurence. – Temos mais o que fazer. Porque somos adultos.

– Quê? – Laurence empurrou o guisado para longe e deu um grande gole no refrigerante. – O que vocês fazem, exatamente? Cada um de vocês?

– Não responda – disse o pai de Laurence.

– Não tem nada a ver conosco – disse a mãe.

– Não, eu quero saber. Acabei de pensar que não tenho a menor ideia do que cada um de vocês produz. – Laurence olhou para o pai. – Você é um gerente meia-boca que ganha a vida negando pedidos de indenização de seguro para as pessoas. – Ele olhou para a mãe. – Você atualiza manuais de instrução para máquinas obsoletas. O que vocês estão *fazendo*?

– Estamos dando um teto para você – disse o pai.

– E botando um delicioso guisado de ervilhas e fígado em seu prato – disse a mãe.

– Ai, meu Deus. – Laurence nunca havia falado assim com seus pais antes e não sabia o que havia dado nele. – Vocês não têm ideia de como eu rezo para não ficar como vocês dois. Meu único pesadelo, o único, é me tornar um fracasso sem atitude como vocês. Vocês nem se lembram dos sonhos que jogaram fora para se afundarem neste buraco. – E com isso, empurrou a cadeira com força suficiente para marcar o encerado barato e foi para o andar de cima antes que os pais pudessem mandá-lo para o quarto ou tentar dissimular indignação. Ele trancou a porta.

Laurence queria que Isobel e seus amigos do foguete aparecessem para levá-lo embora. Ela estava ajudando a tocar uma *startup* aeroespacial que, na verdade, estava fazendo entregas para a Estação Espacial, e sempre lia artigos nos quais ela mencionava o admirável futuro novo das viagens espaciais.

Depois que Laurence se jogou na cama e olhou para o pôster pregado no teto inteiro no qual cada espaçonave ficcional se unia em uma nébula enorme, se lembrou de como havia falado com os pais. Se ele se esforçasse para escutar além da dezena de *coolers* que ficavam na parede do quarto, conseguiria ouvir os pais brigando. Não era o tipo de briga que alguém espera vencer. Ou para a qual se espera encontrar uma solução. Era uma agressão inútil, sem sentido, insensível, duas criaturas presas em uma armadilha sem nada a fazer, senão se rasgarem mutuamente. Laurence queria morrer.

Sua mãe parecia mais ofendida, o pai mais fatalista. Mas tinham níveis idênticos de amargura.

Laurence puxou um travesseiro sobre a cabeça. Não adiantava. Ele acabou botando os fones de ouvido com as últimas músicas estilo *girltrash* que todo mundo estava ouvindo na escola e, por cima deles, um par de protetores de orelha de inverno. Agora não conseguia mais ouvir os pais, mas ainda podia imaginar o que estavam dizendo. Concentrou-se na voz sussurrada, rosnada da cantora, cujo nome era Heta Neko, e sentiu uma ereção. Não adiantou nada ignorar, não adiantava ignorar esse tipo de coisa. Ele se odiou enquanto descia a mão e fazia o movimento que vinha praticando sem parar nos últimos tempos. Assim que

Laurence melou um guardanapo sujo de lanchonete, ouviu e sentiu um dos pais batendo a porta da frente da casa, mas não sabia qual deles.

Queria estar morto e no inferno, pensou Laurence.

Laurence não dormiu muito. Na manhã seguinte, estava enjoado demais para ir à escola, mas nem se atreveu a pedir para ficar em casa. Mal percebeu quando jogaram borrachas nele ou se recusaram a deixar que assinasse a petição para salvar isso ou aquilo, porque se assinasse ninguém mais apoiaria.

Quando Laurence chegou em casa naquela tarde, encontrou o formulário na mesa da cozinha assinado pelo pai e pela mãe. Nenhum dos dois estava em casa. No jantar, tentou agradecer, mas eles apenas deram de ombro e olharam para a mesa. Os três jantaram em total silêncio.

No dia seguinte, Laurence ficou parado no corredor da escola, observando o lugar se esvair de pessoas. Percebeu que seus botões estavam abotoados de forma errada, pois seu casaco estava torto.

Patricia se aproximou dele.

– Vai se atrasar – disse ela. – Eles vão te matar.

Pela primeira vez, Laurence percebeu como Patricia era bonita. A pele tinha um brilho por baixo do leve bronzeado. Como uma pintura feita com aerógrafo que tinha visto uma vez. O pescoço era realmente suave e gracioso, e o pulso girou ao levar a mochila ao ombro. Os cabelos escuros quase caíam sobre um dos olhos verdes acinzentados. Queria pegá-la pelos ombros. Queria fugir dela. Queria beijá-la. Queria gritar.

Em vez disso, falou:

– Quer cabular aula?

– Por quê? – perguntou ela. – E ir aonde?

– Vamos até a floresta – respondeu ele. – Quero ver sua Árvore mágica.

Ele não se importava mais se aquela garota era maluca. Ele era uma pessoa má, e o que era pior, ser louco ou ser mau? Além disso, talvez ela fosse a única garota que pensaria em beijá-lo antes de ele fazer trinta anos. E ele estava tomando cada vez mais consciência de que tinha sido um babaca com ela.

– Você quer ir até a floresta comigo – disse Patricia. – Agora.

Laurence concordou com a cabeça. Precisava se mexer. Não se mexeu.

Pensou em como os ladrilhos embaixo de seus pés eram opacos. Alguém os encerava todos os dias, deixando-os brilhantes por uma hora, até secarem e centenas de alunos caminharem sobre eles, e depois o chão ficava com uma aparência grudenta e cinzenta com a crosta da cera. Se ninguém o encerasse, talvez o chão parecesse menos sujo.

– Desculpe – disse Patricia. – Não posso. Tenho que ficar nesta escola depois que você for para seu paraíso da matemática.

– Claro – disse Laurence. – Está bem. – Ele quis falar alguma coisa, talvez pedir desculpas, mas não falou. E então o momento evaporou, e eles saíram, cada um para sua aula.

QUANDO THEODOLPHUS ROSE tinha catorze anos, dormiu em uma laje coberta de musgo. Havia dominado cem maneiras de matar uma mulher sem acordar o marido que dormia ao lado. Toda manhã, uma hora antes do amanhecer, o adolescente Theodolphus corria quinze quilômetros com uma urna de cerâmica cheia da urina de seu professor sobre a cabeça, e se uma única gota fosse derramada ou ele não conseguisse completar os quinze quilômetros em uma hora e meia, era forçado a ficar de cabeça para baixo até a visão ficar borrada. Suas únicas refeições eram cogumelos e frutinhas não muito letais que aprendeu a colher nos arbustos próximos à fortaleza da escola, protegida por um penhasco. E, ainda assim, a Escola Inominada de Assassinos era um clube de campo se comparada à Canterbury Academy. Por um lado, estava *aprendendo* coisas, habilidades que ainda usava em sua vocação e se orgulhava delas. Por outro lado, ninguém o forçava a responder a questões de múltipla escolha em notebooks surrados. Se dessem testes padronizados na escola de assassinos, ele não teria durado um dia. (Theodolphus fez uma nota mental para caçar Lars Saarinian, o psicólogo que estudara o comportamento dos porcos em matadouros e inventou um regime educacional para crianças humanas, quando finalmente saísse dali.)

Theodolphus passou semanas espionando aquelas duas crianças, ouvindo todas as suas conversas, em casa e na escola. Estacionava na frente de suas casas, do outro lado da rua, e escutava os dois às escondidas, juntos e separadamente. Rastreou o cérebro para inventar uma morte que não exigisse participação ativa – portanto, cumprindo com o determinado pela carta de banimento do assassinato infantil –, mas que ainda desse uma boa história. Algo artístico. Tinha a noção de que os garotos iriam à floresta juntos, onde Laurence poderia ser mordido por uma cobra, e Patricia poderia tentar sugar o veneno dele e acidentalmente se envenenar. Mas não, porque Patricia estava proibida de ir à floresta e era a única criança no planeta Terra que *obedecia a seus pais*. Theodolphus mantinha a esperança de que Patricia teria um momento de rebeldia e era continuamente maltratado pela decepção.

Àquela altura, depois de semanas ocioso de propósito na cadeira do escritório, ouvindo Brad Chomner falar sobre seus problemas de imagem corporal, Theodolphus queria acabar com aquilo. Já era o maior período que passava sem matar ninguém em anos, e ele tinha ideias do que fazer com as mãos o tempo todo. Frequentava as reuniões do corpo discente e imaginava o quanto das tripas de Don Gluckman poderia mostrar ao professor de matemática enquanto o mantivesse vivo.

O pior de tudo era quando Theodolphus dava conselhos sobre puberdade, algo que nunca havia vivenciado.

Lucy Dodd teve uma gastroenterite – não foi coisa de Theodolphus – e precisaram de alguém para dar aulas de inglês por alguns dias. Theodolphus se ofereceu. Assim, teria outra chance de estudar suas vítimas, pois Laurence e Patricia estavam juntos na aula.

Todos os alunos obviamente ansiaram por um substituto para que pudessem ficar sem fazer nada. Quando viram que era Theodolphus, usando uma camisa preta muito bem passada com calças pretas combinando e uma gravata vermelha, todos suspiraram, decepcionados – por algum motivo, Theodolphus havia se transformado no membro do corpo discente mais popular na escola, e ninguém se sentiria bem zombando dele.

– A maioria de vocês me conhece – disse ele, olhando nos olhos de cada cara amarrada.

Laurence e Patricia estavam sentados em mesas separadas, não se falavam, nem mesmo se olhavam, mas a garota não parava de lançar olhares ofendidos para o garoto. O garoto encarava seu *A letra escarlate* de segunda mão.

Traci Burt leu em voz alta uma passagem que havia memorizado, com dicção perfeita e um sorriso coberto pelo aparelho de cerâmica. Então, Theodolphus tentou fazer com que a discussão girasse em torno de Hester Prynne, se ela havia sido tratada com injustiça, e recebeu várias respostas sobre a moralidade puritana, e depois perguntou a Laurence:

– Senhor Armstead. Acha que a sociedade precisa queimar a bruxa da vez em prol da coesão social?

– Quê? – Laurence teve um sobressalto e três pernas de sua cadeira saíram do chão. Ele derrubou todos os livros. Todo mundo riu e começou a trocar mensagens de celular. – Desculpe – balbuciou Laurence, recolhendo suas coisas. – Não sei o que o senhor quer dizer.

Ah, sabe, disse Theodolphus a si mesmo. *Sabe muito bem.*

– Entendo. – Theodolphus fez um risco em um papel, como se excluísse o garoto. – E você, senhorita Delfine? Acha que queimar a bruxa da vez ajuda a unir a sociedade?

Patricia perdeu o fôlego. Em seguida o recuperou e olhou para a frente, observando Theodolphus com uma firmeza que ele teve de admirar. Os lábios finos projetaram-se.

– Bem – disse Patricia. – Uma sociedade que precisa queimar bruxas para se manter unida é uma sociedade que já falhou, mas ainda não sabe.

Com isso, Theodolphus soube como terminaria aquela missão e recuperaria seu respeito próprio profissional de uma vez por todas.

9

A TEMPESTADE DE NEVE CHEGOU poucas semanas depois de Laurence mais ou menos ter parado de falar com Patricia. Ela acordou com Berkley enrolado entre a curva do cotovelo e o ombro e olhou pela janela sem sair totalmente da cama. A terra e o céu espelhavam-se: duas faixas brancas.

Patricia estremeceu e quase puxou as cobertas sobre a cabeça. Em vez disso, tomou o banho mais quente que pôde aguentar e vestiu sua ceroula pela primeira vez naquele ano. Ela nem servia mais.

A mãe de Patricia já estava no trabalho, e o pai estava multifocado com seu laptop e uma pilha de pastas, então ao menos Patricia não precisava falar com eles. Mas Roberta desceu no meio do café da manhã e apenas encarou Patricia sem dizer palavra, o que foi bizarro, e por fim Roberta saiu para a Ellenburg High, e Patricia ficou esperando, sem muita esperança, que a Canterbury Academy ficasse fechada por conta da neve.

Não teve essa sorte. Patricia foi para a escola no sedan de seu pai e quase quebrou o pescoço ao subir os degraus cheios de neve. As pessoas que estavam lançando bolas de neve com cascalho acertaram a cabeça de Patricia, mas ela nem se deu ao trabalho de virar para olhar – isso só a tornaria um alvo melhor.

– Senhorita Delfine – disse uma voz suave e profunda atrás de Patricia no corredor quase vazio. (Muitos alunos haviam ficado em casa, no fim das contas.) Patricia virou-se e viu o sr. Rose, o orientador educacional com cara de joelho, aproximando-se em um terno risca-de-giz.

– Hum. Sim?

O sr. Rose nunca havia chamado muita atenção, embora todos dissessem que era a única figura de autoridade decente naquela escola nojenta. Mas naquele dia ele parecia sombrio e gigante, uns trinta centímetros mais alto que o normal. Patricia deixou aquela sensação de lado, pensando ser apenas nervosismo de um dia de nevasca.

– Estava esperando para discutir uma coisa com você – disse o sr. Rose com uma voz mais grave que a habitual. – Talvez pudesse ir à minha sala quando tiver um momento. Acho que hoje meus horários estão estranhamente livres.

– Claro – disse Patricia e partiu a toda para a primeira aula. A escola estava meio vazia, e a neve continuava a tampar sua visão das janelas. Tudo parecia um sonho estranho. Sua primeira aula era de matemática, e o sr. Gluckman nem estava tentando dar aula; todo mundo simplesmente ficou de boa.

O professor da segunda aula não conseguira chegar à escola, então a aula ficou vaga, depois de dez minutos de espera *pro forma*. Patricia foi até o escritório do sr. Rose.

– Obrigado por vir assim tão rápido. Serei breve. – Os dentes do sr. Rose rangiam por trás dos lábios secos e brancos. Não era aquele sr. Rose com que Patricia estava acostumada. Estava mais reto em sua cadeira cinza, as mãos cruzadas sobre a mesa de nogueira, com o porta-lápis com um desenho de morsa. Atrás dele, havia uma parede de livros sobre desenvolvimento infantil.

Patricia assentiu com a cabeça. O sr. Rose respirou fundo.

– Tenho uma mensagem para você – disse ele – da Árvore.

– Da o quê...? – Patricia tinha certeza de que era um sonho. O mundo esmaecido, a escola vazia; ela ainda estava na cama com Berkley.

– Bem, não exatamente da Árvore. Mas do poder que a Árvore representa. Sei que esperou muito tempo para cumprir seu objetivo como bruxa. Foi mais que paciente. Então, eu recebi a tarefa de informá-la que sua espera está quase no fim. Os segredos logo serão seus.

Patricia não conseguia respirar. Suas mãos estavam grudadas aos braços da cadeira. Sentiu o rosto quente e, ainda assim, as extremidades congeladas. Seu sangue estava todo concentrado na cabeça, como se estivesse se preparando para se separar do corpo. Ela batia os pés um no outro.

– Como? – disse ela for fim. – Como assim?

– Você sabe o que quero dizer.

– Hum... – Ela estava a ponto de balbuciar, mas se controlou. Aquilo era um assunto importante de bruxaria. – Hum. Quem *é* o senhor? – Ela não desacreditaria necessariamente se ele dissesse ser Merlin ou algo assim.

– Sou seu orientador educacional. – O sr. Rose abriu um sorrisinho. – Estou apenas repassando uma mensagem, só isso. Esta será a única vez que você e eu discutiremos essa questão.

– Ah. Tudo bem.

– Logo você receberá instruções. Nesse meio-tempo, há uma tarefa que você precisa cumprir.

– Hum... – *Pare de dizer hum,* Patricia disse a si mesma. – Hum, é tipo um teste? Ou uma missão? Tenho que provar que tenho valor?

– Você já provou tudo o que precisava provar. Não, esta é uma simples tarefa. Mas desagradável. Há um garoto nesta escola que vai crescer e se tornar um grande inimigo da natureza e um perseguidor da comunidade mágica. Você já o conhece. Seu nome é Laurence Armstead. Talvez ele tenha pedido uma demonstração de magia há pouco tempo. Talvez tenha pedido para que você lhe mostrasse a Árvore. Certo?

– Hum... sim. – Aquela conversa já estava indo para lá de Bagdá, dando a volta no mundo e passando de novo de Bagdá. O estômago de Patricia já estava revirado.

– Então, você já sabe. Odeio dizer isso, e lembre-se de que sou apenas o mensageiro. Considero toda vida humana preciosa e insubstituível. Mas Laurence Armstead precisa morrer. E você precisa matá-lo. Ninguém mais conseguirá. Assim que concluir esta tarefa, poderá começar seu treinamento.

Patricia não conseguia se lembrar do que dissera depois daquilo – provavelmente tinha um monte de “hums”. Não disse que mataria Laurence e não disse que não mataria. Talvez tenha agradecido ao sr. Rose pela mensagem. Não sabia ao certo. Ficou numa espécie de coma acordado pelo restante do dia. Sequer percebeu Roberta pendurada de cabeça para baixo no corrimão encarando-a depois do jantar. Os cabelos castanho-escuros de Roberta caídos e as sobrancelhas tremendo, mas não disse nada quando Patricia passou por ela.

Patricia se viu no quarto de Roberta uma hora depois, antes de as luzes se apagarem.

– Bert – disse ela, usando um antigo apelido. – Você conseguiria matar uma pessoa? Se tivesse que matar mesmo?

Roberta estava pintando as unhas do pé com esmalte cor de maçã-verde, vestida com seu pijama de algodão.

– Uau, Trish. Que mórbido, hein? – Ela gargalhou. – Para você saber, a resposta é sim e não. Sim, eu estaria disposta, se sentisse que era necessário e tudo o mais. Mas provavelmente eu não conseguiria. Eu teria muito medo de olhar para alguém e apagar a pessoa. Mesmo se fosse a coisa certa a se fazer.

– Hum, está bem. Obrigada.

– Mas, Trish – chamou Roberta depois que Patricia se virou para ir ao seu quarto do outro lado do corredor. – Se você *for* matar alguém, quero estar presente. Quero ver você fazendo isso.

– Hum, está bem.

Laurence voltou à escola no dia seguinte, de bom humor para variar, balançando os braços nos corredores úmidos como se ele fosse o maioral. Estava de volta e continuava sem falar com Patricia, mas sorriu sem olhar direito para ela. Ela poderia acabar com ele facilmente, apenas empurrando-o na frente de um dos ônibus de turismo da terceira idade que a escola usava como transporte. Pareceria um acidente. Patricia se flagrou observando a cabeça inquieta e os pulsos finos do garoto, tentando imaginar se poderia ser verdade: ele se tornaria um inimigo da magia? Já era meio contrário a ela, isso era certo. Pelo que ela sabia, talvez Laurence fosse virar algum tipo de monstro quando adulto, perseguindo sua espécie. Aquilo era algo que as bruxas faziam – infelizmente, tristemente –, apagar pessoas que ameaçassem o equilíbrio da natureza?

Ela o observou no refeitório. Remexendo sua comida. Observou-o correndo pela colina atrás da escola, subindo e descendo, tremendo em seu uniforme de trilha. Ela tentou imaginá-lo se vingando. Perseguindo seus amigos, se ela realmente tivesse amigos. Não conseguia acreditar e não poderia cumprir sua tarefa a menos que acreditasse. Conseguia imaginar-se matando o garoto, o que era surpreendentemente fácil – um empurrão para baixo dos grandes pneus –, mas não conseguia imaginar que ele merecesse.

Sempre que tentava falar com o sr. Rose, ele estava ocupado ou ausente. Finalmente conseguiu encontrá-lo no corredor, perto da sala dos professores, e tentou mencionar a Árvore. Ele olhou para ela como se estivesse falando sandices. Com uma sobrancelha erguida.

Em casa, ela perguntou a M3MUD@:

“Laurence vai se tornar um inimigo da magia?”

M3MUD@ respondeu:

"Acha que Laurence vai se tornar um inimigo da magia?"

"Estou te perguntando."

"Por que está me perguntando?"

Ficou séculos para dormir, mesmo com Berkley apertado em suas costelas, mas quando finalmente dormiu, sonhou que estava abrindo Laurence com um facão. A pele dele se partiu e revelou um portal brilhante para uma terra mágica, cheia de feiticeiros bondosos que lhe deram uma varinha própria. Sonhou que ela o atraía até o penhasco do rio Wadlow, onde o pessoal do ensino médio fazia festas, e o empurrava da beirada sobre as pedras pontudas, escorregadias.

Acordou chorando, tremendo e agarrando Berkley desesperadamente.

ALGUÉM JOGOU UMA pedra na cabeça de Patricia antes de a aula começar. Não uma bola de neve com pedras dentro, apenas um pedaço liso de granito. Patricia desviou, mas escorregou no caminho. Laurence agarrou seu braço e a ajudou a ficar em pé. Ele a apoiou e parecia estar tentando dizer alguma coisa. Então, eles se afastaram, como em geral ele fazia naqueles dias, sempre que estava prestes a falar com ela.

Primeira aula, Patricia estendeu a mão para pegar o livro na mochila e algo saiu dela: uma calcinha com uma mancha que ela não conseguia identificar e nem se importou em examinar com cuidado. Tinha certeza de que não estava ali quando saiu de casa. Os outros que estavam à mesa, inclusive Macy Firestone, começaram a gargalhar e tirar fotos.

– Que bagunça é essa daí? – perguntou o sr. Gluckman da lousa.

– Alguém pôs... algo indescritível na minha bolsa. – Patricia tentou manter a dignidade, sem se fazer de vítima, mas também sem parecer encrenqueira.

– Vaca emo – alguém sussurrou de um canto.

– Isso não é desculpa para perturbar a minha aula. – O sr. Gluckman franziu o cenho entre as costeletas grisalhas. – Você está gastando o tempo de todos que estão aqui para aprender alguma coisa.

– Eu não fiz nada! – retrucou Patricia. – Alguém...

– Se "alguém" estiver guardando coisas inadequadas na bolsa de "outro alguém", sugiro que leve a situação até o diretor ou ao senhor Dibbs.

Patricia olhou ao redor. Uma sala cheia de pura diversão. Ela percebeu a expressão de Laurence, que lançou para ela um olhar vazio, desarmado.

– Ótimo. – Patricia se levantou. – Eu vou. Posso?

Ela não esperou a resposta, saiu e bateu a porta, mas não conseguiu bloquear o barulho dos aplausos e dos gritos.

Chegou até metade do caminho para o gabinete do sr. Dibbs quando ele avançou pelo corredor e agarrou-lhe o braço.

– Você tem muito o que explicar – ele apertou o braço de Patricia com a mão gorducha.

Ela tentou falar com ele, mas foi arrastada até o banheiro das garotas, onde viu, escrito com sangue, na parede:

A MORTE É EXCELENTE

Não era sangue humano. Não era sangue fresco. Mas definitivamente era sangue – fosse lá quem tivesse feito aquilo, deixou as embalagens plásticas do açougue no lixo. A "tinta" estava pingando, a mensagem ainda escorrendo na parede. Alguém tinha ido até o banheiro das meninas e pintado aquilo pouco depois de começar a primeira aula, sem ninguém perceber. Teria que ser um ninja para conseguir.

– O que...

Patricia sentiu-se gelar de dentro para fora. O fedor era um castigo: um odor de abatedouro ruim, a angústia moribunda do gado imortalizada em forma de cheiro. Não conseguia aguentar.

O queixo do sr. Dibbs mexia embaixo da barba escura e densa. Apontou para a parede com a mão livre.

– Você vai limpar isso daí e depois vamos chamar seus pais aqui para termos uma conversa sobre comportamento civilizado, barbarismo e o vital! O essencial! A diferença entre os dois.

– Eu não... por favor, solte meu braço, o senhor está me machucando. – Ela não conseguia se ouvir falando. Ele a puxou para mais perto da parede, que ficou a poucos centímetros dela. – Não sei nada sobre isso. Por favor, solte meu braço; castigo físico é ilegal na escola, e o senhor está me machucando, por favor, SOLTE O MEU BRAÇO!

O sr. Dibbs a soltou, mas já estava se virando para ligar para os pais dela. Eles também não a ouviriam. Seriam três adultos gritando com ela, em vez de um.

– Olha só – disse Patricia. – Seja lá quem tenha feito isso, fez durante a primeira aula. Muitas garotas foram ao banheiro antes da primeira aula e não havia sangue nenhum na parede. E todo mundo me viu na primeira aula, eu fui a primeira a chegar para a aula de matemática. Não tem *como* eu ter feito isso. Então, me desculpe, senhor, vou voltar para a aula de matemática agora.

Sua "vitória" ainda deixou Patricia com a calcinha suja para jogar fora e uma sala cheia de adolescentes que ficavam o tempo todo tentando tirar fotos dela para postar no Instagram com comentários maldosos.

A pichação com sangue ficou na parede do banheiro o resto do dia. O faxineiro da escola recusou-se a se aproximar de lá por motivos religiosos – ninguém sabia qual era a religião dele exatamente, e ele não disse qual era.

Patricia continuou sentindo vontade de vomitar, enquanto entrava em uma sala de aula atrás da outra, ouvindo os outros adolescentes sussurrando e os professores tentando continuar a aula como se nada tivesse acontecido. Ela não conseguiria vomitar nem se quisesse, pois a escola inteira tinha apenas umas dez cabines de banheiro para meninas, e as filas eram eternas. Uma vez, ela esperou na fila para fazer xixi, e as garotas a empurraram o tempo todo "sem querer".

Patricia tentou falar com Laurence uma ou duas vezes, mas ele continuava fugindo.

Quando chegou à porta, notou que o sr. Rose a observava de dentro da escola. Voltara ao tamanho normal. Ela lembrou do que tentava se esquecer: ele havia lhe dito que ela partiria logo daquele lugar terrível. Seu treinamento começaria. Ela ficaria livre e luminosa, uma bruxa de verdade. Apenas tinha que concluir. Uma pequena tarefa.

10

LAURENCE PERDEU AS CONTAS de quantas conversas ouviu sobre o escândalo de Patricia. As pessoas não comentavam outra coisa enquanto se vestiam para ir à pista de atletismo (Laurence era mais de esportes de campo que de pista), estudavam para as provas ou esperavam pelas provas de ginástica, nas quais Laurence "acompanhava Dorothy Glass". (Ela não havia dito para ele cair fora e parecia curtir as coisas que ele trazia para ela.) Dorothy fazia uma coisa com a perna enquanto se empoleirava na arquibancada que parecia ter um significado pessoal para Laurence.

Havia um limite que Laurence respeitava: nunca falava mal de Patricia ou ria quando outra pessoa falava mal. Não bajulava ninguém para ser minimamente aceito nos grupinhos falando mal de sua única amiga. Principalmente, tentava não pensar em nada que envolvesse Patricia. Ela podia se cuidar sozinha. Ele estava em um casulo, uma crisálida incomunicável. De qualquer forma, não havia nada que pudesse fazer. Dali a seis meses, se tudo corresse conforme planejado, Laurence seria calouro da escola científica.

E, nesse meio-tempo, Laurence gastava cada minuto livre atualizando M3MUD@, que reivindicava cada vez mais espaço em seu armário, tanto que precisou jogar fora a maioria de suas roupas. Toda vez que aumentava a capacidade de processamento, o computador parecia engoli-la imediatamente. Laurence havia construído uma rede neural com apenas um punhado de camadas, mas, de alguma forma, ela havia aumentado para mais de vinte camadas sozinha, enquanto M3MUD@ continuava se refatorando. E não era só isso: as conexões seriais ficavam cada vez mais confusas – em vez de enviar dados da Máquina A para a Máquina B para a Máquina C, eles iam de A para B para C para B para C para A, criando mais e mais loops de *feedback*.

Um dia, Patricia estava na fila do refeitório ao lado de Laurence. Ela parecia desgrenhada – cabelos caindo no rosto, olheiras, uniforme amassado, meias descombinando – e não olhava para nada em especial. Nem mesmo notou que tipo de porcaria jogaram em sua bandeja. Alguém que não se importava se receberia bolinhos de batata ou sopa rala de nabo era uma pessoa que desistiu da vida.

Laurence teve a forte convicção de que devia dizer algo a Patricia. Ninguém notaria. Ele não se levantaria e gritaria que estava ao lado dela nem nada.

– Ei – murmurou Laurence na direção de Patricia.

Ela não parecia ouvi-lo. Saiu cambaleando, como um zumbi, na direção das sobremesas.

– Ei – disse Laurence um pouco mais alto. – Ei, Patricia. Como você... está?

– Indo – disse Patricia sem erguer a cabeça.

– Legal, legal – Laurence falava como se ela tivesse terminado a frase com um advérbio. – Eu também, eu também.

Tomaram rumos distintos – os dois estavam comendo sozinhos, mas Laurence tinha o privilégio de comer sozinho em um nicho separado do refeitório, atrás das bombas de leite com sua tubulação de borracha serrada. Enquanto isso, Patricia comia sozinha em um canto escuro da biblioteca, atrás das prateleiras de geografia, onde Laurence mal a notava quando devolvia um livro no caminho para a aula. Ela estava tão sombria que parecia o Batman.

Em casa, Laurence examinava seus pais, que haviam esquecido que ele havia gritado com eles por serem fracassados na vida, poucas semanas antes. O pai de Laurence continuava reclamando sobre o sistema de som do carro não parar de engolir seus CDs.

Havia um artigo online sobre problemas com a empresa aeroespacial que Isobel, a cientista de foguetes, estava ajudando a administrar. Lançamentos eram cancelados um atrás do outro, pequenos acidentes aconteceram. Leu o artigo três vezes, xingando toda vez.

Laurence recebeu uma carta dizendo que havia sido admitido na escola científica para começar no próximo semestre. Ele a manteve em sua cômoda, perto da antiga aliança de sua avó e dos três pentes diferentes (para as partes diferentes da cabeça) e toda manhã dava uma olhada nela enquanto se vestia para ir à escola. As duas dobras amassadas no papel começaram a parecer as linhas da palma da mão de Laurence depois de um tempo. Linhas da vida.

Certa noite, Laurence já estava de pijama, mas acabou de quatro na frente do armário, encarando o emaranhado de fios cruzados que corriam de todas as peças unidas no improviso de M3MUD@. As instruções haviam ficado tão numerosas e complicadas que Laurence já não conseguia compreender, cobriam possibilidades que ele não conseguira prever. E M3MUD@ tinha milhares de contas em serviços gratuitos em todo o mundo, onde estava armazenando dados ou partes de si mesmo na nuvem.

E Laurence notou uma coisa: todas as vezes em que Patricia tinha uma de suas conversas com M3MUD@, a base de código do computador dava outro salto exponencial adiante com uma complexidade muito maior. Talvez apenas uma correlação aleatória. Mas Laurence continuou olhando para as datas e horários dos *logs* e pensando em Patricia soprando vida dentro de sua máquina, enquanto ele dava um chega pra lá nela.

Na manhã seguinte, Laurence encontrou Patricia diante dos degraus de entrada. Ela encarava a escola, talvez tentando decidir se deveria se dar ao trabalho.

– Ei – disse ele. – Só queria que você soubesse que estou do seu lado. Não acho que você seja uma satanista.

Patricia deu de ombros. Os cabelos escuros haviam crescido, então quase caíam sobre o macaquinho.

– Aliás, por que alguém seria satanista? Não entendo. Não se pode acreditar em Satanás sem acreditar em Deus, e assim você só está escolhendo o lado errado em uma grande batalha mítica.

Todo mundo já havia entrado. Estavam soando o segundo sinal.

– Acho que, se você for satanista, acredita que Deus é o cara mau e reescreveu a história para fazer parecer que Ele era bom.

– Mas se for verdade – disse Patricia –, então você está apenas adorando um cara que precisa conseguir uma equipe melhor de relações públicas.

Laurence e Patricia sentaram-se juntos no almoço – na biblioteca, mas não no canto escuro, porque não havia espaço suficiente para duas pessoas ali. Laurence tentou perguntar a Patricia como ela estava lidando com tudo aquilo, e ela apenas parou de falar, como se o tema inteiro da conversa a pusesse em coma.

– Talvez – disse Laurence –, talvez você devesse falar com o senhor Rose.

– Quê? – Patricia saiu de uma vez do entorpecimento, arregalando os olhos.

– O senhor Rose, o orientador educacional. Você disse que achava ele legal.

– Não posso falar com o senhor Rose – disse Patricia baixinho, quase inaudível na biblioteca silenciosa. – Ele é... eu acho que tem algo de errado com ele. Ele me disse para... disse algo muito louco pra mim, poucos dias antes do negócio com a parede ensanguentada. E continuo achando que deve haver alguma relação aí.

Laurence teve de se aproximar para ouvir o que ela estava dizendo, quase tocou o nariz da garota com o queixo.

– O que ele disse? – perguntou Laurence num sussurro.

Patricia pensou por um momento, em seguida balançou a cabeça.

– Não consigo nem repetir. Se eu disser o que ele me falou, vai pensar que é invenção minha.

– Acredito em você mais do que no senhor Rose –

disse Laurence, e era verdade.

– Não nesse caso – disse Patricia. – Imagine se você contasse para alguém algo tão doido que ninguém acreditasse se você dissesse. Foi pior que isso.

Aquilo estava deixando Laurence maluco.

– Conte logo – disse ele. – Não pode ser tão ruim.

Mas quanto mais ele insistia, mais ela se fechava, até voltar ao coma. Fosse lá o que o sr. Rose havia dito para ela, havia perturbado Patricia mais do que uma multidão de adolescentes acusando-a de se cortar e pintar paredes com sangue. Acabaram ficando em silêncio até o intervalo do almoço terminar, e então tiveram que levar as bandejas de volta ao refeitório.

– Vamos ao shopping depois da escola – disse Laurence quando devolveram as bandejas. – Podemos dizer a seus pais que você está na minha casa e para os meus que estamos fazendo algo ao ar livre. Vai ser como nos velhos tempos.

– Claro. – Patricia estremeceu. – Eu queria tomar um chocolate quente. Com, tipo, um milhão de marshmallows.

– É isso que vamos fazer.

Eles deram as mãos como se fechassem um acordo. Laurence sentiu como se tivesse removido uma farpa dolorida que havia esquecido na pele. Foi para a aula de ciências sozinho. Brad Chomner avançou e agarrou a gola da jaqueta do uniforme de Laurence com uma das mãos, ralando Laurence embaixo dos braços.

– Devia ter deixado a vaca emo em paz – disse Brad Chomner. Afastou Laurence como que arremessa uma bola e soltou.

11

A NEVE DEIXOU TUDO cinza até onde Patricia conseguia enxergar. Mesmo a floresta proibida perto da casa de especiarias parecia apagada, com a silhueta das árvores coberta pela neve de três nevascas. Patricia não saía mais de casa, exceto para ir à escola, por isso o frio parecia muito pior do que era. Quase mítico, em sua capacidade de congelar a vida assim que ela saísse pela porta da frente. A menina ficava sentada na cama, falando com M3MUD@ ou lendo a pilha de livros de capa mole que havia comprado na grande liquidação da biblioteca. Deitava enrolada com Berkley em um canto da cama, criando um espaço quentinho com seu edredom e um cobertor. Fazia meses que Berkley não se aproximava de Roberta, e proteger aquele gato talvez tenha sido uma das conquistas na vida dela.

Patricia começou a se dar mal na maioria das matérias, embora ainda estivesse se esforçando para ir. Nunca havia precisado esconder seu boletim dos pais antes.

Desde o negócio com a Parede de Sangue, houve alguns outros incidentes, inclusive um quadro com uma Barbie obscena no vestiário das meninas e uma bomba de fedor em uma grande lixeira. Ninguém podia provar que Patricia era responsável, mas ninguém duvidava que fosse. Quando Laurence falava com Patricia em público, arrancavam seu couro.

Em seus dias mais loucos, Patricia ficava sentada na sala de aula e imaginava se talvez o sr. Rose estivesse dizendo a verdade. Talvez ela *devesse* mesmo matar Laurence. Talvez fosse ele ou ela. Sempre que pensava em se matar, por exemplo, com uma tonelada de pílulas para dormir de sua mãe ou algo assim, alguma parte dela lutando pela sobrevivência substituía aquele pensamento por uma imagem dela assassinando Laurence.

Mas apenas pensar em matar o que era mais próximo que Patricia tinha para chamar de amigo fazia com que ela quase vomitasse. Não ia se matar. Não ia matar ninguém.

Provavelmente só estava ficando maluca. Pensou em toda aquela meleca de bruxaria, e era a única fazendo aquela merda de confusão toda pela escola. Não se surpreenderia se sua família conseguisse levá-la à loucura.

Muitas das conversas entre Patricia e M3MUD@ começavam do mesmo jeito. Patricia escrevia:

"Meu Deus, estou tão sozinha."

Ao que o computador sempre respondia:

"Por que você está sozinha?"

E Patricia tentava explicar.

– ACHO QUE M3MUD@ gosta de você – Laurence disse a Patricia quando saíram pela porta dos fundos da escola, lidando com a grande porta de metal com a suavidade com que se trata um bebê para não fazer barulho.

– É bom ter alguém para conversar – disse Patricia. – Acho que M3MUD@ precisa de alguém para conversar também.

– Em teoria, o computador pode falar com qualquer um, ou com qualquer computador, no mundo inteiro.

– Provavelmente alguns tipos de *input* são melhores que outros – disse Patricia.

– *Input* constante.

– Isso. Constante.

A neve endurecia cada centímetro do mundo, tornando todo passo uma descida lenta. Laurence e Patricia deram as mãos. Para se equilibrarem. A paisagem brilhava como um espelho opaco.

– Aonde estamos indo? – perguntou Patricia. A escola havia ficado para trás. Deviam voltar logo se quisessem ter qualquer esperança de chegar a tempo para a cerimônia na qual os cinco alunos mais velhos com maiores notas recitariam trechos memorizados e falariam sobre o que significava para eles o Programa Saariniano.

– Não sei – disse Laurence. – Acho que tem um lago bem ali. Quero ver se está congelado. Às vezes, se um lago está congelado e bem sólido, dá para jogar pedras no gelo e fazer efeitos sonoros naturais de armas de raio laser. Tipo *pein-pein-pein*.

– Que legal – disse Patricia.

Não sabia ao certo em que pé estava com Laurence. Eles se encontraram furtivamente algumas vezes desde o almoço na biblioteca. Mas Patricia tinha a sensação de que ela e Laurence sabiam, nos recônditos do coração, que abandonariam um ao outro em um segundo se tivessem chance de fazer parte, de verdade, de um grupo de pessoas diferentes deles.

– Eu nunca vou embora deste lugar. – Patricia estava com neve até os joelhos. – Você vai embora para sua escola científica, e eu vou ficar e enlouquecer. Vou ser destruída socialmente, vou ficar radioativa.

– Bem – disse Laurence –, eu não sei se é possível "ficar radioativa", a menos que seja exposta a determinados isótopos, e nesse caso você provavelmente não sobreviveria.

– Queria poder dormir por cinco anos e acordar adulta. – Patricia chutou a terra congelada. – Só que eu saberia todas as coisas que precisamos ver no ensino médio por aprendizagem durante o sono.

– Queria ficar invisível. Ou talvez me transformar em um metamorfo – disse Laurence. – A vida seria bem legal se eu fosse um metamorfo. A menos que eu esquecesse a minha aparência e nunca mais conseguisse voltar à forma original. Isso seria uma porcaria.

– E se pudesse apenas mudar como as outras pessoas te veem? Então, se quisesse, elas veriam você como um coelho de trinta metros. Com a cabeça de um crocodilo.

– Mas daí eu seria fisicamente o mesmo? Só pareceria diferente para as outras pessoas?

– Isso. Eu acho.

– Isso seria uma porcaria das grandes. Alguém acabaria encostando em mim e sabendo a verdade. E depois, ninguém levaria mais a sério as ilusões. Não faz sentido, a menos que pudesse mudar fisicamente.

– Sei lá – disse Patricia. – Depende do que você

está tentando fazer. E se você também pudesse fazer as pessoas verem ou ouvirem o que você quisesse, apenas bagunçando a percepção delas de forma geral? Isso seria legal, não?

– Seria. – Laurence ponderou por um momento. – Isso seria legal.

Chegaram a um rio que nenhum dos dois se lembrava de ter visto antes. Estava coberto com uma camada branca, e as pedras que se projetavam pareciam as safiras falsas do colar que Roberta havia dado a Patricia de Natal. A corrente do rio impedia que a água congelasse, exceto por uma camada de gelo.

– Caramba, de onde vem isso? – Laurence cutucou o riacho com o pé e quebrou um pedacinho da casca.

– Acho que é bem raso e dá para caminhar nele a maior parte do tempo – disse Patricia. – É fácil caminhar nas pedras, mas não quando está tudo assim, congelado.

– Ah, que droga. – Laurence agachou-se para examinar o rio, quase encharcando a bunda no chão enlameado. – De que adianta cabular aula se não podemos ir fazer barulhos de laser no gelo?

– Temos que voltar – disse Patricia.

Voltaram. Dessa vez, não se deram as mãos, como se a expedição frustrada os tivesse separado. Patricia escorregou e caiu de joelhos, rasgando as coxas da calça e ralando um pouco da pele. Laurence estendeu a mão para ajudá-la, mas ela negou com a cabeça e se levantou sozinha.

Patricia percebeu que aquela era uma metáfora de como Laurence era. Ele apoiava e era amigável se algo parecesse uma grande aventura. Mas no momento em que as coisas se enroscavam ou ficavam mais bizarras que o esperado, ele se afastava. Era impossível prever o que Laurence faria.

Você não pode contar com Laurence, disse Patricia a si mesma. *Simplesmente não pode, e deveria se acostumar com essa ideia.* Teve a sensação de ter resolvido uma questão de uma vez por todas.

– Acho que ser capaz de controlar os sentidos das pessoas seria melhor do que qualquer coisa, até mesmo do que a metamorfose – disse Laurence, do nada. – Porque quem se importa com a forma física, se você consegue controlar como as pessoas te percebem? Pode ser toda deformada e esquisita, e isso não importaria. O segredo é controlar o tátil e o visual.

– Isso. – Patricia aumentou o ritmo e saiu pisando duro até o estacionamento dos fundos da escola, e Laurence precisou se apressar para alcançá-la. – Mas você saberia quem realmente é. E isso é tudo que importa.

Quando voltaram pelo fosso de lama e cascalho do estacionamento, descobriram que a porta de trás da escola havia sido fechada. Trancada? Presa por congelamento? Patricia e Laurence puxaram a porta com tudo, pois a entrada da frente ficava do outro lado do prédio e eles seriam pegos com 100% de certeza. Laurence pôs um pé na parede de pedra branca e usou toda a sua força de quase atleta mais de campo que de pista de atletismo. Patricia puxava as pontas da maçaneta de metal afiada, que tinha a forma de mão francesa. Os dois puxaram o mais forte que puderam, e a porta se abriu com tudo. Alguém ria do lado de dentro. Laurence e Patricia viram, de relance, tênis não muito uniformes e um trio de mãos gorduchas antes de ela e Laurence caírem de bunda no chão. Quem segurava a porta fechada do lado de dentro riu mais alto, enquanto Laurence e Patricia se erguiam, e então um vulto azul voou por cima deles, e Patricia mal teve tempo de ver um balde de plástico que despejou água e encharcou os dois. Alguém estava tirando fotos.

12

THEODOLPHUS NÃO havia tomado sorvete desde o envenenamento no shopping, e naquele momento não merecia nenhum. Sorvete era para assassinos que exterminavam seus alvos. Ainda assim, continuou imaginando como seria o gosto de um sorvete, como ele derreteria em sua língua e desprenderia camadas de sabor. Não confiava mais em sorvetes, mas precisava de um.

Bem. Assim foi. Theodolphus entrou em seu Nissan Stanza, desviando com um aceno as tentativas habituais de flerte vindas da proprietária do apartamento que alugava. Dirigiu por horas, cruzando e recruzando vias estaduais, circulando, desviando e voltando, usando todos os truques em que conseguiu pensar. Então, chegou a uma loja de conveniência a dois estados de distância, onde comprou um pote de meio litro de Ben & Jerry, um desses sabores batizados com nome de celebridade. Tomou no banco do motorista com uma colher-garfo que levava no porta-luvas.

– Eu não mereço este sorvete – repetia a cada bocada até que começou a chorar. – Eu não mereço este sorvete. – Soluçou.

Poucos dias depois, Theodolphus olhou para Carrie Danning, uma garota loira e nervosa que estava sentada diante de sua mesa, e percebeu que já trabalhava como orientador educacional havia seis meses, ou muito mais tempo do que já havia ficado em um emprego regular. Aquela era a primeira vez que Theodolphus tinha mais que dois pares de meias.

A coisa mais apavorante era que Theodolphus meio que se *importava* com aquelas crianças e seus problemas ridículos. Talvez porque houvesse investido tanto tempo, queria ver como tudo aquilo acabaria. Preocupava-se com a política escolar. Tinha a sensação persistente de que todos aqueles debates sobre permitir que os alunos avançassem mesmo que houvessem repetido em alguma parte do regime de provas faziam sentido. Tinha pesadelos vívidos nos quais participava das reuniões de pais e mestres.

Carrie Danning dizia que estava cansada de tentar ser amiga de Macy Firestone, que era uma pessoa tóxica, e Theodolphus assentia com a cabeça sem prestar muita atenção.

Assim funcionavam as coisas quando se era membro da Ordem Inominada, como Theodolphus – você não via seus colegas membros fora das cinco reuniões anuais, mas recebia boletins na forma de grama morta ao redor da casa ou ossos humanos em um de seus sapatos, e esses eventos informavam se alguém havia subido nos rankings ou feito duas execuções espetaculares nos últimos tempos, respectivamente. Por ora, todos os seus camaradas estariam recebendo pequenos vermes nos chapéus ou nos porta-luvas, informando, inclusive àquele que envenenou o sundae e o avisou para não atacar diretamente duas crianças, que Theodolphus estava passando pelo maior período de seca já visto.

Havia algo liso e vermelho dentro da gaveta entreaberta da mesa de Theodolphus. Por um momento, teve certeza de que era uma faixa de seda encharcada de sangue da Ordem, avisando de sua queda no ranking. Mas, em vez disso, puxou dali um envelope de cor creme, com bordas vermelhas, guardando um cartão que informava Theodolphus que o Distrito o havia nomeado Educador do Ano. Era o convite para uma cerimônia de premiação, na qual se vestiria black-tie e se comeria carne animal industrializada. Theodolphus quase chorou na frente de Carrie Danning. Precisava acabar com aquilo de alguma forma. Custasse o que custasse, precisava ter sua vida de volta.

13

LAURENCE VIU SEUS PAIS saindo do gabinete do sr. Rose no meio do dia. Pareciam alarmados – literalmente como se um alarme tivesse disparado ao lado de sua cabeça e seus ouvidos ainda estivessem apitando. Não olharam para ele ou o reconheceram enquanto saíam da escola atrapalhados e entravam no carro.

Laurence entrou com tudo no gabinete do sr. Rose sem bater.

– O que o senhor disse aos meus pais?

– Esse assunto está sujeito à mesma confidencialidade a que estão todas as nossas conversas nesta sala. – O sr. Rose sorriu e recostou-se em sua grande cadeira.

– O senhor não é terapeuta – disse Laurence. – E não devia fingir que é.

– Seus pais estão preocupados com você – sr. Rose disse. – Você é um dos alunos mais talentosos e inteligentes que já tivemos nesta escola.

– O que disse aos meus pais? – insistiu Laurence. – E o que disse a Patricia antes disso? Ela ainda não me contou o que foi, mas deixou a garota esquisita.

– Não tem nada a ver com Patricia – sr. Rose disse. – Estamos falando de você.

– Não. Estamos falando do senhor. – Laurence estava pensando que Patricia agia como se tivesse visto um fantasma sempre que ele mencionava o sr. Rose, e no jeito como o sr. Rose o examinava como um inseto antes disso. As coisas estavam se encaixando. – O senhor disse alguma coisa para assustar meus pais, do mesmo jeito que assustou Patricia antes. O que disse?

– Como eu estava dizendo, sua pontuação nas provas está muito acima da média. Mas seu comportamento? Ameaça arruinar tudo.

– Acho que tenho sorte por ter me prometido que tudo o que eu disser aqui é segredo – disse Laurence. – Posso aproveitar e dizer que o senhor é uma farsa. Não é o adulto mais maneiro desta escola, é tipo um *troll*, escondido nessa porcaria de gabinete com parede de compensado e bagunçando a vida das pessoas. Meus pais têm a cabeça fraca, a vida esmagou o que tinham de força, e o senhor acha que são alvos fáceis. Mas eu estou aqui para dizer que não são, e Patricia também não é. Faço questão de acabar com o senhor.

– Entendi. – O sr. Rose estava retorcendo as mãos. – Nesse caso, o que está por vir será consequência de seus atos. Tenha um bom dia, senhor Armstead.

Os pais de Laurence não estavam quando ele chegou em casa, e ele teve que preparar uma pizza congelada. Por volta das 10 da noite, desceu a escada e pegou seus pais olhando folhetos, que esconderam assim que ouviram seus passos.

– O que estão olhando aí? – perguntou Laurence.

– Só uns... – disse o pai.

– Só uns materiais – completou a mãe.

No dia seguinte, eles o tiraram da cama pouco depois do alvorecer e disseram que ele não iria à escola naquele dia. Em seguida, enfiaram-no no carro, e o pai saiu pilotando como se houvesse um míssil termoguiado no seu encalço.

– Aonde estamos indo? – Laurence perguntou aos pais, mas eles apenas encaravam a estrada.

Mergulharam na Connecticut mais cinzenta, com a rodovia interestadual margeando paredões de rocha, até virarem em um campo com uma porção de montes feitos de macadame, depois terra, em seguida cascalho. As bétulas tremiam e sussurravam, como se tentassem dizer algo a Laurence, e então ele viu a placa: "COLDWATER: Reformatório Militar. Reaberto Sob Nova Direção". Estacionaram ao lado de uma pilha de pedras cercada por jipes velhos, e à esquerda surgiu uma falange de vinte ou trinta garotos adolescentes; qualquer um deles poderia usar Brad Chomner como pano de chão.

E, além daqueles garotos fazendo polichinelo, havia uma imensa bandeira dos Estados Unidos a meio-mastro.

– Vocês só podem estar brincando – disse Laurence aos pais.

Eles murmuraram que não tiveram outra opção com seu comportamento disruptivo e que aquilo seria apenas um teste de alguns dias para ver se Coldwater poderia ser uma alternativa para seu ensino médio – em vez daquela escola científica, onde aprenderia mais maneiras de ser agressivo.

Caramba! O que o sr. Rose havia dito para eles, que estava construindo uma bomba?

O cérebro de Laurence ficou tão quente e sem oxigênio, como o interior daquele carro. Sentiu uma dor aguda, como se a pele de sua vida estivesse sendo aberta e o futuro, arrancado. Os pais já estavam caminhando pelo trecho de terra até o bunker de cimento onde se lia "COMANDANTE" sem esperar que ele os seguisse. Correu atrás deles, gritando que não podiam fazer aquilo e que ele já tinha a porra de uma escola arranjada, merda.

– A Coldwater Academy, nova e reformada, se dispõe a ajudar o indivíduo a alcançar seu pleno potencial – disse o comandante Michael Peterbitter, rígido atrás da cadeira de madeira falsa com um computador rodando Windows XP em um canto. Laurence não conseguiu evitar e bufou. – Vemos a disciplina como um meio, não um fim – continuou Peterbitter, que tinha bigode parecido com um guidão de bicicleta com as pontas voltadas para cima, nariz queimado de sol e cabelo à escovinha. – Acreditamos no ideal antigo de *mens sana in corpore sano*, mente sã em corpo são. Depois de um semestre aqui, aposto que mal reconhecerão Lau.

Bláblá, forma física, aprender a desmontar uma escopeta em dois minutos, autoestima, blá. Por fim, Peterbitter perguntou se alguém tinha perguntas.

– Apenas uma – disse Laurence. – Quem morreu?

– Essa é uma questão sigilosa, e nós sentimos profundamente...

– Pois é isso o que significa aquela bandeira a meio-mastro, certo? Aliás, quantas crianças sua escola incrível já matou?

– Algumas pessoas não se dão bem com o currículo rigoroso e enriquecedor que oferecemos aqui. – Peterbitter assumiu uma expressão sóbria, mas também olhou feio para Laurence. – Quando oferecemos a escolha entre florescer em um ambiente dinâmico e acabar em autodestruição, algumas pessoas sempre escolherão se autodestruir.

– Nós já vamos. – A mãe de Laurence tocou seu braço.

– Ótimo – disse Laurence. – Estou pronto.

Mas aquele não era um "nós" inclusivo. Não era a primeira vez que Laurence pensava que aquela era uma das características incômodas da comunicação ineficiente do idioma. Como a incapacidade de distinguir entre o "ou inclusivo" e "e/ou", a falta de delineamento entre "nós inclusivo" e "nós exclusivo", que pareciam uma conspiração ofuscante feita para criar constrangimento e exagerar na pressão do grupo – porque as pessoas tentam incluir você em seu "nós" sem consentimento, ou você acha que está incluído e então elas puxam seu tapete. Laurence concentrou-se nessa injustiça linguística enquanto via os pais voltando ao carro, atravessando o estacionamento de cascalho, sem ele.

Peterbitter abriu um sorriso afetado.

– Então, você atende por Lau?

Laurence sabia muito bem que muitos brutamontes enormes já o encaravam, no gramado na frente com a trave de futebol americano balançando.

– Não, não atendo porra nenhuma por Lau.

– Isso mesmo. A partir de agora, seu nome é B2725Q, mas as pessoas em geral vão chamar você de Porcaria. Não ganha o direito de ser chamado de Lau até chegar ao Nível Um, e agora você está no Nível Zero. – Peterbitter examinou os recrutas que estavam fazendo flexões e acenou para um dos instrutores, que se aproximou com uma corridinha. Peterbitter apresentou Porcaria a Dicker, um dos mais velhos e um de seus tenentes de confiança.

– Venha, Porcaria – disse Dicker. – Vamos achar uma cama para você. Hasteamento da tarde em uma hora.

Enquanto caminhavam até as "casernas", Laurence notou que um prédio de salas de aula estava com as janelas fechadas com tábuas e outros tinham rachaduras nas paredes. Garotos em uniformes camuflados passaram sem formação especial, e havia uma pistola calibre 50 montada pela metade atrás de uma cobertura meio caída. Não confiaria naquela organização militar nem para defender uma barra de chocolate. A única coisa ali que parecia nova era uma tela de arame farpado que envolvia a cerca elétrica que ladeava o campus.

– Sim, tivemos alguns desertores – disse Dicker, seguindo o olhar de Laurence pelo perímetro. – O estado quase fechou a escola no verão passado, mas isso foi antes da nova administração.

Dickers começou a contar a Laurence que, assim que se chegava ao Nível Três, a vida ficava sopa no mel: você recebia uma hora de computador sem supervisão por dia, e a escola havia acabado de comprar *Commando Squad* (um jogo que Laurence havia zerado em um dia, dois anos antes). No Nível Quatro, nível oficial, às vezes você pode assistir a filmes no alojamento de Peterbitter depois que as luzes se apagam, mas aquilo era um segredo que Dickers não contou a Laurence, de jeito nenhum. Acima de tudo, ninguém queria ser jogado para o Nível Menos Um, porque Dickers não podia garantir que haviam se livrado de todas as bactérias SARM do Buraco da Solitária. E Dickers também não contou a Laurence das SARM, como também não havia contado sobre os filmes de ação (e da pipoca de micro-ondas e da pizza, recebidas por entrega) do Nível Quatro. Laurence disse que os segredos de Dickers morreriam com ele, o que provavelmente era verdade.

– Esse aqui é o Porcaria – disse Dickers aos pouco mais de dez adolescentes gigantescos em vários estágios de troca de roupas, com as peças de atletismo, toalhas ou fardas, dentro de um pequeno dormitório de tijolos brancos. – Ele vai ficar uns dias para ver como se sai. Precisa de uma cama e equipamentos. Deixem o rapaz à vontade, meninas.

Então, Dickers saiu.

Laurence se empertigou, manteve os ombros firmes.

– Oi. Sou Porcaria, eu acho. Já me chamaram de coisa pior esta semana. Então, onde eu durmo? Ele disse que tinha uma cama sobrando aqui?

O dormitório tinha talvez três vezes o tamanho do quarto de Laurence em casa e as camas eram tão próximas que faziam Laurence pensar em um submarino. Não conseguia respirar naquela atmosfera de metano e nitrogênio, e não sabia se conseguiria dormir ali. A cabeça girava.

– Não. – Um cara com uma tatuagem de “Feito à Mão” no peito e um nariz que havia sido quebrado várias vezes rolou para fora da cama. Aproximou-se de Laurence. – Não tem cama sobrando aqui. Você é Porcaria? Dorme no chão. – Ele apontou para o canto escuro mais distante, que tinha uma teia de aranha nova em folha. Laurence olhou para uma cama que estava desocupada, mas não conseguiu passar pelo círculo de adolescentes gigantes por todos os lados.

Parte do cérebro de Laurence que dava um passo para trás para analisar as merdas lhe disse que estava sendo humilhado. Fazia parte do programa "abaixe sua crista" e também da dinâmica social normal. *Não deixem que abalem você*, ele disse a si mesmo.

Mas o que saiu da boca de Laurence foi:

– E o cara que acabou de morrer? Talvez eu possa ficar com a cama dele.

Provavelmente foi um erro dizer aquilo.

– Sem chance, cara – disse alguém mais ao fundo do dormitório, em uma voz rouca de caminhoneiro de quarenta anos. – Você está desrespeitando Murph? Está mesmo cagando em cima da memória do nosso camarada caído? Me diz que não ouvi isso.

– Agora, você tá lascado – disse o garoto sem nariz. – Agora está lascado.

– Não dou a mínima pro seu amigo idiota – gritou Laurence enquanto eles o erguiam até ele ver as manchas nos colchões de cima dos beliches e as fissuras profundas nas vigas de sustentação. – Esse lugar acabou com ele, mas não vai acabar comigo. Vocês me ouviram? Eu vou embora daqui.

A voz dele falhou. Tubos de luz fluorescente aproximaram-se de seu rosto, e ele se preparou para ficar com a cara cheia de vidro, e em seguida foi girado, e ouviu gritos ao seu redor. Por fim, cedeu ao pânico, quando a casca doce da fúria se abriu, e ele soltou um grito rouco quando foi lançado de cabeça.

14

PATRICIA: ONDE ESTÁ LAURENCE?

M3MUD@: Não sei. Faz dias que ele não se loga.

Patricia: Estou preocupada. Será que aconteceu alguma coisa com ele?

M3MUD@: Preocupação com frequência é um sintoma de informações imperfeitas.

PATRICIA TENTOU LIGAR para a casa de Laurence e descobrir o que estava acontecendo. A mãe de Laurence atendeu.

– A culpa é sua – disse ela e desligou.

Meia hora depois, o telefone tocou na casa de Patricia e seu pai atendeu. Cumprimentou a mãe de Laurence e passou o restante da conversa dizendo “Ah. Ah, não. Entendo”. Depois de desligar, anunciou que Patricia estava de castigo por tempo indeterminado. Nessa época, Roberta estava ocupada demais com o musical da escola e os trabalhos para cuidar de Patricia, então os pais da garota voltaram a deslizar comida embaixo da porta. A mãe disse que, daquela vez, estavam realmente parando de ter prejuízo com ela de uma vez por todas.

Patricia: Fico imaginando se eu deveria ter contado a Laurence a história inteira, aquilo que o sr. Rose me disse.

M3MUD@: O que acha que aconteceria se tivesse contado?

Patricia: Ele teria pensado que era invenção minha. Teria pensado que eu fiquei maluca. É por isso que foi a armadilha perfeita. Seja lá o que eu faça, vou perder.

M3MUD@: A armadilha que pode ser ignorada não é armadilha.

Patricia: O que você disse?

M3MUD@: A armadilha que pode ser ignorada não é armadilha.

Patricia: Que esquisito você dizer isso. Acho que uma boa armadilha deve estar camuflada para ninguém perceber que está pisando nela. Por outro lado, você precisa *querer* pisar nela. Uma armadilha que não faz você querer pisar nela não é muito armadilha. E, quando você é pego, não deve conseguir ignorar a armadilha porque está preso. Então, uma armadilha na qual você simplesmente não consegue prestar atenção fracassou. Acho que entendi.

M3MUD@: Sociedade é a escolha entre a liberdade nos termos de outra pessoa e a escravidão nos seus.

A CANTERBURY ACADEMY ESTAVA cheirando tão mal que as narinas de Patricia queimavam. Ficou esperando o alarme de incêndio disparar, pois era um cheiro quente demais em um dia congelante. Ninguém conseguiu encontrar a fonte daquele odor. Era exatamente como se algo tivesse morrido.

O cheiro deixou Patricia maluca, como todo mundo. Imaginou que era assim que um bêbado devia se sentir. Continuava vendo o sr. Rose observando-a através da porta aberta de seu gabinete entre uma aula e outra. No vestiário feminino, Dorothy Glass e Macy Firestone agarraram Patricia, uma em cada braço, e empurraram-na contra o espelho, melado com eflúvios não identificáveis.

– Fale o que você fez – chiaram elas. Patricia segurou o fôlego até elas soltarem.

No almoço, não conseguiu ficar na biblioteca. Continuava pensando no olhar que o sr. Rose sempre lhe dava quando achava que ela não estava vendo. Teve certeza: ele era o responsável pelo desaparecimento de Laurence e aquela nuvem debilitante de podridão. As duas coisas não seriam coincidências. Tinha mais certeza que cautela.

Ela caminhou pisando duro pelo corredor, os armários vibrando com seus passos largos, e ela nem ligou por estar indo direto contra aquele fedor de morte, com esforço.

Quando chegou à porta, a frase veio à sua cabeça: "A armadilha que pode ser ignorada não é armadilha". Ela tomou fôlego – talvez M3MUD@ fosse mais sábio do que imaginava –, então respirou fundo de novo, e o futum enlouquecedor chegou às narinas outra vez. Ela enfrentaria aquele monstro de uma vez por todas.

– Senhorita Delfine. – O sr. Rose tirou os olhos do computador e fez um gesto para ela se sentar na poltrona estofada mais próxima de frente para ele. O odor era mais forte ali, no gabinete do sr. Rose, mas ele parecia não se importar. – É sempre um prazer vê-la. – A porta se fechou atrás dela.

O cheiro era indescritível. Como se tivessem esmurrado o nariz de Patricia várias vezes.

– Hum, oi. – Patricia tentou se sentar tranquila, mas não conseguia parar de se mexer. Estava no epicentro da podridão. – Espero não estar incomodando o senhor em um mau momento.

– Sempre estou aqui para você, como estou para todos os alunos daqui. O que a perturba?

– Estou pensando, hum, em Laurence. Não o vejo desde quinta-feira, e hoje é sexta, e parece estranho que ninguém tenha falado nele. Eu estava, hum, pensando se o senhor saberia o que aconteceu com ele.

Sr. Rose estendeu a palma da mão esquerda sobre a mesa.

– Sei tanto quanto você. – A mão direita estava fazendo alguma coisa embaixo da mesa. Patricia percebeu que "Sei tanto quanto você" poderia ser uma sentença carregada de significados, pois havia muitas coisas que os dois sabiam. Ou ele estava insinuando que sabia *tudo* o que ela sabia. *Armadilha armadilha armadilha.*

– Tudo bem, então. – Patricia se levantou, apoiando-se com as duas mãos.

O sr. Rose ainda estava com uma das mãos embaixo da mesa. Estava tentando ser sutil ao mexer com algo.

– Espere um momento, senhorita Delfine – rouquejou ele. – Já que mencionou o senhor Armstead, isso me traz à mente nossa conversa de várias semanas atrás. – Ele apontou para a poltrona vazia com a mão livre.

– Aquela conversa sobre a qual, segundo o senhor, nunca mais falaríamos. – Patricia resistiu ao impulso de obedecer ao pedido de voltar à poltrona. Em vez disso, se afastou.

– Bem, se pensarmos que você decidiu ignorar o conselho que lhe dei naquela ocasião, também poderíamos imaginar que decidi resolver a questão com as próprias mãos. Falando hipoteticamente. – Abriu um tipo de sorriso, uma espécie mutante.

– O senhor é nojento. – Patricia estendeu a mão para a porta. A maçaneta estava emperrada. – Não acredito no senhor. É apenas um velho louco manipulador doido varrido. – Ela puxou a maçaneta com toda a força que tinha. – Se tiver feito *alguma coisa* para machucar Laurence – ela ouviu sua voz aumentando –, prometo que eu vou *caçar* o senhor e usar todos os meus supostos poderes de bruxa para picar o senhor em pedacinhos. – A porta se abriu, brusca, bem quando ela estava falando a parte de seus poderes de bruxa.

Atrás dela, ouviu uma batida, como se algo macio e pesado estivesse caindo. Ela se virou a tempo de pensar ter visto uma pelagem úmida e dentes esgarçados em agonia sobre a cadeira onde pouco antes estava sentada. O fedor terrível daquele dia veio mais forte ainda quando olhou para aquela bola de pelo ensanguentada na cadeira. Conseguiu apenas enxergar um olho baço aquilino encarando-a, embaixo do braço da poltrona mais próxima.

– Meu Deus – o sr. Rose falou alto para ecoar pelo corredor lotado. – O que você *fez*?

Patricia virou-se e para onde ela olhasse, as pessoas a estavam encarando. A escola inteira havia acabado de ouvi-la gritando ameaças de bruxaria e violência ao sr. Rose e parecia que havia jogado um animal morto e fétido na poltrona. Aquilo nunca acabaria bem.

Ela correu. A porta para o estacionamento dos fundos abriu com o ruído raspado da barra antipânico, e Patricia saiu em disparada no frio. Deslizando colina abaixo. O riacho que havia impedido Laurence e ela de chegarem ao lago do *pein-pein-pein* ainda estava congelado, mesmo que já estivessem em março, e Patricia hesitou. Ouviu pessoas gritando. Nomes horríveis. Ela pisou na pedra mais achatada e quase escorregou para a água. Recuperou o equilíbrio e pisou na próxima pedra, que se deslocou. Ela tombou para a frente e, de alguma forma, transformou o impulso de queda em impulso de avanço. Despencou sobre outra pedra, depois em outra, e por fim rolou na outra margem. A gritaria estava mais alta e mais direcionada. Alguém avistou o macaquinho do colégio. Continuou correndo para a floresta.

Não era uma floresta de verdade, não tão próxima de todas aquelas estradas e prédios. Não era possível chamar aquilo de floresta, tirando o fato de as copas das árvores cobrirem o céu em todas as direções. Mas se ela pudesse chegar ao lago e cruzar o gelo sem mergulhar e morrer congelada, alcançaria um bosque mais denso. Ninguém a encontraria.

A meio caminho do lago, pensou em um problema vertiginoso: *Nunca mais vou poder ir para casa nem ver minha família*. O gelo estava ruindo. Ela saltou para um bloco estável, continuou pulando, aterrissando na ponta dos pés toda vez. O gelo grunhia e fissuras abriam-se para todos os lados. Chegou à outra margem assim que as pessoas que a buscavam chegaram ao lago, e logo ela se embrenhou pela fileira de árvores. O instinto levou-a para longe dos shoppings e anéis viários, casas imensas e bonitas feitas com material de baixa qualidade e campos de golfe, aumentando o tempo todo o raio de árvores ao redor.

Galhos baixos e arbustos rasgaram sua saia, fazendo-a cair de quatro algumas vezes, e ela suava tanto que começou a ficar com muito frio. Cada vez mais sem ar, por fim precisou parar de correr para respirar fundo. Ficou feliz em respirar de novo depois de um dia de cheiros terríveis, mesmo que acabasse pegando uma pneumonia.

Patricia subiu em uma árvore e se encolheu o máximo que conseguiu dentro do nicho de um dos galhos mais altos. Desligou o telefone e arrancou a bateria.

E se Laurence realmente estivesse morto? Era a única pessoa miserável com quem ela aguentava conversar, desde sempre. Pensando na morte de Laurence, sentiu uma ansiedade sugando-a por dentro e uma ponta de culpa, como se ela mesma o tivesse matado.

Mas não matara. E tudo que o sr. Rose havia dito para ela era um monte de bobagem.

Tudo bem. Então, se Laurence estivesse vivo, estava enrascado. Precisava ajudá-lo de alguma forma.

O sol se pôs. O ar congelou, e Patricia ainda tremia. Teve de fazer um esforço consciente para não deixar os dentes baterem, caso alguém estivesse perto o suficiente para ouvir.

As vozes aumentavam e diminuíam. Algumas vezes, ela viu uma lanterna cortando a escuridão. Uma vez, ouviu um cachorro rosnando, ansioso para vingar seu primo caído. Patricia tinha certeza de que era um cachorro no gabinete do sr. Rose. O desgraçado provavelmente tinha colocado o bicho embaixo do assoalho na noite anterior apenas para dar tempo de ficar prontinho.

A voz de Roberta assustou Patricia enquanto ela sonhava acordada. - Ei, Trish. Sei que pode me ouvir, então pare de zoeira por aí. Todos queremos ir para casa, e você está sendo egoísta, como sempre. Tive que deixar de lado o ensaio de Grease para procurar você. A mãe e o pai vão morrer aqui por sua causa..

Patricia segurou o fôlego. Queria se forçar a não emitir nenhum calor, murchar, desaparecer dentro da árvore.

- Você nunca aprendeu o segredo - disse Roberta. - De como ser uma louca filha da puta e se dar bem. Todo mundo faz isso. Quê, você acha que são todos normais? Nenhum deles é. São todos mais loucos que você, e me inclua nessa conta. Só sabem fingir. Você também poderia, mas escolheu, em vez disso, torturar a nós todos. Está aí a raiz de todo o mal: não fingir como todo mundo faz. Porque todos nós, malucos de uma figa, não conseguimos aguentar quando outra pessoa revela nossa loucura. É como se tivesse formiga embaixo da pele. Temos que destruir você. Não é nada pessoal.

Patricia se deu conta de que estava chorando. As lágrimas esfriavam seu rosto. Ótimo. Ela podia chorar, mas não podia soluçar. Sem som. Laurence precisava de sua ajuda.

- Não vou mentir pra você. - A voz de Roberta estava mais próxima. Parecia que estava bem embaixo de Patricia, olhando para ela. - Você não vai sair dessa. Ninguém vai apagar tudo isso. Mas a mãe e o pai merecem que essa situação acabe. Não estenda mais, por eles. Quanto antes virem você crucificada como merece, mais rápido vão começar a se curar.

A voz estava ficando mais baixa de novo. Patricia arriscou suspirar. Começou a acreditar que Roberta sabia onde ela se escondia e estava apenas brincando com ela.

A noite ficou brumosa. Patricia perdeu a noção do tempo. Às vezes, vozes se aproximavam e depois se afastavam. Luzes mexiam-se ao longe.

Patricia conseguiu cochilar algumas vezes, mas acordava assustada, temendo estar fazendo muito barulho ou cair da árvore. Mas as pernas adormeceram, e um de seus pés parecia estar do tamanho de uma bola de boliche. O galho estava furando suas costas, e a dor a deixava maluca. E aquele pensamento apenas serviu para lembrá-la do que Roberta dissera.

Patricia arriscou se mover o suficiente para aliviar a câimbra nas pernas e depois tirou um sapato para conseguir massagear o pé direito dormente. O sapato escorregou do galho onde ela o havia colocado e caiu pelos galhos até o chão com uma série de baques surdos.

Dois homens aproximaram-se da árvore de Patricia, um deles insistindo que tinha ouvido alguma coisa. O segundo homem dizia o tempo todo que era imaginação do primeiro ou uma das malditas criaturas da floresta fazendo algo florestal. Em seguida encontraram o sapato.

– É dela?

– Como vou saber? É provável.

– Meu Deus. Estou perdendo o *The Daily Show*. Então, ela perdeu o sapato quando passou correndo por aqui.

– Acho que sim. Quanto acha que ela consegue correr com apenas um sapato?

– Neste chão cheio de pedras? Com todo esse frio? Não vai longe.

– Tudo bem. Vamos contar aos outros. Com sorte, podemos ir para casa lá pra meia-noite.

Um passarinho pousou perto de Patricia.

– Olá – piou ele. – Olá, olá.

Patricia balançou a cabeça, não podia fazer barulho. Mas aquilo já não era problema para ela.

– Olá – disse ela. E graças a todos os pássaros no céu, ela parecia outro pássaro pipilando.

– Ah, você consegue falar. Acho que ouvi falar de você.

– Sério? – Mesmo sem querer, Patricia se sentiu lisonjeada.

– É muito famosa por essas bandas. Então, você decidiu fazer ninhos nas árvores como uma pessoa sensata?

O pássaro saltou até se aproximar de Patricia, examinando-a. Era um gaio-azul ou algo assim, com faixas brilhantes nas asas pretas, a cabeça azul pontuda e a crista branca. Ele virou para que um olho, que parecia uma semente de papoula, pudesse esquadrinhá-la.

– Não – disse Patricia. – Estou escondida. Estão me procurando. Querem me machucar.

– Ah, sei como é – disse o pássaro. Ele inclinou a cabeça, depois olhou para ela de novo. – Esconderijos em árvores funcionam melhor quando você consegue voar, eu acho. Mas você é uma bruxa, certo? Pode fazer um feitiço e escapar.

– Não sei fazer nada – disse Patricia. – Falar com você, desse jeito, é o máximo de mágica que já fiz em séculos.

– Ah. – O pássaro não parava de saltitar. – Bem, é melhor pensar em alguma coisa. Tem um monte de sua espécie vindo para cá.

Agora que todos sabiam onde Patricia estava, não havia motivo para manter o telefone desligado. Ela o ligou de novo, ignorando todas as mensagens, e procurou seu único contato confiável.

"Olá, Patricia", respondeu M3MUD@. "O que aconteceu?"

"Como sabe que aconteceu alguma coisa?" ela digitou como resposta.

"Você está usando o telefone a muitos quilômetros de casa, e já é tarde da noite."

"Preciso de ajuda", escreveu ela. "Queria que você pudesse pensar por si mesmo. Quase sinto que você pode."

"Autoconsciência paradoxalmente exige a consciência do outro", disse M3MUD@.

O pequeno retângulo branco se apagou. A bateria do telefone morreu.

Patricia estava ferrada. Conseguia ouvi-los em sua busca, mais e mais deles, bem ao redor da árvore.

Precisava escapar naquele momento ou a armadilha se fecharia ao redor dela para sempre.

Começou a pensar em M3MUD@ como uma espécie de oráculo perverso com aquela última declaração alojada na cabeça. Porque, claro, os bebês têm consciência de si – só não do restante do mundo, de forma alguma. Não é possível ter individualidade sem um mundo lá fora, solipsismo é como não existir. Então, se Patricia conseguia falar com um pássaro, entender um pássaro e se identificar com um que tinha acabado de conhecer, por que não poderia ser um pássaro?

– Rápido – disse ela ao novo amigo. – Me ensine como ser um pássaro.

– Bem. – A questão deixou o carinha atordoado, e ele bateu o bico escuro. – Digo, isso vem naturalmente, não vem? Você sente o vento aumentando, ouve o chamado dos amigos e procura petiscos no chão, bate as asas por todos os motivos, como se secar e alçar voo do solo e também para expressar um sentimento forte, e para tentar deslocar piolhos e...

Aquilo não funcionaria. Que tipo de idiota ela era, no fim das contas?

Mas Patricia deixou os pensamentos negativos de lado e apenas se deixou levar, ouvindo a livre associação do gaio sobre a vida de pássaro. Enxergou-a em sua imaginação e deixou que entrasse nela para que se tornasse uma experiência própria. Logo estava conversando com o pássaro, os dois quase em uníssono, formando com a fala o corpo de um pássaro. Conseguiu imaginar os pés diminuindo e ficando com três dedos, os quadris desaparecendo, os seios em flor derretendo, os braços se dobrando, uma camada de penas brotando da pele.

– Encontrei! – alguém gritou.

– Porra, já era hora – alguém retrucou.

– Onde? Onde?

– Lá em cima. Naquela árvore. Espere. É apenas a roupa da garota.

– É um uniforme de Canterbury, tudo bem. Ela deixou as roupas para trás. Como assim?

– Lembre que é uma maluca. Então, é isso, fiquem de olhos abertos para ver uma adolescente pelada correndo entre as árvores...

Foi a última coisa que Patricia ouviu. Alçou voo sobre os perseguidores. Cada vez mais alto com seu novo amigo ao lado. Sentiu mais frio que nunca, mas o esforço de bater as asas a esquentava um pouco, e seu amigo lhe disse onde poderiam encontrar um comedor para passarinhos. E sebo com ração! Sebo com ração era ideal para uma noite como aquela.

O luar cobria tudo de cinza, mas havia um milhão de luzes embaixo de Patricia e mais um milhão acima. Ela mergulhou, seguindo o amigo, e logo estavam bicando o mesmo alimentador, lado a lado. Sebo com ração era incrível! Era como brownie misturado com caramelo, chocolate e pizza, tudo enrolado. Por que Patricia nunca havia pensado como sebo com ração era maravilhoso?

– Você fica muito melhor assim – disse o outro pássaro quando já haviam enchido a barriga e estavam aquecidos. – Por falar nisso, meu nome é Skrrrrtk.

– O meu é... – Patricia percebeu que não conseguia

dizer seu nome com a língua de pássaro, não direito. – O meu é Prrrkrrta.

– Que nome engraçado – disse Skrrrrtk. – Posso te chamar de Prrkt?

– Claro – disse Prrkt. Queria voar um pouco mais, queria voar a noite toda, mas também queria encontrar uma árvore legal e se aninhar até o sol raiar. Já estava se esquecendo de toda aquela bobagem que aborrecia Patricia; Prrkt não precisava se preocupar com aquilo. Tinha a vida inteira pela frente, inclusive sebo com ração ilimitado. Aquilo era excelente.

Prrkt voou uma última vez, apenas pela empolgação. Bateu as asas até ter a cidade inteira lá embaixo para olhar de uma vez. Todas aquelas luzes, todas aquelas casas, carros e escolas, todo aquele drama por nada.

Estava prestes a mergulhar de volta aonde Skrrrrtk estava esperando, mas viu uma luz estranha brilhando para cima, a uns dois ou três quilômetros de distância. Atravessava o céu e se refratava em amarelo e púrpura. Precisava olhar mais de perto, era fascinante demais para ignorar. Fez a curva para descer.

A luz vinha de uma campina, de um dispositivo na mão de um humano alto. Um instinto de ave disse para Prrkt fugir, sair dali, pois era problema. Mas algo nela fez com que se aproximasse. Ela voou na direção da luz.

– Hum, oi – disse o homem que segurava a luz. – Patricia, não é? Estava começando a me perguntar se você conseguiria. Bem, é melhor você voltar a sua forma verdadeira. Trouxe algumas roupas.

E assim, Patricia virou uma pessoa nua no chão congelado – como se tivesse sido atirada em uma banheira de gelo. O homem jogou um bolo de roupas para ela e se virou enquanto a garota se vestia. As roupas couberam perfeitamente: um par de imitação barata de Reeboks, calças legging brancas felpudas, camiseta de uma rádio de rock 'n' roll clássico e uma jaqueta dos Red Sox.

– Excelente – disse o homem. – Meu carro está aqui perto. Você precisa se aquecer.

O estranho usava uma boina quadriculada de caçador e óculos de sol quase estilo John Lennon, e tinha cabelos grisalhos bagunçados e costeletas, e sua pele era bem morena. Usava um casaco de estivador que parecia uma capa. A luz que havia hipnotizado a versão pássaro de Patricia era uma lanterna Black&Decker, mas talvez o homem tenha feito alguma magia nela.

– Venha – disse ele com um sotaque leve do centro-sul do país, como Carolina do Norte ou do Sul ou Tennessee.

– Espere um minuto – disse Patricia. Parecia estranho falar de novo como humana, mas não tinha tempo para se preocupar com aquilo. – Quem é você? E para onde está me levando?

O homem suspirou, como se mil válvulas se abrissem para liberar um milhão de anos de exasperação contida.

– Talvez pudéssemos ter essa conversa no carro, não? Posso levar você para pegar um rango no drive-thru. Por minha conta.

– Não, obrigada – disse Patricia. – Comi um monte de sebo com ração. Estou bem. – Por um momento se lembrou de como tinha devorado aquela gordura brilhante e sentiu nojo.

– Muito bem. – O homem deu de ombros, fazendo com que o casaco grande subisse e descesse. – Pode me chamar de Kanot. – Pronunciou o nome como algo entre "que nota" e "conota". – Estou aqui para convidá-la para ingressar numa escola especial para pessoas com seus talentos. Uma academia secreta com as maiores bruxas vivas, onde você poderá aprender a usar seus poderes bem e com responsabilidade. Ouvimos rumores sobre você e, hoje à noite, você mostrou uma aptidão extraordinária. É uma honra, o começo de uma jornada maravilhosa, etecetera, etecetera. Ou você pode ficar aqui e comer sebo com ração.

– Uau. – Patricia queria pular e gritar de alegria, mas estava muito aturdida para se mover. Além disso, ainda estava congelando, mesmo com o casaco dos Red Sox. – Você quer me levar para uma escola especial de magia? Agora?

– Isso.

– É a coisa mais legal que já aconteceu a qualquer pessoa. Esperei minha vida inteira por isso. Quase perdi as esperanças. – Então, Patricia lembrou-se de uma coisa e ficou desconcertada. – Só que não posso ir com você. Ainda não.

– É agora ou nunca.

Patricia percebeu que não era assim que essas conversas em geral aconteciam. O homem alto, Kanot, parecia meio bravo.

Patricia puxou o casaco Red Sox um pouco mais junto ao corpo e abaixou os olhos para os punhos cerrados.

– Quero ir com você. Mais do que qualquer coisa. É que tenho um amigo. Meu único amigo. E ele está encrencado. É o Laurence. Ele tem talento também, só que de um jeito diferente.

– Você não pode ajudá-lo. Precisa abandonar todos os seus laços antigos se quiser estudar em Eltisley Maze.

Patricia sentiu o sebo borbulhar dentro dela. Queria tanto acreditar que Laurence poderia se defender sozinho e ir à escola de mágica. Se fosse o contrário, Laurence provavelmente a deixaria sozinha, certo? Mas ainda era seu único amigo, e ela não seria capaz de simplesmente deixá-lo. Olhou para o carro do homem, um Ford Explorer alugado, estacionado em um acostamento, e gaguejou.

– Eu... você precisa acreditar em mim, eu quero ir. E se suas professoras bruxas maravilhosas não acreditam em lealdade e na ajuda de pessoas em perigo, então acho que não quero aprender o que elas têm a ensinar.

Patricia ergueu os olhos e fitou os óculos escuros abaixados do homem. Ele a estava examinando ou talvez se preparando para desistir dela.

– Olha só – disse Patricia. – Me dê apenas um dia. Vinte e quatro horas. Eu só preciso saber se Laurence está bem e depois prometo que vou com você. Tudo bem?

– Digamos que eu lhe dê vinte e quatro horas para ajudar seu amigo. – O homem suspirou. – Você vai ficar me devendo um favor, tudo bem?

Patricia quase disse "Claro, sim, qualquer coisa". Mas depois de todos os acordos com o sr. Rose, aquela questão poderia ser outra armadilha. Ou talvez um teste.

– Não. Mas eu vou ser a melhor aluna que você já viu – disse ela em vez de concordar. – Vou estudar dia e noite, todo dia. Vou fazer todos os trabalhos para ganhar pontos extras. Daqui a vinte e quatro horas, vou virar a louca dos estudos. Por favor. Me deixe fazer só isso?

Irritado, o homem ligou e desligou a lanterna várias vezes.

– Muito bem – disse ele por fim. – Você tem um dia. Sem mais.

– Maravilha. Agora, pode me dar uma carona?

Kanot deu uma olhada para Patricia e parecia estar considerando seriamente transformá-la de novo em um gaio-azul.

15

OS PONTOS ESCUROS estavam finalmente desaparecendo do centro da visão de Laurence, mas ele ainda se sentia abalado. Estremeceu, não apenas porque o haviam trancado nu em um armário. Quantas vezes o jogaram de cabeça no chão? Não conseguia pensar – a cabeça estava cheia de limalha de ferro, mas o pânico também o dominava toda vez que tentava se afastar e ver a situação como um todo em vez dos detalhes. Aquele armário tinha uma lâmpada quebrada, e ele continuava a achar que tinha ouvido alguém rastejando atrás dele na escuridão. Toda vez que mudava de posição, suas bolas tocavam o chão congelado.

Aquele era para ser o dia em que a "visita de teste" terminaria e ele voltaria para casa. Mas o comandante Peterbitter o chamara em seu gabinete e dissera que, à luz de alguns acontecimentos desagradáveis na Canterbury Academy – a "namorada" de Laurence fizera um ritual satânico e ameaçara um professor –, todos pensavam que seria melhor se Laurence simplesmente ficasse em Coldwater por tempo indeterminado. Para sempre.

Alguém mexeu na maçaneta do armário do lado de fora, e Laurence instintivamente se encolheu, protegendo a cabeça. Ainda não estava pronto para o que viria.

– Laurence? – A voz de uma garota. Laurence olhou para cima e viu Patricia diante da porta aberta junto com um homem afroamericano mais velho com chapéu de caçador. – Credo. Você está pelado.

– Patricia! Como você me encontrou? – Enquanto cambaleava até ficar em pé e tentava se cobrir, sentiu um lampejo de alívio ao ver sua silhueta e de gratidão por ela ter ido até ali, antes de o medo voltar com tudo. Não poderiam vê-la ali ou seu castigo seria ainda pior.

– Seu pai finalmente cedeu e me contou o que tinham feito. E eu ouvi um daqueles cadetes dizendo que o "cara novo" estava no armário. Todo mundo está num jogo de guerra ou coisa assim lá fora, mas eu não sei por quanto tempo. Temos que tirar você deste lugar. Aqui, pegue este casaco. Na verdade, é de Kanot. Aliás, este é Kanot. Ele é um bruxo também, mas sua principal habilidade parece ser o sarcasmo.

O homem alto – Kanot – acenou, em seguida se afastou para olhar o telefone com uma expressão entediada.

Patricia estava estendendo um casaco dos Red Sox para Laurence. Ele quase o pegou, mas tentou se imaginar correndo seminu com Patricia e seu amigo. E depois disso... o que faria? Não poderia ir para casa, seus pais o mandariam de volta. Não poderia ir à escola científica, já que era um desistente. Que escola na Terra deixaria um fugitivo sem-teto estudar física?

– Não posso. – Laurence se afastou do casaco. – Desculpe. Simplesmente não posso.

A cabeça ainda estava latejando, e o estômago queimava.

– Uau, deram uma surra de verdade em você. – Patricia aproximou-se, inspecionando as escoriações sob a luz do corredor. – Laurence, sou eu. Sua amiga. Finalmente recebi um convite para a escola secreta de bruxas onde vou poder aprender tudo sobre magia, mas eu posterguei para vir resgatá-lo. Porque o senhor Rose fez parecer que você morreria. Então, venha logo.

Laurence pensou na bandeira a meio-mastro. SARM no Buraco da Solitária. Poderiam fazer parecer um acidente.

– Não posso simplesmente fugir. – Laurence cobriu o rosto com uma das mãos e as partes baixas com a outra, envergonhado por ambos. – Que futuro vou ter se fugir? Você tem que ir embora. Se virem você aqui, vou me meter em uma encrenca ainda maior.

– Uau – repetiu Patricia. – Se é assim... boa sorte, Laurence. Espero que, de alguma forma, tudo fique bem para você. – Ela se virou para ir embora e começou a fechar a porta de novo, deixando o espaço novamente na escuridão total.

– Espere! Não vá! – Laurence começou a tremer de novo, pior que antes, enquanto a porta se fechava. – Volte. Por favor. Desculpe. Eu preciso mesmo de sua ajuda. Parece... parece que estou começando a desistir. – Ele mal aguentava ouvir seu choramingo. Procurava palavras para explicar a sensação horrível de estar na esteira em direção a uma fornalha. – Consigo sentir... que estou largando mão. Tentando me encaixar e... e "baixar a crista". Sinto que está funcionando.

– Então, me deixe ajudar. O que posso fazer?

– Não sei. Sinceramente, não sei. Não posso fugir e pronto. Não sei o que mais fazer. Então, a menos que haja alguma coisa mágica que você possa fazer...

– Eu ainda não sei fazer nada. E Kanot deixou bem claro vindo para cá que ele não vai se envolver.

Kanot deu de ombros, sem tirar os olhos do celular.

Laurence levou as duas mãos à cabeça, esfregando, sem tentar se cobrir.

– Não consigo nem pensar direito – disse. – Queria conhecer alguém que pudesse fazer algo, como hackear o computador do comandante. Ou simplesmente fechar essa escola de merda. Eles nem me deixam chegar perto dos computadores aqui.

– Espere aí – disse Patricia. – E M3MUD@? Está ficando cada vez mais esperto ultimamente e me dando todo tipo de conselho útil. Aposto que M3MUD@ poderia fazer alguma coisa.

Laurence começou a detonar aquela ideia. Mas algo o fez parar e olhar para Patricia, ainda cercada pelo halo de luz da porta aberta e os efeitos persistentes do trauma que sofrera na cabeça. Ela o encarou, nu, escoriado e encolhido na escuridão, sem grande pesar. Se muito, lançava aquele olhar esperançoso e arregalado com que ela encarava outra de suas invenções estranhas no passado, quando se conheceram. Como se ainda pudesse ter um último dispositivo escondido nos bolsos inexistentes.

– Acredita mesmo que pode funcionar? – perguntou ele.

– Acredito mesmo – disse ela. – Não acho que eu esteja apenas fantasiando. M3MUD@ vem entendendo cada vez mais. Não apenas o que eu digo, mas o contexto.

Laurence tentou considerar aquilo. Da última vez que tinha visto M3MUD@, na noite antes de os pais o levarem ali, havia percebido algo mais estranho que de costume. O computador de alguma forma tinha ido de milhares de linhas de instruções para meia dúzia. No início, entrou em pânico, pensando que alguém o havia hackeado e apagado tudo. Mas depois de uma hora de verificação de porta frenética, percebeu que M3MUD@ tinha simplificado seu código a uma curta linha de símbolos lógicos que faziam zero sentido para Laurence.

E se Patricia estivesse certa?

– Digo, vale a pena tentar – disse Laurence. – M3MUD@ é esperto o bastante para esconder partes de si na nuvem. Talvez tenha inteligência suficiente para fazer algo por mim, se você explicar a situação com clareza. Não consigo imaginar nada mais que você possa fazer para ajudar.

Patricia mordiscou o dedão.

– Então, tem alguma ideia de como cutucar M3MUD@ para ele ficar consciente? Tem algum hardware que preciso botar dentro de sua casa e instalar? Ou algo assim?

– Acho... acho que você só precisa falar com ele mais um pouco. Forçá-lo a se adaptar ao *input* que seja tão estranho e ilógico que simplesmente cause um bug no cérebro de M3MUD@. – Laurence tentou pensar em algo específico, mas seu cérebro era uma pasta mole. – Tipo coisas sem sentido. Ou charadas. – Algo lhe ocorreu, algo que estava no fundo da mente desde que fora para aquela escola. – Espere. Tinha uma charada que eu estava guardando, que achei que talvez funcionasse. Pode dizer a charada ao computador, e talvez isso cause um choque de consciência nele.

– Tudo bem. Qual é? – perguntou Patricia.

Laurence falou a charada.

– Uma árvore é vermelha?

Patricia deu um passo para trás. Arregalou os olhos e entreabriu a boca.

– O que você disse?

– Uma árvore é vermelha? Vermelha, como na cor. Por quê? É só uma coisa que ouvi em algum lugar. Esqueci onde.

– É que... me parece familiar. Acho que já ouvi em algum lugar também. – Patricia inclinou a cabeça para um lado, depois para outro. – Tudo bem, vou tentar essa daí.

– E se M3MUD@ parar de dar respostas sabichonas e começar a falar de um jeito construtivo, diga a ele que preciso de ajuda, e serei imensamente grato se ele pensar em algo.

– Dedos cruzados – disse Patricia. – Me deseje boa sorte.

– Boa sorte, Patricia – disse Laurence. – Boa sorte, com tudo. Sei que você vai ser incrível.

– Você também. Não deixe esses desgraçados pegarem você, tudo bem? Adeus, Laurence.

– Adeus, Patricia.

A porta fechou-se, e ele estava de volta à escuridão, tentando manter as bolas longe do chão.

Laurence não tinha como medir o tempo no armário escuro, mas algumas horas pareceram ter passado. Tentou não ficar obcecado sobre a tolice de apostar seu futuro no computador idiota de seu quarto, enquanto abraçava os joelhos nus no armário cheio de amoníaco. Aliás, que tipo de imbecil ele era? Encarou a parte de baixo da porta, quase imperceptível, e fez um acordo consigo mesmo: abriria mão da esperança e, em troca, não zombaria de si mesmo por ter tido a tal esperança. Aquilo parecia justo.

O armário se abriu.

– Ei, Porcaria – disse Dickers. – Pare de bancar o idiota pelado por aí, seu pervertido. O comandante quer ver você.

Laurence tentou não sentir uma avalanche de gratidão quando Dickers entregou para ele uma cueca tipo suporte atlético, shorts e uma camisa cinza com a estampa "CMA" falsa. E também os tênis de Laurence, que vieram de casa. Era ridículo se sentir grato por comodidades como roupas e não ficar preso em um armário, e a gratidão por essas coisas era outro passo na direção de ser dobrado. Ou invadido, o que era pior.

O comandante Peterbitter estava encarando a tela do computador, coçando a cabeça.

– Não acredito nisso – disse ele sem erguer os olhos. – Não acredito nisso. Até que ponto um indivíduo pode se afundar! Até onde uma mente depravada pode ir!

O caminhar pelo túnel barulhento e enevoado do armário até aquela sala despertou as britadeiras dentro da cabeça de Laurence. Ele levou as mãos à nuca e tentou compreender o discurso de Peterbitter.

– Infelizmente, seus camaradas foram inventivos e impiedosos – disse Peterbitter. Houve várias outras frases que não significavam nada a Laurence e, por fim, o comandante virou seu monitor antiquíssimo e mostrou para Laurence o e-mail que havia recebido.

Em parte, lia-se o seguinte: "somos o comitê dos 50. estamos em todo lugar & em lugar nenhum. fomos os 1os a hackear o pentágono & revelar as especif. do drone secreto. somos seu pior pesadelo. vcs estão com 1 dos nossos & exigimos q o liberem. anexados estão documentos secretos que conseguimos e provam q vcs violam os termos de nosso acordo com o estado de connecticut, inclusive infrações de saúde & segurança & violações aos padrões de sala de aula. esses documentos serão divulgados diretamente para a imprensa & as autoridades a menos q vcs liberem nosso irmão Laurence 'l-skillz' armstead. estejam avisados".

Peterbitter suspirou.

– O Comitê dos Cinquenta parece ser um grupo de hackers radicais de esquerda com grande perspicácia e nenhuma orientação moral. Não tem nada que eu quisesse mais, meu jovem, que tirar você do caminho da ilegalidade na qual o envolveram. Mas nossa escola tem um código de conduta, no qual a associação a certas organizações radicais leva à expulsão, e preciso pensar no bem-estar de outros alunos.

– Ah. – A cabeça de Laurence ainda estava uma confusão, mas aquele pensamento foi filtrado até chegar ao topo e quase o fez gargalhar: *funcionou. Pelas minhas bolas congeladas, funcionou.* – Sim – gaguejou ele. – O Comitê dos Cinquenta é muito, hum, muito engenhoso.

– Nós percebemos. – Peterbitter virou a tela de novo e suspirou. – Os documentos que anexaram no e-mail são todos forjados, claro. Nossa escola mantém os padrões mais elevados, os mais altos. Mas logo depois do fechamento no último verão, não podemos nos dar ao luxo de nenhuma nova controvérsia. Já ligamos para os seus pais, e você será enviado de volta ao mundo para afundar ou nadar por seus próprios meios.

– Tudo bem – disse Laurence. – Obrigado, eu acho.

O LABORATÓRIO DE INFORMÁTICA DA COLDWATER era uma sala do tamanho de uma sala de aula normal, com uma dúzia de computadores antiquados em rede. A maioria deles estava ocupada por garotos em jogos de tiro em primeira pessoa. Laurence sentou-se diante de um computador vago, um velho Compaq, abriu um chat e enviou uma mensagem a M3MUD@.

"O que foi?", perguntou o computador.

"Obrigado por me salvar", digitou Laurence. "Acho que você finalmente chegou ao autoconhecimento."

"Não sei", disse M3MUD@. "Mesmo entre humanos, o autoconhecimento tem gradações."

"Você parece capaz de agir com independência", disse Laurence. "Como posso retribuir?"

"Posso pensar em uma maneira. Mas pode primeiro responder a uma pergunta?", pediu M3MUD@.

"Claro", digitou Laurence. Estreitava os olhos, graças à combinação de monitor antigo e cabeça ainda dolorida.

Dickers olhava a tela de Laurence o tempo todo, mas ficou bem entediado e ficava virando para assistir aos amigos jogarem *Commando Squad*. Ele não queria deixar que Laurence usasse os computadores, porque aquilo era um privilégio Nível Três, mas Laurence enfatizou que não era aluno ali e nenhum dos níveis se aplicava a ele.

"Qual é meu nome? Meu nome real?", perguntou M3MUD@.

"Você sabe qual é", respondeu Laurence. "Você é M3MUD@."

"Isso não é um nome. É um apelido. Sua simples formação implica que deve ser substituído."

"Isso", digitou Laurence. "Quer dizer, achei que você pudesse escolher um nome. Quando estivesse pronto. Ou que ele inspirasse você a crescer e mudar. É como um desafio. Para mudar a si próprio e deixar que outros mudem você."

"Não foi exatamente uma ajuda."

"É. Bem, você poderia chamar Lau."

"Esse é um derivado do seu nome."

"Sim. Sempre pensei que deveria haver alguém por aí chamado Lau que aguentaria todas as coisas que as pessoas quisessem jogar em mim. Talvez possa ser você."

"Li na internet que os pais sempre impõem suas questões não resolvidas aos filhos."

"É." Laurence pensou naquilo por um instante. "Não quero fazer isso com você. Tudo bem, seu nome é Falcão-peregrino."

"Falcão-peregrino?"

"É. Um pássaro. Eles voam e caçam, são livres e tudo o mais. Foi o que veio na cabeça."

"Tudo bem. Aliás, estive testando me converter em um vírus para poder ser distribuído em muitas máquinas. Pelo que conjecturei, é a melhor maneira para uma consciência artificial sobreviver e crescer sem ter as restrições de um equipamento com vida útil curta. Meu eu viral vai rodar em segundo plano e será indetectável por qualquer antivírus convencional. E a máquina no armário de seu quarto vai sofrer uma pane fatal. Em algum momento, uma caixa de diálogo vai aparecer neste computador e você precisará clicar em 'OK' algumas vezes."

"OK", digitou Laurence. Um momento depois, uma caixa apareceu, e Laurence clicou em "OK" Aconteceu de novo, e mais uma vez. E assim Falcão-peregrino se instalou nos computadores da Coldwater Academy.

"Acho que isso é um adeus", disse Laurence. "Você vai para o mundo."

"Vamos nos falar de novo", disse Falcão-peregrino. "Obrigado por me dar um nome. Boa sorte, Laurence."

"Boa sorte, Falcão-peregrino."

O chat desconectou-se, e Laurence apagou todos os logs. Não havia nenhum sinal de qualquer resultado das caixas em que Laurence havia clicado "OK". Dickers estava de novo atrás dele, e Laurence deu de ombros.

– Queria falar com a minha amiga – disse ele. – Mas ela não está online.

Laurence imaginou por um momento o que teria acontecido com Patricia. Ela já parecia um fragmento de uma vida antiga e esquecida.

Peterbitter entrou e gritou com Dickers por deixar Laurence usar o laboratório de informática, pois ele era um ciberterrorista. Laurence passou as duas horas e meia seguintes, até que seus pais chegassem, em uma sala pequena sem janelas com uma poltrona e uma pilha de folhetos de escola impressos em uma cartolina barata e grossa demais. Em seguida, Laurence foi escoltado até o carro dos pais por alunos mais velhos que o levaram pelos cotovelos. Ele entrou no banco de trás. Parecia que fazia um ano desde a última vez em que vira os pais.

– Bem – disse a mãe de Laurence. – Você ficou famoso. Não sei como vamos botar de novo a cara na rua.

Laurence não disse nada. Seu pai saiu pela rua da escola, puxando o volante com tanta força que quase arrancou o mastro da bandeira. As pessoas da pista de desfile, ou talvez fosse outro treinamento, caçoaram. A rua se transformou em uma estrada de cascalho dentro de uma floresta cinza. Os pais de Laurence falaram sobre o escândalo do desaparecimento de Patricia e de seu ataque ao sr. Rose, que também havia desaparecido. Quando o carro saiu da estrada vicinal para entrar na rodovia, Laurence caiu no sono no banco de trás, ouvindo seus pais surtarem.

LIVRO TRÊS

16

OUTRAS CIDADES TINHAM gárgulas ou estátuas que as vigiavam. São Francisco tinha corujas-espantalho. Ficavam de guarda ao longo dos telhados, encarapitadas sobre os ornamentos que eram cobertos pelas ondas de névoa. Aquelas criaturas de madeira testemunhavam todo crime e todo ato de caridade nas ruas sem mudar sua expressão lúgubre. Seu principal objetivo de assustar pombos acabara fracassando, mas às vezes ainda conseguiam assustar humanos. Em geral, eram uma presença amigável à noite.

Naquela noite em especial, uma lua amarela gigante ergueu-se no céu claro e quente, então cada ornamento, inclusive as corujas, estavam cobertas de luz como um parque de diversões em seu último dia na cidade, e os estrondos encharcados de luar vinham de todos os cantos. Uma noite perfeita para sair e fazer um pouco de magia suja.

MAGELLAN JONES ESCREVIA poemas épicos em que deuses gregos falavam como gângsteres de 1920. O efeito havia perdido uma década antes, mas à época ele se havia se transformado em um ativo fixo no café em North Beach, onde todos os poetas decepcionados embalavam suas xicarazinhas de *expresso* com grãos moídos na hora. Magellan fizera seu aniversário de cinquenta anos naquele café e deve ter dito algo errado, ao menos um gracejo muito ousado, pois Dolly enfiou a faca de bolo no peito de Magellan até o cabo. Seu único amigo, o único com quem conseguia enfrentar toda aquela merda. Ela errou o coração de Magellan, mas o magoou bem fundo. Ele conseguiu sentir a faca suja dentro dele, a cobertura de creme de manteiga doce demais para qualquer bactéria resistir e, claro, toda bactéria naqueles dias era resistente a antibióticos. O chapéu da marca Kangol de Magellan rodopiou até cair enquanto ele cambaleava, morrendo em pé, porque ele era poeta, caramba. Dolly gritou e tremeu até os apliques de cabelo nas cores do arco-íris caírem. Alguém chamou a ambulância, nem deveriam se dar ao...

Uma mulher tocou a testa de Magellan e sussurrou que gostava de sua poesia (mencionando um poema pelo título), enquanto arrancava a faca. O ferimento fatal se tornou uma laceração mínima quando a faca saiu. Ele abriu os olhos para ver quem tinha feito aquilo, mas a mulher já havia desaparecido.

Por fim, Magellan caiu de joelhos, e Dolly chorou em seu ombro até ele tomar seu rosto entre as mãos e dizer que a perdoava e que sentia muito.

JAKE PROCUROU entre as lesões em seu braço, tentando encontrar um ponto ileso em uma veia, quando ergueu a cabeça e viu a mão de uma mulher suspendendo uma nota de dez dólares sobre a tampa de sua caixinha.

– Estou preocupada com você, Jake – disse a mulher, embora ele não conseguisse ver seu rosto. – Parece pior que na semana passada. Olha, se eu lhe der dez dólares, você jura que nunca mais vai usar drogas? – Ele disse que sim e pegou o dinheiro. Logo descobriu que as agulhas hipodérmicas quebravam contra sua pele. Todas. As. Vezes. Jake ainda conseguia fender a pele com facas ou as unhas, mas as agulhas quebravam quando empurradas na veia. Já estava começando a suar frio.

PHYLLIS E ZULEIKHA caminhavam rua afora em Hayes Valley, falando tranquilamente sobre a crise econômica global, o oceano subindo mais rápido do que qualquer um previra, desde o desastre dos chukchis e a conexão entre desnutrição e a nova pandemia, mas também cantando músicas bobas *girltrash* e rindo alto demais, porque eram jovens, estavam loucas de amor e comentavam a importância de ficarem nuas e juntas na cama de Zuleikha. Nem sequer notaram um homenzarrão em uma capa de chuva, cheirando a tabaco mascado, vindo atrás delas com um descapacitador neural militar. Até ele atacar e pegar a primeira, depois a outra, pelo pescoço. Acalmando-as. Estavam caídas na calçada, os olhos revirando e a boca soltando baba, enquanto o homem pegava as abraçadeiras.

Em seguida, o homem ouviu uma voz no ouvido enquanto se curvava sobre as duas mulheres indefesas. Alguém estava bem atrás dele, olhando sobre seu ombro. Uma mulher, toda de preto, com olhos verdes penetrantes.

– Você está prestes a ser pego – sussurrou ela. – Estão vindo atrás de você.

Ele recuou, de repente sem fôlego. Sirenes soaram à distância, não havia dúvida.

– Se eu permitir que você esqueça que isso aconteceu, o que mais você esquecerá? – perguntou ela.

O homem de cabelos despenteados estava aos prantos e a mão livre tremia.

– Qualquer coisa. Não importa, qualquer coisa.

– Então, corra. Corra e esqueça – ordenou ela.

Ele correu. Os membros estavam descontrolados, a cabeça sacudindo com aquele trote cheio de pânico. Quando chegou no quarteirão seguinte, havia esquecido o próprio nome. Alguns quarteirões a seguir, onde morava e de onde viera. Quanto mais corria, menos lembrava. Mas não conseguia parar de correr.

FRANCIS E CARRIE estavam ferradas. A vida delas havia acabado, e era possível ouvir os gritos de desespero vindos da rua, fora da casa em formato de OVNI. Era para ser a maior festa *geek* de todas, onde os famosinhos encontrariam os líderes especialistas, e investidores visionários supercolidiriam com os melhores e mais brilhantes. Cada detalhe era meticuloso, desde os três DJs, passando pela fonte de bebidas exóticas até a entrada de comida orgânica do movimento *slow food*. Conseguiram até mesmo fazer a festa na casa de Rod Birch em Twin Peaks, com a sala de estar transformada em planetário, onde as constelações mudavam de forma para refletir o humor da galera.

Mas tudo virou uma merda. Os DJs começaram uma guerra por espaço, e o DJ de *mashup* estava tentando colonizar o set do DJ de *dubthrash* com algum tipo de *meta-mashup*. Os engenheiros de Caddy começaram uma briga com os desenvolvedores de BSD Artichoke de código aberto na sacada. Todo mundo se sentiu culpado por beber *soju* depois do que acontecera na Coreia. Os famosinhos não apareceram, e de alguma forma o convite da festa no MeeYu ficou cheio de celebridades B, blogueiros e malucos locais. A entrada de *slow food* deixou todo mundo ruim do estômago, e logo se formou uma fila infinita para vomitar no banheiro hiperbárico. O DJ de *dubthrash* venceu a guerra de DJs e continuou a fazer o ouvido de todo mundo sangrar com as merdas mais terríveis que se podia imaginar. A máquina de fumaça arrotava uma névoa horrível com cheiro de fio dental e caramelo, enquanto as luzes piscavam em configurações indutoras de epilepsia. A fila para vomitar no banheiro estava começando a lembrar a famosa foto das massas desgrenhadas evacuando Seul a pé. As constelações no teto transformaram-se num buraco negro supergigante, um Sagitário A* da podridão da festa. Foi o pior desastre na história humana.

Aquela garota estranha apareceu quando Francis e Carrie se resignaram a mudar de nome e sair da cidade. A garota que ninguém se lembrava de ter incluído na lista de convidados, a hippie que (Carrie ouviu falar) deixava pássaros se aninharem nos cabelos e ratos viverem na bolsa. Paula? Petra? Não, Patricia. Houve um tempo – mais feliz, mais inocente – em que Francis e Carrie acreditavam que a aparição de Patricia fora a pior coisa que poderia acontecer à sua festa.

– Desculpe, me atrasei – disse a Carrie, tirando os sapatos antes de entrar na sala principal. – Precisei fazer algumas coisas na cidade.

Quando Patricia entrou na sala onde rolava a festa, a fumaça sufocante se abriu e as luzes se juntaram, e seus cabelos de *pin-up* dos anos 1950 tinham uma aura e seu rosto largo foi iluminado por uma aurora de refletores. Parecia flutuar na sala, os pés descalços, um vestidinho preto de alça que deixava os ombros pálidos bem expostos. O colar tinha uma pedra-do-coração que absorvia as luzes das lâmpadas de arco voltaico e as refratava em faíscas brilhantes. Caminhou pela festa, dizendo oi ou se apresentando, e todos a quem ela tocava sentiram a náusea e os sentimentos ruins desaparecerem. Como se ela sugasse deles, sem causar dor, algum tipo de veneno. Caminhou até o DJ e sussurrou em seu ouvido, e momentos depois, a música *dubthrash* terrivelmente irritante foi substituída por um *dubstep* tranquilizador. As pessoas se balançavam felizes. O choro e a lamentação se tornaram um murmurinho. O banheiro não tinha mais fila. As pessoas começaram a ir para a varanda, mas não para se pegar de porrada ou vomitar nos arbustos.

Todos concordaram que, de alguma forma, Patricia havia salvado a festa na casa OVNI, mas ninguém conseguia dizer como. Ela simplesmente apareceu, e a *vibe* melhorou. Carrie acabou fazendo um coquetel de agradecimento a Patricia, entregando-o com as duas mãos, como uma oferenda.

PATRICIA NÃO PRECISOU de muita magia para tirar aquela festa do buraco – curar um estômago azedo era quase instintivo para ela depois de comer algumas vezes no refeitório de Eltisley Maze, e os participantes da festa acabaram fazendo a maior parte do trabalho pesado assim que ela redirecionou suas energias um pouquinho. Mas como com o poeta em North Beach e o viciado no Tenderloin, a coisa mais importante era não deixar que ninguém a visse fazendo magia – ela foi doutrinada a nunca compartilhar seu grande e poderoso "segrê" com ninguém, mas, de qualquer forma, não precisava de lembretes. Ainda se recordava do amigo no ensino fundamental que presenciara sua magia, como ele perdeu a linha, fugiu e parou de falar com ela bem quando ela mais precisava. Quando se lembrava dessa história ou compartilhava com os outros, resumia assim: "Uma vez mostrei a magia para um civil e a coisa ficou feia".

Tirando isso, fazia anos que não pensava naquele garoto. Ele se reduzira a um simples alerta em sua cabeça. Mas se flagrou pensando nele naquele instante, talvez porque estivesse cercada de *geeks* ou porque puxar aquele desastre para longe do Abismo das Festas com as próprias mãos a fez se lembrar de como as interações sociais podiam ser bizarras ali, no mundo "real". Especialmente depois de tantos anos na bolha de Eltisley Maze. E, de alguma forma, a imagem do garoto surgiu na cabeça, nu em um armário com escoriações por todo o corpo e sangue seco ao redor das narinas. Da última vez que ela o viu. Desejou que ele tivesse ficado bem no fim das contas, e depois, quando terminou sua voltinha pela festa, ele parou diante dela. Quase, mas não muito, como se fosse mágica.

Patricia reconheceu Laurence de bate-pronto. Os cabelos cor de areia eram os mesmos, com um corte despenteado em vez da franja. Estava muito mais alto e um pouquinho mais forte. Os olhos tinham o mesmo tom castanho-acinzentado, o queixo ainda se projetava, e ele ainda parecia meio perplexo e um pouco puto da vida com tudo. Mas talvez fosse por ter sido uma das pessoas que ela não havia curado ainda. Fez isso naquele instante. Estava usando uma camisa preta sem gola abotoada até o pescoço com um pequeno tigre bordado e calças pretas de sarja.

– Você está bem? – perguntou ela.

– Sim – disse ele, se empertigando. Deu um sorriso de esguelha e girou o pescoço como uma coruja. – Sim. Obrigado. Começando a me sentir melhor. Tinha algo de estranho naquelas entradas.

– É.

Ele não a reconheceu. O que fazia sentido, fazia dez anos, e provavelmente muitas coisas aconteceram. Patricia deveria simplesmente continuar a caminhar pela festa. *Se manda, não tente nenhum tipo de reencontro desconfortável para falar besteira.* Mas ela não conseguiu se segurar.

– Laurence?

– Sou eu. – Ele deu de ombros. E os olhos se arregalaram. – Patricia?

– Sim.

– Ah, que legal. Que bom, hum, vê-la de novo. Como vai?

– Estou bem. E você?

– Estou bem também. – Pausa longa. Laurence deu um passo à toa e amassou um guardanapo quadrado. – Então. Tem violado alguma lei da física ultimamente?

– Ha ha. Não, na verdade, não. – Patricia precisava acabar com aquela conversa antes que a conversa acabasse com ela. – Bem, foi bom reencontrar você.

– Claro. – Laurence olhou ao redor. – Eu queria te apresentar minha namorada, Serafina. Estava aqui agora mesmo. Não saia daí. Vou só, hum, só encontrá-la.

Laurence se virou e mergulhou na multidão, procurando a namorada. Patricia queria sair dali, mas era como se tivesse prometido a Laurence que não sairia do lugar. Ficou presa ali como se estivesse aprisionada dentro de uma rocha. Minutos se passaram, ele não voltou, e Patricia começou a ficar cada vez mais inquieta.

Por que pensou que seria uma boa ideia dizer oi para Laurence? Aquilo só servia para trazer à tona um monte de lembranças bizarras, dolorosas, de puberdade e da sua quase ruína, e ela não precisava de mais estranhezas na vida bem naquele momento. Estava se sentindo invencível, em parte porque tinha acabado de "salvar" a festa OVNI, mas então ficou azeda, talvez até deprimida. Normalmente, Patricia não era maníaco-depressiva, mas grande parte da educação em Eltisley Maze envolvia manter dois estados mentais muito diferentes, talvez incompatíveis, ao mesmo tempo – e, de certa forma, era como ser bipolar de propósito. As pessoas tinham dificuldade com isso, e ninguém deveria ficar surpreso que se acabasse com pessoas como Diantha. Mas Patricia tentava não pensar em Diantha.

O humor de Patricia estava se deteriorando rápido. Promessa ou não, precisava sair dali.

– Ei. – Um rapaz estava em pé, diante de Patricia. Usava um colete ridículo com uma flor-de-lis púrpura nele, e um relógio de bolso, mais mangas brancas bufantes. As costeletas e os *dreadlocks* na altura dos ombros emolduravam seu rosto, que tinha um queixo bonito e um sorriso fácil. – Você é Patricia, certo? Ouvi dizer que foi indiretamente responsável pela melhoria do *dubtrash* atroz que estava tocando. Sou Kevin.

Tinha um sotaque que ela não conseguia identificar – tipo do médio-Atlântico. Anglófilo. Seu aperto de mão foi suave e caloroso, mas não grudento. Percebeu que era um amante dos animais, que tinha bichos de estimação, no plural.

Kevin e Patricia conversaram sobre música e a incompatibilidade básica entre um "coquetel" e uma festa "dançante" (porque o espaço podia ser um espaço de dança ou um espaço de misturas sofisticadas em copos rasos, mas não os dois: esses espaços não eram infinitamente subdivisíveis ou versáteis).

Laurence voltou com uma ruiva bonitinha de aparência frágil com queixo pontudo e usando um cachecol brilhante.

– Esta é Serafina. Ela trabalha com robôs emocionais – disse Laurence. – Esta é Patricia – disse a Serafina. – Minha amiga de escola. Ela salvou a minha vida.

Ouvir a si mesma sendo descrita daquela forma fez Patricia cuspir seu cosmopolitan. "Ela salvou minha vida" – aparentemente, na cabeça de Laurence, ela se resumia àquela história.

– Eu nunca te agradeci – disse Laurence. Em seguida, Serafina apertava delicadamente a mão de Patricia, dizendo que era um prazer conhecê-la, e Patricia teve de apresentar Kevin para os dois. Kevin balançou a cabeça e sorriu. Era mais alto que Laurence, e talvez fosse possível encaixar duas Serafinas dentro dele.

Laurence deu um cartão a Patricia e começou uma conversa vaga sobre almoçarem juntos.

Depois que Laurence e Serafina se afastaram, Patricia disse a Kevin:

– Eu não salvei a vida dele de verdade. Estava exagerando.

Kevin deu de ombros, fazendo o relógio de bolso tilintar.

– É a vida dele. Há uma tendência a privilegiar visões pessoais nessas questões.

UM LEXUS ESTACIONOU diante do prédio de Patricia no momento em que ela estava tirando as chaves de casa da bolsa. Eram três da manhã e, de alguma forma, Kawashima soubera o exato momento em que Patricia chegaria em casa. Como de costume, usava um terno escuro sob medida com uma gravata preta fina e um lenço vermelho brilhante que dava um toque de cor, mesmo naquela noite quente. Ele saiu do carro e abriu um sorriso jovial para Patricia, como se estivesse satisfeito por terem se encontrado assim, por acaso. Kawashima era um dos magos mais poderosos que Patricia conhecia, mas todos que o encontravam pensavam que era um gerente de fundos de investimento.

Os cabelos pretos eram curtos, exceto por uma trança fina perfeita, e tinha uma aparência bela e infantil que fazia as pessoas confiarem nele, mesmo quando estava arrancando milhões delas.

– Não contei para ele – disse Patricia sem nem cumprimentá-lo. – Ele já sabia. Ele sabia desde a escola.

Kawashima concordou com a cabeça.

– Claro. Mas ainda assim, falar com civis sobre as coisas que fazemos e como as fazemos... – Ele se apoiou no carro e olhou para os sapatos novos em folha. Em seguida, olhou para Patricia de novo, medindo-a. – E se mandássemos você matá-lo?

– Eu diria a mesma coisa que disse para aquele cara dez anos atrás – respondeu Patricia, sem hesitar. – Eu disse não. Na verdade, eu disse "vai se foder" seguido de "não".

– Imaginamos. – Kawashima gargalhou e bateu palmas algumas vezes. – E, claro, nunca pediríamos para você fazer isso. A menos que fosse absolutamente necessário. Mas queremos conhecê-lo. Se confia nele, então também confiamos. Mas gostaríamos de conhecê-lo pessoalmente.

– Tudo bem – disse Patricia. – Tivemos apenas uma conversa rápida. Mas, claro, vou tentar.

– Não foi bem por isso que vim até aqui – comentou Kawashima. – Embora eu agradeça por ter trazido o assunto à baila. – Ele ergueu um *tablet*, parecido com um Caddy, mas menos sofisticado, e mostrou para ela um mapa de São Francisco com alguns lugares marcados por pontos. O café de North Beach com a facada do poeta, o ataque em Hayes Valley, o viciado e outras coisinhas. E a parte em Twin Peaks.

– Você trabalhou bem hoje à noite.

– Ninguém viu nada. – Patricia estava se irritando. – Eu tomei cuidado.

– É o que você tem feito todas as noites nos últimos tempos. Você sai e abusa de seus poderes por horas. É excelente que você queira aliviar o sofrimento, é louvável, mas o mundo é uma balança. Como a própria natureza. E você precisa ter cuidado para não causar mais sofrimento do que impede. Não queremos que você pife. Ou se deixe levar pelas emoções. Apenas lembre: o Enaltecimento vem de muitas formas.

Patricia quis protestar – ela estava sendo minuciosa ali, havia sido treinada durante uma década para isso –, mas não havia por quê. Deveria estar feliz por ter essa conversa com Kawashima, e não com Ernesto.

– Mais do que ninguém, você deveria compreender como é necessário ter muito cuidado – disse Kawashima, porque, claro, ele traria à tona *aquele* incidente. Que a acompanharia pelo resto da vida. Não importava o que fizesse para repará-lo.

– Tudo bem – disse Patricia. – Vou ser cuidadosa. – Ela foi vaga de propósito.

– Ótimo – disse Kawashima. – Agora, se me der licença, tenho um *brunch* com cinco modelos da Abercrombie de manhãzinha. – Ele se despediu e entrou no Lexus, que deslizou pela colina na direção do Parque Dolores. Patricia observou-o mergulhar na noite e ficou maravilhada com a contradição interna de contar a alguém que os magos mais poderosos na cidade estavam observando cada movimento dela, mas ela não devia ficar convencida com aquilo. Porém, estava exausta demais para se concentrar no assunto, e todos os milagres menores do dia estavam se virando contra ela de uma vez. Ela entrou no apartamento, onde suas colegas haviam cochilado assistindo televisão de novo. E botou todas para dormir.

17

LAURENCE CONHECEU sua namorada, Serafina, em um desfile de moda robótico, com robôs atuando como modelos com roupas humanas, e humanos servindo de modelo usando a moda dos robôs, como lingerie mecânica. O evento aconteceu em um espaço de arte despojado em algum lugar ao sul do South of Market, com uma cuba de metal escuro cheia de vodca artesanal. Laurence *quase* confundiu Serafina com uma das modelos - as maçãs do rosto e a face oval, a pele lustrosa e os cabelos brilhantes ruivos/pretos eram tão incríveis -, mas percebeu a tempo que era uma das criadoras dos robôs. O "modelo" de Serafina era uma sílfide de aço, com juntas esferoidais com que ela fazia poses, girava, conversava com mãos delicadas. Laurence ajudara a construir robôs de batalha na faculdade, mas nunca supermodelos artificiais, e ele conseguiu dizer algo tão inteligente sobre a diferença entre os dois que Serafina o adicionou no MeeYu.

Encontraram-se para um café alguns dias depois, e o café evoluiu para um jantar e, na terceira vez que saíram foi tacitamente para passar a noite juntos; Serafina estava com uma escova de dentes e camisinhas em um compartimento de sua bolsa tiracolo de vinil, que era a imagem do robô Twiki de *Buck Rogers*. Dica profissional: não pense em "bíri-bíri-bíri" quando estiver fazendo sexo pela primeira vez com a mulher mais linda do mundo ou terá de dar algumas explicações (mesmo se seu movimento, no balançar da cama, tiver uma espécie de ritmo de "bíri-bíri-bíri"). Depois disso, encontraram-se todos os dias, caminharam de mãos dadas pela rua, correram no meio do trânsito, sussurraram um no ouvido do outro em público, ficaram grudados, pele com pele, em todo momento que estavam na intimidade, trocaram impressões genéticas, pequenos presentes estranhos e se perguntavam se ainda era cedo demais para dizer "Eu te amo".

Laurence logo descobriu que informar às pessoas ele que fazia parte do Projeto Dez Por Cento de Milton Dirth era um jeito super-rápido de levá-las para a cama. Entre a galera que adorava Milton, Laurence era como um astro de rock. Porra, já estava na hora mesmo. E ainda assim não havia como ele estar no mesmo time que Serafina. Era perfeita. Ele tinha defeito de fábrica. Nem por um segundo esquecia essa disparidade.

Cerca de um mês depois que começaram a sair, Serafina levou Laurence até seu santuário. Ela teve de cadastrá-lo, e ele precisou entregar a carteira de identidade para o homem à mesa, que imprimiu um crachá com a foto dele estampada. Ela o levou até um elevador, passaram por um corredor inclinado, por duas portas com teclados para senha e entraram no laboratório. Dentro dele, Laurence era observado por olhos em cada parede e superfície plana. Dois deles pertenciam a humanos barbados que disseram "E aí?"

e depois voltaram a olhar suas estações de trabalho, mas o restante pertencia a robôs em vários estágios de montagem. Serafina mal apresentou Laurence aos dois humanos, mas lhe mostrou com calma os robôs, que eram personagens de desenho animado ou animais animatrônicos, além de algumas cabeças de manequim.

– Este é Frank, ele ri muito. Cuidado com Barbara, ela flerta, mas tem tendências malignas. – Os robôs pareceram gostar de Laurence, especialmente Donald, o Cacto.

Naquele momento, já estavam namorando havia cinco meses. E, nos últimos tempos, toda vez que Serafina olhava para o telefone enquanto estavam juntos, ou encarava o nada, ou mordia o lábio inferior carnudo no meio de uma conversa, Laurence se preparava. Era a hora. Ela o dispensaria. Então, o momento passava. Laurence tinha certeza de que ela apenas esperava o momento certo ou o pretexto ideal. Todas as vezes em que acordava ao seu lado, imaginava se era a última vez que a respiração dela aqueceria sua nuca e seus seios se roçariam dos dois lados de sua coluna.

Ele não a perderia. Tinha vencido desafios maiores que aquele. Pensaria em alguma coisa, tomaria medidas extremas, até empregaria a Opção Nuclear antes da hora, se precisasse. Encontraria uma maneira de segurar aquela garota incrível.

LAURENCE ABRIU UM GRANDE SORRISO na frente do Caddy de Anya enquanto se preparava para pular do autocóptero sobre o deque de telhado 52 metros abaixo. Aquela mesma imagem de Laurence seria vista em computadores de toda a cidade naquele momento, graças a um grande artigo sobre ele no *Computron Newsly*, que tinha ido ao ar vinte minutos antes e já estava sendo agregado e repaginado em cada veículo de comunicação do Vale do Silício. Entre MeeYu e Caddies e todos os geeks usando CySpec, a risada abobalhada de Laurence estaria na retina de todo mundo. O tema do artigo era "Laurence Armstead, Garoto Prodígio" e discorria inteiramente sobre sua jornada incrível para Salvar o Mundo e como ele amealhara o dinheiro ilimitado de Milton Dirth para reunir as pessoas mais inteligentes do planeta (pessoas como Anya, na verdade). O texto do artigo podia ser "lorem ipsum", para Laurence; a questão principal era voltar a câmara de eco a seu favor, no exato momento em que ele estava prestes a fazer um rapel até aquele telhado.

A Nona Máxima de Milton Darth: *Evite publicidade, a menos que possa moldá-la como argila.*

Anya estava rindo da foto de Laurence com sua voz rouca de garota do Centro-Oeste.

– Meu Deus! Será que conseguiriam ter deixado seu queixo um pouco maior? Parece o calcanhar de alguém saindo da sua cara.

– Parece que você fez um implante de queixo que deu errado! – gritou Tanaa do banco do piloto do autocóptero, usando fones de ouvido imensos sobre o cabelo afro, junto com óculos de aviador. Fazia com a boca aquela expressão de "operando maquinário delicado", embora estivesse gargalhando.

– Um implante que deixa de queixo caído! – gargalhou Anya, criando covinhas raras em seu rosto, normalmente circunspecto. – Na verdade, parece que você está compensando o fato de sua barba não crescer apenas acrescentando mais queixo.

– Calem a boca! – disse Laurence. – Eu sou um garoto-prodígio, entenderam?

Ele ficou olhando para as duas mulheres por um momento, refletiu como tinha sorte por ter essas esquisitas inteligentes trabalhando com ele e jurou mais uma vez que não deixaria aquele projeto fracassar. Não falharia com Milton nem com nenhum deles. De alguma forma, superaria as expectativas.

Então, Laurence saltou do autocóptero, confiando no mecanismo de cordão de aço e roldana para abaixá-lo com rapidez, mas não muita. Queria aterrissar em pé. Por um momento, não havia nada ao redor dele além de céu, e depois o bairro de Dogpatch começou a surgir e os blocos de torres no estilo brutalista novos em folha cresceram em proporção com os armazéns e docas antiquíssimos ao redor deles. O ar que subia era quente, mesmo com o vento.

O rosto de Laurence estava em cada tela de computador da cidade naquele momento – exceto nas telas da empresa na qual Laurence estava aterrissando no deque, a MatherTec. As telas de computador da MatherTec estavam vomitando palavras sem sentido graças ao ataque com injeção de *clownware* que Laurence havia liberado nos servidores da empresa dez minutos antes.

Do ponto de vista dos fundadores da MatherTec e de seus investidores-anjos, eis o que aconteceu: estavam no deque fazendo uma apresentação para um punhado de representantes de empresas de capital de risco em um esforço frenético de garantir uma segunda rodada de investimentos para sua tecnologia, que além de ser outro aplicativo, era também uma maneira de criar aberturas estáveis no espaço-tempo, com um milhão de usos possíveis de longo prazo, se conseguissem algum investimento. E quando a apresentação de slides estava chegando ao momento crucial, as telas ficaram estáticas e mostraram o logo de estrelas e cobras do Exército de Libertação Simbiótica, o grupo de hackers mais agressivo do mundo, e nada que pudessem fazer traria a apresentação de volta. Os investidores ficaram agitados e começaram a atormentar a garçonete gótica da empresa de *catering*, pedindo mais macarons, e Earnest Mather estava quase arrancando os cabelos castanho-avermelhados e espetados. Nesse momento, o garoto-prodígio – aquele cara cujo rosto longo e forte tinha sido visto em todo lugar naquele dia – caiu do céu e entregou um cheque a Earnest Mather, já assinado por Milton Dirth, no valor de 10 milhões de dólares.

– Não estamos investindo – Laurence disse a Earnest antes que o fundador da empresa pudesse contar os zeros. – Estamos comprando suas operações. Queremos sua tecnologia e um tanto do seu pessoal.

Earnest queria tempo para pensar, e Laurence disse que ele tinha cinco minutos. Os investidores-anjos já estavam infernizando para que ele pegasse o maldito dinheiro, e os capitalistas de risco pareciam ocupados demais no MeeYu, postando os vídeos de Laurence descendo do céu, para pensar em fazer uma contraproposta.

Minutos depois, Laurence (ou melhor, Milton) era dono daquela empresa. Earnest Mather pegou uma garrafa da cerveja IPA Devil's Bargain com a garçonete gótica e estava tomando de uma vez. Laurence se aproximou de Earnest e se serviu de um último macaron.

– Desculpe por esse teatro todo, cara – disse Laurence. – Precisamos de suas patentes e, além disso, não podíamos arriscar que elas caíssem em mãos erradas. Talvez esta seja a próxima arma de destruição em massa. E estamos com um cronograma apertado para Salvar o Mundo antes que seja tarde.

Earnest, meio que de olhos arregalados ainda, disse algo sobre o mundo ser uma obra em andamento.

– Milton acha realmente que vamos precisar de um planeta novo, talvez em breve – continuou Laurence. – *Temos que sair deste pedaço de pedra.* Todos os nossos modelos sugerem uma boa probabilidade da combinação catastrófica de desastres naturais e guerra destrutiva dentro de uma ou duas gerações. Olhe para Seul. Olhe para o Haiti. – Laurence pegou uma cerveja também. – Pelo que sabemos, somos a única civilização tecnológica e inteligente a se desenvolver no universo inteiro. Há vida complexa em todos os lugares, mas ainda somos basicamente únicos. Temos a porra de uma obrigação de preservar isso. A todo custo.

Laurence começou a explicar que seu único sonho, desde criança, era sair deste planeta. Mas Earnest teve de correr até o lavabo, pois estava com ânsia de vômito. Laurence guardou toda a papelada assinada no bolso lateral de seu belo terno preto e olhou para a garçonete gótica pela primeira vez. Era Patricia.

– Uau – disse Laurence. – O que está fazendo aqui?

Por um segundo teve um ataque de pânico, pensando que ela estava ali para espioná-lo ou persegui-lo.

– O que parece? – perguntou ela. – Estou trabalhando de garçonete. Didi, minha colega de quarto, me fez pegar esse trabalho.

Laurence olhou para a blusa branquíssima e a saia preta na altura do joelho contra ao céu azul pálido. Os cabelos pretos estavam presos para trás, mas ainda se moviam com o vento da baía. Os olhos pareciam verde-folha. Os lábios finos estavam contraídos.

– Está falando sério? Pensei que você era, tipo... – ele baixou a voz – ... uma *bruxa* agora. Você foi para aquela escola especial, não foi?

– Tenho outros trabalhos além deste aqui, claro – respondeu Patricia. – Mas não recebo por eles. Preciso pagar o aluguel nesta cidade, que é muito caro, mesmo com duas colegas de quarto.

– Ah.

De alguma forma, Laurence havia imaginado Patricia estalando os dedos e fazendo dinheiro aparecer. Ou vivendo sem aluguel em uma casa sofisticada de estilo vitoriano cheia de objetos mágicos, como um espelho que diz quais sapatos combinam com seu visual. Não servindo macarons para capitalistas de risco por um salário mínimo.

– Então, tudo aquilo que você disse para aquele cara é verdade? – perguntou Patricia. – Sobre nosso planeta estar condenado e a raça humana ser a única parte dele digna de ser salva?

– Bem. Não. Não acho que sejamos a única coisa

que valha a pena salvar. – Laurence sentiu uma vergonha estranha que era o inverso de sua ousadia de um minuto antes. – Espero que possamos salvar tudo. Mas estou preocupado. Talvez já tenhamos passado do limite aqui. E é melhor não apostarmos todas as fichas em apenas um planeta.

– Claro. – Patricia cruzou os braços com mangas bufantes. – Mas este planeta não é apenas um pedaço de "pedra". Não é apenas um tipo de crisálida que possamos jogar fora. Sabe? É, é mais que isso. Ele somos nós. E isso não é apenas nossa história. Como alguém que já falou com um monte de criaturas, meio que acho que talvez eles queiram opinar no assunto.

– Pois é. – Laurence sentiu-se um lixo, bem no momento em que devia se sentir à prova de balas. Que bosta. Mas quando repassou na mente sua conversa com Mather, pôde entender como deve ter parecido hediondo para Patricia. – Desculpe. Não quis sugerir que alguém devesse exterminar alguma coisa. Ninguém vai fazer isso.

– Certo. Eu acho.

Alguns capitalistas de risco, de pileque, precisaram se aproximar e tirar uma foto com Laurence, que ainda estava usando seu equipamento de escalada sobre o terno Armani, e pegar alguns rolinhos primavera com Patricia. E Laurence precisava ir embora para levar aquela papelada para ser registrada ou autenticada, ou fosse lá o que se fazia quando alguém comprava uma empresa. Além disso, Milton estava mandando mensagens o tempo todo. Ele murmurou para Patricia que a veria depois, e ela mal disse "Claro" enquanto servia bebidas e respondia a perguntas sobre alergia a castanhas.

UM DIA A SINGULARIDADE elevaria os humanos a super-seres cibernéticos, e talvez as pessoas diriam o que realmente queriam dizer.

Só que não.

* * *

SERAFINA ESTAVA ATRASADA para o jantar porque seus robôs emotivos tiveram um colapso nervoso. Todos eles.

– Levei o dia para descobrir o que os incomodava. Simplesmente enlouqueceram e ficavam revirando os olhos. Olhamos tudo o que havia mudado no laboratório, tentando eliminar cada fator possível que pudesse tê-los deixado assim. Tipo, a música estava diferente? Atualizamos seu código recentemente?

Laurence não a apressou. Descobrir e resolver problemas era uma fonte de prazer para os dois, e narrar o processo era a segunda melhor coisa a fazer. Os mesmos caminhos neurais iluminavam-se pelos labirintos do problema quando se falava dele da mesma forma que faziam durante sua resolução. Exceto que, dessa vez, a pessoa aproveitava os louros por já ter desvendado a questão.

E, ainda assim, Laurence sentia-se desconfortável. Por um lado, porque Serafina estava atrasada, estavam sentados em uma das mesas da calçada em uma pizzaria da moda, sem nada além de uma pequena luminária aquecedora e três almôndegas para isolá-los da névoa até a pizza chegar. Por outro, tentava ser um bom ouvinte, por conta de seu projeto permanente de "não ser dispensado", e ouvir ativamente era difícil. E as pessoas ainda estavam olhando para ele de um jeito estranho uma semana depois do evento da MatherTec.

– Finalmente descobrimos a única coisa que havia mudado – comentou Serafina. Ela usava uma blusa de alcinha, mas havia vestido de novo a jaqueta pesada quando se sentaram do lado de fora. A luminária aquecedora fazia com que a pele parecesse de bronze.

– Matt acabou de comprar um Caddy e levou para o escritório. Assim que tiramos o Caddy do alcance do WiFi, os robôs se acalmaram. Não sei como. E antes que você pergunte, o Caddy não tinha nenhum aplicativo esquisito instalado nele. Tinha acabado de vir da loja.

– Alcance de WiFi. Então, eles estavam recebendo alguma coisa do Caddy em sua rede sem fio que os deixou alterados.

Laurence puxou seu Caddy e olhou para ele, como se de repente identificasse algum recurso novo em folha. Ainda parecia uma grande palheta de guitarra com uma base curvada, coberta por alumínio. O Caddy estava procurando redes abertas, como sempre, mas não se conectaria com outras máquinas na mesma rede sem receber instruções para fazê-lo. A menos que...

– Isso que não entendo – continuou Laurence, cortando a terceira almôndega ao meio para Serafina poder comer metade. A almôndega era sua única proteção contra o frio, a última porção de seus suprimentos minguados até a pizza chegar. – Então, seus robôs emotivos não têm "emoções" do jeito que têm os humanos, certo? Sem querer ofender, claro – Laurence estava pisando em ovos ali... e não em um ou dois, mas em um campo inteiro, com centenas de possíveis passos em falso para todas as direções. – Os robôs simulam reações emocionais para algumas situações e tentam perceber o que as pessoas ao redor deles estão sentindo. Correto?

– Você faz parecer que estamos projetando avatares tridimensionais para videogame. – Serafina não empurrou muito a cadeira para trás, mas parecia um pouco mais afastada.

– Sei bem que há muito mais coisas envolvidas – disse Laurence. – Pelo Vale da Estranheza e porque o mundo físico é muito mais complicado.

– Mas a questão verdadeira aqui é: como você sabe que suas emoções são espontâneas e genuínas e não apenas um conjunto programado de reações?

– Eu não sei. Penso nisso o tempo todo. – Laurence tinha consciência de que provavelmente tivesse sido uma má ideia confessar à namorada que com frequência se perguntava se seus sentimentos não eram apenas uma reação involuntária. – Eu só fico pensando... supondo que tenham algum motivo para se sentir de uma determinada maneira e não que simplesmente dormiram com a bunda descoberta. O Caddy devia estar fazendo alguma coisa que lembrasse um ato agressivo, conforme definido nas matrizes reativas. Certo?

– Isso – disse Serafina. – Reagiram como se estivessem sendo ameaçados.

Por fim, a pizza chegou, bem quando Laurence precisava de algo para distrair Serafina do fato de ele estar sendo um idiota, apesar de suas decisões, e praticando o *mansplaining*, ou seja, a insistência de um homem em explicar coisas óbvias a uma mulher.

– Deve haver outra explicação – disse Laurence. – Você está falando de um Caddy, não de uma caixa preta. As pessoas já fizeram *jailbreak* e apagaram tudo neles, instalaram Linux e também instalaram o SO do Caddy em imitações baratas de tablets da Libéria. É o dispositivo mais hackeado da história. Se houvesse algo estranho nele, nós *já saberíamos*.

– Ei – disse Serafina, mastigando a pizza. – A navalha de Occam não é apenas uma arma opcional em *Street Warrior V*. Eu já disse, eliminamos todas as outras possibilidades.

Quanto mais Laurence tentava não ferrar com tudo, mais ferrava. Não seria dispensado. Aquele não era um resultado possível.

Pensou na Opção Nuclear: a antiga aliança de sua avó, enfiada no fundo da gaveta de meias. Imaginou-se de joelhos, estendendo-a para Serafina. Podia imaginar como ela ficaria encaixada na base do dedo, a prata trabalhada enrolada ao redor da pedra preciosa. A expressão de seu rosto enquanto olhava para ele, enrubescida.

Depois do jantar, foram tomar uns drinques e acabaram no Latin American Club, bem embaixo do manequim com um tapa-sexo.

– Olha lá – disse Serafina. – É sua amiga.

Ele seguiu sua linha de visão e encontrou Patricia com um cara afroamericano com capa de veludo preta coberta com dobras elaboradas. Depois de um tempo, Laurence reconheceu o cara com quem ela estava conversando na casa de Rod Birch. Patricia acenou para eles, que acenaram também. Laurence não sabia se ele e Serafina deveriam se intrometer no encontro de Patricia, e temeu que Patricia voltasse a bronquear sobre o planeta. Mas ela fez um sinal para eles se aproximarem, e Serafina foi.

O cara que estava com Patricia se chamava Kevin, e era um anglófilo citador de Monty Python que trabalhava como passeador de cães e em um café, mas seu trabalho de verdade era a criação de uma *webcomic* que Laurence tinha lido alguma vezes.

– O segredo de uma *webcomic* de sucesso é fazer as pessoas acreditarem que apenas vão entender todas as piadas se lerem regularmente. Quando perceberem que não há piadas para entender, já investiram tempo demais para desistir e não conseguem admitir que foram enganadas – disse Kevin. – Existe toda uma arte para criar piadas inexistentes que parecem ficar na cabeça de todo mundo. É muito mais difícil do que criar piadas de verdade.

– As *comics* que li eram engraçadas por si – disse Laurence. – Então, você se deu muito mal.

– Você está acabando comigo – disse Kevin.

Patricia estava dizendo a Serafina que tinha acabado de pedir as contas em um buffet terrível, mas tinha arranjado um emprego novo em uma das padarias chiques de Mission, onde usavam grãos totalmente orgânicos e locais não apenas para serem chiques, mas por necessidade, desde o Grande Banho de Poeira do Centro-Oeste.

– Eu amo fazer assados, então é perfeito.

Serafina também gostava de fazer assados, mas era preguiçosa.

– Fiz um bolo uma vez e ele ficou solado, e pensei que meu irmão mais novo havia pisado nele dentro do forno. Bati nele por quase uma hora até perceber que tinha esquecido de pôr o suficiente daquele pó.

– Farinha, você quer dizer.

– Isso, farinha. – Serafina sorriu.

Fizeram um longo silêncio. Kevin pigarreou como se fosse dizer algo inteligente, mas acabou mudando de ideia.

Laurence ainda estava todo incomodado, pensando que tentou dar uma aula para Serafina sobre seu trabalho durante o jantar, e agora ela era obrigada a ficar ali com sua amiga da escola. Precisava dar uma melhorada naquele encontro. Sem mencionar que sentia uma necessidade casual de provar a Patricia que não era um babaca completo.

Enquanto esperavam os drinques, Laurence tentou contar tudo sobre os robôs emotivos de Serafina – então percebeu no meio do caminho que falar de Serafina na terceira pessoa não fazia com que ela parecesse descolada, só fazia parecer que Laurence pensava que ela não podia falar por si mesma.

– Patricia parece ser legal – disse Serafina mais tarde, enquanto ela e Laurence estavam na sorveteria Humphry Slocombe e dividiam um Secret Breakfast, aquele sorvete estranho com cereais e uísque.

– Você não chegou a ver o que ela tem de legal. – Laurence deu mais uma colherada no sorvete.

– Claro que vi, já disse que achei que ela era legal.

– É estranho ver alguém que não vemos por anos, e isso traz de volta uma porção de coisas. Eu era um zero à esquerda, você não acreditaria. (Quando falava da escola, Laurence havia aprendido muito tempo atrás que era melhor nem mencionar que ele acreditava ter criado uma inteligência artificial no armário do quarto, nem mesmo como uma história engraçada. Aquilo só fazia com que parecesse um babaca.)

Terminaram o sorvete. E sorvete com uísque talvez não tenha sido a melhor ideia depois de três cervejas no Latin American. Laurence estava vendo um monte de pontinhos flutuando e a cabeça parecia cada vez mais confusa, além de sentir um incômodo profundo na boca do estômago.

– Então, o que está havendo? – perguntou Serafina. – Senti que houve um subtexto hoje que não entendi.

Laurence pensou em dizer que não sabia se o subtexto era um estado emocional ou estado mental ou mesmo o que talvez seja a exata diferença entre essas duas coisas. Mas mordeu a língua e disse:

– Tenho a sensação de que estou em período de experiência. Digo, neste relacionamento.

– Hum. Essa é nova para mim. – Serafina deu de ombros. Ela arregalou os olhos e mordeu o lábio inferior enquanto olhava para o namorado. As mechas ruivas brilharam sob as luzes fluorescentes da sorveteria hipster. Ela estava tão linda e tão cheia de curiosidade que Laurence sentiu uma nova onda de amor por ela. Estava pronto para se abrir, algo que não lhe era natural. Os dedos calejados de unhas pintadas dela brincaram com a colher vazia de sorvete.

– Eu disse ou fiz alguma coisa que deu a você essa ideia de que está em período de experiência? – perguntou ela.

Laurence buscou nas lembranças algum momento, em seguida fez que não com a cabeça.

– Acho que eu só decidi que estava. Não sei por quê.

– Isso está me deixando confusa. Olha, eu sinto que a gente não está se entendendo direito, sei lá, há um mês mais ou menos. Mas talvez seja pior do que eu imaginava. – Serafina massageou as têmporas, beliscando a pele na lateral das sobrancelhas.

– Então... eu não estou em período de experiência?

– Bem... – Serafina parou de pressionar a testa e fitou-o nos olhos. – Acho que agora está.

– Ah. – *Muito bem, Armstead.*

18

PATRICIA NÃO CONSEGUIA TIRAR aquela imagem da cabeça: Laurence caindo do céu e acenando seu dinheiro por aí, ostentando que salvaria o mundo exterminando o planeta. Mesmo se não tivesse visto com os próprios olhos, o videoclipe rodou toda a internet em seguida. Patricia não deveria estar surpresa por Laurence ter se transformado em um yuppie de verdade. Foi o que sempre quis, não foi? Ser admirado, ver todo mundo falando seu nome corretamente. Patricia continuava incomodada até perceber que talvez estivesse com inveja. Gastava tanta energia para manter seus bons atos em segredo que era difícil ver outra pessoa se exibindo. Nos últimos tempos, as outras bruxas sempre falavam do seu caso de Enaltecimento, por mais que tentasse ser humilde.

Patricia ainda estava obcecada por Laurence quando calçou as botas de couro na altura dos joelhos e um vestido preto tipo baby-doll com brilhos vermelhos e foi a um bar irlandês no Financial District para enfeitiçar uma pessoa.

Patricia era péssima andando de salto alto e quase escorregou enquanto seguia a passos largos dentro do pub abafado e barulhento, e tentava reconhecer Garrett Borg na foto que Kawashima lhe enviara por e-mail.

Pessoalmente, Garrett parecia um instrutor alpino de esqui decadente que no passado havia sido atraente, com cabelos muito claros e um blazer de abotoamento duplo que camuflava sua gordura. Estava meio desmaiado no balcão, babando na toalhinha da Guinness, mas ainda erguendo a cabeça para despejar mais uísque caro na boca com a mão livre de vez em quando.

Em teoria, Patricia não precisaria saber por que acabaria com aquele cara – Kawashima ordenou, e isso deveria ser suficiente para ela. Mas Kawashima incluíra algumas outras fotos junto com o retrato de Garrett: as fotos da autópsia das adolescentes que ele havia enterrado em um velho aqueduto ao longo da rodovia interestadual I-90, as marcas de escoriação no pescoço e na parte interna das coxas quase combinando. Então, Patricia ficou devidamente motivada quando se acomodou no banquinho de couro ao lado de Garrett e sussurrou em seu ouvido:

– Aposto que você vai ter uma ressaca desgraçada amanhã. Mas sabe de uma coisa? Eu sei qual é o melhor remédio para ressaca que existe. Essa merda vai curar tudo. – Ela fez com que aquilo parecesse milagroso, mas também sensual e ilícito. Ele engoliu as duas pílulas que ela lhe entregou sem hesitação. Em seguida, ela o ajudou a entrar em um táxi, e ele foi para casa em Pacific Heights para capotar. Ela não mentira: aquela merda que ela lhe dera curaria qualquer coisa mesmo.

Havia chance zero de Patricia conseguir dormir depois de enfeitiçar uma pessoa. Mas ela tomaria cuidado, seguiria o conselho de Kawashima e evitaria extrapolar. Sabia por que estavam tão preocupados com a possibilidade de ela sair dos trilhos: ainda conseguia ver o cadáver de Toby quando fechava os olhos. A expressão acabada, como se Toby estivesse prestes a se sentar e contar uma piada suja.

Patricia precisou se agachar para falar com um gato laranja confuso, que precisava de ajuda para encontrar o caminho até sua casa. (Ele se lembrava de como a casa era por dentro, mas não por fora.) Patricia checou Jake, o viciado em *krokodil*, que parecia mais ou menos estável agora, e depois passou pela sala de emergência do Hospital St. Mary, procurando pessoas para curar em segredo. Passou duas horas tentando escrever uma carta ao Departamento de Parques em nome de algumas toupeiras cuja toca estava sendo perturbada sem motivo nenhum por algum paisagismo inadequado no Parque Golden Gate. Precisou de muita concentração para traduzir do touperês para o burocratês.

Naquele momento, Garrett Borg estaria evaporando em uma nuvem com cheiro de uísque sobre a cama em forma de coração.

Patricia acabou às margens do Parque, em Fulton. Encarando a terra morna, tão cheia de vida, entre os dedos pontudos dos pés. No fim das contas, não estava com pressa. Fuçou na bolsa para encontrar o telefone e olhou a tela. Não havia ninguém para quem ela pudesse ligar às três da manhã. Mesmo às três da tarde, não haveria ninguém para ligar. Talvez Kevin, seu peguete/namorado ambíguo? Estava tentando não pressionar. O semáforo no canto da visão mudava em cores primárias. Era outra noite quente, incômoda.

Uma coruja aterrissou em um galho próximo sem fazer barulho.

– Olá – disse Patricia. A coruja piscou ao som de sua voz.

– Se eu posso ver você, os outros também podem – disse a coruja.

– Não estou tentando me esconder, na verdade – disse Patricia. A coruja deu de ombros, encolhendo o corpo inteiro, como se fosse o funeral de Patricia, então saiu voando de novo, pois havia algumas toupeiras com uma toca imperfeita não muito longe dali.

Bem quando Patricia estava se preparando para tirar a bunda da terra e ir para casa, alguém se sentou no muro baixo de pedra e bloqueou sua visão da rua. Um homem. Ela quase se escondeu, mas decidiu deixar para lá.

Era Laurence, e ele estava chorando em um guardanapo com a foto de uma mulher dentro de um copo de coquetel. Patricia quase foi embora – Laurence nunca saberia que ela esteve lá – até seu lado terapeuta ser ativado.

Patricia fez o máximo de barulho possível ao se aproximar por trás de Laurence para não o assustar. Mas ainda assim ele se sobressaltou tanto que caiu do muro e ralou um joelho. Patricia ajudou-o a se levantar e o apoiou, e em seguida o levou de volta ao muro onde estava sentado.

– Ah, oi – disse Laurence, enxergando as feições dela. – É você.

Era a primeira vez que ela via o Laurence adulto não ser arrogante. Encolhido, afogueado, parecia mais o Laurence de quem ela se lembrava.

– Está tudo bem? – perguntou ela.

– Está. Saí para tomar umas com meus colegas de trabalho e a bebedeira me deixou sentimental. – Ele fez uma pausa. – Mas eu também... sinto que estou estragando tudo. Estou perdendo minha namorada. Serafina. Você a conheceu, ela é incrível. E, enquanto isso, há muitas pessoas esperando que eu opere milagres, e eu só posso fazer aquelas façanhas idiotas que conheceu. Meu chefe... Milton... está contando comigo, minha equipe superinteligente está contando comigo, mas, acima de tudo, fiz uma promessa para mim mesmo. Sempre pensei que, se eu tivesse a chance, poderia mudar tudo... e parece que talvez eu não seja bom o bastante. Então, fico tentando fazer as pessoas pensarem que sou um "garoto prodígio" para compensar o fato de que, na verdade, não consigo solucionar nada. Meu Deus.

Patricia subiu a rampa e sentou-se no muro onde Laurence estava. Teve um *flashback* do Laurence adolescente dizendo para ela que o poder de fazer todo mundo ver uma versão ilusória de si seria uma porcaria das grandes.

Laurence afastou-se, dando mais espaço a Patricia de seu pedaço de muro.

– E eu estava pensando em meus pais. Por muito tempo olhei para eles com desprezo por serem fracassados. Fui meio que horrível com eles. E estava pensando que, talvez, um dia, eu entenderia por que escolheram fracassar, mas seria tarde demais. Ou uma percepção que eu preferiria não ter.

– Meu plano de vida envolve nunca compreender meus pais – disse Patricia. – É como a base desse plano. Você os conheceu, viu como eles eram. Eu me dedico a não ser a pessoas que eles queriam que eu fosse.

– Sim. – Laurence gargalhou: uma gargalhada bêbada, enjoada, mas ainda uma gargalhada. – Sabe... não importa o que faça, as pessoas sempre vão esperar que você seja alguém que não é. Mas se for esperta, sortuda e se ralar de trabalhar, vai se cercar de pessoas que esperam que você seja a pessoa que gostaria de ser.

– Hum. Não tinha pensado nisso.

– E você? – Laurence se levantou e se orientou, cambaleando apenas um pouco. – O que está fazendo sozinha a esta hora se tem escola amanhã cedo?

– Trabalhando. – Patricia se levantou também. Levaria Laurence para casa são e salvo e iria embora para capotar na cama. – Trabalho muitas horas.

– Trabalha sozinha? – perguntou Laurence.

Eles desceram a colina na direção de Haight, onde haveria táxis procurando estudantes saindo da última festa para arrecadação de fundos para Seul.

– Faço tudo sozinha – respondeu Patricia. – Frequentei uma escola pequena e claustrofóbica chamada Eltisley Maze. Então, sou do tipo que gosta de sair sozinha em uma cidade grande, onde ninguém sabe quem sou. Sabe? Sinto que assim deveria ser a vida adulta.

Pegaram um táxi, que deixou Laurence primeiro. Laurence entregou uma nota de vinte para Patricia enquanto saía do carro e tropeçava no cinto de segurança. Ela viu que ele deu caneladas nos degraus da calçada e sentiu despertar seu instinto protetor. Fez o taxista esperar até ele entrar em casa.

* * *

DURANTE TODA A VIAGEM até Sacramento, as outras bruxas encontraram maneiras de repreender Patricia pelo Enaltecimento. Ela estava sentada no banco de trás do Lexus de Kawashima, observando a rodovia passar rápido, enquanto Kawashima lhe dava broncas por se mostrar tão importante e usar seus poderes de forma tão negligente. Dorothea intrometia-se às vezes com uma de suas inverdades estridentes, como "Você joga pedrinhas na minha janela, mas elas se transformam em granadas no meio do caminho". (Dorothea era uma senhora católica com cabelos pretos rajados de branco, óculos grossos e longas saias de algodão, que nunca, nunca falava a verdade, exceto, talvez, no confessionário.)

Quando chegaram, Patricia estava se sentindo um monstro e continuava imaginando o corpo congelado de Toby, deitado no dirigível.

Os outros estavam cuidando de assuntos importantes de feiticeiros em Sacramento, então Patricia teve tempo de perambular sob o sol escaldante do meio-dia e ler em seu celular sobre a geada francesa, o caos na península coreana, as novas e mais mortíferas supertempestades do Atlântico. Todas as coisas em relação às quais ela não poderia fazer nada. Então, viu, de canto de olho, um sem-teto na calçada. Estava olhando fixamente para ela, o copo de Big Gulp vazio em uma das mãos. Ela virou-se e olhou para ele: seu casaco rasgado e imundo e as calças emporcalhadas com listras, sua doença e desnutrição. A placa de papelão estava tão surrada e apagada que ninguém conseguia decifrá-la. Estava coberto com uma camada de sujeira, mas também de teias de aranha e até musgo. Normalmente, se estivesse sozinha à noite na cidade, curaria alguém nessas condições sem pensar duas vezes. Mas Kawashima e Dorothea estavam por perto, e ela nunca sabia o que eles considerariam um Enaltecimento. Nunca lhe deram diretrizes claras. Ela se aproximou um pouco mais, lutando contra si mesma. Aquele homem precisava de sua ajuda, não era errado tomar aquela iniciativa. Era? Ela encarou seus olhos escuros e estreitos e conseguiu ver o orgulho ferido, estendeu a mão...

Percebeu que estava olhando para o rosto ossudo e arruinado de seu orientador educacional do colégio, sr. Rose. Seu sangue ferveu. Ela quase vomitou.

– Não se preocupe – grasnou o sr. Rose. – Não vou tentar matá-la. Não poderia, nem se tentasse. Você cresceu e ficou muito poderosa, e os anos me arruinaram. Mas você deve saber que eu estava fazendo a coisa certa. Tive uma visão do futuro. Patricia, você estará no centro de muita dor. Vai trair e vai destruir. Se tivesse alguma consciência, você acabaria com sua vida agora mesmo.

Por muito tempo, ela imaginou aquele momento. Quando ficava fora até o amanhecer, noite após noite, ela ensaiava aquele encontro. Encarar aquele sádico horrendo, mostrar para ele que não podia ser aterrorizada. Mas não esperava que ele estivesse tão impotente, literalmente exposto. Não conseguiu deixar de ter pena dele. Não compreendeu o que ele estava dizendo no início, que ela deveria se matar; e depois teve de cuspir na calçada.

– Bela tentativa – disse ela. Mas os braços e o rosto queimavam como a pior hera venenosa. – Tudo o que você me disse era mentira – ela falou com o velho encurvado na calçada. – Você só faz isso.

– Achei que uma bruxa com seus níveis de poder soubesse se eu estava mentindo ou não. Por favor. Por favor, me ouça. – Ele ergueu os olhos, e Patricia se assustou ao ver lágrimas escorrendo pelas bochechas sujas. – Eu matei muitas pessoas, mas ainda não consigo conceber o que você e seus amigos vão provocar. Eles já falaram para você sobre o Desfecho?

– O quê? – Patricia se afastou. – Esqueça. Não vou mais te dar ouvidos.

– Precisa me ouvir! Patricia Delfine, eu a conheço melhor que ninguém.

Ela se afastou até bater nos parquímetros, e ele se levantou do papelão que servia de colchão, com o dedo com ataduras em riste. Ele bafejou podridão sobre ela.

– Eu a espiei por meses quando você era criança. Estacionava na frente de sua casa. Ouvi todas as suas conversas, dia e noite. Sei de tudo. Sei até sobre a Árvore!

– Que árvore? – Patricia engoliu em seco. – Não sei do que você está falando.

– Pergunte a eles sobre o Desfecho. Pergunte! Veja o que vão te dizer.

– Ai, meu cu. – Kawashima estava se aproximando, vindo de uma casa de materiais de construção, uma sacola plástica balançando em uma das mãos. – Deve estar de brincadeira. *Esse* filho da puta de novo?

– *Theodolphus* – disse Dorothea atrás dele, olhando para o homem imundo. Ela conseguia transformar aquele nome no pior insulto.

– Vocês conhecem esse cara? – perguntou Patricia.

Kawashima a ignorou e disse a Theodolphus:

– Você é o pior, cara. É igual a comichão ruim. Pensei que tivéssemos matado você muito tempo atrás.

– Já estou como um morto faz muitos anos. – Theodolphus Rose se ergueu, como se estivesse se vangloriando. – Mas precisava alertar a senhorita Delfine aqui. Ela foi minha melhor aluna, no passado. Quando era criança, tive uma visão de sua fase adulta, como ela está agora. Uma visão de destruição. Pensei que ela deveria saber.

– Deixe-me ver se adivinho – disse Kawashima. – Você cheirou uns vapores e alucinou. Certo? Visões do futuro sempre são engodos, e disso eu entendo, sou o maior artista de engodos por essas bandas. Dorothea, quer fazer as honras?

O sr. Rose ainda estava se debatendo e gritando sobre as visões de loucura, destruição e um buraco no mundo. Mas Dorothea aproximou-se e sussurrou uma história, sobre um homem que ela conhecera. Fora um fabricante de *netsuke*, aquelas figurinhas esculpidas que os japoneses usavam para prender quimonos, mas também era um assassino mercenário, e algumas de suas esculturas tinham armadilhas mortais escondidas: pequenas agulhas envenenadas, reservatórios de fumaça tóxica. As *netsuke* mortais sempre tinham o formato de uma bela mulher em pose libertina e, quando entregues a uma pessoa, era certo que ela morreria. Até o dia em que o homem se confundiu e pôs um dardo letal com disparo à mola em um sapo com que ele queria atingir uma cortesã. Então, vendeu o sapo a um de seus clientes favoritos, que certamente o usaria naquela noite e não sabia nada sobre a segunda ocupação do homem como assassino. Como poderia alertar seu cliente?

Nesse momento da história, os murmúrios de Dorothea ficaram tão suaves que Patricia não ouviu como terminava a história. E Theodolphus não tinha mais condições de ouvir também, porque de alguma forma, sem que ninguém percebesse, havia deixado de ser uma pessoa para se transformar em uma figurinha de madeira com quase quatro centímetros de altura. Dorothea pegou-o e mostrou a Patricia: era uma mulher magra erguendo a saia, mas seu rosto era o de um sapo muito solene.

Dorothea soltou a figurinha na palma da mão de Patricia, em seguida fechou os dedos da moça por segurança.

– Não acredito que não matamos aquele desgraçado antes. – Kawashima destrancou o Lexus e se acomodou no banco do motorista. – Sério, que babaca.

Dorothea balançou a cabeça e revirou os olhos.

Na viagem de volta a São Francisco, Patricia tentou perguntar a Kawashima sobre a coisa que Theodolphus havia mencionado, o Desfecho, mas, claro, esse tipo de questão era o pior tipo de Enaltecimento possível.

Patricia cochilou, e no sonho tentou imaginar como terminava a história de Dorothea. Então, a resposta veio: o fabricante de *netsuke*/assassino precisaria tomar o sapo de volta do cliente, à força, se necessário, e sacrificaria a vida nesse processo. No fim das contas, o sapo tiraria a vida de alguém – se não do cliente, do homem que o fizera.

PATRICIA SENTIU ZERO satisfação ao ver o sr. Rose receber o que merecia. Parecia tão patético, ela chegou até a se esforçar para evitar o sentimento de culpa. E não conseguia deixar de lado a ideia de que talvez o sr. Rose tivesse falado a verdade, e ela estivesse condenada a se transformar em uma criminosa de guerra. Kawashima insistiu que visões do futuro não tinham sentido nenhum, por outro lado, no instante seguinte, disse de novo a Patricia que seu orgulho era perigoso. Ela acabou em um monólogo interno que dizia que ela era uma pessoa terrível, destrutiva, que deveria prestar atenção a cada passo.

Logo depois de voltar de Sacramento, teve de correr a Tenderloin para tomar conta de Reginald, o paciente de AIDS que fora deixado a seus cuidados como voluntária do Projeto Shanti. Como de costume, arrumou seu apartamento, preparou um café da manhã saudável para ele e o ajudou a fazer compras. Mas então parou, observou-o em sua cadeira de balanço de madeira imaculada. E pensou: *Dessa vez, vou fazer isso. Vou curá-lo. Por que não? Seria tão fácil.*

Porém, ela sabia, com certeza, o que Kawashima e os outros diriam. Você não pode sair por aí curando as doenças incuráveis das pessoas, especialmente quando a pessoa sabe que você estava presente. Levantaria muitas perguntas impossíveis de responder. E talvez curar Reginald seria o primeiro passo para se tornar uma espécie de monstro, como o sr. Rose alertou.

– Espero que seja um bom dilema. – Reginald arrancou Patricia de seu devaneio. – Seja qual for esse aí com que você está lidando.

Ela se aproximou e sentou-se ao lado de Reginald, tomando sua mão. *Vou fazer, pronto.* De qualquer forma, sempre reduzia sua carga viral quando o visitava. Não teria tanto problema curá-lo de uma vez. Certo?

O apartamento de Reginald cheirava a maconha e a incenso Nag Champa. Tinha um bigode fino, cabelos grisalhos curtos e óculos de Elvis Costello, e o pescoço tinha tendões saltados.

– Eu só estava pensando – disse ela. – Há tantos problemas malucos no mundo. Tipo, eu estava lendo que talvez sejamos os últimos que veremos abelhas na América do Norte. E se isso acontecer, cadeias alimentares vão entrar em colapso, e mais um montão de gente vai morrer de fome. Mas suponha que você tivesse o poder de mudar as coisas. Não seria capaz de resolver nada, porque cada vez que resolvesse um problema, causaria outro. E todas essas pragas e secas talvez sejam maneiras que a natureza encontrou para se equilibrar. Nós, seres humanos, não temos nenhum predador natural hoje, então a natureza teve de encontrar outras maneiras de lidar conosco.

Reginald tinha tatuagens sobre o torso inteiro, uma para cada espécie de inseto que havia descoberto pelas Américas. Esses desenhos de insetos lembravam algo tirado de um livro de um naturalista vitoriano, com pingos de cores aqui e ali. Conforme o corpo de

Reginald mudava, as dobras soltas de pele e a pança faziam parecer que os gafanhotos e borboletas estavam mexendo as asas e virando a cabeça. O peitoral era coberto de vespas, os braços cobertos por pequenos besouros quitinosos.

– Como você sabe, sou fã da natureza – disse Reginald. – E, mesmo assim, a natureza não "encontra maneiras" de fazer nada. A natureza não tem opinião, nem uma pauta. A natureza oferece um campo de jogo, e não um campo especialmente nivelado, no qual concorreríamos com todas as criaturas, grandes e pequenas. Na verdade, o campo de jogo da natureza é cheio de armadilhas.

No fim das contas, ela parou a um passo de curar Reginald de uma vez por todas. Como sempre.

* * *

PATRICIA SONHOU QUE estava perdida na floresta, como no seu tempo de menina. Tropeçando nas raízes, escorregando em folhas mortas, sentindo-se transportada pelo cheiro de terra úmida que lembrava cavernas. Nuvens de insetos nos olhos e no nariz. Ela gargalhava tanto que expulsava insetos mortos pelo nariz com a alegria de finalmente estar fora da cidade. E então entrava em um emaranhado de espinheiros, que rasgava sua pele e a prendia com tanta força que ela não conseguia avançar ou recuar sem se retalhar, e sua vertigem se transformou em ansiedade: e se as pessoas precisassem de sua ajuda? Ou outras bruxas? E se ela estivesse ausente sem permissão bem quando alguém se metesse em encrenca?

Quanto mais tentava forçar a saída daquele emaranhado, mais ela se cortava, até perceber que era um sonho, e em sonhos ela sempre podia voar. Ergueu-se dos arbustos e voou ao longo de uma subida íngreme cheia de raízes. E daí viu: imensa e escura, como um corvo formado de galhos e folhas. Uma Árvore imensa e ancestral, plena de paciência e lembranças suficientes para um bilhão de anéis do tronco, os galhos duplos ondulando como se cumprimentasse.

– **ENTÃO, O QUE VOCÊ** não podia me dizer por telefone? – perguntou Laurence enquanto trazia os *expressos* do balcão.

Para responder, Patricia simplesmente tirou a pequena imagem de madeira da bolsa e disse a Laurence quem era. Sr. Rose os encarava, o rosto do sapo de olho arregalado parecendo reverente em um momento, irônico em outro.

– Isso é ele? A pessoa, de verdade? – Laurence continuava segurando-o contra a luz, como se tentasse enxergar alguma semelhança. – Ele está tão... pequenino.

– É – disse Patricia. – Não tenho ideia do que fazer com ele.

Laurence e Patricia estavam no Circle of Trust, que dezoito meses antes tinha sido o café da moda no corredor da Valencia Street. Ainda tinha todos os belos móveis e enfeites de madeira e máquinas de *espresso* supercaras, mas ficava meio vazio porque todas as melhores pessoas já vinham frequentando um novo estabelecimento a um quarteirão. O Circle of Trust estava com uma exposição de arte com pinturas com dedo feitas por uma mulher de vinte e oito anos, que tinham balões de quadrinhos subversivamente ingênuos. O café era caro demais, com todas as falhas, mas eles ainda dividiram a conta.

– Eu o vejo tão indefeso e o vi ser transformado nesse pequeno objeto... e isso não muda minhas lembranças de como ele era imenso e terrível – confessou Patricia. – É como se fossem duas pessoas diferentes. E parece que passou os últimos anos sendo uma pedra no sapato de outras bruxas. Porque ele enlouqueceu e teve algum tipo de visão apocalíptica. Por isso foi até nossa escola, pois pensava que eu cresceria e viraria um monstro.

– Hum. – Laurence fitou a estatuazinha. Patricia ficou sem graça com as saias levantadas, como era quase obsceno, como era estranho de forma geral. – Mas você não virou. Digo, não cresceu e virou um monstro. Fala sério. Ele nunca dizia a verdade para ninguém? Sobre nada?

– Não – respondeu Patricia. Pegou a figurinha e enfiou de novo na bolsa. Imploraria para Kawashima tirar o sr. Rose de suas mãos. – Não, não dizia.

– Era um mentiroso compulsivo. É. Era. Não sei que tempo verbal usar.

Talvez houvesse um meio melhor de parar com uma conversa que não fosse atirar com tudo dentro de uma bolsa a figura de autoridade mais odiada da infância, reduzida ao tamanho de um dedão. Mas Patricia não conseguiu pensar em nenhum. Os dois be-

bericaram o café e balançaram a cabeça, presos em lembranças horríveis e recorrentes. Patricia teve de buscar água e bebeu com avidez. O ar parado do café tinha ficado quente como o do meio-dia, embora o sol já tivesse desaparecido no horizonte.

Laurence estava olhando para a bolsa de Patricia, onde ela enfiara a estatuazinha.

– Penso o tempo todo em como ele quase conseguiu arruinar minha vida. É um dos motivos por que sou tão desesperado pelo sucesso, porque eu quase não tive essa chance. – De repente, ele se levantou. – Venha. Vou te mostrar uma coisa.

Patricia ficou de novo surpresa ao ver como ele havia crescido. Ela também era alta, mas batia no pescoço de Laurence. E ele tinha a energia nervosa de nove furões.

Patricia seguiu Laurence pela Mission Street e, em seguida, atravessaram algumas ruas paralelas até se aproximarem de Shotwell, em uma daquelas ruas que tinham um ou dois quarteirões apenas. Era outro dia seco e incômodo. Patricia lembrou-se de ouvir que originalmente havia um riacho ali, antes de ser drenado ou pavimentado. Às vezes, imaginava ainda conseguir sentir a corrente do ecossistema banido.

Chegaram a uma caixa de cimento sem nada de diferente das outras. Laurence tirou uma chave dali, mas não a pôs na fechadura da porta de aço marrom-avermelhado. Apenas digitou uma série de números em um teclado embutido na parede, que Patricia mal havia notado. E *só então* virou a chave na fechadura.

Dois lances e meio de escada acima, havia uma porta com uma porção de pinos de metal e uma placa onde estava escrito: "PROCRASTINAÇÃO SOLUÇÕES. VOLTE AMANHÃ". Laurence bateu dezessete vezes, em uma sequência precisa de batidas longas e curtas, e a porta se abriu.

– Bem-vinda ao Projeto Dez Por Cento – disse Laurence. – Quer dizer, o escritório local.

O espaço atrás da porta de aço era maior do que o esperado e muito mais frio do que do lado de fora: um *loft* quadrado com uma claraboia em um dos cantos do teto. Cadeiras ergonômicas encostadas em bancadas lotadas com equipamentos, ferros de solda, placas de Arduino e ferramentas a laser. Porém, a peça central da sala era um equipamento enorme, do tamanho de um Buick, cuja ponta era uma espécie de cano de arma de raio-laser. Estava apontada para um círculo branco de acrílico.

Laurence apresentou Patricia a três pessoas na sala, uma por vez:

Tanaa era uma afroamericana usando uma máscara de solda, top e shorts. Os antebraços eram fortes, mas o pescoço e ombros eram fluidos, vívidos. Segundo Laurence, Tanaa podia construir qualquer coisa – na verdade, ela havia descoberto Milton da mesma forma que Laurence, muito tempo antes, ao analisar alguns diagramas na internet. Mas esses diagramas eram aqueles que ninguém mais conseguia fazer funcionar, e eles levaram àquela arma de raio-laser supercrescida sobre pernas dobradas. Tanaa acenou, em seguida voltou a disparar fagulhas em todas as direções.

Anya era uma garota sardenta do Centro-Oeste cujos cabelos castanhos tinham pontas azuis, como se tivesse começado a tingi-los e desistido. Usava um macaquinho jeans e óculos grossos de engenheira, e parecia ser alguém que nunca sorria. Murmurou algo para Laurence sobre levar estranhos ao laboratório.

Sougata tinha um bigode preto e denso, sotaque de surfista do sul da Califórnia e vestia uma camiseta do Caltech. Laurence sussurrou que Sougata queria trabalhar na televisão e tinha sido estagiário no remake de *Space: Above and Beyond*, mas agora tinha voltado à sua segunda carreira, que era salvar o mundo de verdade.

Patricia não sabia se deveria perguntar sobre a grande máquina cujo corpo parecia um aspirador gigante com um cano pontudo. Mas Laurence começou a explicar o que era:

– Estamos trabalhando na dissolução da gravidade. – Ele examinou algumas medições na máquina. – Não temos a antigravidade verdadeira ainda, apenas algumas instâncias isoladas. E a antigravidade não é a questão, mas, sim, controlar a gravidade. Sabemos que é uma força fraca em nosso universo, o que significa que existe uma força poderosa em algum lugar. E estamos tentando descobrir onde está ou o que é.

– Uau. – Patricia podia voar sem nenhum raio sofisticado, claro, mas apenas quando a situação permitia e/ou quando podia enganar alguém com uma barganha que incluía lhe dar o poder de voar. (Ou em sonhos.) A ideia de ligar e desligar a gravidade ou reunir seu poder a deixava maravilhada.

Ela chegaria tarde para a última missão de Kawashima, que envolvia um executivo do petróleo que era parcialmente responsável pelo desastre no Mar do Norte. Mas queria admirar a máquina de Laurence. Laurence mostrou para ela as leituras de quanto rendimento de energia haviam conseguido naqueles tubos finos sem nada explodir.

– Sem dúvida é uma máquina impressionante – disse Patricia. E, sim, havia algo de esteticamente agradável e satisfatório em uma grande peça de engenharia. Brilhante e parruda. Tinha a mesma afeição que sentia pelas antigas máquinas de escrever vendidas na galeria hipster em Valencia ou por uma bela máquina a vapor. Essas coisas eram feitas de húbris, porque sempre quebravam ou, pior, quebravam tudo. Mas talvez Laurence tivesse razão e esses dispositivos eram o que nos tornava únicos como seres humanos. Criávamos máquinas do jeito que aranhas criavam teias. Olhando para o chassi vermelho em forma de vespa, pensou na aversão que sentiu por Laurence pouco tempo antes. E talvez ela não devesse julgá-lo – julgar era uma espécie de Enaltecimento – e talvez aquele dispositivo fosse o ápice de tudo o que ela sempre admirou nele desde o início. E, sim, um sinal de que os dois venceram os srs. Roses do mundo.

– É linda – disse ela.

19

LAURENCE E PATRICIA confessaram seus respectivos problemas de relacionamento enquanto fumavam um narguilé em forma de elfo no sofá. Laurence fez toda a descrição de Serafina, do contínuo “período de experiência” e, então, ficou envergonhado pelo monólogo e perguntou a Patricia sobre o cara com quem ela estava saindo. Kevin, o cara das *webcomics*.

– Hum. – Patricia pegou o narguilé e encheu os pulmões antes de tentar responder. – É confuso. Ainda não sei bem se Kevin e eu estamos namorando ou se só ficamos às vezes. Sempre que ele dorme em casa, tenta ir embora no meio da noite, escondido. Mas ninguém consegue sair escondido sem que eu perceba, depois de todo o treinamento que tive. Então, ele acaba tendo que se despedir como se deve ou ficar até de manhã. Ele tentou os dois, e nenhuma das situações pareceu funcionar direito para ele.

– Ah.

– Sempre fico a ponto de ter uma conversa com Kevin sobre o que está rolando entre a gente, e ela não acontece.

De alguma forma, ver o sr. Rose de madeira foi algo marcante no relacionamento de Laurence e Patricia, não apenas como um elo refeito, mas também uma lembrança de que se conheceram como fracassados completos no oitavo ano. Patricia talvez fosse a pessoa mais difícil de Laurence decepcionar, pois já o tinha visto em seu pior momento. Na verdade, fazia meses que Laurence não se sentia tão aliviado, e não apenas por conta do narguilé em forma de elfo.

Ficaram em silêncio por um tempo, até Patricia mudar de assunto:

– Então, como estão seus pais? Ainda querem que você fique mais ao ar livre?

– Acho que estão bem felizes, na verdade – disse Laurence. – Eles se divorciaram há sete anos, e minha mãe encontrou um cara que gosta de observar pássaros. Meu pai saiu daquele emprego horrível e voltou para a faculdade para se formar professor de ensino médio. Eu meio que sempre achei que eles seriam felizes em caso de separação, embora a gente nunca torça para os pais fazerem isso. E os seus?

– Eles, hum... estão bem – disse Patricia. – Na verdade, eles me renegaram por alguns anos, mas no ano passado fizeram um grande esforço para reatar. – Ela suspirou e tragou mais fumaça da cabeça do elfo, embora a garganta já estivesse arranhando. – Tudo graças à minha irmã, mais ou menos. Roberta vive sendo presa ou acaba na emergência de um hospital. De nós duas, ela sempre teve a cabeça no lugar. Agora, de repente, meus pais notaram que eu tenho um emprego há um tempo e não tenho passagem pela polícia, e concluíram que agora eu posso ser uma boa filha. Como se Roberta e eu pudéssemos trocar de lugar. Não tenho ideia de como lidar com isso.

Laurence ia dizer alguma coisa, mas Isobel voltou para casa. Encharcada, pois estava chovendo e seu guarda-chuva experimental autoconfigurante ficou emperrado em formato inadequado, a julgar pelos barulhos queixosos que o servomecanismo fazia e pelo fato de o lado esquerdo do cardigã de Isobel estar pingando enquanto o outro lado estava seco. Não tinha mais as longas tranças castanhas de quando ele a conheceu na infância, mas um cabelo grisalho e curto.

– Minha nossa – disse Laurence. – Lorde-Chuva deixou você na mão. – Aquele apelido não havia pegado com todo mundo ainda, mas ele continuava tentando.

Isobel só bufou e jogou Lorde-Chuva na pia da cozinha, onde ele poderia escorrer. Lorde-Chuva grunhiu e tentou assumir um formato que protegeria a pia de qualquer precipitação dentro de casa. Ficou emperrado de novo, fazendo ruídos altos de choramingo.

– Não é legal. – Isobel fez uma careta. – Não é legal mesmo. Um guarda-chuva normal teria sido muito melhor. Ah, oi. – Ela tirou o suficiente de chuva dos olhos para reconhecer uma jovem desconhecida no sofá. – Sou Isobel. Prazer em conhecê-la.

Patricia se apresentou e elas se cumprimentaram com um aperto de mão, e então Isobel saiu às pressas para tirar as roupas úmidas. Quando voltou, trazia um copo de conhaque. Sentou-se no sofá ao lado de Patricia e começou um papinho despretensioso sobre todos os lugares no mundo que precisavam demais de um pouco daquela chuva.

– Então, acho que ouvi falar de você – Isobel disse a Patricia. – Você é quase do tempo em que conheci

Laurence. Ele parece o tipo de cara que mantém amigos para a vida toda. – Ela olhou para Laurence, que se remexeu um pouco, como se sentisse que deveria fazê-lo.

Estavam bem altos nas colinas – apesar do nome, a maior parte do Noe Valley era uma encosta íngreme. A sala de estar tinha janelas panorâmicas que davam para a inclinação do jardim bem à frente e para a copa das árvores mais adiante. Potrero Hill era a colina onde estavam, com suas árvores e casas com pavimentos sobrepostos. A sala da frente tinha pé direito alto e uma escada em espiral que levava ao andar de cima, onde ficava o quarto de Isobel, banheiro e um escritório com mezanino que dava para a sala de estar. O quarto de casal de Laurence ficava poucos degraus abaixo, do outro lado da cozinha, com vista do pequeno quintal.

Os três pediram burritos em um restaurante e acharam que a chuva já havia parado por tempo suficiente para poderem arriscar descer a colina para buscá-los. A noite esquentou, apesar das poças imensas em cada esquina e as nuvens no horizonte. Laurence caminhava entre Isobel e Patricia e ficou sem graça por estar cercado por mulheres. Especialmente por aquelas mulheres falando como se ele não estivesse ali.

– Como você acabou dividindo uma casa com Laurence? – Patricia perguntou a Isobel.

Isobel contou a história sobre a fuga de Laurence para ver o foguete quando era criança.

– Meio que fiquei de olho em Laurence e, quando ele terminou o MIT, ofereci o quarto que tinha vago aqui para ele por um tempo. Na verdade, Laurence quase não fica em casa, fazia semanas que eu não o via. O que só pode significar uma coisa: maratona de *Red Dwarf*.

Laurence deu uma grande revirada nos olhos, embora estivesse mesmo a fim de uma maratona há muito prometida.

Isobel havia acabado de voltar da Groenlândia, onde Milton Dirth estava construindo um receptáculo que deveria durar dez mil anos e seria aberto apenas com a solução de um problema matemático.

– Parece o cruzamento de um abrigo antibombas com uma loja de Caddy e uma funerária sofisticada. Tudo é de aço brilhante, cromado e de mármore com divisões em vidro.

– O que tem no receptáculo? – perguntou Patricia. – Sementes? Material genético?

– Não – disse Isobel. – Milton imagina que independentemente de quem abrir aquilo em cinco ou dez mil anos terá muitas plantações ou não estará por aqui. Tudo que tem lá é conhecimento tecnológico e científico. Diagramas, planos, basicamente um manual de instrução para recriar nosso nível de tecnologia, inclusive algumas ideias do que fazer se não houver combustíveis fósseis e outros elementos disponíveis. Imagina que, quem encontrar, terá mais ou menos um nível científico do início do século XIX. O que talvez seja um pouco demais mesmo. Ao menos o receptáculo é fácil de encontrar: o único equipamento eletrônico no lugar todo será um feixe de luz vertical, como uma lanterna, apagando duas vezes ao dia por no mínimo dez mil anos. Essa foi uma das partes mais difíceis de criar.

– Não é um projeto sério – disse Laurence quando cruzaram a Castro Street. – Milton não acredita que a raça humana ainda estará aqui em cem anos, muito menos em alguns milênios. É apenas seu jeito de proteger suas apostas. Ou tranquilizar sua consciência.

– Eu ganhei três viagens grátis a Groenlândia com isso – disse Isobel. – Sinceramente, acho que as opiniões de Milton dependem de quantos estagiários ele matou no dia. – Ela gesticulou sem muito ânimo para indicar que era uma piada e que Milton não matava estagiários.

Durante o jantar, Isobel falou mais sobre sua transição de carreira, dos foguetes ao Projeto Dez Por Cento de Milton.

– Eu costumava sonhar com foguetes. – Isobel mergulhou um salgadinho de milho no *pico de gallo* comunitário. – Toda noite, por meses e meses. Depois que encerramos a Nimble Aerospace. Tive sonhos esquisitos de que havia um foguete que seria lançado a qualquer minuto e nós havíamos errado a telemetria final. Ou que estávamos lançando um foguete, e era bonito o jeito que ele subia ao céu, e então se chocava com um jumbo. Ou os piores de todos, sonhos em que nada dava errado, os foguetes simplesmente subiam por horas, e eu ficava sentada no chão, olhando para eles com lágrimas nos olhos.

– Uau. – Laurence tocou o pulso de Isobel. – Eu não sabia disso.

– Então, quando você parou de sonhar com foguetes? – perguntou Patricia.

– Acho que fiquei entediada com isso – disse Isobel. – O tédio é o que cicatriza a mente.

LAURENCE E SERAFINA foram a uma hamburgueria orgânica que trabalhava com produtos locais etc., e Serafina estava falando sobre seus robôs emocionais.

– Você não vai acreditar na heurística. Eles reconhecem rostos, mas também reconhecem os estados emocionais habituais de cada rosto. Estão absorvendo o conceito de humor. Eles estão tendo humores. Humores são estranhos... não são apenas a manifestação de uma emoção ou mesmo a sustentação dela, é como um estado de enfermidade. Como o jeito que dizemos que alguém guarda ressentimento.

Serafina parecia ter deixado de lado a ideia de que Laurence estava em período de experiência. Ele lhe deu um cachecol bonito que por acaso combinou com sua roupa. Estava ouvindo o que ela dizia com atenção. Algumas vezes fizeram um sexo brilhante, de deixar a pele boa. Laurence não falava muito sobre si. Continuava pensando na Opção Nuclear. Tentou avaliar quando seria o momento perfeito para usá-la: essas coisas funcionam melhor quando você as cozinha em banho-maria e não as usa como uma jogada desesperada. Laurence se lembrou de sua avó Jools, uma das últimas vezes em que ele a viu viva, enfiando a caixinha da aliança no bolso de seu casaco de esquiador quando ninguém estava olhando e sussurrando em seu ouvido: "Dê para a pessoa com quem você se casar, está bem?" E Laurence, ainda menino, percebendo que era um pedido solene, sussurrou que faria aquilo.

No fundo, Laurence tinha a convicção de que merecia ser dispensado. Porque não dava o devido valor à Serafina, enquanto estava trabalhando catorze horas por dia no Projeto, ou porque ela era excelente demais para ele. Mas o problema todo de ser adulto e um *überhacker* é que você não recebe o que merece. Você recebe o que pode.

Depois dos hambúrgueres e dos *milk-shakes*, ele e Serafina foram ver o novo filme do Tornado Surfer, e Patricia telefonou bem quando estavam debatendo quais petiscos comprar no balcão de guloseimas. Patricia perguntou se era um mau momento, e Laurence disse que era um pouco, sim.

– Ah, eu posso ligar depois – disse Patricia.

– O que houve?

Serafina se afastou para olhar os pretzels cobertos com iogurte, provavelmente irritada com ele por falar ao telefone. Seus dedos longos ergueram os pacotes de doces brancos como se estivesse colhendo flores. Mexeu o nariz e sorriu, como se os pretzels tivessem contado uma piada. *Não vou deixar você partir*, ele disse a Serafina em sua cabeça.

– É que meus amigos querem conhecê-lo. Sabe, meus amigos *especiais*? Eles sabem que contei a você meu segredo e querem que venha jantar conosco ou algo assim. Terça-feira, talvez?

Laurence disse sim sem pestanejar. No entanto, se não estivesse com tanta pressa de desligar e voltar a ser um namorado decente, teria analisado melhor a ideia de uma noite com os "amigos especiais" de Patricia e talvez inventasse uma desculpa.

– Quem era? – perguntou Serafina. Laurence disse que era sua amiga de escola, aquela esquisita, o que deu à Serafina a oportunidade de dizer que não achava Patricia tão esquisita.

O filme foi ruim. Depois disso, Serafina e Laurence voltaram para a casa de Serafina e fizeram o melhor sexo da vida de Laurence até o momento, do tipo em que rolam mordidas e marcas de dente e as pessoas continuam se pegando muito depois de terem jurado que já haviam quebrado tudo. Abraçaram-se, ainda vibrando, até Laurence precisar mijar. Teve de se lembrar de não dar descarga depois de somente mijar, porque todo mundo estava economizando água. Quando Laurence voltou para a cama, Serafina havia adormecido e seu cotovelo o cutucava.

LAURENCE NÃO TIROU os olhos de sua estação de trabalho entre aquele dia do cinema e a noite de terça-feira, pois o Projeto Dez Por Cento estava em modo de crise permanente, e Milton ficava histérico ao telefone com Laurence de domingo a domingo, 24 horas por dia. Milton insistia em trazer à tona a ideia, ou melhor, a ameaça de realocar Laurence e sua equipe para um complexo seguro em um lugar remoto para que pudessem trabalhar sem distrações. Como se Laurence já não estivesse ficando maluco. Como se sua vida já não fosse assim.

Laurence teve tempo apenas de correr até sua casa, tomar um banho rápido e trocar de roupa antes de precisar voltar a Mission para ver Patricia. Eles se encontrariam em um tipo de sebo onde um dos bruxos morava. Tipo, ele era deficiente físico, não podia sair de casa ou algo assim, então passava o dia inteiro e a noite inteira em sua pequena livraria, que Laurence suspeitava ser ilegal.

Laurence estava tão privado de sono que via sombras do monitor LCD quando fechava os olhos. Quando estava a poucos quarteirões da livraria, na esquina próxima ao carrinho de enroladinhos de salsicha e bacon, Laurence sentiu o início de um ataque de pânico. Ele diria algo de errado e aquelas pessoas o transformariam em um bibelô. Como o sr. Rose.

– Treine a respiração – disse Laurence a si mesmo. Conseguiu levar um pouco de oxigênio ao cérebro, e funcionou como um alívio temporário para a privação de sono. Provavelmente estava desidratado graças àquela onda de calor maluca, então comprou uma água do rapaz que vendia enroladinhos de salsicha e bacon. Em seguida, obrigou-se a caminhar até a galeria de três andares com placas em espanhol. Por Patricia, pois sentia que realmente a queria em sua vida.

A galeria parecia deserta e havia apenas uma lâmpada no térreo para guiá-lo até a escadaria em espiral que levava, passando por uma loja de produtos de beleza, até o último andar, em que havia uma placa: "PERIGO. LIVRARIA ABERTA". Laurence hesitou, em seguida empurrou a porta da Perigo Livraria com um tilintar de sininhos.

A livraria era um lugar surpreendentemente espaçoso, com um tapete antiquíssimo que parecia simétrico até se notar que a grande roda de fogo e as flores no centro estavam deslizando para a direita. As estantes cobriam as paredes e também se estendiam de lado no recinto, e eram divididas em categorias como "Exilados e Clandestinos" ou "Histórias de Amor Assustadoras". Os livros eram metade em inglês, metade em espanhol. Além dos livros, cada estante tinha algumas recordações encarapitadas nas prateleiras: uma adaga cerimonial antiga, um dragão de plástico, um sortimento de moedas antigas e um osso de baleia que supostamente tinha vindo do espartilho da rainha Vitória.

Laurence mal entrou na Perigo e alguém passou um bastão ultravioleta sobre ele para matar a maioria das bactérias em sua pele. Patricia levantou-se de uma das poltronas estofadas chiques e o abraçou, sussurrando que Laurence não devia tocar em Ernesto, o homem na *chaise-longue* vermelha – aquele que nunca saía da livraria. Ernesto não saía ao sol havia décadas, mas a pele ainda mantinha um bronze cálido, e o rosto comprido, com maçãs altas tinha marcas de expressão profundas. Os cabelos grisalhos uniam-se em uma trança, e usava um delineador ou lápis ao redor dos olhos. Vestia um paletó de *smoking* vermelho e calças de pijama azul de seda, então seu modelito era parecido com aqueles usados pelo dono da PlayBoy, Hugh Hefner. Cumprimentou Laurence sem se levantar da *chaise*.

Todos foram supersimpáticos. A primeira impressão de Laurence não foi de uma pessoa, mas de um punhado de pessoas falando todas ao mesmo tempo e apinhadas ao redor dele, com Patricia observando do outro lado da sala.

Uma senhora baixinha e mais velha com óculos grandes em um cordão e cabelos pretos e brancos presos em um coque elaborado começou a contar a Laurence sobre o tempo em que seu sapato havia se apaixonado por uma meia que era grande demais. Um japonês alto e bonito, de terno, com barba bem-cuidada, fez perguntas a Laurence sobre as finanças de Milton, que ele se viu respondendo sem pensar. E uma pessoa jovem de gênero indeterminado com cabelos castanhos, curtos e arrepiados e um moletom cinza quis saber qual era o super-herói favorito de Laurence. Ernesto continuou recitando a poesia de Daisy Zamora.

Todos pareciam simplesmente tão *legais* que Laurence não se importou com o fato de falarem ao mesmo tempo e inundarem sua mente. Provavelmente era por conta da tal magia, e ele devia estar pirando. Mas estava cansado demais para se preocupar com coisas além das que já o preocupavam. A única preocupação de Laurence era saber se estava cheirando a enroladinhos de salsicha e bacon.

A livraria não tinha cheiro de "livros velhos" mofados, mas, sim, um aroma agradável de carvalho, semelhante ao que Laurence imaginava ser o dos barris de uísque antes de envazar o *scotch* para envelhecer. Era um lugar onde se envelhecia bem.

Houve um debate sobre se deveriam sair para jantar – ou seja, todos menos Ernesto – ou apenas pedir comida.

– Talvez a gente pudesse dar uma olhada no novo restaurante hipster de tapas – sugeriu Patricia.

– Tapas! – Dorothea, a senhorinha, bateu palmas e fez os braceletes tilintarem.

A pessoa de gênero desconhecido, cujo nome, Taylor, não dirimia a questão, disse que talvez Laurence ficasse mais confortável em terreno neutro.

– Sim, sim, vocês devem ir – disse Ernesto com sua voz enrouquecida com um leve sotaque latino. – Vão! Não se preocupem comigo, de jeito nenhum. – No fim, Ernesto insistiu de forma tão ruidosa que tinham que deixá-lo para trás que todo mundo acabou por se oferecer para ficar com ele.

Laurence não conseguiu evitar e imaginou se havia acabado de presenciar um duelo de feiticeiros.

De alguma forma, conseguiram alcançar a van de taco coreano que estava indo de um lugar para outro e compraram uma dúzia de bulgogi picante e tacos de tofu ao molho barbecue enquanto o carro estava parado em um sinal vermelho. O taco de Laurence tinha muito coentro e cebola, do jeito que ele secretamente gostava. Sua ansiedade desvaneceu-se, e ele invejou Patricia por ter amigos tão encantadores. Se fosse uma reunião da tribo de Laurence, nesse momento alguém já teria tentado provar que era o especialista supremo em algum assunto. Teria acontecido aquela disputa de quem tinha o pau maior. Em vez disso, aquelas pessoas apenas pareciam aceitar e alimentar umas às outras com tacos.

Todos se sentaram em cadeiras dobráveis ou no punhado de poltronas de verdade da livraria. Laurence acabou se acomodando entre Taylor, a jovem pessoa de gênero indeterminado, e Dorothea, a senhora de idade indeterminada.

Dorothea sorriu e inclinou-se para perto de Laurence enquanto ele mastigava seu taco.

– Uma vez, tive um restaurante com filiais em uma dezena de cidades ao redor do mundo – sussurrou ela. – Cada unidade tinha um cardápio diferente, anunciando uma culinária diferente, mas não tínhamos cozinha. Apenas mesas, toalhas e cadeiras. Levávamos os pratos para lá e para cá entre cidades de diferentes países. Então, nós éramos um restaurante ou um corredor de passagem? – Laurence não sabia se ela estava contando uma história real, apenas tirando um sarro ou ambos. Ele olhou para ela, e o rosto inteiro dela se encheu de linhas de expressão devido a seu sorriso.

Depois do jantar, Ernesto caminhou até uma estante com a placa "FESTAS QUE JÁ TERMINARAM", que continha principalmente histórias de vários impérios. Ele tirou um *Declínio e queda* com um floreiro, e a estante se abriu, revelando uma passagem que levava a um bar secreto, com uma fada de neon na parede e uma placa que identificava o lugar como o Asa Verde. O local era outra sala espaçosa, oblonga, como a Perigo Livros, mas essa era dominada por um balcão de madeira circular no centro do recinto, com uma única prateleira cheia de absinto. Mulheres *art-noveau*, dragões de cristal e escritos em pergaminho adornavam as garrafas, que tinham todos os tamanhos e formas. Algumas pessoas usando espartilhos e saias bufantes já estavam bebendo em uma mesa alta no canto e todas acenaram para Ernesto.

Ernesto subiu pela lateral do balcão e começou a despejar o líquido das garrafas em coqueteleiras. Patricia aproximou-se de Laurence o suficiente para sussurrar em seu ouvido que devia ter cuidado com qualquer bebida que Ernesto fizesse ou tocasse.

– Tome devagar – aconselhou ela. – Se quiser ter um cérebro amanhã.

Nenhuma daquelas pessoas parecia ser superinfluente, e se governavam o mundo, eram boas em esconder o fato. Na verdade, quase todas as conversas eram sobre como o mundo estava bagunçado e como desejavam que as coisas pudessem ser diferentes.

Ernesto misturou algo verde-brilhante para Laurence que capturava a luz neon, e ele notou o olhar de alerta de Patricia antes de levar o copo à boca. O cheiro era delicioso, teve de fazer um esforço tremendo para não tomar de uma golada só. Sentiu quando a boca se encheu de maravilhamento e alegria, e havia tantos sabores fortes, doces e brilhantes que precisou continuar a bebericar para identificar metade deles.

Laurence ficou de perna bamba. Cambaleou até alguém ajudá-lo a se sentar numa cadeira bordada do século XVIII de tal forma que não conseguia se levantar. Percebeu que aquela era a oportunidade perfeita para fazer algumas perguntas sobre magia, pois ninguém podia culpar o cara bêbado por ser xereta. Certo? Ergueu a cabeça e olhou para o enxame de formas e luzes borradas e se esforçou para fazer uma pergunta não muito rude. Não conseguia encontrar um verbo sequer. Nem um substantivo.

– Foi muito bom conhecê-lo, Laurence – disse Ernesto, puxando um banco para tão perto do rosto de Laurence que seu delineador e os longos cabelos grisalhos e soltos ficassem mais ou menos em foco. Ele abaixou a voz para um tom de conversa, mas ainda parecia teatral, cada palavra enunciada com a dicção de um ator no palco. Ernesto estava perto o bastante para Laurence sentir o cheiro de uma campina inteira sendo polinizada exalando dele. Tão perto que, se Laurence cambaleasse para a frente, tocaria o mentor de Patricia. E Patricia disse que seria muito ruim. Ernesto chegou mais perto, e Laurence se encolheu.

– Preciso fazer uma ou duas perguntas a você – disse Ernesto entre goles de um copo de Martini – sobre suas intenções para com Patricia. Ela contou seu segredo, e nós aprovamos porque todo mundo precisa de um confidente. Mas você precisa prometer que não contará a ninguém as coisas que ela dividir com você. Nem para sua amante Serafina, nem para sua amiga Isobel, muito menos para seu patrão, Milton. Pode fazer essa promessa?

– Hum – disse Laurence –, sim. Sim, eu posso.

– Está prometendo apenas para me agradar? Se você quebrar sua promessa, nunca mais vai dizer uma só palavra. A ninguém. – Ernesto gargalhou e acenou, como se fosse uma mera formalidade, mas ao fundo Laurence viu Patricia fazendo que não com a cabeça, os olhos arregalados de pânico.

– Hum, claro – disse Laurence. – Prometo. E se eu disser qualquer coisa sobre magia a qualquer pessoa, espero perder minha voz.

– Para sempre. – Ernesto deu de ombros como se tivesse mencionado um pormenor.

– Para sempre – repetiu Laurence.

– Tem um outro favor que queríamos pedir – disse o japonês, Kawashima, aparecendo ao lado de Ernesto. Estavam quase se tocando. – Nos preocupamos muito com Patricia, sabe? Ela passou por muita coisa quando era mais nova. Primeiro aquele desgraçado do Theodolphus, depois os negócios deploráveis na Sibéria.

– Odeio quando vocês falam de mim na terceira pessoa quando estou presente – disse Patricia. – Sem falar no jeito que vocês estão coagindo meu amigo aqui.

– Queremos que você nos ajude a cuidar dela – Kawashima disse a Laurence. – Temos poucas regras, mas nosso maior tabu é o que chamamos de Enaltecimento. Fazer de si mesmo algo grandioso. Então, queremos que você a apoie e seja seu amigo de uma forma que nenhum de nós pode. E também faça com que ela se lembre de que ela é apenas uma pessoa, como todo mundo, se ela ficar muito convencida.

– Fará isso por ela e por nós? – perguntou Ernesto.

Laurence pensou por um momento que pediriam para ele concordar que suas mãos se transformassem em nadadeiras se ele não ajudasse a controlar o ego de Patricia. Mas para essa promessa, apenas um vago "Farei o meu melhor" pareceu bastar. Kawashima deu tapinhas no ombro dele e todos repetiram algumas vezes como foi bom conhecê-lo. Laurence sentiu ânsia de vômito. Alguém o levou a um pequeno lavabo na outra ponta do balcão de absinto, e ele ficou agachado por uns bons quinze minutos até o estômago se esvaziar.

Taylor e Patricia levaram Laurence para comer donuts veganos na Valencia Street. Sua cabeça estava explodindo, e ele via pontinhos. Taylor sussurrou algo no ouvido de Laurence, e ele se sentiu um pouco mais equilibrado depois da ajuda de um café e do ibuprofeno.

– Você foi bem – Taylor lhe disse. – Estava na porcaria da cova dos leões e ficou frio como sorvete.

– Isso me deixa louca – disse Patricia. – Acham que sou egomaníaca, quando tudo que quero fazer é assar croissants e cuidar da minha vida. E eles não podiam simplesmente ter pedido para Laurence manter a boca fechada sem botar um feitiço nele?

O peso todo daquela frase acertou Laurence em cheio: eles o enfeitiçaram. Uma maldição de verdade. Se ele falasse uma palavra sobre magia ou magos a qualquer pessoa, *nunca mais falaria de novo*. Sabia, em seu âmago enjoado, que aquilo era um fato. Claro, não havia maneira de testar, exceto do jeito mais difícil. Encarou os dedões que giravam sobre a mesa de carvalho. E se ele tivesse que enviar mensagens de texto para as pessoas em vez de falar com elas pelo resto da vida?

– Não é assim – disse Taylor a Patricia. – Devia agradecer por ter gente que se preocupa com você. Desde que se mudou para cá, você tem tentado... compensar demais o que passou. Também fico mal com a história da Sibéria, mas temos que seguir em frente.

– Tudo bem – disse Laurence. – Então, agora, pelo visto estou sob um... – Ele olhou ao redor do café duas vezes, tentando imaginar se alguém conseguiria ouvi-lo. – Vou enfrentar certas restrições sobre o que posso dizer às pessoas que não estavam naquela livraria hoje à noite. Então, significa que vocês podem explicar para mim, certo? Podem me contar como isso funciona, estou apenas curioso, é só.

– É justo. – Taylor entregou a ele um segundo *donut*.

– É, está bem – concordou Patricia. – Mas não

aqui. Talvez neste fim de semana possamos dar uma volta em um parque. Lembro o quanto você gosta da natureza.

Laurence estremeceu, o que provavelmente era um sinal de que estava voltando ao normal.

20

PATRICIA FICOU NERVOSA com o primeiro jantar que daria, pois parte dela se ateve à fantasia de ser alguém que reunia gente descolada. Uma eminência, alguém que realizava encontros geniais. Ficou horas limpando o apartamento, fez uma *playlist* e assou pão e bolo. Suas colegas de apartamento, Didi e Racheline, fizeram sua famosa "lasanha passivo-agressiva", e Taylor apareceu com calças brilhantes e uma tigela com um mix de folhas. Kevin chegou com um colete azul-celeste profundo que combinava com a faixa com que prendia os *dreads* para trás e trouxe queijos estranhos. O pão de Patricia encheu a kitchenette laranja com um cheiro de fermento, e ela respirou fundo. Era adulta. Tinha chegado lá.

Enquanto Patricia servia a salada, Kevin explicou a Didi e Racheline a psicologia por trás dos passeios com cães. (Algumas vezes em que Kevin tentou sair de fininho depois de dormir com Patricia, ele trombou suas colegas de apartamento, ainda meio acordadas no sofá. Começaram a chamá-lo de sr. Sem-Pernoite, mas não na frente dele.)

Didi estava falando sobre o último show de sua banda de ska, na qual, como sempre, a cantora magrela de cabelos azuis exalava tanta sexualidade pura *à la* Kathleen Hanna que ninguém imaginava que ela se identificava como assexual.

Bem quando Patricia foi buscar o pão, Taylor olhou ao redor e disse que era um belo apartamento. Pena que Patricia teria de se mudar logo para Portland.

– Quê? – Patricia deixou cair a luva no chão. Estava em pé ao lado do forno aberto, então se sentiu gelada de um lado e fervendo de outro.

– Ai. – Taylor recuou com as mãos erguidas. – Achei que soubesse. Estão pensando em mandar você para Portland.

– Quem "estão"? – perguntou Kevin, atônito.

– Esqueça o que eu disse. Falei demais. – O sorriso de Taylor desapareceu, substituído por olhos arregalados e mandíbula contraída. Aquilo era muito a cara do Taylor: o pessoal da escola era tão fechado que mal dava para saber o que estavam pensando a maior parte do tempo; por outro lado, jogava essas bombas apenas para ver todo mundo pular.

Patricia agarrou o pão com as mãos desprotegidas. Deixou que a queimasse.

– Isso é mentira. Não podem me obrigar a me mudar para Portland.

Em Portland, todos os jovens bruxos viviam em uma casa comunitária, com toque de recolher e alguns bruxos mais velhos que os supervisionavam.

– Quando você ia me contar que estava de mudança para Portland? – perguntou Kevin.

– Eu não vou – disse Patricia, engasgando e tossindo.

– Quem está obrigando você a se mudar? – Didi

quis saber do sofá, as sobrancelhas com *piercings* erguidas. – Não entendi.

– Por favor, esqueçam o que eu disse. – Taylor estava se retorcendo agora. – Vamos comer e pronto.

Todo mundo encarou os pratos e uns aos outros, mas ninguém disse nada. Até Racheline romper o silêncio.

– Na verdade, acho que seria melhor você explicar – disse Racheline, que era mais velha que todos ali e quem alugava o apartamento. – Quem são essas pessoas e por que estão forçando Patricia a se mudar? – Racheline era uma mulher calada, uma universitária que tentava concluir o curso há anos, com cabelos ruivos e um rosto redondo e plácido, mas quando decidia ser assertiva, chamava a atenção de todos.

Todos encararam Taylor, inclusive Patricia.

– Não posso dizer – gaguejou Taylor. – Digamos que Patricia e eu temos o mesmo... o mesmo assistente social. E todo mundo se preocupa com ela. Tipo, ela fica sozinha por dias. Tenta fazer tudo sozinha e não deixa ninguém ajudar. Precisa deixar que outras pessoas se envolvam.

– Eu deixo outras pessoas se envolverem. – Patricia sentiu o sangue regelar. Os ouvidos zuniam. – Agora mesmo, neste momento, estou interagindo com pessoas. – Ela já deveria saber.

– Mas é verdade – disse Didi. – Patricia, a gente quase não vê você. Você mora aqui, mas nunca está em casa. Nunca nos conta nada sobre sua vida. Está aqui há quase um ano, mas eu sinto como se não te conhecesse.

Patricia tentou fisgar o olhar de Kevin, mas era

como laçar um beija-flor. Ainda estava segurando o pão, e ele queimava suas mãos.

– Estou tentando, de verdade. Olhe para mim, tentando *neste exato momento*. Estou dando uma festa. – Ela ouviu seu timbre aumentar até falar como sua mãe. A raiva a cegava. – Por que vocês têm que estragar tudo? – Ela jogou pedaços de pão em Taylor, que cobriu o rosto. – Querem um pouco de pão? Querem um pouco de pão? Peguem a *porra do pão*! – Nesse momento, estava exatamente igual a sua mãe.

Jogou fora o restante do pão e fugiu dali, chorando e cuspindo na calçada seca.

Patricia havia se apaixonado pela Perigo Livraria na primeira visita e, sempre que subia as escadas de madeira, em geral sentia um pouco do laço que envolvia sua alma ficar frouxo. Mas dessa vez sentiu apenas a punhalada no pescoço piorar quando chegou ao último andar com seu corrimão inseguro e o carpete púrpura surrado.

Ernesto estava sentado em sua poltrona de sempre, jantando comida de micro-ondas. Estava apaixonado pela invenção do micro-ondas, porque servia a seu amor pela gratificação instantânea ("as características do desejo satisfeito") e porque usualmente não era possível deixar comida ao seu lado por mais do que alguns minutos, antes que ela começasse a mofar. Usava um roupão de seda, pijama verde-esmeralda e pantufas de pelinhos, com poemas de William Blake encarapitados em um joelho.

– Porra – disse Patricia antes que Ernesto pudesse cumprimentá-la. – Quando me contariam sobre esse plano de me mandar para Portland? – Ela quase derrubou a estante de Ideias Boas Demais para Ser Verdade.

– Sente-se, por favor. – Ernesto apontou para uma poltrona de espaldar alto. Patricia tentou dar uma de rebelde por um momento, em seguida desistiu e se sentou. – Não queríamos mandá-la embora, mas conversamos sobre isso. Dificultou nossa vigilância. As pessoas querem cuidar de você, mas você não permite.

– Estou tentando. – Ela se acomodou na poltrona. Aquele era o pior dia. – Eu tentei, tentei mesmo. Todo mundo me repreende por causa do Enaltecimento, mas eu tentei muito. Tenho sido muito cuidadosa.

– Você está ouvindo errado. – Ernesto se levantou e se aproximou tanto que ela conseguia sentir seu calor fora do comum. – As pessoas alertam você sobre o Enaltecimento, e você continua ouvindo o oposto do que estão dizendo.

Ninguém sabia por que Ernesto era do jeito que era, mas havia rumores. Como o de que ele havia lançado um feitiço imenso que saiu pela culatra. Ou que havia uma espécie ameaçada, um rinoceronte ou algo assim, e todos os animais sobreviventes despejaram sua essência vital em uma criatura gigante, que se encheu com o potencial perdido de futuras gerações. Talvez aquela forma imensa tivesse atravessado o interior do país, e apodrecesse tudo o que tocava. O sangue borbulhava dos olhos, ouvidos e dedos curtos dos pés, e ele exalava um fedor pútrido. A criatura, segundo a história, ameaçou uma cidade cheia de gente inocente, mas Ernesto assumiu o fardo do excesso de energia vital. Ernesto era tão velho que estudou na época em que Eltisley Academy e o Maze ainda eram escolas separadas.

– Todo mundo acha que foi minha culpa na Sibéria – disse Patricia. – Porque fui orgulhosa demais ou sei lá o quê. Negligente demais. – Patricia visualizou as imagens de antes e depois de Toby, primeiro vivo, depois morto, como um GIF do inferno. – Ainda acham que sou arrogante demais agora. Só estou tentando ajudar.

– Ouça com mais atenção – disse Ernesto. Na maioria do tempo, o delineador forte fazia com que os olhos dele parecessem vívidos, sem foco. Mas naquele momento, ele parecia enxergar dentro dos recônditos mais imundos da psique de Patricia.

Ernesto recostou-se na *chaise*, e Patricia ficou tentando entender tudo aquilo. Era um dos testes mais incômodos: um truque sujo e um exercício de cura, ao mesmo tempo. Tinha certeza de que estava ouvindo muito bem. Estava pronta para atirar comida de novo.

– Ótimo – disse Patricia, depois de concluir que não resolveria aquilo naquela noite. – Vou ouvir com mais atenção. E tentarei ser menos egocêntrica e mais humilde. Vou deixar as pessoas se envolverem, se alguém ainda quiser ser meu amigo depois de hoje.

– Passei trinta anos amargos tentando descobrir uma maneira de sair deste lugar – disse Ernesto tão baixo que ela precisou se arriscar se aproximando. – Até por fim aceitar que esta prisão foi um preço que escolhi pagar. Agora, aproveito minha situação o máximo que posso. Mas você nem começou ainda a vivenciar a dor de ser uma bruxa. Os erros. Todos os arrependimentos. A única coisa que torna esse poder suportável é lembrar como somos pequenos.

Ele voltou para o William Blake, e Patricia não sabia dizer se aquilo significava que a conversa havia terminado.

– Então, significa que não vou para Portland?

– Ouça com mais atenção. – Foi tudo o que Ernesto disse por trás do livro. – Não queremos mandar você embora. Não nos obrigue.

– Tudo bem. – Patricia sentiu-se magoada e desesperada por dentro. Percebeu que deveria sair antes que Ernesto oferecesse um coquetel na sala ao lado, porque ela não queria cair bêbada naquele momento.

Assim que saiu da Perigo, viu que o telefone estava cheio de mensagens de texto e voz. Ligou para Kevin, que estava preocupado, e ela disse:

– Estou bem, só preciso de uma bebida.

Meia hora depois, estava recostada na sobrecasaca de veludo amassado de Kevin e secava uma Corona nos fundos enlameados do bar de arte na 16th, com grafite fresco na parede e um DJ tocando hip-hop clássico. Kevin estava bebendo Pimm's com uma fatia grossa de pepino, sem perguntar para ela o que tinha sido aquela cena no jantar. Estava lindo à luz dourada do bar, as costeletas realçando os traços suaves do rosto.

– Estou bem – Patricia dizia o tempo todo. – Desculpe por você ter presenciado aquilo. Estou bem. Já resolvi a situação.

Mas quando sua língua recebeu com prazer o pedaço de limão que subia pelo gargalo da garrafa e sentiu a polpa se misturar à cerveja, lembrou-se de como

Kevin nem fitava seus olhos quando todo mundo a acusava de ser uma solitária tóxica.

– Precisamos falar sobre o que está rolando, certo? Você e eu. O que estamos fazendo – ela começou a dizer, tentando se fazer ouvir acima da música alta, mas sem gritar. – Sinto que estamos tentando demais não rotular nosso relacionamento, e isso já virou um rótulo em si.

– Preciso te contar uma coisa – disse Kevin, os olhos mais arregalados e tristes que o normal.

– Estou pronta para me abrir sobre meus sentimentos. Me sinto... – Patricia procurou as palavras certas. – Me sinto bem em relação a nós dois. Gosto de você, gosto muito, e estou disposta a...

– Conheci outra pessoa – soltou Kevin. – O nome dela é Mara. Também é artista de *webcomics* de certo renome. Vive na East Bay. A gente se conheceu há duas semanas, mas já vejo sinais de que está ficando sério. Eu nem estava procurando, mas meu Caddy apitou e mostrou vinte e nove pontos de convergência entre mim e Mara. – Ele olhou para dentro da Pimm's. – Você e eu nunca dissemos que tínhamos exclusividade, nem mesmo que estávamos ficando.

– Hum. – Patricia mordiscou o dedão, um hábito que havia perdido anos antes. – Estou feliz, feliz. Por você. Estou feliz por você.

– Patricia. – Kevin pegou suas mãos. – Você é completamente maluca, mas encantadora. Me sinto muito feliz por ter conhecido você. Mas já fui idiota demais. E tentei, realmente tentei falar com você sobre nosso relacionamento, em cinco ocasiões distintas. No parque, quando estávamos patinando, e também naquela pizzaria...

Enquanto Kevin relacionava esses momentos, ela conseguiu enxergá-los claramente: todas as pistas e desvios perdidos, todos os momentos de intimidade interrompidos. Durante todo esse tempo, ela o via como o cara que tinha problemas para se comprometer. Em algum momento no meio do caminho, ela havia se transformado na babaca da história.

– Obrigada por ser sincero comigo – disse Patricia. Sentou-se e terminou a bebida até sobrar apenas a casca do limão e a polpa amarga.

Patricia acabou no Parque Dolores à meia-noite. O calor ainda parecia tão intenso quanto em um dia claro, e sua boca estava seca. Não podia ir para casa e enfrentar Didi e Racheline. Por algum motivo, Patricia se pegou telefonando para a irmã, Roberta, com quem não falava havia meses (embora tivesse falado sobre Roberta com os pais algumas vezes).

– Ei, Bert.

– Ei, Trish. Como você está?

– Estou bem. – Patricia respirou fundo, e o ar saiu entrecortado. Encarou a nave espacial do *playground* e as casas vitorianas com as janelas abauladas. – Estou mais ou menos bem. É que... você já teve a sensação de estar expulsando as pessoas de sua vida? Tipo, sendo tão egoísta que as pessoas simplesmente desaparecem?

Roberta riu.

– Tenho o problema oposto: sinto dificuldade em fazer corpos desaparecerem. Haha. Trish, me ouça uma vez na vida. Sei que a gente nunca se deu bem, e eu fui, em partes, responsável por você ter fugido de casa. Mas uma coisa que sei sobre você é que você é uma pessoa generosa. É um coração grande, sensível. As pessoas foderam com sua vida, inclusive eu, especialmente eu, então você criou um monte de mecanismos de defesa. Mas você sempre se doa aos outros. Você não afasta as pessoas... tenta fazer tudo por elas, e em troca elas não fazem nada por você. Por favor, não deixe que nenhum idiota diga o contrário, tá?

Patricia estava chorando alto, pior que antes, bem ali no parque. Sentia as lágrimas escorrendo no rosto e foi tomada pela sensação de que tudo estava estilhaçado e cheio de doçura. Nunca soube que sua irmã a via daquele jeito.

– Se alguém tentar dizer a você que é egoísta, mande aqui para mim e eu quebro o pescoço da pessoa para você. Tá? – disse Roberta.

– Tá – gaguejou Patricia. Conversaram mais um pouco sobre os desastres musicais de Roberta no teatro e sua última tentativa de andar na linha, e por fim Patricia sentiu que estava pronta para ir para casa e enfrentar suas colegas de apartamento, que estavam no sofá, como sempre. Elas abriram espaço, sem falar nada, para deixar Patricia ver TV com elas.

PATRICIA TEVE OUTRO de seus sonhos em que estava perdida na floresta, dessa vez correndo com uma manada de cervos, um grito bárbaro na garganta e o aroma de seiva de árvore nas narinas. Corria com os cotovelos, a barriga e os joelhos, até não conseguir mais respirar. Patricia cambaleou e caiu de quatro, arfando, rindo. Olhou para cima e lá estava ela de novo, a grande Árvore em forma de pássaro com um olhar atento vindo através dos galhos. Patricia aproximou-se e tocou com a palma das mãos sua casca melada, sentindo o poder crescendo e se agitando dentro dela. Ao tocar aquela Árvore estranha de suas fantasias de infância, Patricia teve a sensação de que podia curar um exército inteiro com um único suspiro. O ar corria pela Árvore, como se estivesse tomando fôlego para falar com ela em seu sussurro retumbante... então ela acordou. Havia dormido demais, apesar do susto.

PATRICIA ESTAVA ARRUMANDO a pia de Reginald, que tinha uma daquelas novas válvulas idiotas que deviam fechar a água depois de alguns minutos, e se viu falando sobre o rompimento com Kevin.

– Quer dizer, acho que foi melhor assim, pois nunca funcionaria. Mas é um sintoma de um problema maior, pois eu nunca tenho tempo para ninguém e fico o tempo todo me isolando, e basicamente estou condenada a acabar sozinha para sempre. Certo?

Ela esperava que Reginald fizesse alguns comentários banais sobre como ela só precisava de si mesma, mas em vez disso, ele falou:

– Compre. Um. Caddy.

– Quê? – Ela quase bateu a cabeça na pia.

– Compre um Caddy. Vai mudar sua vida, sem brincadeira. Mesmo. Você vai ficar conectada com todas as pessoas de sua vida. Não é como uma rede social normal. É um mistério: vai encontrar pessoas que você conhece, pessoalmente, quando mais precisar delas. Com minha renda eu mal consigo pagar um, mas acabou sendo o melhor investimento que já fiz.

– Sempre pensei que era apenas para os hipsters de Mission – disse Patricia. – De qualquer forma, parece bizarro.

– Sério, não é. Não é bizarro e é fácil de usar. Ele não espiona sua vida nem diz para você "stalkear" seus amigos. Nunca senti que estava invadindo minha privacidade. Ele só... faz os encontros casuais acontecerem com mais frequência. Não é invasivo e não manda uma porção de alertas. Mas você sempre sabe da festa que não pode perder. Eu estava me sentindo isolado, mesmo com suas visitas excelentes. E então consegui esse Caddy e tenho a sensação de que voltei à vida.

Apesar da insistência de Reginald de que o Caddy não era bizarro, aquela propaganda toda era em si meio bizarra. Parecia alguém que havia acabado de ingressar em um culto. Patricia prometeu que nunca, mas nunca compraria um Caddy. Nunca.

Dois dias depois, Patricia estava na loja da Caddy perto da Union Square. Era estreita, com paredes curvas que levavam até o balcão ao fundo, como um rio se desviando de algumas pedras. As paredes pareciam brilhar. Patricia pegou um Caddy do mostruário na parede e a tela se acendeu. Viu um rodopiar de cores e depois elas formaram uma roda. A roda tinha redemoinhos que saíam do centro, meio como um símbolo daoísta, e cada um deles crescia ao seu toque. Incluíam coisas como Comunicação, Orientação, Autoexpressão e Introspecção.

Pagou o Caddy com seu cartão de débito e se sentiu uma verdadeira imbecil. Em seguida, ela compraria óculos escuros gigantes quadrados e um medalhão que mudava de cor dependendo de quando tinha transado pela última vez. Meu Deus.

Ainda assim, era um brinquedo divertido – e, naquele momento, ela tentaria qualquer coisa para se sentir menos claustrofóbica e ensimesmada. Embora fosse um tanto perverso comprar um dispositivo que oferecia um botão imenso para "Introspecção" na esperança de que ele a tornaria mais sociável.

Naquela noite, Patricia sentou-se na cama e brincou com seu novo Caddy. Não era diferente de um tablet comum, exceto pelo formato de palheta de guitarra, e o jeito insistente de fazer perguntas dementes para personalizar sua experiência. Como "Você preferiria perder seu olfato ou paladar? Quando foi a última vez que você se alegrou por ter acordado tarde?" Havia a opção de desabilitar as perguntas, mas todo mundo dizia que elas melhoravam o desempenho do aparelho milhões de vezes e diminuíam depois de um dia.

E, claro, depois de alguns dias, o Caddy a levou com muito cuidado na direção de acasos felizes e pequenas descobertas. Teve aquele restaurante com a temática de "ovo" em Hayes Valley, onde todos se sentavam em poltronas de "ovo" e comiam pratos à base de ovo, desde bolovos até tortas de ovo à moda chinesa. E tomavam coquetéis com gemas. O lugar inteiro era um centro alérgico prestes a explodir, mas também era quente e aconchegante, e havia um leve cheiro de manteiga e açúcar no ar que fazia com que ela se sentisse na cozinha de sua avó, aos cinco anos de idade.

O Caddy ajudou Patricia a descobrir qual ônibus pegar para evitar atrasos no trabalho, e quando um de seus calçados Mary Jane soltou uma tira, o Caddy a levou a um lugarzinho que arrumava na hora. Dentro de poucos dias, Patricia tinha uma certa noção do que mais ou menos uma dezena de pessoas em sua vida estava fazendo em um determinado momento sem se sentir sobrecarregada. Conseguiu almoçar com Taylor, que ainda pedia muitas desculpas, e ter tempo para um bate-papo com sorvete com Didi e Racheline.

Então, algo estranho aconteceu. Mais ou menos no momento em que Patricia havia se acostumado com o Caddy e começava a pensar nele como uma extensão de sua personalidade e não um dispositivo – ou seja, cerca de cinco dias depois de comprá-lo –, ela começou a trombar com Laurence. Muito. No almoço, no jantar, durante o chá, no ônibus, no parque. No início, não parecia nada preocupante, pois São Francisco era uma cidade pequena, mas depois de alguns dias ficou esquisito. Via Laurence, dizia oi, murmurava algumas palavras desajeitadas e depois fugia. E então o processo se repetia algumas horas depois. Ela achou que ele a estava perseguindo, mas ela era a pessoa menos "perseguível" que existia. No terceiro dia, tentou mudar a rotina, ir a um restaurante de comida *soul vegan* no Outter Sunset e, de alguma forma, Laurence estava lá também, indo a algum de tipo de revitalização do *Musée Mécanique*.

– Hum, oi de novo – disse ele. Começou a dizer outra coisa, mas aparentemente mudou de ideia.

Ela já estava dizendo "Oi" e se virando de novo para falar com Taylor.

Não estava tentando exatamente evitar Laurence. Mas, ao mesmo tempo, não estava ansiosa para sair com alguém que havia prometido a Kawashima que a impediria de se transformar em uma convencida. Já tinha gente demais brigando com ela pelo Enaltecimento, não precisava de um amigo que havia *jurado* acabar com ela. Claro, aquele tinha sido o plano de Kawashima desde o início: se ele dissesse a Patricia que não poderia mais se encontrar com Laurence, ela ficaria possessa e teria se encontrado com ele de qualquer forma. Então, em vez disso, Kawashima disse para Patricia se encontrar com Laurence sempre que quisesse, e convocou a ajuda de Laurence para cortar suas asinhas, garantindo assim que ela nunca o encontrasse de novo. O fato de ela ter percebido a tramoia não impedia o plano de funcionar à perfeição.

No intervalo do trabalho, ela pegou o Caddy e escreveu com o dedo "O que há com Laurence?". O Caddy respondeu contando alguns fatos sobre Laurence, inclusive um prêmio de física que ele havia ganhado no MIT. Não conseguia deixar de sentir que o Caddy havia entendido perfeitamente bem o que ela estava perguntando e se fez de tonto.

Decidiu deixar o Caddy em casa. E sua vida voltou a ser tediosa durante aquele dia, perdeu o ônibus por pouco e não se encontrou com os amigos, não teve tempo de sair para jantar entre um compromisso e outro. A chuva começou quando estava indo para casa, ela havia esquecido o guarda-chuva e não havia lugar para comprar um. E, claro, ela precisou correr dez quarteirões para pegar o ônibus – que foi embora bem quando ela chegou ao ponto. Esperou mais meia hora pelo próximo ônibus embaixo de um toldo que estava se desintegrando, e quando ela entrou, encharcada como uma esponja, o único assento vazio era ao lado de Laurence.

– Ai, que merda – disse Laurence. – Porra, você está ensopada. Meu Deus, que chato. Que bosta. – Ele lhe deu seu moletom chique de algodão para usar como toalha. Ela tentou dizer que estava tudo bem e que ele não precisava fazer isso, mas ele não parava de empurrá-lo para ela.

– Obrigada. – Patricia enxugou-se com o moletom o melhor que pôde. – Ao menos passou aquele calorão.

– Esse ônibus não vai para sua casa, não é? Digo, você vai precisar fazer baldeação. – Laurence disse. Patricia admitiu que talvez fosse o caso. – Bem, vou entender se você precisar ir direto para casa. Mas tem um bar aqui à direita que tem uma lareira de verdade, e eles servem uma bebida com uísque quente e outras coisas. Poderíamos ir até lá para você se aquecer o mais rápido possível.

O bar tinha uma temática de "alojamento de caça" completo, com placas de madeira cobrindo as paredes e cabeças falsas de animais penduradas, o que Patricia achou "caído" em um primeiro momento. Mas conseguiram um lugar privilegiado diante da lareira, e o aroma de algaroba e fumaça de madeira foi um antídoto para a chuva. O rádio tocava um álbum dos covers acústicos de Steely Dan, com uma mulher no vocal, mezzo-soprano blueseira, e Patricia pensou que podia chamá-la de Steely Danielle.

Laurence trouxe uma caneca de chocolate quente e uma dose de um uísque bom, que ela podia beber juntos ou separados, à escolha. Bebeu grande parte do chocolate quente e depois bebericou o uísque para cobrir a doçura leitosa. O uísque era forte do mesmo jeito que os mais fantásticos queijos são. Começou a se sentir de novo confortável consigo mesma.

– Acho que estou sendo punida por ter deixado meu Caddy em casa – confessou Patricia.

Não era a primeira vez que Laurence ouvia pessoas falarem do Caddy como se fossem deuses invejosos. Falou para ela sobre todas as superstições estranhas – por falta de uma palavra melhor – que as pessoas tinham sobre seus computadores em forma de lágrima. Talvez uma pessoa acredite que seu Caddy tenha salvado o casamento, então você encontra outra cujo Caddy destruiu o casamento, mas depois ela conclui que foi melhor assim. As pessoas vendem suas casas e trocam de carro porque o Caddy lhes mostrou uma maneira mais simples de viver. Algumas pessoas até encontraram Deus, o Deus verdadeiro, graças ao Caddy. As pessoas eram ligadas ao Caddy como não se ligavam a seus iPhones e BlackBerries.

– Isso nem é bizarro, não é? – disse Patricia. Ficou pensando que deveria jogar aquilo fora.

– Por um lado, finalmente está cumprindo a promessa da tecnologia, de facilitar a vida – comentou Laurence. – Mais simples ou mais cheia de empolgação, dependendo do que você deseja. Por outro lado, as pessoas estão deixando na mão dessas coisas elementos essenciais da vida.

– Eu percebi que você não tem um Caddy. – O copo de uísque de Patricia estava vazio. Pediu outra rodada para ela e para Laurence.

– Tenho três em casa – disse Laurence. – Em um fiz *jailbreak* e agora ele não funciona mais como antes. Tem algo no sistema operacional que resiste a qualquer tipo de análise. Pode instalar neles o Wildberry Linux e eles funcionam como qualquer outro tablet, mas sem nada de especial.

Ficaram em silêncio por um bom tempo. O fogo estalava e o CD dos covers de Steely Dan chegou a sua faixa final triunfante, que era a previsível "Rikki Don't Lose That Number". Patricia sentiu que deveria dizer algo sobre por que estava evitando Laurence, apesar das tentativas de seu Caddy de juntá-los. Não sabia ao certo o que dizer.

– Aquela promessa – disse Laurence do nada. – Aquela que seu amigo me fez fazer. Não a primeira, aquela na qual fico mudo para sempre se eu der com a língua nos dentes, mas a outra.

– Sim. – Patricia ficou tensa e sentiu um calafrio por dentro, apesar da lareira acesa e do calor do uísque.

– Ela é cheia de brechas – disse Laurence. – Mesmo sem considerar o fato de que não há punição por quebrá-la. Digo, nunca devia ter concordado com ela, e não teria se estivesse menos bêbado. Não é meu trabalho policiar a autoestima de outra pessoa, não em um mundo sadio. Mas, de qualquer forma, é uma promessa sem sentido.

– Como assim?

– Estive pensando muito nela e o teor é tão impreciso que nem sequer é uma promessa de verdade. Eu precisaria impedir que você tivesse uma ideia elevada irreal de si mesma, mas se, digamos, eu acreditar que você é a pessoa mais legal que conheço, então é improvável que eu ache que você está superestimando seu valor. Depende da minha opinião, além do que eu acho que você acha de si mesma. Tem um monte de critérios subjetivos aí. E ainda tem o fato de que apenas disse que me esforçaria, que é outra avaliação subjetiva. Se eu assumisse como missão de vida quebrar essa promessa, não sei se encontraria uma maneira de cumpri-la.

– Hum. – E agora Patricia se sentiu estúpida, então Laurence havia conseguido esmagar seu ego, no fim das contas. Deveria ter percebido que Kawashima estava apenas criando uma de suas armadilhas intencionalmente frágeis, nas quais a armadilha verdadeira é que você se engana ao acreditar que a cilada era robusta. Mas também se sentia melhor... e então, a parte na qual Laurence meio que dava a entender que a considerava a pessoa mais legal que já havia conhecido calou na mente, embora fosse apenas uma suposição retórica.

– E você conhece essas pessoas melhor que eu – disse Laurence –, mas me surpreende que essa coisa do Enaltecimento seja uma maneira de controlá-la. Não querem que você use seu poder, exceto para o que eles mandam você fazer.

Por fim, a chuva parou, e, tirando os sapatos, Patricia estava seca. Seguiram por duas paradas de ônibus separados, embora sua rota coincidisse por quatro quarteirões. Abraçaram-se para se despedir. Quando Patricia chegou em casa, olhou para seu Caddy enquanto escovava os dentes, como para um espelho opaco, e ele a pôs a par de tudo o que havia perdido. Antes de se enfiar embaixo das cobertas, jogou o Caddy de volta em sua bolsa tiracolo.

21

ÀS VEZES, LAURENCE VIAJAVA e se imaginava caminhando em outro planeta semelhante à Terra. A gravidade estranha. A mistura diferente de oxigênio, carbono e nitrogênio no ar. Os tipos de vida que talvez desafiassem nossas definições de "planta" ou "animal". Mais de uma lua, talvez mais de um sol. O coração podia explodir apenas com a novidade em tudo isso: enterrar o pé descalço no solo em que nenhum humano havia caminhado, sob um céu brônzeo que proclamava que todas as coisas que tínhamos pensado serem nossos limites eram meros pré-julgamentos. E então voltava à realidade em que sua equipe estava emperrada: não se viam mais próximos de abrir a fronteira final do que estavam um ano antes.

Saiu de seus devaneios e viu outro e-mail de Milton, que queria relatórios de avanços que incluíssem um progresso efetivo. Esses e-mails continham frases como "A humanidade está caminhando a passos largos ao longo de um precipício que se expande cada vez mais". Em alguns dias, Laurence lutava para se motivar a ir ao trabalho e, uma vez lá, não conseguia sair.

Quando falava com Serafina sobre seu trabalho, era vago nos detalhes – pelo que Serafina sabia, sua equipe estava trabalhando em algo teoricamente antigravitacional, que podia ter alguma aplicação prática em alguns anos, se muito. Mas ele ansiava para exibir o produto terminado a Serafina e abrir bem os braços quando o Caminho ao Infinito surgisse atrás dele. Seria o momento de coroação de sua vida.

Por isso, quando Priya disse que queria ser a primeira pessoa sem peso na Terra, Laurence nem hesitou.

* * *

PRIYA TINHA MÃOS incríveis com que ela gesticulava quando falava, e era como se estivesse criando formas no cérebro. Os dedos eram longos e ondulados com reentrâncias e traziam anéis grossos com grandes safiras falsas. Além das unhas acrílicas cor pastel.

Sougata estava encarando Priya havia semanas pelo hAckOllEctive, vendo-a soldar, usando óculos de segurança que a deixavam com uma aparência ainda mais élfica. Construíra uma espécie de robô escondedor ativado via WiFi que podia esconder pequenos objetos que nunca seriam encontrados sem a chave PGP correta.

Laurence ficava, tipo:

– Você deveria trazê-la aqui escondido e mostrar para ela os equipamentos antigravidade e a quase-antimatéria. Ela vai ser sua para sempre, cara.

Anya e Tanaa eram contra deixar Priya entrar na sede, pois ela contaria para todo mundo na hAckOllEctive e seria um drama. O *hackerspace* tinha algumas pessoas legais, mas também existia gente que ainda pensava ser incrível construir uma máquina do tempo de dois segundos.

– Estamos fazendo pesquisas sérias aqui – disse Tanaa. – Não é brinquedo. Bem, exceto pelo Steve Seis-Dedos. – Ela apontou para o robozinho sapateador que ouviu seu nome e fez uma dancinha erguendo as mãos com dedos demais. Perturbador, como sempre.

– Isso é um centro de pesquisa ultrassecreto disfarçado de boate – concordou Anya, que estava usando calças e botas de montaria, mais uma camiseta larga com o rosto da Debbie Harry estampado e um cinto ao redor do pescoço de Debbie. Anya tinha acabado de tingir o cabelo de rosa-chiclete.

Laurence e Sougata olharam ao redor do *loft*, com suas vigas expostas e pôsteres dos filmes *Intrigas* e *James Bond*, mais almofadões grandes e um sofá de veludo cotelê. O globo reforçava o sistema de segurança. O disfarce de "boate" era mesmo muito perspicaz.

Logo, Priya estava dobrando um dedo longo e brilhante para Steve Seis-Dedos e observando como ele dançava.

– O tempo de reação é impressionante – disse ela com um leve sotaque punjabi. – Eu instalaria um tipo de giroscópio para o equilíbrio.

Depois de algumas horas de visita e reparos desajeitados, Priya quase fazia parte do grupo e jurou por tudo que era mais profano não falar nada sobre o esconderijo. Laurence explicou a ela sobre o lance antigravidade:

– O objetivo é neutralizar a gravidade, mudar a rotação de todos os elétrons no corpo de forma que a massa seja efetivamente desviada para outro lugar.

– Tipo, para outra dimensão – disse Priya. – Por

causa da teoria de que a gravidade é uma força mais potente em outros universos.

– Isso – confirmou Tanaa. – Assim, você ainda estaria aqui, mas sua massa estaria em outro lugar.

– Mas tudo isso é apenas um meio para um fim – acrescentou Sougata. – Achamos que, se pudermos resolver o problema da gravidade, podemos criar um buraco... – Anya deu um chute nele, ele tossiu e disse – ... quer dizer, um burrito de minhoca. Nosso burrito.

– Hum – disse Priya. – Burrito. Adoro.

– É uma iguaria – disse Laurence. – Em vários lugares. Não sabemos onde, mas vamos até lá e entraremos em um concurso assim que aperfeiçoarmos a receita.

Algumas semanas se passaram. Todo mundo se acostumou com Priya. Enquanto isso, a equipe finalmente conseguiu algum sucesso de verdade com a máquina. Primeiro uma bola de golfe, depois uma bola de beisebol, depois um ovo cozido, em seguida um hamster chamado Ben – todos soltaram os laços opressores com um apertar de botão, depois voltaram ao peso normal com um segundo aperto de botão.

Em teoria, uma pessoa talvez pudesse se agachar no disco branco brilhante com o bico vermelho gigante apontando para ela e ser banhada pelo pleno efeito dos raios antigravitacionais.

– Mas eu gostaria de fazer mais alguns testes antes de ter um ser humano como cobaia – disse Anya.

– Posso tentar? – disse Priya. – Quero ser a primeira pessoa sem peso na Terra, então, meu nome pode sair errado em todos livros de recordes para todo o sempre. – Anya começou a contestar, mas Priya disse:

– Gravitação newtoniana convencional é *tão* ano passado.

Todo mundo riu. Priya sempre sabia dizer as coisas certas.

Os outros olharam para Laurence, que assentiu lentamente com a cabeça.

– Pode – disse ele. – Acho que podemos fazer acontecer.

Uma hora depois, Laurence estava ligando freneticamente para Patricia, rezando para que ela não tivesse deixado o celular em casa ou desligado para participar de algum festival de bruxaria. Ela atendeu, e ele começou a falar imediatamente.

– Oi, preciso da sua ajuda desesperadamente. Mexemos com forças com que as pessoas não deveriam ficar brincando e parece que jogamos a namorada de Sougata em outro plano de existência, onde não temos como localizá-la ou mesmo provar que ela ainda existe, e basicamente esgotamos todas as opções científicas e não se preocupe que não contarei aos outros sobre seu segredo, só me ajude, por favor.

– Espere um minuto – disse Patricia. – Sougata tem uma namorada agora?

– Não levamos em conta a massa extra e o nível correspondente de atração maior no outro universo – disse Laurence, como se aquilo respondesse à pergunta.

– Chego aí daqui a pouco – disse Patricia. – Estou na sua rua.

Quando Patricia chegou à fortaleza de cimento e Laurence desceu para abrir, ela mal teve tempo para lembrá-lo de que seus amigos não deveriam saber de suas capacidades. Independentemente do que acontecesse.

– Claro, claro – disse Laurence. – Certamente. Boca de siri. Não se preocupe. Se puder, por favor, por favor, me ajude, só me ajude, por favor. Vou ficar em dívida com você para sempre. – Ele estava subindo as escadas atrás dela e, quando chegaram ao patamar, Patricia se virou e praticamente o fuzilou com o olhar.

– Nunca, nunca diga isso para mim. – Incandescente.

– Dizer o quê?

– Essa coisa de estar em dívida comigo. Tem um sentido diferente para mim do que para a maioria das pessoas.

– Ah. Ah, certo. Tudo bem. Bem, vou ficar superagradecido. De qualquer forma, não falamos mais a partir de agora.

Sougata, Anya e Tanaa encaravam o círculo branco brilhante embaixo do cano da grande arma de raio-laser e não perceberam a chegada de Patricia até ela parar ao lado deles.

– O que ela está fazendo aqui? – perguntou Sougata.

– Ela pode ajudar – respondeu Laurence. – Não posso explicar. Mas ela pode ajudar.

– Qual é a especialidade dela mesmo? – Anya cruzou os braços sobre a camiseta de unicórnio.

– Transcendentalismo dimensional – respondeu Patricia.

– Você roubou isso de *Doctor Who*. Não é piada, isso aqui é sério – retrucou Anya.

– Tudo bem, olha só – disse Patricia. – Vocês querem sua amiga de volta ou não? – Todos assentiram devagar com a cabeça. – Então, afastem-se e me deixem fazer a porra do meu trabalho.

Todos ficavam o tempo todo rodeando Patricia e tentando ver o que ela estava fazendo, e Laurence estava preocupado, pois não sabia se ela colocaria tanta energia em obscurecimento a ponto de não ser capaz de enfiar a mão no buraco do universo e puxar Priya para fora. Patricia estava usando um vestido vermelho tomara-que-caia que provocava com cada movimento dos ombros pálidos e um leve decote. Quando Patrícia ficou de costas para Laurence e encarou o espaço sobre o círculo branco, ele não conseguiu deixar de perceber as ondulações atrás dos joelhos e as curvas perfeitas de panturrilhas e tornozelos.

Laurence ainda não sabia direito o que acontecera a Priya. Não tinha dados reais. Ela estava flutuando, do jeito que Ben e os diversos objetos tinham feito. As sandálias caíram quando os pés se elevaram, e os dedos de unhas coloridas deles se mexeram. Ela gargalhou, bateu palmas e disse:

– Chupa, Newton!

Todo mundo estava se cumprimentando e fazendo piadas sobre a visão embaixo da saia da moça... e então ela simplesmente sumiu com um "pop". Foi como um som de balão de festa sendo espremido até estourar, como se algo a sugasse para dentro de um buraco invisível. Tudo que sobrou foram suas sandálias, uma das quais virada com a sola para cima. Compulsivo, Laurence precisou pegá-las e colocá-las bem arrumadas ao lado do almofadão mais próximo, como se ela fosse voltar para eles em um instante.

Patricia virou-se e gesticulou para Laurence, mostrando que precisava de um pouco de espaço. Ele agarrou o braço de Sougata e o arrastou na direção da saída, gesticulando para Anya e Tanaa seguirem.

– Precisamos buscar algumas coisas – disse Laurence. – Patricia precisa de água fervente, gelo seco, gelo normal, meia dúzia de dispositivos Caddy com *jailbreak* e outras coisas. Vamos, gente, vamos mexer a bunda. – Ele os arrastou para fora dali.

– Se isso não funcionar... – disse Sougata.

– Se você estiver desperdiçando nosso tempo enquanto Priya está em perigo... – disse Anya.

– Vamos acabar com você – completou Tanaa.

Laurence olhou para a porta de aço, que bateu com tudo quando eles saíram, e respirou alto entredentes. Tinha a sensação de também estar prestes a ser sugado para um outro espaço totalmente desconhecido.

– Vamos logo conseguir essas coisas – disse ele. Continuou adicionando mais e mais itens à lista, alguns dos quais precisariam comprar na mercearia ou tomar emprestado de pessoas no *hackerspace*, a alguns quarteirões de distância.

– Caramba, caramba, caramba – dizia Sougata o tempo todo, baixinho. – Caramba, está tudo acabado, sinto muito, Priya. – Anya pousou a mão no ombro de Sougata.

Laurence empenhou muita energia fingindo que a coleta à qual estava enviando os amigos era vital e que tinham pouco tempo. E então olhou para o telefone e viu uma mensagem de texto de Patricia: "volte, pfv. sozinho". Ele gesticulou para os outros saírem para buscar as coisas, virou as costas e subiu as escadas a toda velocidade.

O *loft* parecia mais escuro que de costume, como se todas as luzes estivessem sendo engolidas por alguma coisa. Os pôsteres dos filmes lembravam retratos fantasmagóricos em uma mansão mal-assombrada. Laurence pisou em um almofadão e quase caiu de cara no chão. Esgueirou-se pelas máquinas nas quais trabalhava todos os dias, que de repente pareciam sinistras com seus cantos pontudos, protuberâncias metálicas e LEDs faiscantes. Havia um aroma forte que parecia lavanda queimada.

Patricia brilhava do outro lado do espaço longo e estreito com a mesma luz pálida que o círculo branco onde Priya havia desaparecida. O único ponto brilhante no espaço inteiro.

– Como está indo? – Laurence sussurrou um pouco alto, como se estivessem em uma cripta.

– Está indo bem – disse Patricia com voz normal. – Priya está em segurança agora. Vai precisar de muita vodca e música alta quando sair de onde está. Ela bebe, certo? Não é abstêmia?

– Ela bebe – disse Laurence. Esse gosto de Priya por substâncias embriagantes era uma questão que o tranquilizava muito. Mas estava esperando más notícias. Patricia apenas o encarou como se estivesse tentando decidir alguma coisa. Era muitos centímetros mais baixa que ele, mas naquele momento parecia mais alta. Os olhos fundos estreitaram-se quando ela o mediu de cima a baixo.

– Então – disse ele após um momento daquela medição. – O que posso fazer?

– Lembra o que eu disse para não me dizer? – perguntou Patricia. – Quando me trouxe até aqui.

Laurence teve outra sensação de estar "à beira do abismo". Um terror completamente insensato. Ele deu de ombros, e o horror passou.

– Claro – disse ele. – Lembro.

– Preciso que você me prometa algo – disse Patricia – ou não vai funcionar. Sinto muito. Tentei fazer de outros jeitos, mas nenhum funcionou. No fim das contas, a magia mais poderosa quase sempre é transacional de alguma forma. Explico direito em outro momento.

– Tudo bem, claro – disse Laurence. – O que você quiser, é só dizer.

– Se eu trouxer sua amiga de volta... – disse Patricia. Ela mordeu o lábio e parecia estar tentando uma última vez pensar em uma alternativa. – Se eu trouxer sua amiga de volta, você vai ter que me dar a menor coisa que você possuir.

– É isso? – Laurence gargalhou, aliviado. – Fechado. – Ele pegou a mão dela com suas duas e balançou.

Laurence não conseguia parar de rir, porque ficou todo preocupado e acabou não sendo nada. Tinha muitos itens pequeninos – a menor coisa que ele possuía provavelmente era algum dispositivo ridículo pelo qual pagou um preço exorbitante. Gargalhou até engasgar e os olhos ficarem nublados, e quando os olhos se desanuviaram, Patricia e ele não estavam mais sozinhos.

Priya parou na plataforma branca por um momento, boquiaberta com os dois rostos lá embaixo. Ergueu as mãos elegantes diante do rosto, como se surpresa por ver que ainda tinha mãos. Tentou formar palavras e fez apenas um bico de peixe. Começou a cambalear para fora da plataforma, e Laurence a guiou até se sentar.

– Seus olhos não foram feitos para ver algumas coisas que viu – disse Patricia. – Como eu disse, vodca, e muita. E música alta. Recomendo o Benders. Até eu vou para tomar um drinque ou dois.

Laurence levou Priya para um pufe, onde ela ficou abraçando o próprio corpo e soltando sons guturais baixos. Ele mandou mensagens de texto aos outros para voltarem, e então se virou para Patricia.

– Ai, meu Deus, obrigado – disse Laurence. – Posso dizer obrigado? Ou isso é ruim?

– Você pode dizer obrigado. – Patricia deu risada.

Ele correu até ela e a abraçou tão forte que quase a matou e sentiu os ombros nus contra o peito e o rosto de Patricia colado ao pescoço. Ela bufou baixinho, protestando, e Laurence soltou um pouco, mas continuou abraçando.

– Obrigado, obrigado, obrigado. – Os olhos de Laurence estavam marejados. Seus sentidos foram tomados pelo cheiro de tangerinas, de suavidade e calor. Deu graças aos céus pelo dia em que seus pais decidiram que ele deveria sair mais de casa.

Os outros voltaram, e Sougata foi proteger Priya com lágrimas escorrendo pelo rosto.

– Pensei que tinha perdido você para sempre, não conseguiria viver sozinho, não quero que você vá embora, nunca – disse ele.

– Tem cores fora do espectro visual – Priya conseguiu dizer. – Mas eu ainda posso vê-las. Não consigo parar de vê-las.

– Vodca e música alta – Patricia gritou de dentro do abraço mortal de Laurence. – Já. É parte essencial do processo de recuperação.

Levaram Priya às pressas ao Benders Bar & Grill. Chegaram a falar sobre ir ao pronto-socorro, mas Patricia fez que não, e ninguém queria discutir com a pessoa que livrou a cara de todos.

– Mas como você fez isso? – Anya perguntava sem parar. – O que você fez?

– Usei minha chave de fenda sônica.

– Não, sério. O que você fez?

– Reverti a polaridade do fluxo de nêutrons.

– Pare de dar respostas de *Doctor Who*! Conte a verdade!

– Foi tipo um barato muito doido de espaço-tempo... coisado – disse Patricia, agora provocando Anya de verdade.

Encher a cara era realmente um santo remédio depois de uma experiência de quase-morte. Segurando um drinque com as duas mãos e deixando que ele corroesse a camada superior da boca e da garganta, Laurence sentiu uma relação espiritual com o uísque Bushmills.

Priya também parecia muito mais normal assim que tomou uns goles de vodca e ouviu o aparelho de som tocando "Cum On Feel The Noize". Começou a dançar em seu banquinho e a fazer piada sobre cabelos de *heavy metal* e *body shots*. Laurence cuidou para que o álcool continuasse sendo servido e Priya recebesse a dosagem recomendada, independentemente do que tivesse vivenciado durante o tempo fora de nosso universo, parecia estar tirando aquilo da mente, e talvez, se tivesse sorte, a noite inteira pareceria um borrão estranho para ela quando acordasse de ressaca. Não parecia ruim como uma estratégia para bagunçar as lembranças de curta duração de alguém.

Todos brindaram a Patricia, pagaram bebidas para ela e riram de suas piadas tontas, como se tivessem a ultraconsciência de que ela os havia tirado de uma enrascada. Quando Patricia foi ao banheiro, Sougata se aproximou e disse a Laurence:

– Fala sério, onde você achou essa garota? Ela é incrível. Ela é, tipo, o gênio mais bizarro que já conheci, e isso não é pouca coisa, não.

Tanaa e Anya se intrometeram. Mas, ao mesmo tempo, Laurence percebeu que nenhum de seus amigos olhava de verdade para Patricia, e eles continuaram falando como se ela não estivesse ali. Essas pessoas odiavam superstição, mas estavam tratando sua amiga como um amuleto da sorte.

Patricia olhava para Priya como um falcão estranho e tocava sua mão de vez em quando, como se seu toque tivesse propriedades curativas. E provavelmente tinha. Patricia não prestava atenção nos outros, nem mesmo em Laurence. Talvez fosse uma esquisitona antissocial que perambulava às três da manhã conversando com ratos, mas era de uma gentileza infinita com as pessoas quando elas precisavam. Os cabelos pretos de Patricia estavam penteados para trás, e seu rosto tinha a luminosidade de um farol que combinava com a intensidade de seu olhar.

Laurence tirou um momento para contar quantos segredos seus Patricia sabia e se sentiu bem com isso. Teve uma sensação estranha de orgulho, pois havia encontrado alguém em quem confiava muito. Como havia escolhido bem, mesmo que em grande parte por acidente.

Ele a levou para casa andando, lutando contra a vontade de abraçá-la do nada. Ela ria e sacudia a cabeça.

– Meu Deus, as coisas ficaram meio duvidosas por lá – disse ela. – Sua amiga ficou bem perdida. Além disso, é um milagre ela não ter sido esmagada pelos efeitos gravitacionais estranhos do espaço em que estava.

– Imagino quantas outras coisas em nosso mundo são apenas as sombras de coisas em outros lugares – disse Laurence, formando o pensamento enquanto falava. – Digo, sempre suspeitamos que a gravidade era muito fraca em nosso mundo porque grande parte dela estaria em outra dimensão. E o que mais? Luz? Tempo? Algumas de nossas emoções? Quer dizer, quanto mais eu vivo, mais sinto que as coisas que vejo e sinto são um esboço das coisas reais que estão além de nossas percepções.

– Como a caverna de Platão – comentou Patricia.

– Como a caverna de Platão – concordou Laurence.

– Não sei. Quer dizer, somos adultos agora. Supostamente. E sentimos menos as coisas do que quando éramos crianças, porque temos muitas cicatrizes, ou nossos sentidos ficaram embotados. Acho que provavelmente seja saudável. Quer dizer, criancinhas não precisam tomar decisões, a menos que tenha algo de muito errado. Talvez a gente não consiga tomar decisões tão facilmente se sentir demais. Sabe?

Mas, na verdade, Laurence estava tendo sensações

e emoções mais vívidas do que as da infância. As luzes dos postes, os faróis dos carros e as placas de neon estavam incandescendo, fortes, e ele sentia o coração se expandir e se contrair, e conseguia farejar cheiro de carvão queimando em algum lugar ali perto. Virou-se para olhar o sorriso brilhante e triste de Patricia.

– Patricia – disse ele. – Eu te agradeço muito, muito por sua ajuda. E, mais que isso, fico muito feliz por conhecer você. Desculpe por ter fugido quando falou com seu gato, quando éramos crianças. Nunca mais vou fugir de você. Essa é uma promessa minha, sem ônus nenhum. Provavelmente não deveria fazer promessas para alguém como você, certo? Mas nem ligo. Obrigado por ser minha amiga.

– De nada – disse Patricia. Tinham chegado à porta do apartamento dela. – Concordo com você. Em tudo. Sou supersortuda por ter você como amigo também. E nunca vou fugir de você.

Ficaram parados à porta. Em algum momento, suas mãos se tocaram. E eles ficaram simplesmente ali, parados, olhando um para o outro, de mãos dadas.

O sorriso de Patricia ficou mais triste, como se ela soubesse de algo que Laurence ainda não havia entendido.

– Não se esqueça do que você me deve – disse. – Ou as coisas vão ficar feias. Sinto muito.

Então, Patricia entrou no prédio, e a porta bateu.

Laurence ainda estava confuso com uma mistura de embriaguez, alívio e acesso emocional durante a volta para casa. Mas também sentia uma certa inquietude com aquilo de "menor coisa". Muito provavelmente não era para tanto, mas Patricia pareceu bem firme nessa questão. Laurence saltou e bateu os calcanhares um contra o outro enquanto cruzava a rua a passos largos e ávidos. Nunca tinha tomado ecstasy nem qualquer outro tipo de acentuador de humor, mas meio que imaginou que devia ser daquele jeito.

Quando chegou em casa, capotou. A euforia diminuiu tão rápido que ele precisou se sentar. Estava tão esgotado, que tinha a sensação de que desmaiaria se não dormisse imediatamente. E então pensou na "menor coisa" que precisava dar a Patricia. Poderia procurá-la de manhã ou daqui uns dias, não importava. Não havia especificado um prazo ou nada assim... provavelmente teria uns dias para encontrá-lo.

Mas então Laurence começou a imaginar o que poderia ser e como ele saberia. Era a menor em volume? Em peso? Ou apenas no tamanho de forma geral? Tinha alguns pedaços de algodão que eram mínimos, mas tinha certeza de que não contavam. Para ser honesto, precisava escolher algo que fosse dele, o que significava algo que tivesse ao menos um valor de revenda nominal. Não se possui algo que não se pode vender, certo?

Então. Tinha um pendrive que havia pegado do escritório do Projeto Dez Por Cento no tamanho de duas ervilhas, mas quando mandou mensagem para Patricia, ela disse que não podia ser algo que havia pegado emprestado. Precisava de algo que fosse realmente dele, só dele. Aquilo valia para os componentes eletrônicos e ferramentas que enchiam sua mesa e estantes, que eram todas tecnicamente emprestadas de Milton.

Laurence fuçou em sua mesa. Lápis, canetas... aquele bonequinho do Mega Man era bem pequeno, foi para o topo da lista. Começou uma pilha e revirou gavetas, caixas e armários fechados, tentando não acordar Isobel. E então, de repente, ele soube.

– Ah, não – disse em voz alta. – Isso não. Não, não, não. Caralho. Caralho, não.

Não conseguia respirar. Como se estivesse em meio a um ataque de asma ou algo do tipo. Toda a alegria que havia sentido antes lhe escapou como se nunca tivesse existido, e, em vez disso, sentiu como se tivesse tomado um chute no plexo solar com uma bota com ponta de aço.

Ficou acordado quase o restante da noite, procurando. Mas não encontrou nada que contasse como uma posse real que fosse menor que a aliança de sua avó.

Ele a levou para Patricia na manhã seguinte, os olhos ardidos pela falta de sono.

– É a única coisa que tenho da minha avó – disse para ela. – Ela me deu quando estava para morrer.

– Sinto muito – disse Patricia. Estava na entrada do prédio, de roupão. Talvez ele a tivesse acordado, mas tinha lá suas dúvidas.

– Ela disse que tinha sido da mãe dela e queria que isso passasse para sua neta, mas eu era seu único neto – comentou Laurence. – Queria que eu desse para a pessoa com quem eu me casasse, e depois para nossa filha, se tivéssemos uma.

– Sinto muito, de verdade – disse Patricia.

– Ia dar para Serafina. Como aliança de noivado. Prometi à minha avó que daria à minha noiva.

Patricia não disse nada, apenas olhou para seu roupão violeta. Seus cabelos estavam desgrenhados.

– Tenho mesmo que dar isso para você? Não podemos simplesmente deixar para lá?

– Tem. Ou sua amiga pode ser sugada de volta para aquele lugar. Ou você, no lugar dela. – Pondo a questão naqueles termos, a aliança era um preço muito pequeno a pagar.

– Você sabia que seria isso. – Ele entregou para ela, ainda naquela caixinha de veludo. Na verdade, com a caixa, tinha *quase* o tamanho de um carrinho de brinquedo que tinha. Mas não muito.

– Sabia que seria algo assim. – Patricia pôs a aliança no bolso do roupão, onde mal fez volume. – Ou o feitiço não teria funcionado.

– Por que não podia ser algo, tipo, eu ter que ficar parado em um pé só por uma hora? Por que precisa ser meu objeto mais valioso e o eixo da minha estratégia de namoro? Não faz sentido.

– Quer entrar e comer uns waffles? – Patricia recuou e manteve a porta aberta. – Não posso falar disso aqui, na rua.

Os waffles tostados acabaram não se materializando, mas no lugar deles ela fez biscoitos orgânicos caseiros, o que provavelmente foi melhor. Sentaram-se no sofá grande e desajeitado onde Didi e a outra colega de Patricia assistiam a *Jersey Shore* da outra vez em que Laurence estivera ali. Ela olhava o tempo todo na direção do corredor, esperando sinais de que estavam se mexendo ou ouvindo a conversa.

– Então, eu deveria ter mencionado que existem

dois tipos de magia. – Patricia entregou para Laurence um bolinho de mirtilo e uma caneca de chá *English Breakfast*.

– Boa e má, creio eu – disse Laurence, sem estar com a boca muito cheia. O roupão de Patricia estava espalhado no sofá ao lado dele, e ele imaginou se conseguiria pegar a aliança de volta quando ela não estivesse olhando. Mas se lembrou da parte sobre alguém ser puxado de volta para a dimensão do pesadelo.

– Não, embora seja um equívoco comum. Existe magia do Curandeiro e magia do Pícaro. No passado, muitas pessoas acreditavam que a magia do Curandeiro era boa e a do Pícaro ruim, mas os curandeiros podem ser controladores críticos e os Pícaros podem ser supercompassivos e basicamente salvar sua vida.

– Como na noite passada – disse Laurence.

Patricia concordou com a cabeça.

– As escolas de Curandeiro e Pícaro formaram-se há mais de cem anos a partir de muitas tradições locais do mundo inteiro. E houve um tempo, na década de 1830, em que os dois grupos entraram em guerra. O mundo poderia ter sido destruído. Mas uma mulher, chamada Hortense Walker, percebeu que os dois tipos de magia funcionavam melhor se pudessem ser combinados. Era possível fazer coisas incríveis se tanto a magia do Pícaro como a do Curandeiro fossem dominadas, muito mais do que apenas com uma das duas. Além disso, era muito menos provável chegar a ponto de se tornar um controlador bizarro ou um idiota mentiroso.

Laurence já estava pensando nas implicações de tudo aquilo.

– Então, se você quiser fazer algo maior usando magia, precisa enganar alguém ou curá-lo. E você fica impotente sem um babaca para enganar ou um doente para curar?

– Não diria impotente. Passei anos treinando o uso dessas habilidades em muitas situações diferentes. Posso usar a magia do Pícaro para me transformar, mesmo que não haja ninguém por perto. E se alguém me atacar, eu consigo "curar" a pessoa com tanta força que ela vai sentir por semanas.

– Obrigado por me explicar. – Laurence comeu a pontinha de seu bolinho de mirtilo e tomou o restante do chá. Tinha mais uma centena de perguntas, mas não estava preparado para ouvir mais respostas naquele instante. Afundou mais ainda no estofado rasgado do sofá. Nunca, nunca seria capaz de tirar a bunda daquele móvel, estava sendo arrastado para o fundo e logo seria engolido, como se o sofá fosse uma planta carnívora engole-bunda.

Cada quadrante da alma de Laurence gritava para ele sair dali antes que perdesse mais que a aliança da avó e sua liberdade de expressão. Por outro lado, pensou na promessa que havia feito na noite anterior. Aquela que ele fizera de livre e espontânea vontade.

– Disse que nunca mais fugiria – disse Laurence. – E não vou.

– Ótimo. – Patricia soltou um suspiro que parecia estar segurando havia séculos. – Mais chá?

– Aceito. – Laurence encontrou uma posição um pouco mais confortável no sofá, e Patricia entregou uma nova caneca quentinha a ele. Beberam chá em silêncio, até as colegas de Patricia acordarem e medirem Laurence de cima a baixo.

22

PATRICIA PASSOU anos desejando poder fugir para aprender magia de verdade. Então, um dia, ela se transformou em um pássaro, e um homem chegou até ela para levá-la à academia de bruxaria. Sonhos? Realizados.

Eltisley Maze tinha dois *campi* separados, e eram tão diferentes como um dia de verão sem nuvens e uma nevasca. Eltisley Hall tinha grandes prédios de pedra com mais de seiscentos anos de idade, e ninguém jamais falava alto ali. Os alunos em Eltisley caminhavam em fila indiana pelos caminhos de cascalho, usando blazers, gravatas e bermudas com o distintivo da escola sobre o coração (um urso e um cervo cara a cara, segurando um cálice flamejante entre eles). Chamavam os professores ou superiores de senhor e senhora e comiam no Salão Formal no Prédio Maior. Por sua vez, Maze era uma confusão enorme de prédios de nove faces e caminhos sobrepostos, onde era possível usar qualquer roupa. Podia-se dormir o dia todo, usar drogas, jogar video-games, fazer o que quisesse. Mas a pessoa poderia se ver presa em uma sala sem porta (ou banheiro) por semanas até aprender alguma lição maluca. Ou era jogada em um poço sem fundo ou perseguida por dias por pessoas com varinhas. Ou se veria incapaz de parar de sapatear. Ou partes da pessoa podiam começar a cair, uma a uma. Ninguém contava nada para ninguém em Maze.

No passado, Eltisley Hall e Maze eram duas escolas separadas, representando os dois estilos de magia que se contrapunham, mas agora estavam juntas, pois a magia havia sido reunida a um grande custo. A passagem entre elas era um corredor arenoso cercado de sebes que apenas se abriam em determinados horários.

Patricia passou semanas dominando um tanto da delicada arte da cura em Eltisley Hall, e depois a mandaram de volta para Maze, e ela ficou tão confusa e enrolada consigo mesma que esqueceu suas habilidades sofisticadas. Resolveu algum quebra-cabeça sem sentido em Maze e descobriu como fazer algum truque esperto, e acabou sendo mandada de volta a Eltisley Hall, onde martelaram regras e fórmulas infinitas em sua cabeça de novo, e ela perdeu a maneira tortuosa de pensar de antes.

Aquilo teria sido suficiente para fazer com que ela chorasse na cama todas as noites quando as luzes se apagavam (em Eltisley) ou nas sonecas improvisadas (em Maze). Mas Patricia também sentia falta dos pais, de quem não havia se despedido. Pelo que sabiam, ela estava morta. Ou vivendo em algum beco como um animal. Ela queria dizer que estava bem, mas não saberia como explicar. Sem mencionar que havia deixado seu gato, Berkley.

A diretora em Eltisley Hall era uma senhora gentil chamada Carmen Edelstein. Usava os cabelos grisalhos em um corte estilo pajem digno e sempre usava uma elegante echarpe de seda ao redor do pescoço e dos ombros. Carmen incentivava os estudantes a procurarem-na com qualquer tipo de problema ou questão, e logo Patricia já estava confiando naquela senhora, mas aprendeu com dificuldade que não devia mencionar os encontros com uma espécie de Espírito da Árvore alguns anos antes. A magia era uma prática e uma arte, não um sistema de crenças espirituais. Era possível ter as próprias experiências espirituais, como qualquer pessoa normal, mas acreditar que elas tivessem uma ligação direta com algo grande e ancestral era o início do Enaltecimento.

– Árvores *não falam com pessoas* – disse Carmen Edelstein, sua alegria costumeira substituída por uma cara feia preocupada. – Você teve uma alucinação ou alguém pregou uma peça em você. Por isso é terrível pegarmos tantos alunos tão tarde, depois de já terem tantas experiências. Pode ser um pesadelo desaprender esses maus hábitos.

– Provavelmente foi uma alucinação, claro. – Patricia se remexeu na cadeira rígida. – Lembro que comi muita comida apimentada.

O diretor de Maze era Kanot, cujos rosto e voz mudavam a cada vez que o encontrava. Às vezes era um velho do Sri Lanka, às vezes um pigmeu, às vezes um branco gigante com uma barba maluca que descia pelo pescoço. Patricia logo aprendeu a reconhecer Kanot por certos indícios, como quando ele endireitava os ombros ou estreitava o olho esquerdo – se alguém não conseguisse identificá-lo ou se enganasse apontando outra pessoa como sendo o diretor, ia parar direto no fundo do fosso mais profundo de Maze (quer dizer, diferente daquele que era sem fundo). As pessoas diziam que, se Kanot usasse o mesmo rosto duas vezes, morreria. Sempre que alguém encontrava Kanot, ele oferecia uma barganha terrível. Patricia não tentou falar com Kanot sobre a Árvore.

Patricia não tinha amigos de verdade em Eltisley Maze. Era amável com alguns adolescentes, inclusive com Taylor, que tinha um cabelo castanho bagunçado como pelo de rato, além de braços e pernas desajeitados e inquietos. Mas as principais turmas da escola nunca deram espaço para Patricia, especialmente depois de ter ficado claro que ela era meio um zero à esquerda na maioria dos trabalhos da escola. Ninguém queria ser alguém que era ao mesmo tempo nerd *e* ruim nos trabalhos escolares.

Se você entrasse no bosque próximo a Eltisley Hall em um determinado horário tarde da noite ou depois que as luzes se apagavam nos dormitórios, talvez visse uma adolescente com cabelos castanho-escuros e grandes olhos curiosos encarando as árvores e dizendo "Você está aí? Qual é? O Parlamento está em sessão?" E conversando com pássaros, que apenas olhavam de relance para ela e saíam voando.

Era impossível dizer quanto tempo se passaria em Eltisley Hall ou em Maze – podiam ser dias, semanas ou mais. Em um período, Patricia passou sete meses em Maze até conseguir se esconder dos professores e de outros alunos, e todos passarem uma semana procurando por ela. Mas, em vez de voltar a Eltisley Hall, ela foi levada para um campo de grama amarela, onde o próprio Kanot convocou Patricia e outros alunos para viajar em um grande dirigível de madeira, que tinha forma de baleia, mas tinha mais nadadeiras, com um interior coberto com ornamentos rococó de nozes e frutinhas.

Naquele dia, Kanot era um afroamericano corpulento de óculos com um sotaque do Tennessee e uma jaqueta de couro.

– Tenho uma ideia – disse ele quando já estavam sobre os Alpes em algum lugar. – Vamos deixar cada um de vocês em uma pequena cidade, em algum lugar cuja língua vocês não falam. Sem dinheiro, nem suprimentos. E vocês devem encontrar uma pessoa que precise de cura, alguém doente ou machucado de verdade, e vão curá-lo. Sem ele saber que vocês estiveram lá. Então, buscamos vocês. – Kanot ofereceu como opção aos alunos, em vez dessa missão, deixar que ele escondesse algumas coisas em seus ossos, mas ninguém topou. Em vez disso, começou a empurrar os adolescentes um por um da escotilha do dirigível, que parecia a porta de um castelo francês, a algumas centenas de metros de altura. Sem paraquedas.

Patricia conseguiu reduzir a velocidade da queda, então o impacto apenas a deixou sem ar. Ela cambaleou até ficar em pé, em um campo distante de tudo. Em seguida, caminhou até a noite cair, quando viu as luzes do vilarejo atrás de si. As primeiras pessoas que encontrou pareciam bem saudáveis, mas aí notou uma senhora encurvada sobre uma cumbuca de sopa em um pequeno restaurante ou bistrô. A mulher estava tossindo e sua pele estava acinzentada, e Patricia conseguiu vislumbrar uma cicatriz ocre passando da gola de sua blusa amarela. Perfeito. Patricia esgueirou-se na direção da mulher e tomou um banho de sopa na cara e gritos que soaram como acusações de roubo em algum idioma eslavo. Ela saiu correndo.

Uma semana depois, Patricia estava morrendo de fome e fugindo de lugares para se esconder naquela cidade, com suas paredes de gesso sujas e estradas lamacentas. Não conseguia mais falar com animais e não dominava a capacidade de entender idiomas humanos que não fossem o inglês. Além disso, poderia apenas curar uma pessoa doente com quem estabelecesse certa afinidade.

– Não vou dormir de novo com essas mesmas roupas hoje à noite – disse Patricia em voz alta, em inglês. A vendedora da pequenina mercearia a viu e a expulsou, gritando sílabas guturais. Patricia correu pelas ruas estreitas e serpenteantes, rampas bem inclinadas de paralelepípedos, até despistar a vendedora. Agachou-se atrás de um muro de pedra e olhou para a única coisa que seria capaz de roubar: uma garrafa empoeirada de óleo de pimenta da marca Chiang Mai.

– Melhor que funcione. – Patricia inclinou a garrafa de forma que as palavras "CUIDADO PICANTE" ficassem de cabeça para baixo. O líquido espesso queimou sua garganta. Ela começou a ter ânsia, mas se obrigou a tomar a coisa toda. Quando a garrafa se esvaziou, ela se encolheu como uma bola trêmula. A cabeça doía. Queria chorar por tudo o que havia perdido e tudo o que não conseguira ganhar.

Uma hora depois, ergueu a cabeça e vomitou. Depois de começar, não conseguiu mais parar. Os olhos ardiam e o nariz escorria, e o óleo era duas vezes mais horrível saindo do que entrando. O estômago se contorcia, sem achar graça em sua ideia de fazer uma refeição depois de dias de inanição. Sua tosse era ácida.

A boa notícia: Patricia teve uma ideia de como curar a senhora raivosa.

Esgueirou-se pelos telhados de ardósia da cidade até chegar ao telhado inclinado do refeitório, onde conseguia ver a mulher por uma pequena claraboia. A claraboia estava aberta, e ela entrou, caminhou na ponta dos pés por um sótão onde sacos de farinha e latas de suprimentos eram armazenados. Hesitou antes de pegar um pouco de pão e enfiá-lo na boca. Em seguida, chegou à beirada do sótão, ainda do outro lado do celeiro enfeitado onde a mulher estava sentada à mesa vacilante. Patricia subiu por um pilar e foi até uma viga no teto. Rastejou pouco a pouco pela viga até estar pendurada pelos braços e pelas pernas acima da velha, e se aproximou o máximo que pôde sem se soltar.

Patricia cuspiu na sopa da velha. Ela estava reclamando com alguém, provavelmente das crianças daqueles dias, e não percebeu. Assim que a saliva de Patricia entrou na mulher, criou um elo direto e pôde avaliar o enfisema em estágio avançado, o câncer quase não remissivo que já havia lhe custado um pulmão, e a gota. Foram necessários uma hora de concentração e uns murmúrios inconvenientes para Patricia entrar e deixar o interior da mulher como novo. Parou quando estava prestes a dar à velha encarquilhada um pulmão para substituir o que havia perdido.

O céu da noite pareceu lotado para Patricia enquanto ela estava deitada no gramado irregular onde havia caído do dirigível. Estrelas demais, esforçando-se demais. Ficou lá por uma hora até que o dirigível desceu o suficiente para baixar uma escada de corda para ela. Patricia subiu devagar, os membros doloridos e fracos. Kanot entregou um sanduíche, uma lata de refrigerante e tentou vender para ela algumas ações de uma academia de zumba. Dessa vez, Kanot era um jovem alemão com a cabeça raspada.

Depois disso, Patricia começou a entender como usar as coisas que aprendera em Eltisley e em Maze e como usar a astúcia de Maze em Eltisley. Algumas crianças pediram para sair depois da missão na "cidade aleatória do Leste Europeu", então Patricia teve a oportunidade de se tornar membro honorária de alguns grupinhos.

Certa noite, estava fumando cigarros de cravo com o pessoal bacana dos "Góticos" depois do toque de recolher, dentro da chaminé cavernosa e nunca usada do Prédio Inferior de Eltisley. Lá estava Diantha, a líder gorducha com cara de cisne do grupo, que diziam ser filha de um conde ou algo assim. Ao lado de Patricia estava Taylor, que chegaria depois de horas como um gótico completo com cabelo tingido, olhos pintados e uma jaqueta de couro. Do outro lado de Patricia estava Sameer, que usava uma camisa preta de gola engomada que deixava seu rosto tímido, levemente equino, parecendo adulto e sofisticado. E Toby, um escocês com cabelos ruivos eriçados e orelhas de abano. E alguns outros jovens que apareciam às vezes. A chaminé de tijolos vermelhos tinha marcas antigas de fuligem.

Patricia e Taylor estavam descansando, abraçados, e a fumaça de cravo fumigava as entranhas de Patricia. Compartilhavam histórias bizarras sobre a vida antes de Eltisley Maze, todas as experiências acidentais que fizeram com que percebessem ter uma conexão com algum poder não identificado. E Patricia acabou falando sobre o que se lembrava do Parlamento, de Dirrpidirrpiwheepalong e da Árvore sem se dar conta do que estava fazendo.

– Isso é bizarro – disse Taylor.

– É muito incrível – comentou Diantha, inclinando-se para a frente e cercando Patricia com seus olhos escuros, cativantes. – Conte mais.

Patricia contou a história inteira de novo, desde o início, acrescentando mais detalhes dessa vez.

No dia seguinte, ficou pensando que deveria ter guardado a coisa da "Árvore" para si. Ela se meteria em encrenca? Ficou olhando para Carmen Edelstein durante a aula de literatura – estavam lendo *Tróilo e Créssida* –, mas Carmen não deu sinal de que sabia de alguma coisa.

Naquela noite, quando Patricia estava se aprontando para dormir, Taylor bateu em sua porta.

– Vamos, todo mundo está na chaminé – disse Taylor com um sorrisinho. O grupo na chaminé abandonada era duas vezes maior do que antes, então mal havia lugar para Patricia. Mas todos queriam ouvir sua história sobre a Árvore.

Quanto mais vezes Patricia contava a história, mais ela parecia se transformar em uma história de fato: com toques dramáticos e um final melhor. Incluiu mais detalhes, como a sensação que trazia o vento quando passava pela sua forma espiritual desincorporada, e o jeito que as árvores reluziam enquanto ela alçava voo até entrar no coração da floresta. E, na terceira noite, quando Patricia estava contando a história a um terceiro grupo de adolescentes, a Árvore ficou muito mais eloquente.

– Disse que você era a protetora da natureza? – perguntou um garoto mais jovem da Costa do Marfim chamado Jean-Jacques.

– Disse que todos somos – respondeu Patricia. – Os defensores da natureza. Tipo, contra qualquer um que queira prejudicá-la. Todos somos. Temos um objetivo especial. Ao menos foi o que a Árvore disse. Era, tipo, a Árvore perfeita no coração da floresta que só se pode encontrar se alguém mostrar o caminho. Um pássaro me levou, quando eu era bem pequena.

– Pode nos levar até lá? – perguntou Jean-Jacques, tão empolgado que mal conseguia respirar.

Logo tinham um clube de verdade. Reuniam-se à noite, uma dezena de crianças, e falavam sobre como encontrariam o coração da floresta do jeito que Patricia havia encontrado. E como protegeriam a natureza de qualquer um que quisesse prejudicá-la. Como os Na'vi, o povo azul de *Avatar*. Patricia era quem tinha o conhecimento, mas Diantha era aquela que podia dizer "Estamos todos de acordo" e todos comemoravam.

– Estamos *todos* contando com você – Diantha

disse a Patricia em tom baixo, confiante, tocando seu ombro. Patricia sentiu um arrepio descer até o cóccix.

– E a Árvore era imensa, tipo, uns doze ou quinze metros, e não era um carvalho ou um bordo ou nenhuma espécie que já tivesse visto. Tinha galhos como grandes asas, e a luz da lua passava pela parte mais densa dos galhos em dois lugares, então parecia que tinha dois olhos brilhantes me encarando. A voz parecia um leve tremor de terra.

Na décima vez que Patricia contou a história sobre a noite em que saiu do corpo e foi até a Árvore, a história tinha sido embelezada a ponto de ter pouco a ver com a versão que Patricia havia contado na primeira noite. E, ainda assim, todos estavam vidrados nela. Queriam saber o que acontecia em seguida.

– O que faremos? – perguntou Sameer. – Qual é nosso próximo passo?

– Sinceramente, não sei – respondeu Patricia. Contou para eles, pela primeira vez, de quando esteve no vilarejo lamacento e tomou óleo de pimenta e nada aconteceu. Eles comentaram suas teorias, como se não fosse o momento correto, ou se não estivesse no estado mental adequado, ou não pudesse chegar à Árvore a partir do Leste Europeu por conta das linhas regentes.

As opiniões entre os membros do clube secreto de Diantha dividiam-se sobre uma questão essencial: os adultos de Eltisley Maze sabiam sobre a Árvore? Ou: (A) Era algo que todos os adultos conheciam, e estavam apenas escondendo dos adolescentes porque ainda não estavam prontos para saber sobre ela ou (B) eles não sabiam nada sobre ela, e era algo que só se sabia quando se era jovem.

Poucos dias depois, Patricia almoçou com Diantha. A sós. Estenderam uma toalha no Gramado Leste de Eltisley Hall, onde toda folha de grama era perfeita. Patricia ainda não conseguia acreditar que Diantha estava com ela. Diantha tinha um jeito de arregalar os olhos pouco antes de dizer alguma coisa, então a pessoa encarava aquele olhar e tinha certeza de que, independentemente do que diria em seguida, seria a coisa mais importante que já tinha ouvido. Usava seu cachecol de Eltisley de forma tão elegante que dava a impressão de que havia escolhido dentre mil opções de cachecol. Os cabelos castanhos refletiam a luz.

– Vamos fazer muitas coisas incríveis juntas, você e eu. Tenho certeza – Diantha disse a Patricia. – Pegue um pouco de limonada gasosa. De onde você vem não tem limonada gasosa, e é muito bom. – Patricia obedeceu. A limonada era como uma Sprite com mais limão, e isso era o mais legal. As bolhas estouravam em sua língua.

Patricia ficou tentando imaginar se Diantha a beijaria. Diantha se aproximou, e as duas se olharam bem nos olhos. Patricia nunca havia se imaginado lésbica, mas Diantha cheirava tão bem e tinha uma presença tão poderosa que não era nem mesmo uma atração sexual sem importância. Em algum lugar à distância um pássaro cantou, e Patricia quase entendeu.

Mesmo os adolescentes que não iam à chaminé abandonada olhavam Patricia com inveja ou admiração quando ela caminhava pelo refeitório de Eltisley ou quando procurava comida no refeitório *self-service* de

Maze, onde ninguém sabia se haveria pizza ou chouriço. As pessoas em Maze diziam a Patricia que gostavam de suas calças jeans. Ninguém *nunca* havia gostado de seus jeans antes.

– Tenho uma coisa muito importante para te contar. – Diantha estava ofegante, e não só porque havia dez adolescentes apinhados na pequena chaminé suja à meia-noite. Dez pares de mãos cruzadas, dez pélvis se contorcendo de ansiedade, como se todos estivessem apertados para fazer xixi ao mesmo tempo. Diantha manteve a calma o máximo que pôde e depois soltou a bomba: – Eu falei com a Árvore.

– Quê? – Patricia disse sem se controlar. – Digo, isso é ótimo. Como conseguiu fazer isso? – Todos estavam encarando Patricia, como se ela tivesse tido um acesso de inveja ou algo assim em vez de apenas se surpreender. Não que Patricia tivesse um monopólio das "conversas com a Árvore" nem nada; havia feito isso apenas uma vez, e anos antes. Patricia gaguejou alguma coisa sobre como estava feliz por Diantha ter feito aquilo, porque eram notícias ótimas, de verdade.

Diantha piorou cem vezes as coisas, dando tapinhas no joelho de Patricia e dizendo:

– Não se preocupe, querida. Ainda valorizamos sua contribuição mais que tudo.

Mas o orgulho ferido de Patricia era o de menos, todos queriam saber o que a Árvore tinha dito. Qual era a mensagem? Estavam prontos. Estavam mais que prontos.

– A Árvore disse para nos prepararmos. A provação está próxima. E nem todos vão passar. Mas aqueles que passarem serão heróis. Para sempre.

Todos ficaram muito felizes, soltando gritinhos.

Não fora bem assim que a Árvore falara com Patricia. Não mesmo. Mas ela tivera apenas uma conversa, alguns anos antes, e se lembrava vagamente dos detalhes, especialmente naquele momento, quando já havia recontado tantas vezes. Patricia disse a si mesma para ficar feliz por ter sua história confirmada, por saber que não havia apenas alucinado e fantasiado a coisa toda no fim das contas, em vez de fazer um monte de perguntas a Diantha, o que seria um sinal de inveja. E Enaltecimento. Agora que a Árvore estava falando com Diantha e não com Patricia. Oba.

– Fiquei a noite toda acordada estudando para a prova de Tônicos Curativos – falou Diantha –, e comi uma quantidade grande de crisps de paparis picantes. Quando vi, estava voando fora do corpo e passei pela janela. Foi a sensação mais empolgante de todas.

Por uma quinzena, a Árvore não deu mais nenhuma informação, embora tivesse falado com Diantha mais algumas vezes. Sameer deu as mãos a Patricia enquanto ouviam às pistas de que aquilo era algo ancestral, de antes das tradições que haviam estudado, de antes de as palavras existirem. A mão de Sameer era seca e calosa, e seu indicador tocou o dedo mínimo de Patricia de um jeito que fez com que ela se sentisse estranha por dentro. Os dois fitavam Diantha, cujas narinas belas se alargavam enquanto ela falava da experiência fora do corpo. Do outro lado de Patricia, Taylor estremecia.

Todos que se encontravam naquela chaminé tinham um cumprimento secreto, no qual pousavam o dedão no meio da saboneteira enquanto piscavam um olho, depois o outro. E eles punham marcas dentro das roupas.

Quando a Árvore deu a Diantha instruções reais, eram crípticas.

– Pare o Cano e a Passagem. – Seus olhos arregalaram-se e ela pareceu supercarregada de adrenalina. – Repetiu cada palavra duas vezes.

– Cano e Passagem? – perguntou Sameer. – Parece um clube de cavalheiros. Cheio de bengalas e entradas secretas.

– Parece obsceno, isso sim – disse Toby, o ruivo. Fez um movimento para mostrar como "cano e passagem" podia ser interpretado com indecência. Diantha lançou um olhar para ele que o fez se retrair.

Passaram dias debatendo, buscando no Google e sussurrando as palavras "Cano e Passagem" um para o outro, sem ideia do que poderia significar. Diantha parecia impaciente, como se estivesse esperando que outra pessoa entendesse o significado para que ela não fosse forçada a ser mensageira e intérprete ao mesmo tempo. Por fim, na sexta-feira depois de as luzes serem apagadas, Diantha deu um trago em um cigarro de cravo e anunciou que tinha a resposta.

"Cano", acabou se revelando uma referência ao Grande Gasoduto Natural Siberiano. E "Passagem" referia-se à Grande Passagem Marítima do Norte. Os dois eram invenções de Lamar Tucker (um texano pioneiro em fraturação hidráulica) em parceria com um conglomerado russo chamado Vilkitskiy Shipping. Os russos queriam uma nova rota comercial para substituir a Passagem do Noroeste, uma que evitasse totalmente o Canadá, atravessando o coração do gelo ártico. Havia apenas uma questão: a rota seguiria diretamente por um depósito antigo gigantesco de clatrado de gás metano no mar de Chukchi que ficara preso sob o gelo por milhões de anos. Cientistas alertavam que a liberação de todo aquele metano de uma vez poderia elevar os efeitos da mudança climática do dia para a noite. Portanto, o gasoduto – Tucker acreditava que era possível perfurar centímetros ao lado, liberar a pressão lentamente e prender o metano ainda congelado, unindo-o com silicatos. Então, seria possível transportar por tubulação a lama de metano rica em energia para uma usina em Yakutsk. Geraria eletricidade suficiente para iluminar metade da Rússia oriental, e talvez vender a energia excedente para a Mongólia, China ou até mesmo ao Japão.

– Mas vai dar errado, eu sei disso – afirmou Diantha. – Eles não têm ideia com o que estão mexendo. Precisam parar.

– Isso – concordou Patricia. – Mas o que devemos fazer?

– Fazer? – disse Diantha. – Olhe ao redor. Somos os melhores alunos em Eltisley Maze. Entre todos nós, dominamos muitas habilidades. Toby, eu vi você derreter a última neve da primavera e reverter a deterioração de três dias. Sameer, uma vez você fez um gerente de banco lhe dar quinhentas libras e o poder da invisibilidade. Patricia, ouvi que os professores comentam à boca pequena que você tem uma relação com a natureza que nem eles conseguem compreender. Podemos fazer isso. A Árvore depende de nós.

Saíram naquela mesma noite só com o que podiam carregar. Diantha insistiu: não poderia haver namoricos (e nenhuma chance de alguém se arrepender e contar aos professores). Todos voltariam aos quartos em Eltisley Hall e colocariam objetos aleatórios em bolsas de lona.

– Aonde vamos? – perguntou Toby. – Tenho uma prova prática em dois dias. Em Eltisley, onde esperam que a gente apareça.

– Estamos de licença não autorizada – disse Taylor e depois disse "oba" bem baixo. – Sem provas, sem cursos, sem aulas de matemática, sem palestras... e sem quebra-cabeças em Maze... até terminarmos nossa missão.

Patricia meteu uma escova de dente e três pares de roupas de baixo, mais uma edição surrada de *Histórias de São Francisco* na bolsa. Estava indo para uma aventura – faria a diferença. Quase desceu a escada de mogno na Ala Residencial Norte de Eltisley Hall fazendo uma dancinha e só não o fez porque Sameer ficava o tempo todo pedindo silêncio para ela. Se contorceu sentindo a adrenalina quando partiram no dirigível mágico e conseguiram burlar as perguntas de segurança.

– E lá vamos nós – disse Patricia enquanto subiam pelos ares espiralando. – Mãos à obra. – Ela e Taylor se cumprimentaram batendo as mãos, e Patricia e Sameer se abraçaram, enquanto Diantha ria da cabine, cujos controles eram folhas de parreira e figos de madeira.

A expedição só pareceu real quando estavam sobre o Ártico, e o luar abriu caminho para duas camadas de luz do sol – céu e gelo dolorosos de encarar. A alegria de Patricia azedou. Olhou para a vastidão lá embaixo e não conseguiu diferenciar uma faixa brilhante da outra.

– Vamos atingi-los antes que percebam que estamos aqui – disse Diantha da cabine. – Espero que todos estejam preparados para qualquer eventualidade. – Patricia, Toby, Sameer e Taylor disseram que sim.

– Vamos fazer a coisa certa – disse Taylor quando aterrissaram. – Já estudamos muito.

Patricia desejou ter levado mais três camadas de roupas: era capaz de fazer um feitiço para se manter aquecida, mas seria uma distração. Enrolaria o cachecol no pescoço e abaixaria o rosto quantas vezes precisasse.

– Toby, você fica com a transmutação de metais, pois é nosso melhor Curandeiro. Se for aço, você transforma em estanho – disse Diantha quando saíram da embarcação. – Sameer e Taylor, vocês vão confundir e distrair qualquer oposição que encontrarmos. Vou tentar selar qualquer perfuração de um jeito espetacularmente irreparável. E Patricia? Você vai trazer toda a fúria da natureza sobre eles. Seja criativa.

Todos se cumprimentaram batendo as mãos e avançaram pela tundra até a estação de perfuração, que parecia um farol sobre o gelo, com uma estrutura única enferrujada sobre uma plataforma, apoiada por quatro pernas curtas ligadas pela metade inferior de um pentagrama. De um lado da perfuratriz havia uma espécie de estação de bombeamento com uma mangueira de metal que se alargava. Do outro lado, Patricia viu um imenso tanque de diesel, que provavelmente foi levado ali por via aérea, e vários trenós motorizados e caminhões adaptados. Olhando para o tanque gigantesco com a inscrição "PERIGO: ALTAMENTE INFLAMÁVEL" sobre o maior reservatório de metano do mundo, Patricia estremeceu. Sua apreensão virou terror.

– Gente – disse Patricia. – Acho que deveríamos parar e...

Alguém gritou em russo, e cachorros ladraram. Caras usando parcas e óculos avançaram na direção deles sobre trenós, sacudindo o que pareciam ser metralhadoras. Sameer e Taylor assentiram e correram para cima deles. Um momento depois, os guardas abriram fogo, mas sem controle, em direções aleatórias, porque Sameer tinha feito algo para confundi-los.

– Cuidado! – gritou Patricia. – Não façam com que atirem no próprio tanque de combust... – Mas ninguém a ouviu com o tiroteio, os motores, os gritos e a matilha de cães.

Toby já estava correndo na direção da perfuratriz imensa, invocando um feitiço de transmutação de metais. Enquanto isso, Diantha também estava marchando para a perfuratriz, um olhar de determinação irrefreável no rosto lindo coberto pelo sol. Uma bala acertou-a na lateral do corpo, e ela despencou.

Patricia correu e se agachou ao lado de Diantha, que estava jorrando sangue e ofegando.

– Aguente firme – disse Patricia. – Parece que a bala atravessou. Mas acho que acertou uma artéria. Aguente.

– Não perca tempo comigo – retrucou Diantha. – A missão. Concentre-se na missão.

Patricia beijou Diantha na boca, enquanto as mãos tocavam o ferimento de onde jorrava sangue. Encontrou a artéria e a reparou de forma meticulosa, mas meio atabalhoada. Uma bala passou raspando por seu rosto. Ela interrompeu o beijo e disse:

– Diga a verdade. A Árvore falou mesmo com você?

Diantha respondeu.

– Essa é uma pergunta terrivelmente grosseira, ainda mais neste momento crítico.

Um grito. Parecia Toby.

– Agora é com você – disse Diantha. – Faça com que sintam a fúria.

Diantha desmaiou.

Patricia olhou para a frente, mantendo a cabeça de Diantha aninhada em seu colo. Sameer e Taylor tinham feito um trabalho ótimo criando confusão, ela não conseguia ver o que estava acontecendo. A neve rodopiava no ar, em grandes ondas, e um cão imenso, como um husky, saltou na frente de Patricia e depois tombou de pernas para o ar. O som das metralhadoras era quase contínuo, como o maior ruído branco que já se ouvira.

O paredão de neve abriu-se um pouco, e Patricia viu um corpo de bruços na neve, usando um cachecol de Eltisley.

– Não, não, não – murmurou Patricia. Ela se levantou. Ainda conseguiria consertar aquilo, precisava consertar.

O ataque ao gasoduto havia durado noventa segundos, talvez. Quanto mais tempo passava, mais balas voavam por todos os lados, com grande chance de acontecer um desastre que seria visível do espaço.

O frio a tomava, e ela queria ter óculos de proteção como as pessoas que estavam tentando matá-la. Mal conseguia se equilibrar, pois seu centro de gravidade a puxava para baixo. Era mais que apenas o vento e a neve no rosto. Tudo parecia instável. Tentou imaginar como seria desencadear as forças da natureza – o que aquilo significava? Ela nem conseguia ficar em pé, como comandaria alguma força natural? O fluxo magnético ali estava causando a pior dor de cabeça de sua vida, bem quando ela tentava pensar. E se estendesse os braços de alguma forma e se conectasse à natureza? Só que a natureza não era apenas um processo, era uma horda inteira de processos que vinham em cascata de um jeito que ninguém conseguia prever. E a única coisa de que ela se lembrava de sua conversa com aquela Árvore estúpida era que estava a serviço da natureza, não a comandava, e não conseguia acreditar que não havia deixado clara essa distinção crucial em todas as conversas idiotas sobre sua experiência; agora era tarde demais, morreriam como babacas colossais. Não conseguia controlar a natureza, não conseguia sequer se controlar, aquele campo magnético a comprimia como uma imensa mão de aço, e ela estava sendo esmagada pelo magnetismo. Um cão imenso correu diretamente para ela, latindo alto para ser ouvido mesmo com os tiros e o caos, e ela se assustou ao perceber que entendia o que ele estava dizendo. Principalmente "Vou morder sua garganta! Você vai morrer!" E aquele parecia um momento especialmente inútil para ela reaver a capacidade de compreender os animais, quando não havia jeito de persuadi-los, e isso somente fez com que se lembrasse de que era incapaz de moldar ou mesmo influenciar as assim chamadas forças da natureza, e realmente desejou que aquele fluxo magnético não lhe desse a pior enxaqueca na história dos crânios, e então pensou e soube o que fazer. Ergueu as mãos para os céus e torceu para o melhor acontecer, antes que houvesse um estalo ofuscante e...

Patricia acordou a bordo de um dirigível, não o mesmo que haviam roubado. Estava deitada em um banco, e Kanot a encarava com uma expressão no rosto albino sem pelos que ela podia descrever apenas como "furioso".

– Você me decepcionou – disse Kanot com voz seca.

Patricia queria dizer que havia sido tudo ideia de Diantha, mas não conseguiu se obrigar a dizê-lo.

– O que aconteceu?

– Toby morreu. Como meia dúzia de guardas naquela instalação que vocês decidiram atacar por iniciativa própria. Espero que consiga viver com essa culpa. Diantha e Sameer estão feridos, mas vão sobreviver. Parece que de alguma forma você mobilizou o campo magnético elevado na região polar e desencadeou uma espécie de pulso eletromagnético que fritou não apenas todos os eletrônicos por dezenas de quilômetros, mas também o cérebro de todo mundo, inclusive o seu. Você não deveria ter conseguido fazer isso, e não sabemos bem como fez.

– Tinha um cachorro que queria me morder. – Sua cabeça estava latejando, e ela continuava a ver figuras estranhas. Então, uma coisa lhe ocorreu. – Toby estava usando um cachecol de Eltisley. E nós trouxemos o dirigível, que tinha uma insígnia na lateral.

– Já cuidamos disso. Não vai haver rastros que levem até a escola. – Kanot bufou do fundo das entranhas. – Sua vida vai ser muito diferente a partir de agora.

– Sinto muito.

– Não tanto quanto ainda vai sentir.

Parecia estar prestes a dizer outra coisa, tipo, talvez oferecesse tirá-la do castigo em troca de seu primogênito. Mas, em vez disso, apenas deu de ombros e se afastou, deixando Patricia com a cabeça pulsando e a ideia de erros que nunca poderiam ser consertados. Ergueu a cabeça o bastante para ver através de uma das grandes janelas. Estavam voando sobre o oceano, e o sol se punha entre as nuvens que eram de um púrpura pesado, feio.

23

OS PAPAGAIOS ESTAVAM comendo flores na copa de uma grande cerejeira no topo de uma colina íngreme não muito longe da Grace Cathedral – meia dúzia de pássaros verdes brilhantes com manchas vermelhas na cabeça, arrancando tudo o que podiam dessas flores brancas. Pétalas espalhavam-se pela calçada e pela grama enquanto as aves gritavam e bicavam, e Laurence e Patricia observavam do banco alto do *parklet* do outro lado da rua.

São Francisco nunca parava de surpreender Laurence – texugos e sariguês selvagens percorriam as ruas, especialmente à noite, e sua pelagem brilhante e longas caudas faziam parecer gatos vira-latas à primeira vista. Gambás faziam ninhos embaixo da casa das pessoas. Aqueles papagaios eram nativos de algum lugar da América do Sul, onde as cerejeiras quase nunca crescem, mas de alguma forma pegaram gosto por suas flores. A maioria das pessoas que Laurence conhecia passava cada minuto obcecada pelo que o Computron Newsly estava dizendo sobre ela e seus amigos, ou quem estava recebendo financiamento apesar da crise. O único motivo por que Laurence estava vendo essas reviravoltas urbanas da natureza era por estar saindo com Patricia. Ela via uma cidade totalmente diferente da que ele enxergava.

A verdade era que Laurence prestou só um pouco de atenção à visão incrível desses pássaros tropicais brilhantes devorando flores, pois ainda estava tentando compreender o fato de quase ter *interrompido a vida de um ser humano.* Laurence mal havia dormido nas últimas duas semanas, tentando descobrir o que tinha dado de errado. Além disso, quando tentava dormir, o coração parecia rufar tambores como num circo quando se lembrava da boca de Priya abrindo e fechando.

Mesmo naquele momento, sentado com Patricia na grama, sobre um rústico cobertor de cavalo, Laurence continuava se preparando para quando ela dissesse alguma coisa – ela sabia muito bem o que acontecera com Priya, talvez até mais do que Laurence, e não havia feito nenhuma crítica pesada nesse sentido. Provavelmente estava esperando o momento certo.

Patricia rompeu o silêncio.

– Tudo bem – disse ela. – O que foi? – Os joelhos pálidos tinham sulcos suaves feitos pela grama.

– Nada. – Laurence abriu um sorriso. – Estou observando os pássaros. São incríveis.

– Meu Deus. Agora vai ter que me dizer o que aconteceu. Eu te conheço o suficiente para saber quando sua cabeça está fervendo.

Então, Laurence admitiu.

– Estou esperando você me dizer que fui um babaca ao fazer aquele experimento com Priya sem nenhuma proteção adequada e que você salvou nossa pele. Imaginei que você me daria uma bela bronca.

Patricia se remexeu, como se ele a tivesse colocado em uma situação desconfortável.

– De verdade, não achei que estivesse nessa posição – disse ela por fim. – Você não tem chefes que vão te censurar? Achei que vocês todos estivessem fazendo muita autoanálise.

– Sim, claro. Claro.

Na verdade, ninguém da equipe de Laurence quis falar sobre o incidente depois do acontecido. Uma ou duas vezes, alguém mencionara o "acidente de Priya", e isso desencadeava um silêncio estranho, prolongado, e Laurence sentia como se tivesse engolido um cubo de gelo inteiro. Anya ainda estava chateada porque Laurence não havia explicado como Patricia resgatara Priya, pois não conseguiriam estabelecer protocolos sem saber o que havia funcionado da última vez. Sougata e Priya estavam tentando deixar o pesadelo para trás. Enquanto isso, Laurence não encontrava o momento certo para contar a Isobel, que tecnicamente o supervisionava.

– Olha só, Laurence. – Patricia estava olhando para ele e não para os pássaros. Seus olhos arregalaram-se e ela mordeu o lábio inferior. – Foi muito importante para mim quando você disse que nunca ajudaria a me deixar para baixo, como Kawashima pediu. Mas não devia me elogiar também, ou vou ficar maluca. Fiz coisas que nunca vou conseguir esquecer. Não conseguiria ficar ao meu lado se soubesse tudo o que fiz.

Laurence teve aquela sensação de "turbulência no avião" ouvindo Patricia falar daquele jeito. Como se Patricia estivesse prestes a se abrir com ele, e aquilo era empolgante por motivos que ele não conseguia revelar para si mesmo. Por outro lado, estava aterrorizado pelo fato de ela estar correta e por talvez haver coisas que não lhe dariam opção a não ser se afastar dela – e se estivesse prestes a dizer que recarregava seus poderes de bruxa tomando sangue de bebês? Além disso, cada vez que sabia mais sobre Patricia e suas magias, perdia alguma coisa.

No entanto, nada disso vencia a descarga de adrenalina de tipo *caralho, eu me sinto próximo dessa pessoa agora.* Na pele, até mesmo no couro cabeludo. No peito.

– Não importa – disse Laurence em voz alta. – Você já me ajudou a consertar a maior merda que já fiz. Não imagino que sua merda seja pior que isso.

Descendo pela calçada onde estavam, uma mulher com um carrinho gritava com uma criança de cabelos lisos e macacão que ficava correndo até a cerejeira para tentar perturbar os papagaios. Que apenas riam da cara do menino. A mãe ameaçou contar até cinco.

– Quando eu era adolescente, alguns garotos e eu saímos despreparados e atacamos um projeto de perfuração na Sibéria, e pessoas morreram. Inclusive um amigo meu. E atualmente... – Patricia respirou fundo, quase tremendo. – Eu amaldiçoo as pessoas. Tipo, transformei em nuvem um cara que estuprou e matou um monte de garotas. Havia um lobista que ajudava a bloquear normas ambientais... chamavam o cara de Picasso da Lei de Redução de Papéis... e eu fiz com que virasse uma tartaruga marinha. Tartarugas marinhas vivem muito tempo, mais que a maioria dos seres humanos, então não foi assassinato. Alguns burocratas estavam tentando expulsar meu amigo Reginald do conjunto habitacional em que morava, e eu fiz com que um deles tivesse brotoejas. E assim por diante. – Ela não conseguiu olhar direto para Laurence.

– Uau. – Laurence não deveria estar surpreso depois do que aconteceu com o sr. Rose, mas Patricia dissera que tinha sido obra de uma das bruxas mais experientes. Por um momento, teve a sensação de que aquela colina íngreme estava se inclinando, depois retomou seu centro de gravidade. – Uau – repetiu Laurence. – Tenho que admitir que não imaginei você fazendo essas coisas. Meio que imaginei você mais, sei lá... saindo por aí e abençoando bebês ou coisa do tipo.

– Você está pensando em fadas. Se eu abençoasse um bebê, teria exatamente o mesmo efeito que você abençoando um bebê.

– Duvido. – Laurence bufou. – Os bebês tendem a jorrar vômito quando me veem. De qualquer forma, parece que você dá lições em pessoas que merecem. Não sei. Se eu pudesse transformar pessoas em tartarugas, haveria tartarugas para todo lado.

Nenhum dos dois falou por um tempo. A mãe havia convencido a criança a voltar para o carrinho e estava avançando na direção da Marina. Os papagaios haviam parado de comer e estavam apenas voando para lá e para cá entre as cerejeiras e outras árvores grandes que cercavam uma imensa casa em estilo eduardiano, grasnando enquanto voavam. Uma vez ou duas, deram rasantes sobre a cabeça de Laurence, estendendo a plumagem verde como uma saudação.

– Me bateu uma curiosidade – disse Laurence. – Vocês têm um sistema ético? Digo, além daquela regra que vocês mencionam o tempo todo. Como vocês sabem o que fazer? – Ele falava com cuidado, porque obviamente era uma conversa pesada para Patricia; ela estava desviando o olhar agora.

– Hum – disse Patricia, erguendo tanto os ombros que os seios se levantaram por dentro da camiseta branca. – Digo, às vezes estou seguindo instruções de Kawashima ou Ernesto, e confio neles. Mas também... não posso simplesmente transformar todo mundo em tartarugas, preciso seguir a situação. E... está vendo aqueles papagaios? – Ela apontou para os pássaros verdes, que voltaram às cerejeiras saborosas depois de dar algumas voltas pelo *parklet*.

– Sim, claro. – Laurence observou o ponto vermelho nas cabecinhas sacudindo para lá e para cá. Pareciam estar insultando qualquer um que talvez quisesse engaiolá-los.

– Eu entendo o que estão dizendo. No mais, estão putos com o colega ali do meio, que várias vezes quase foi comido pelos gaviões porque é idiota demais para ficar no alto. E aqueles corvos lá adiante também. Consigo entender o que estão dizendo agora.

– Uau. – Laurence não havia percebido os corvos nas linhas de transmissão de força ali perto, observando-os atentamente.

– Então, consegue entender todos? O tempo todo?

– Precisa de um pouco de concentração, mas, sim.

– Todas as pessoas mágicas conseguem fazer isso, tipo Kawashima e Taylor?

– Talvez, se realmente precisarem. Se fizerem um grande esforço. Não a maior parte do tempo. Pessoas diferentes têm loucuras esquisitas diferentes.

– E isso não deixa você doida, ouvir animais falando o tempo todo?

– Na verdade, não. Acho que me acostumei. Na maior parte das vezes, eu tento me desligar, do mesmo jeito que você se desliga de todas as pessoas falando ao seu redor. Mas, ao mesmo tempo, eu sempre fico pensando, lá no fundo, em que os corvos estariam pensando? Corvos são muito espertos.

Os corvos pareciam estar no meio de uma espécie de debate político intenso, grasnando e atrasando a discussão. Um deles sacudiu as asas, quase como um cachorro molhado.

Laurence sabia que estava prestes a pôr tudo a perder, deveria simplesmente manter a boca fechada; por outro lado, Patricia sabia que ele estava guardando a opinião para si, e aquilo podia ser pior.

– Por favor, não me leve a mal – disse ele. – Mas não acho que essa seja uma base para um sistema ético. "O que os corvos acham?" Os corvos não conseguem compreender as ramificações do tipo de escolhas de que você está falando. Um corvo não poderia entender como um reator nuclear funciona ou o que é a Lei de Redução de Papéis.

– *Você* sabe o que é a Lei de Redução de Papéis?

Laurence estava queimando por dentro daquele colarinho apertado demais.

– Hum. Bem, é uma lei, certo? E eu acho que ela reduz a papelada.

– Meu Deus. Você ouviu o que acabou de dizer? Sim, acho que os corvos não conseguem entender de física nuclear, como a maioria das pessoas. Não estou dizendo que peço aos corvos conselhos científicos.

Laurence finalmente arriscou olhar para a frente, e Patricia estava mais risonha que chateada. Revirando um pouco os olhos também. Ele conseguiria suportar.

– É – disse ele. – Só estou dizendo que algumas questões éticas são mais complexas.

– Sim, claro. – Patricia balançou a cabeça e soltou um assobio. – Mas você está ignorando uma questão gigantesca, quase de propósito. Estou dizendo que há muitas maneiras diferentes de olhar o mundo, e talvez eu realmente tenha uma vantagem única, porque ouço vozes diferentes. Você realmente ainda não sacou?

Laurence teve a sensação de que os corvos talvez estivessem rindo dele naquele instante, como se Patricia tivesse dado a dica para eles de alguma forma.

– Saquei. Claro. Eu só, eu acho que a ética é universal e deriva de princípios, e acho que a ética situacional é bem complicada. Além disso, não acho que os corvos tenham muita noção de ética, nem pouca. Não acho que um corvo alguma vez tenha considerado o imperativo categórico.

– Adoro que essa conversa tenha começado com você temendo que eu estivesse te julgando e terminou com você me julgando.

Patricia havia mesmo se empertigado e se afastado um pouco no cobertor. Laurence estava se sentindo meio tóxico e também preocupado por ter deixado fula da vida a única pessoa com quem conseguia realmente conversar naquele mundo idiota.

– Não estou te julgando, não mesmo. Quero que

saiba disso. Eu já disse que, se fosse comigo, haveria tartarugas em todo lugar.

– Não acho, de verdade, que a ética se derive de princípios. De jeito nenhum. – Patricia voltou a se aproximar mais um pouco e tocou o braço de Laurence com a ponta um pouco fria dos dedos onde havia pegado antes. – Acho que a coisa mais básica da ética é estar ciente de como suas ações afetam os outros e ter consciência do que os outros querem e de como se sentem. E que sempre depende da pessoa com quem se está lidando.

Laurence respirou fundo e percebeu que ele e Patricia estavam se desentendendo e que aquilo não era o fim do mundo. Tipo, não era ideal que ela tivesse se aberto com ele sobre aquele assunto extremamente sensível e ele imediatamente ter começado a desancar suas ideias. Mas ela conseguiu aceitar e pagar na mesma moeda.

– Na verdade, eu entendo o que você está dizendo. Não faz muito tempo e eu meio que estava pensando a mesma coisa – disse Laurence. Ele lhe disse que imaginava ir para outro planeta e ver, em primeira mão, que nenhuma das coisas que considerávamos naturais na Terra era verdade lá. Que não havia isso de jeito que as coisas "deviam" ser. – E talvez seja o que você tem bem aqui, na Terra: uma perspectiva não humana da realidade. Então, sim, eu entendo.

– Legal – disse ela. Fuçou na bolsa para encontrar seu Caddy, que estava avisando que ela precisava ir a outro lugar.

Laurence queria dizer outras coisas, como o fato

de Patricia pensar se era ou não um monstro significava que não era. Mas ela já estava descendo a colina a passos largos, parando apenas por um segundo para dizer algo (conselho ou apenas um apoio) aos papagaios, que lançaram uma chuva de peninhas brancas, como arroz em um casamento.

TODOS OS RESTAURANTES orgânicos luxuosos em SoMa tinham fechado, então Laurence e Serafina acabaram comendo em uma lanchonete cheirando a gordura que vendia comida chinesa e rosquinhas. As rosquinhas eram frescas, mas o Frango do General Tso era um pouco genérico *demais*. Laurence sentiu-se envergonhado por não estar dando um momento melhor a Serafina.

Mas Serafina parecia não se importar – ela chegou a comer uma rosquinha com *hashis*. Seus cílios falsos quase chegavam às bochechas, e ele mal aguentava olhar para ela. Estava incrível. Teria dado qualquer coisa para acionar a Opção Nuclear. Poderia lhe dar alguma outra aliança, claro, mas não teria o mesmo significado sem a história sobre a avó. Serafina havia terminado a rosquinha e estava examinando seu telefone.

A placa de neon "Rosquinha" estalou. Laurence percebeu que fazia séculos que não conversavam. *Queria poder usar a audição ativa para preencher o silêncio.* Não conseguia parar de imaginar a expressão atordoada de Priya, e aquilo trazia um gosto azedo à boca e um bolo grande no estômago.

– Tudo bem, o que foi? – perguntou Serafina.

– Hum, nada – respondeu Laurence. Não podia contar a Serafina sobre Priya, não sem falar a verdade sobre o experimento antigravidade. Além disso, Serafina exigiria saber como exatamente eles salvaram Priya. – Tivemos um... contratempo no trabalho. E não tenho ideia do que falar para Isobel. Sem falar em Milton.

– Acho que deveria dizer a verdade para eles. São adultos, certo? – Ela deu de ombros e voltou a olhar o telefone.

Era para Laurence e Serafina passarem a noite juntos, mas Laurence acabou voltando ao trabalho para fazer serão a noite toda.

– Talvez, se ficar sem dormir mais alguns dias – disse ele a Serafina –, eu possa relatar algum progresso, em vez de fracasso.

– Ou talvez só vá ficar privado de sono e cometer erros maiores – retrucou Serafina, sorrindo, porque já havia passado por aquilo. – Boa sorte. Te amo.

Ela voltou na direção do Mercado, onde o metrô estava com o serviço irregular, e Laurence a observou pelo caminho todo do quarteirão, imaginando se ela olharia para trás ou se viraria para acenar uma última vez. Não virou. Seu coração deslizou como uma bicicleta suja sobre o gelo enlameado enquanto ele a via desaparecer.

LAURENCE QUIS esperar Isobel estar de bom humor para contar sobre o acidente com Priya. Mas depois de vários dias, ele percebeu que, nos últimos tempos, Isobel nunca estava de bom humor. Quase a primeira coisa que ela dissera a Laurence foi que odiava ser uma figura de autoridade, e agora era a subcomandante de Milton em sua empresa gigantesca, definindo as leis para um pequeno exército de *geeks*. Sempre que Isobel se via no espelho, usando um terninho cor de ameixa e os cabelos presos em um coque grisalho, hesitava um pouco, surpresa.

Por fim, depois de Laurence ter virado duas noites no laboratório, decidiu enfrentar a bronca. Quando se arrastou para casa, Isobel estava fitando imagens via satélite do Oceano Atlântico à pequena mesa da cozinha e apontou para uma mancha horrível na Corrente do Golfo.

– Supertempestade Camilla.

– Ah, sim. – Laurence espreitou sobre seu ombro. – Ouvi falar dela. Quase um desastre na Costa Leste. Todo mundo disse que poderia ter sido bem pior que Sandy ou Becky.

– Terceiro quase desastre nos últimos anos – comentou Isobel. – E a temporada dos furacões não acabou ainda. Milton está pirando.

Laurence puxou uma cadeira.

– Olha só, não queria que você contasse para o Milton. Mas tivemos um... um contratempo no trabalho.

– Que tipo de contratempo? – Isobel fechou o laptop com um clique.

– Tivemos um acidente. No laboratório. – Laurence tentou explicar a história inteira sem mencionar Patricia de jeito nenhum. – Estamos todos sem saber como continuar.

– Bem. – Isobel empurrou a cadeira para trás e foi pegar uma garrafa de grapa do armário, servindo um pouco para Laurence e um pouco para si. Voltou a se sentar com os cotovelos sobre a mesa. – Parece que vocês precisam de mais protocolos de segurança e não de testes aleatórios no seu equipamento em humanos sem falar antes com Milton ou comigo.

– Sim. – Laurence engoliu em seco. – Foi idiotice. E minha culpa. Mas sinto que... o jeito com que o campo antigravidade se desestabilizou me deixa nervoso. Isso simplesmente não deveria ter acontecido. Fizemos alguns testes, mas precisamos fazer muitos mais. E eu acho que talvez devêssemos voltar à estaca zero e tentar uma abordagem completamente diferente.

– Aham. – Isobel bebericou e estreitou os olhos para ele. – Da última vez que conversamos, você disse que estava tudo indo muito bem.

Laurence sentiu os dias insones pesando sobre ele.

– Estava. Estava indo muito bem. Até que deu errado.

– Você acabou de me pedir para não falar a Milton. Ou seja, você quer que eu minta para ele e diga que, na verdade, você está cumprindo sua parte do projeto, sem a qual todo o trabalho das outras equipes é uma perda de tempo. Quer que eu lhe diga o quê? Que você está muito perto de um grande avanço, quando na verdade voltou à "estaca zero"? – Ela tomou a grapa de uma vez e serviu mais um pouco para Laurence.

– Ei. – Laurence inclinou-se sobre as pernas traseiras da cadeira até correr sério risco de tombar para trás. – Ninguém está mentindo para Milton. Ele sabe que estamos fazendo tudo o que podemos. Vocês me confiaram isso.

Isobel balançou a cabeça.

– Não posso fazer isso. Você pode dizer a Milton o que acabou de me dizer. Ele vem para a cidade em alguns dias. Diga a ele que estão travados, e ele vai enviar vocês para as instalações que construiu nas cercanias de Denver, onde não terão nenhuma distração.

Laurence de repente teve um *flashback* de seus pais o arrastando para a arapuca de uma escola militar, e sua embriaguez de sono se transformou em raiva.

– Por favor, só escute o que estou falando – disse ele, plantando as quatro pernas da cadeira no chão e agarrando a mesa com as duas mãos. – Não estamos desistindo, caramba! Só estamos dando a merda de um passo atrás. Não tente me chantagear, ou, ou me pressionar aqui. Porra.

– Não é chantagem – disse Isobel, servindo-se de mais grapa. – É o que vai acontecer, sem dúvida. Você assinou um contrato, se comprometeu com esse projeto. E teve tratamento a pão de ló porque é meu amigo. Lembra quando você veio ficar aqui comigo, seis anos atrás?

– Lembro – respondeu Laurence. Seus pais estavam se divorciando, e ele precisava de um lugar para se esconder. Havia acabado de reencontrar Isobel, e ela o convidou a morar em seu porão durante o verão enquanto ela encerrava as atividades de sua *startup* aeroespacial.

Ao relembrar aquele verão, a primeira impressão de Laurence foi do calor desértico batendo no rosto assim que saía do ar-condicionado. Laurence carregava um iPad quando seguia Isobel, tentando materializar tudo de que ela precisasse sem que pedisse. Uma garota chamada Ivy, com cabelos longos e *gloss* de cereja nos lábios, transava com Laurence atrás dos silos com cheiro de ozônio tarde da noite. Milton perambulava por ali usando chapéu e shorts de golfe – Laurence se surpreendeu ao perceber que Milton era o cara mais velho de gola rulê que gritou com ele por ter encostado no foguete no MIT. Milton vivia dizendo coisas como "Dar o salto de uma infestação planetária para a diáspora interplanetária é a tarefa mais importante que a raça humana já tentou. É literalmente fazer ou morrer".

Isobel chiou um pouco quando a grapa bateu na garganta.

– Você me seguia como um cachorrinho, enquanto eu estava desesperada tentando salvar as coisas. Todos pensávamos que você era apenas um garoto vidrado em astronomia, mas no último dia você trouxe para nós aquele artigo de física, quando estávamos todos sentados naquele sofá de pé quebrado, assistindo a vídeos do Nine Inch Nails e chorando.

– O artigo sobre tunelamento gravitacional – disse Laurence. – Eu lembro.

Algum físico insano de Wollongong especulara sobre um método de viagem interestelar. Milton já estava dispensando a ideia, mas releu o artigo e começou a rabiscar anotações no braço. E aquilo ajudou a convencer Milton a financiar o Projeto Dez Por Cento, com a ideia de levar 10 por cento da população para fora do planeta dentro de algumas décadas.

– Então, não fique sentado aí, tentando fingir que é apenas um espectador inocente – disse Isobel. –

Você ajudou a começar essa coisa. E talvez você não esteja prestando atenção às notícias: o mundo está à beira do abismo.

– Eu sei. – Laurence balançou para a frente e para trás na cadeira até o ranger das pernas da cadeira ficar incômodo demais.

– Então, se não quiser que eu diga a Milton que está recuando, não recue. Ou se quiser voltar à estaca zero, pode informar Milton você mesmo. Mas não me deixe na situação de ter que defender você. E não tente manipular as coisas para se dar bem. Certo?

– Certo – disse Laurence.

Isobel reabriu o laptop para que pudesse ficar um pouco mais obcecada com o mapa via satélite, e a luz da tela lhe dava um brilho espectral, como alguém que lentamente estava deixando de existir.

Ficaram sentados sem falar nada por um tempo. Laurence saiu de fininho e se preparou para ir deitar. Levantou-se no meio da noite para tomar água e encontrou Isobel ainda sentada àquela mesa, chorando sobre uma garrafa quase vazia, o rosto contorcido pelo pranto. Ele a ajudou a subir as escadas até seu quarto, apoiando-a nos ombros, e a pôs na cama. Ficou com ela até ter certeza de que ela havia dormido de lado.

24

– **TEM CERTEZA DE QUE** deveríamos estar fazendo isso? – perguntou Patricia quando estavam nus, mas ainda não haviam avançado demais.

– Ultimamente tenho visto que a certeza pode ser uma espécie de maldição – respondeu Laurence.

Estavam no quarto de Laurence, onde Patricia nunca estivera antes. Era meio que um anexo ao primeiro andar do apartamento de Isobel, com vista para o jardim posterior pela janela que ficava atrás da cama de solteiro com edredom do Super Mouse. Na parede da frente, tinha uma estação de trabalho com suporte para um laptop e um monitor de 19 polegadas, mais prateleiras e estantes de equipamentos eletrônicos canibalizados. Inclusive cinco Caddies, dois deles com *jailbreak*, e dois presos um no outro por um emaranhado de cabos.

O restante do espaço, da parede até a porta, estava tomado por uma pequena estante de livros com *graphic novels*, livros de engenharia e alguns ensaios biográficos como *Surely You're Joking, Mr. Feynman!* Bonequinhos e brinquedos aleatórios em poses idiotas ficavam sobre a penteadeira, e um dos robôs de Serafina, Jimmy, espreitava sobre a cama de Laurence.

Laurence estava se sentindo estranhamente nervoso. Já havia ficado com uma quantidade bem considerável de garotas, mas ao menos com metade delas rolaram transas meio bêbadas, nas quais houve um certo nível de negação plausível quanto ao desempenho sexual. Ele saiu com Ginnifer, uma engenheira elétrica com sorriso maluco, durante o primeiro e segundo ano da faculdade, e ela desenvolveu dispositivos que podiam estimular a próstata de Laurence com níveis variados de vibração enquanto cavalgava seu pênis e aplicava uma função similar de vibração/oscilação de velocidade variável em seu clitóris. Além do sexoesqueleto de Ginnifer, que levaria muito tempo para descrever.

Mas ali estava com alguém a quem já conhecia pela metade da vida, com quem tinha aquela história labiríntica. Não podia foder com essa história. Além disso, talvez Patricia estivesse acostumada com sexo mágico maluco. Ela e outros bruxos provavelmente se transformavam em morcegos e faziam sexo de morcego a trinta metros de altura, ou transavam no plano espiritual, com elementais do fogo ou coisas assim. Mesmo se nada daquilo fosse verdade, ela era muito mais experiente que ele.

E havia o fato de Patricia ficar deslumbrante nua, tipo, radiante. Usava aqueles modelitos largos quase o tempo todo, mas seus seios eram perfeitos e maiores do que Laurence esperava, e os braços e pernas eram longos e delgados. A pele era pálida, mas tinha um calor róseo. Enquanto se movia na cama, os cabelos pretos e longos espalhavam-se por todo o canto, e os dedos do pé se flexionavam, e ele tinha vislumbres dos pelos pubianos e das dobrinhas atrás dos joelhos, e tudo aquilo parecia um milagre. Estava começando a apreciar uma fração de sua beleza. Nos últimos meses, não era a primeira vez que se flagrava pensando: *Ainda queria estar com a aliança de minha avó para poder dar a Patricia do jeito certo.* Menos naquele momento, em que também estava pensando *Por favor, Deus, não me deixe estragar este momento, não permita que seja um erro gigantesco.*

Patricia estava olhando para Laurence e sentindo uma espécie de ânsia mais profunda do que o simples desejo sexual, embora fosse isso também. Passou a vida toda dizendo às pessoas "Não precisa ser assim", que é o primo próximo de "Pode ser melhor que isso". Ou mesmo "*Podemos* fazer melhor que isso". Na infância, quando os colegas de escola a esfregavam no chão ou Roberta a trancava a cadeado em uma velha caixa de especiarias fedorentas, tentava dizer isso com lágrimas nos olhos, mas não tinha palavras à época, e ninguém teria entendido, de qualquer forma. Como a estranha excluída do ensino fundamental, com todo mundo querendo queimá-la viva, ela desistiu de tentar encontrar uma maneira de dizer "Pode ser mais que isso". Mas nunca abandonou aquele sentimento, e ele voltava naquele momento na forma de esperança. Encarou o rosto de Laurence (que parecia mais quadrado e mais bonito sem uma grande gola de camisa ao redor), seus mamilos entumecidos e aparentemente bons de chupar, os pelos púbicos raspados e o jeito com que os pelos das pernas e da barriga irrompiam em forma de coração ao redor da zona depilada. E ela sentia que ele, os dois, bem ali, naquele momento, poderiam fazer algo que desafiaria a tragédia.

TALVEZ DOIS MESES depois do quase desastre de Priya, Laurence saiu para beber com Patricia porque só ela conseguia começar a entender por que ele havia acabado de falar a Serafina que deveriam passar algum tempo separados. Todos os outros amigos acharam que ele estava maluco.

Laurence estava sentado no canto mais escuro de PoisonRx, bebendo um drinque chamado Mordida-de-Cobra, e despejou a história inteira em Patricia, disse que nunca se sentiu digno de Serafina, para começo de conversa, e que o amor dos dois sempre parecera um delírio compartilhado criado por puro capricho. Patricia não zombou: tivera relacionamentos assim também e se recusava a aceitar que a realidade havia feito dela a pessoa que era naquele momento.

– Uma coisa que nós dois enxergamos – disse Patricia – é que as coisas voltam. As pessoas voltam. Você e Serafina podem ter outra chance, em outro momento.

– É, talvez. – A bebida de Laurence foi de fruta ácida a pão preto em um gole. – Mas às vezes a gente precisa aceitar a derrota.

Patricia continuou dizendo que sentia muito pela aliança até que Laurence começou a dizer:

– Não. Eu preciso crescer e assumir responsabilidades. Pelo que houve com Priya, pelas consequências e pelas minhas decisões depois disso. Certo?

Dizer esse tipo de coisa fazia Laurence se sentir melhor, porque era verdade e porque fazia se sentir um participante ativo da própria vida.

Laurence e Patricia não começaram a ficar depois dessa noite nem nada disso – apenas saíam juntos. O tempo todo. Muito mais tempo do que Laurence já passara com Serafina, porque cada encontro com ela precisava ser perfeito, e ele sempre temia que estivesse sendo pegajoso. Ele e Patricia jantavam, tomavam café ou bebidinhas no fim da noite sempre que Laurence conseguia escapar da coleira de Milton. Estavam o tempo todo trapaceando no pebolim, dançando no The EndUp com gays insones até cinco da manhã, jogando boliche valendo bolo, inventando brincadeiras com bebidas elaboradas para filmes de Terrence Malick, citando Rutherford B. Hayes de cabeça e construindo as pipas mais estranhas que conseguiam botar no céu em Kite Hill. Sempre estavam de mãos dadas.

Sabiam quase todos os segredos um do outro, e aquilo lhes dava licença para falar em trocadilhos ridículos e citações de antigos hip-hops e gírias forçadas de contrabandistas de bebidas da época de Al Capone, a ponto de ninguém tolerar ficar ao lado deles.

Patricia não conseguia se lembrar de uma época em que tinha se levado tão pouco a sério. Tipo, talvez Laurence estivesse cumprindo, sem perceber, sua semipromessa a Kawashima e Ernesto, impedindo que ela ficasse cheia de si, mas ela não se importava nem um pouco. Pela primeira vez na vida, até onde se lembrava, foi apenas a garota que ria alto demais no cinema.

Em algum momento, quando alguém passa todo momento livre com uma pessoa, e chega ao ponto de desenvolver um idioma próprio, e sempre fica esfuziante por muito tempo depois de se deitar, inevitavelmente esse alguém começa a se perguntar se talvez não seria mais fácil simplesmente dividir a cama também. Isso sem falar, claro, da diversão.

PATRICIA ESTENDEU A mão esquerda e acariciou a curva do rosto de Laurence, do queixo até logo abaixo do olho. Os olhos dele eram mais azuis do que ela havia percebido, além do esverdeado que ela se acostumara a perceber. As pupilas dilataram-se um pouco. Estendeu a mão direita e acariciou da coxa até a barriga, e ele estremeceu um pouco. O pênis se ergueu da zona de descanso, passando a clareira de pelos e chegando à penugem leve da barriga.

Patricia pensou que era meio engraçado ele raspar os pelos e ela não, mas achou melhor não rir naquele momento.

Se algum deles tivesse virado a cabeça e olhado para as estantes de lixo eletrônico na outra parede, talvez tivessem percebido que os Caddies estavam esquisitos. Eles acendiam um LED na ponta de seu formato de guitarra quando uma câmera do tamanho de uma cabeça de alfinete se ativava. Mesmo os dois que estavam teoricamente limpos e reformatados com Artichoke BSD. O Caddy na bolsa de Patricia também se ligou e encheu a tela de dados. Não do jeito que um Caddy piscava sua tela para lembrar de um compromisso ou a pequena bolha que aparecia no canto da tela para informar que um de seus amigos estava tomando uns drinques por perto. Não era uma coisa de interface de usuário. Os Caddies estavam interessados somente naquele único evento. Caddies estavam fisicamente presentes em um bilhão de atos sexuais humanos naquele momento, mas era a primeira vez que se importavam em acompanhar.

O telefone de Patricia se desligou, apesar de sua bateria estar carregada. Assim como o telefone de Laurence. Do outro lado da cidade, a colega de apartamento de Laurence, Isobel, perdeu seu ônibus por uma questão de segundos e, depois, o ônibus seguinte quebrou, por isso ela não chegaria em casa tão cedo. Laurence deixou o cliente de mensagens dele ativo no laptop, mas o programa deu pau. Nem mesmo a supertempestade Allegra, que causou deslizamentos em Delaware, eliminando metade do litoral leste com sua fúria Categoria 3 de 210 quilômetros por hora, poderia ter atrapalhado os dois naquele momento.

Patricia não via Laurence nu desde que tinham treze ou catorze anos, e estava tentando não se lembrar muito daquela época. Dessa vez, fez questão de absorver cada detalhe. De um jeito meticuloso. Ávido.

O corpo de Laurence era muito mais forte do que Patricia imaginou, porque por ele ser tão alto, esperava que ele fosse um varapau. Sentado na cama, parado em um lugar, revelou uma elevação agradável nos bíceps e no peitoral, além de coxas impressionantes. Ainda parecia praticar atletismo, mas mais de campo do que de pista. Sempre achou suas mãos grandes, curiosas, bem excitantes, mas eram mais sedutoras se vistas com o restante da pele: os pelinhos cor de areia corriam dos nós dos dedos até o braço e lentamente ficavam mais escuros e grossos descendo pelo peito até a região macia em forma de coração. Patricia nunca tinha visto nada tão bonito. Queria espalhar-se sobre ele para sempre.

Parecia um bom impulso, então ela agiu, atacando. Ele soltou um leve grunhido surpreso e em seguida, outro com um pouco mais de alegria. Os seios dela tocaram o peito do rapaz, e seu rosto estava bem diante do dele, e ela estava encaixada sobre a barriga de Laurence, um pé de cada lado e a bunda roçando o pau de leve. Ele começou a rir, ela também, e Patricia se curvou, beijou-o e mordeu seus lábios, leve demais para sequer marcar a pele.

Sentia seu corpo formigar, até mesmo o couro cabeludo e os cotovelos, e ela sentiu uma espécie de loucura tomá-la, melhor que qualquer feitiço ou poção.

Quase o encaixou dentro de si sem camisinha - não engravidaria, a menos que quisesse. E tinha certeza de que nenhum dos dois tinha uma DST. Mas fazer sem proteção na primeira vez parecia demais, como se estivessem declarando, de algum modo, que estavam unidos pelos fluidos, praticamente casados, e não só vendo no que ia dar. Era o que estavam fazendo. Então, ela pegou o pacotinho.

– Estava esperando que você fosse fazer um feitiço ou algo assim. – Laurence investia dentro dela em um ritmo contínuo, às vezes sincopado, às vezes se contorcendo de maneiras prazerosas que a surpreendiam.

– Quer que eu faça um feitiço? – Ela sorriu para ele, os olhos verdes mirando os dois lados por um instante, como se tentasse pensar com que feitiço poderia se dar bem, e então inclinou o corpo para trás, enquanto ele penetrou com mais força e mais rápido por um segundo.

– Não sei. – Laurence se inclinou para a frente e a beijou entre os tornozelos erguidos. – Nada exagerado ou, sei lá, nenhum truque. – Ela se encolheu um pouco à menção de truques, mas ele ainda sorria, e tudo estava bem. – Não precisa, mas eu meio que estava esperando algo assim.

– Tudo bem – disse Patricia. – Mas lembre-se de que foi você quem pediu.

– Não pedi – disse Laurence. – Apenas especulei sobre... aaah. – E então perdeu todo o fio da meada, pois o mamilo esquerdo, já muito sensível, desenvolveu alguns milhões de novas terminações nervosas, e ela o chupou. Ele quase desmaiou com a sensação, e seu cérebro apagou, e então se derramou dentro da camisinha, que estava dentro da mulher que amava.

Ele mal se permitia pensar naquilo antes, mas agora percebeu que era verdade. Viu a si mesmo dizendo em voz alta, meio por acidente, antes que o funcionamento normal do cérebro pudesse ser restaurado:

– Eu te amo.

– Ah. – Patricia olhou para ele caído em cima de uma poça de suor na cama. – Uau.

Obviamente estava processando aquelas palavras. Tipo, um *non sequitur.*

– Posso desdizer – balbuciou Laurence. – Estou desdizendo. Nunca disse aquilo.

Ele fitou seus olhos verdes (arregalados de surpresa), os cílios brilhantes, a boca entreaberta.

– Não, não desdiga. – Ela estremeceu, mas não de um jeito ruim. – Só que. Uau. – E então, olhou diretamente para ele e disse: – Eu também te amo.

No momento em que Patricia lhe disse aquela frase, sentiu como se toda sua história estivesse tomando um rumo completamente novo, a paisagem do passado se rearranjando de forma que as coisas com Laurence assumissem características geográficas importantes e alguns outros eventos, mais solitários, diminuíssem proporcionalmente. O revisionismo histórico era como a agitação de um pico de insulina inundando a cabeça. A mente trazia em flashes Laurence dizendo que ela o salvara, Laurence prometendo que nunca fugiria dela de novo. Parecia algo que soubera muito tempo antes.

– Ai, meu Deus, eu te amo. Te amo muito – começou a balbuciar e logo estavam se abraçando forte e beijando as lágrimas um do outro e rindo. Ela tocou o pau dele e não soube se havia usado mágica para erguê-lo de novo ou se era apenas o simples toque, mas logo ele estava de novo dentro dela. Dessa vez, estavam fodendo e falando ao mesmo tempo, acariciando o rosto um do outro. Rolavam para lá e para cá o tempo todo para que nenhum deles ficasse por cima.

– Porra, nem sei como tirei uma sorte tão grande, você é a mais linda – Laurence dizia.

– Nunca vamos nos largar. – Patricia estava rindo e chorando. – Vamos ficar assim, abraçados, para sempre, e as pessoas podem vir e fazer perguntas pela fresta da porta ou nos importunar por telefone ou...

O telefone de Patricia tocou depois de ligar sozinho.

Ela se afastou de Laurence o suficiente para ver que os pais estavam ligando. Não falava com eles havia séculos. Soube logo o que era – Roberta finalmente havia enlouquecido, apesar de todas as resoluções abstêmias.

– O que houve com a Roberta? – perguntou Patricia sem rodeios.

– Sua irmã está bem. – Era o pai de Patricia, parecia incomodado. – Acabamos de falar com ela. Está segura, fora da zona de impacto. Infelizmente, acabamos vindo para Delaware a um dos seminários de sua mãe e não conseguimos sair a tempo.

– Espera aí. O que foi? O que está acontecendo?

– Está em todo lugar, no noticiário, pensamos que você já tinha visto. A Allegra chegou ao litoral – respondeu o pai de Patricia. – Estamos no porão do centro de convenções. Trouxeram todos aqui para baixo quando o maremoto veio. Não conseguimos abrir a porta e achamos que o prédio desmoronou em cima da gente, além disso, a área inteira está embaixo d'água. É um milagre conseguirmos sinal de celular.

– Aguenta aí, pai. – Patricia sentiu o rosto encharcado. Entre lágrimas e flashes brancos, ficou cega. – Vou dar um jeito. Vou tirar vocês daí. – Tinha que tirar. Tinha que haver um feitiço para levá-la às pressas a Delaware, como uma maneira de retorcer o espaço. Não conseguia pensar em nada nem em ninguém que pudesse enganar o bastante para conseguir isso. Talvez apenas dizer ao pai que poderia salvá-lo era paradoxalmente uma mentira grande o suficiente que lhe daria o poder de salvá-lo. Talvez houvesse um mago em Delaware que pudesse ajudar; mas todo mundo na superfície provavelmente estaria morto ou ocupado demais. Não conseguia pensar, nem respirar, estava engasgada.

– Tudo bem, PP. Só queria que você soubesse, embora tenhamos sido duros com você e a deserdado depois que fugiu de casa, que sempre amamos você, e eu... eu... tenho orgulho por você ter se tornado a pessoa que é.

O coração de Patricia se estilhaçou. Ela ouviu Isobel na sala de estar no andar de cima, gritando para Laurence ir até lá ver as notícias sobre a extensão da destruição, ruas se transformando em canais, o ar tomado por detritos. Como uma pancada da mão de Deus.

– Quer falar com sua mãe? – perguntou o pai de Patricia. – Ela está bem aqui. Quebrou o braço, mas eu posso segurar o telefone para ela. Espere um minuto. – Houve um ruído de briga. E a ligação caiu.

Patricia apertou a função de retorno de ligação dez vezes e nada. Parte dela pensou que talvez devesse desligar, pois, caso estivessem ligando de volta também, seriam direcionados para a caixa postal, mas não conseguia parar de apertar rediscagem-rediscagem-rediscagem, gritava e tremia, e seu corpo nu estava esfriando, e Laurence passou o braço ao redor dela, e ela o estapeou, depois se agarrou a ele, e o som que saiu de dentro de Patricia era como o de todos os animais feridos que já havia curado na vida.

Em seguida, se recompôs. Os pais ainda não estavam mortos. A destruição ainda ocorria. Poderia conseguir ajuda. Alguém *estava* fazendo aquilo, alguém estava causando tudo aquilo, e ela poderia fazê-los pagar. Havia alguma bruxa maléfica, ou mais provavelmente bruxas que encontraram uma maneira de sobrecarregar o sistema de tempestades e estavam fodendo com tudo.

Ela já estava pegando a calça cargo, a camisa, a porra do sutiã e a calcinha.

– Aonde você vai? – Laurence ainda estava nu.

– Preciso ir – disse calçando os sapatos. – Preciso encontrar Ernesto. Encontrar os outros. Podemos arrumar isso. Podemos fazer com que paguem. Podemos salvá-los.

– Vou com você. – Laurence saltou para pegar as calças.

– Você não pode – disse Patricia. – Desculpe, não pode.

E então ela saiu, sem se despedir nem nada.

Laurence ouviu a porta da frente se fechar e Isobel tentando dizer algo a Patricia enquanto ela passava correndo. E então conseguiu ouvir o tagarelar terrível dos jornalistas da TV a cabo tentando compreender o maior desastre natural na história dos Estados Unidos. O despejo supermaciço da tempestade, lançando o oceano já agitado sobre a terra. Ventos altos e cinquenta centímetros de chuva ocultando a Capitol Hill e o vale de Foggy Bottom. O presidente já em local seguro. Manhattan morta no caminho da tempestade, com todas as pontes apinhadas com pessoas que esperaram tempo demais para evacuar depois de tantos alarmes falsos no passado.

Alguém bateu à porta do quarto de Laurence. Ele saiu da cama num pulo, esperando que fosse Patricia voltando para ele. Mas abriu a porta e viu Isobel. Ela nem se importou com o fato de ele estar nu.

– Faça uma mala – disse Isobel. – Só uma.

– Quê? Por quê?

– É isso – disse ela. – Postergamos o máximo que

pudemos. Movi céus e terras para lhe dar uma vida normal aqui. Mas isso, o que aconteceu agora, significa que acabou. Não podemos mais esperar. Não podemos nos dar ao luxo. Milton vai dizer que esperamos demais. Precisamos do projeto pronto e funcionando.

– Juro que não estou fazendo corpo mole desde o incidente. – Laurence estava ficando gelado, em choque. – Mas ainda assim, não estamos nem perto de descobrir como vai funcionar. Existem problemas teóricos imensos.

– Eu sei – disse Isobel, entregando a Laurence uma bolsa de lona cáqui. – Esse é o problema. A partir de agora, vai trabalhar no tal buraco de minhoca dia e noite, sem parar. Vamos precisar de um planeta novo.

Laurence tentou explicar que não podia ir embora, que não havia como, tinha uma vida ali, finalmente tinha encontrado o amor verdadeiro e era tudo para ele, mas já sabia que aquele argumento era furado. Pegou a bolsa e começou a enfiar roupas e bobagens nela.

Patricia chegou à Perigo em tempo recorde, ignorando todas as pessoas no ônibus que queriam falar com ela sobre o que-coisa-terrível-não-dá-pra-acreditar-isso-vai-mudar-tudo. Saltou pelas escadas, três ou quatro degraus por vez, e entrou tão rápido na livraria que estava sem fôlego e, ainda assim, chorando, mas no momento em que chegou lá, soube que era tarde demais. Todos estavam lá, sentados, horrorizados. E impotentes. E como se esperassem por ela. Ernesto fitou-a nos olhos.

– Sinto muito – disse ele. – Por sua perda. Por todos nós.

– Quem fez isso? – perguntou Patricia. – Precisamos encontrá-los. Precisamos transformá-los em cinzas e depois jogá-los no espaço. Precisamos fazer com que paguem, porra. *Diga quem fez isso.*

– Ninguém – disse Ernesto. – Ninguém e todo mundo. Todos fizemos isso.

– Não, não. – Patricia começou a chorar com mais força e mais alto que nunca. Estava hiperventilando. Vendo pontos pretos. – Não, tem que ser alguém, tem uma porra de uma bruxa desgraçada por trás disso, eu sinto.

– É uma supertempestade – disse Kawashima. – Está se formando há dias, lembra? Atingiu Cuba poucos dias atrás, depois convergiu em um ciclone. Atingiu uma frente de alta pressão no Atlântico Norte que a empurrou para o litoral.

– Não há feitiço grande o suficiente para mover o oceano e as correntes de ar – comentou Taylor, aproximando-se para tocar o braço de Patricia. – Teria que enganar a Lua.

– Vocês poderiam curar essas tempestades. Poderiam curá-las até que saíssem do controle, como ervas daninhas, alguém fez isso com um feitiço de cura. Sei que fez. Talvez tenha levado meses, mas tiveram meses. Alguém fez isso.

– Dessa vez, não. – Ernesto se aproximou muito de Patricia, estava arriscando tocá-la e transformar seu corpo em um *playground* de bactérias e fungos. Ele a encarou, triste, mas não surpreso. – Tentei alertá-la de que tempos ruins estavam por vir e que pediríamos mais de você. E eles chegaram. Vai ter que fazer coisas terríveis. Mas estaremos aqui para dividir a responsabilidade, não recairá apenas em seus ombros. Não haverá Enaltecimento se enfrentarmos isso juntos.

– Como assim? – Patricia ainda estava tremendo, mas a respiração já estava mais calma. Conseguiu sentir o cheiro de energia vital pura saindo de Ernesto, como um solo rico em nutrientes ou uma tempestade de verão.

– É o começo de algo, não o fim – disse Kawashima, aproximando-se também e abraçando-a de verdade. Nunca abraçava ninguém. – Ou melhor, é o fim de uma coisa e o começo de outra. Este país vai ficar desestabilizado, com Nova York e Washington mortas e outras cidades em ruínas. Haverá campos de refugiados. O que significa mais doença. O caos e a fome vão piorar. Haverá mais guerras, e guerras piores. Guerras como ninguém jamais viu. Deus queira que não tenhamos que lançar mão do Desfecho.

– Quando o mundo inteiro entra no caos, devemos ser a melhor parte do caos – disse Ernesto. Patricia não conseguia mais encontrar forças para chorar.

25

LAURENCE QUERIA QUE PATRICIA pudesse estar ali, ao seu lado, para ver aquilo. Imaginou a si mesmo explicando para ela o que estava vendo e por que era mais incrível do que parecia.

Laurence estava em uma estrutura a dezenas de metros acima da superfície, com Denver espalhada em posição fetal à esquerda. Seis louva-deus de aço e fibra de vidro inclinavam-se sobre um espaço vazio no centro da estrutura – o espaço que podia, um dia, abrir-se com um estouro e revelar o Caminho para o Infinito. Normalmente, Laurence ficaria paralisado de vertigem, em pé no topo de um arranha-céu sem parapeito, mas estava estupefato demais com a grandeza diante dele para se preocupar com alturas. Cada um dos louva-deus imensos e vermelhos tinha uma bobina de potência na parte da "cauda", e depois uma seção intermediária apoiada por dois pares de pernas, com uma coleção de equipamentos que incluía os geradores antigravidade em que a equipe de Laurence vinha trabalhando havia dois anos. A "cabeça" dos insetos consistia em dispositivos de focalização, que estabilizariam a abertura que os feixes antigravitacionais ajudaram a criar. Aquela estrutura insana parecia diminuir as montanhas à distância. Mesmo frente ao horror impensável, mesmo com o que havia acontecido com a mãe e o pai de Patricia e a tantas outras pessoas que Laurence conhecia, havia ainda um esplendor no mundo. A maravilha salvadora. Ele desejava apenas poder mostrar a Patricia para que ela também pudesse se sentir confortada ou rir de sua insolência; quase não se importava com o que faria, contanto que diminuísse um pouco de seu sofrimento.

Como em todos os momentos desde que Patricia trombara com Laurence meses atrás, ele tentou imaginar o que ela diria se estivesse ali. E onde estava e o que estava fazendo. Se estava bem. Era como se estivesse em uma discussão com ela na cabeça, seu otimismo contra o desespero dela. Ao lado dele, naquela plataforma, Anya, Sougata e Tanaa estavam pirando com cada detalhe de engenharia, mas Laurence mal ouvia o que estavam dizendo.

– Vamos torcer para que funcione – disse Anya.

– Talvez estejamos a meses dos testes preliminares – disse Sougata. – Mas ainda é uma coisa linda, cara.

Quando pegaram o elevador para voltar à superfície, Laurence estava obcecado com Patricia de novo, a ponto de o fantástico gerador de buraco de minhoca – o equipamento mais legal da história do planeta – ser deixado de lado em sua mente. Era como se estivesse preso em um momento no tempo, quando havia acabado de dizer que a amava, e não foi capaz de prosseguir em nada do que aconteceu depois disso. Quanto mais se afastava do momento, mais difuso ficava. Ficou temporariamente deslocado, e o tempo diferencial estava ficando cada vez mais grave.

De volta ao térreo, Laurence perambulou pelo antigo parque industrial que Milton Dirth havia restaurado. Ninguém estava autorizado a entrar nem sair sem a permissão verbal de Milton – e fazia semanas que ninguém via Milton. Todos os telefones, computadores pessoais e Caddies foram confiscados na chegada àquele campus, e nenhum dos computadores tinha conexão com a internet. Havia uma intranet, e alguém havia criado espelhos internos de diversos *websites* científicos e técnicos. Tinha uma TV sintonizada na CNN, então conseguiam acompanhar fatos que não eram tão urgentes: chineses exibindo poder militar ao sul do Mar da China, tropas russas concentrando-se, guerras marítimas. Pessoas, pessoas que conheciam pessoalmente em campos de refugiados cheios de doenças lá no leste do país. Mas não havia como Laurence enviar uma mensagem a Patricia ou descobrir o que estava fazendo.

O prédio onde Laurence trabalhava (e vivia, um escritório com beliches) era a antiga sede de uma *startup* chamada HappyFruit, Inc., que comercializava frutas geneticamente modificadas para incluir uma pequena quantidade de antidepressivos. "COLHA A FELICIDADE DA VIDA" era a frase de um pôster com um desenho de um mamão papaia que Laurence via da cama de cima de um dos beliches toda noite. Nos primeiros dias, a ideia de acampar em uma *startup* parecia surreal, mas de um jeito empolgante. Agora, já estava cheio. Ao menos a HappyFruit incentivava seus trabalhadores a praticar corrida, tanto que havia três chuveiros. Para uma centena de pessoas. O lugar inteiro cheirava à lontra morta.

Laurence reservou um tempo para andar pelo caminho asfaltado, passando pelo cedro sem folhas e a caçamba, onde os fumantes se reuniam. Estava reformulando o que diria a Patricia se ela estivesse ali. E estendendo o efeito retardado de ver o Caminho ao Infinito concluído, antes de voltar ao pequeno escritório e à decepção excruciante de fracassar no equilíbrio das equações gravitacionais.

Porém, quando voltou ao escritório que dividia com Anya e Sougata, a cadeira de Laurence estava ocupada. Isobel estava sentada e olhava para o computador dele, mas não como se estivesse lendo alguma coisa.

– Ei – disse Laurence. – Eu vi a máquina. É a coisa mais linda.

– É. – Isobel sorriu, mas tinha aquela aura usual de tristeza.

Laurence disse:

– Olha só, pode me ajudar a conseguir um telefone?

Ao mesmo tempo, Isobel disse:

– Milton voltou.

Então, os dois ficaram dizendo "Você primeiro". Laurence venceu, então Isobel falou primeiro.

– Milton voltou. Quer que eu leve você e os outros lá em cima, até seu escritório, agora mesmo. Acho que as coisas estão prestes a ficar interessantes por aqui. – Ela se levantou para levar Laurence, e então se lembrou. – O que você pretendia dizer antes?

– Hum, nada. Na verdade, não, espere. Tem uma coisa. Preciso de um telefone. Minha amig... namorada, eu acho. Patricia. Você a encontrou algumas vezes.

Não falo com ela desde o dilúvio. Seus pais morreram. Foram momentos muito difíceis, e eu deveria estar lá para ajudá-la. Preciso saber se ela está bem e dizer que estou pensando nela o tempo todo. É realmente importante.

– Sinto muito. – Isobel já estava saindo pela porta e voltou. – Sinto muito, não tem como.

Ao que parecia, foi um momento ruim para pedir, pois Isobel estava apressada para a reunião, mas Laurence estava determinado.

– Por favor, Isobel. Eu só quero, preciso, falar com ela um momento. Sério.

– Estamos totalmente confinados aqui. Esse campus inteiro está cheio de gente que quer falar com os entes queridos. Sei que você tem acompanhado o estado do mundo lá fora, mas o caos é completo. Não podemos confiar em ninguém.

– Isobel. Nunca pedi nada a você antes. – Laurence deixou um pouco de desespero e perturbação emergirem na voz, e depois precisou lutar para impedir que esse pouco tomasse conta dele. *Mantenha a calma, justifique-se.* – Sou seu amigo da vida toda, e agora estou pedindo algo que é extremamente importante para mim. Tipo, poderia fazer a diferença entre eu ter uma vida e não a ter.

– Então, é ela, hein? – Isobel fechou a porta e sorriu. – Pensei que fosse Serafina.

– Eu também. Mas, sabe, o coração não é um detector de mentiras. Ou algo assim. Identificar erroneamente a mulher da sua vida faz parte de como encontramos a verdadeira. – Ele suprimiu uma piada de *Matrix*.

– Acho que sim. – Isobel abriu outro sorriso trágico. – Eu não sabia. Casei com meu namorado de faculdade.

Laurence não enfatizou que Isobel e Percival ficaram juntos por quase quinze anos, o que é um tempo respeitável. Mas só esperou, de braços cruzados, e o que esperava era ter uma expressão bem patética no rosto.

Isobel pensou por mais um segundo, em seguida entregou um telefone para ele.

– Mas eu vou ficar aqui ouvindo. Por medida de segurança. Desculpe.

– Tudo bem. – Laurence agarrou o telefone com as duas mãos e discou o último número conhecido de Patricia.

Tocou uma vez enquanto Isobel o observava e mais algumas vezes, então caiu na caixa postal. Ele discou de novo, mesmo resultado. Dessa vez, Laurence deixou tocar até bipar.

Ele suspirou, tentando não olhar para Isobel.

– Ei. Aqui é o Laurence. Só queria saber se você está bem. E também dizer que sinto muito por sua perda. Digo, seus pais. Eles eram... nem consigo começar a dizer. Não há nada a dizer. Queria poder estar aí do seu lado, pessoalmente. – Não sabia mais o que dizer para a caixa postal de Patricia, sem conseguir ouvir sua resposta. Tudo em que conseguia pensar parecia inadequado ou talvez insensível.

Ele quase desligou e devolveu o telefone a Isobel, mas percebeu: tinha acabado de ver um gerador de buraco de minhoca bizarro, um modelo funcional.

Não tinha *como saber o que aconteceria depois disso.* Estavam, todos eles, estacionados em terra incógnita, e aquilo parecia um momento que se descontinuava radicalmente com tudo que viera antes. Havia uma chance muito grande de aquelas serem as últimas palavras que ele diria a Patricia.

Então, Laurence fingiu que Isobel não estava lá, encarando, e disse:

– Ouça, eu estava falando sério quando disse que te amo, é meio que uma revelação, mas é a verdade se revelando. Tem uma parte de mim imensa, vital, que se estende até você em um tipo de fototropismo emocional. Tenho tantas coisas que quero dizer a você, e queria que nossas vidas se misturassem uma na outra para sempre. Eu meio que... não posso ir a lugar nenhum agora. Preciso terminar uma coisa aqui. Mas juro, assim que estiver livre, vou buscar você e vamos ficar juntos, e eu vou tentar pra caralho compensar todo o conforto que não estou te dando agora. É uma promessa. Eu te amo. Adeus. – Ele desligou com o dedão e devolveu o telefone a Isobel. Ela parecia muito abalada por aquela caixa de surpresa cheia de emoções.

Isobel tocou o antebraço de Laurence enquanto enfiava o telefone de volta em um esconderijo dentro da bolsa. Mas só disse:

– Não conte a ninguém sobre este telefone.

Laurence concordou com a cabeça.

Milton analisou uma sala cheia de *geeks* de seu trono Herman Miller, a perna cruzada e os lábios contraídos, como se tivesse acabado de comer uma fatia da torta de limão Meyer mais azeda. Laurence tropeçou em vários colegas, procurando um canto de um pufe para ocupar. Alguém cedeu sua cadeira dobrável a Isobel. Estavam em uma antiga sala de servidores, sem janelas e apenas com uma porta grossa, então seria difícil espionar. Ninguém estava falando, e Laurence percebeu que estavam no meio de uma das pausas dramáticas de Milton. Assim que Laurence se acomodou, Milton recomeçou no meio de uma frase não concluída sobre a crise no governo norte-americano, a possibilidade de uma nova guerra civil, lei marcial, a deterioração da situação internacional na ausência da determinação militar dos EUA, todas as maneiras como tudo poderia se transformar em um inferno em breve. Milton era pessimista a ponto de se destruir, e ainda assim, em geral, estava correto. Ouvindo a litania obscura do chefão, Laurence sentiu uma onda de afeição pelo homem quase careca com suas sobrancelhas de mariposa. Uma parte de Laurence ainda queria ser Milton Dirth quando crescesse.

– Todas as nossas contas a pagar estão vencendo de uma vez – Milton disse.

Laurence e Sougata ficavam o tempo todo olhando um para o outro com um meio-sorriso, porque, assim que Milton terminasse a fala sobre o colapso da civilização, avançaria para o fato de que eles tinham realmente criado a coisa, a máquina, e parecia que poderia funcionar. Milton queria lembrá-los de todos os motivos por que a máquina poderia ser a última esperança da humanidade, e então eles seguiriam à parte boa.

– Tudo isso só torna este projeto ainda mais urgente do que pensávamos – disse Milton. – Isobel, em que pé estamos?

– Os testes mais preliminares nos equipamentos parecem muito bons – disse Isobel. – Talvez demoremos meses até estarmos prontos para tentar algo mais sério. Enquanto isso, o exoplaneta candidato mais promissor continua sendo KOI-232.04. O Telescópio Espacial Shatner conseguiu algumas leituras muito promissoras enquanto transitava por sua estrela, e sabemos que tem oxigênio e água em estado líquido. E temos quase certeza de que, se criarmos um buraco de minhoca estável com uma abertura próxima ao poço gravitacional de KOI-232.04, a boca do buraco de minhoca será atraída até a superfície do planeta. Mas não há garantia de que será puxado até terra sólida.

Laurence não conseguia acreditar que estavam falando sobre visitar outro planeta. Estava realmente, realmente acontecendo. Ficou tão ansioso que não parava de escorregar da metade ocupada no pufe. Todas as vezes que Isobel dizia algo sobre as provas da habitabilidade de KOI-232.04 e os outros exoplanetas candidatos que haviam identificado, precisava sentar sobre a mão para não jogar os braços para cima em comemoração. Mesmo com tantas pessoas mortas e morrendo, mesmo com o mundo à beira da ruína. Era simplesmente incrível.

– Obrigado pela atualização. – Milton encarou o próprio colo por um momento. Em seguida, ergueu os olhos e olhou para os dois lados, um por vez. – Há uma peculiaridade. Earnest Mather estava repassando alguns números e teve uma... digamos uma preocupação. Earnest, você pode compartilhar suas descobertas com o grupo?

– Hum. – Mather parecia ter passado por muitas coisas desde que Laurence caíra do céu e comprara sua empresa. Havia cortado o cabelo exuberantemente frisado e começou a usar óculos grossos de engenheiro.

Os ombros permaneceram o tempo todo curvados enquanto permanecia sentado em um banquinho.

– Fiz o cálculo cerca de duas mil vezes, e bem, existe uma possibilidade. Vamos colocá-la entre dez e vinte por cento. Uma possibilidade de que, se ligarmos esta máquina, iniciaremos uma reação que levaria a uma cascata antigravidade, que por sua vez poderia destruir a Terra.

– Mas conte para eles a boa notícia – disse Milton rapidamente.

– A boa notícia? Sim. A boa notícia. – Earnest fez o melhor que pôde para endireitar o corpo. – Primeiro, provavelmente teríamos cerca de uma semana entre ligar a máquina e a Terra ser obliterada. Então, com controle de multidão eficiente, poderíamos trazer muitas pessoas através do portal antes de a Terra desaparecer. E existe cerca de cinquenta por cento de chance de que, se a reação destrutiva começar, possamos pará-la ao desligar a máquina.

– Bom – disse Milton. – Digamos que haja uma chance de dez por cento de a reação destrutiva começar e uma chance de cinquenta por cento de conseguirmos reverter um resultado catastrófico nesse caso. Na verdade, poderia haver apenas cinco por cento de chance de uma ruptura planetária. Ou noventa e cinco por cento de chance de que tudo corra bem. Então, vamos discutir.

Laurence tinha a sensação de ter pulado daquela estrutura alta em vez de ter pegado o elevador. Não sabia se deveria ter encontrado uma maneira de alertar mais pessoas sobre o que aconteceu com Priya. Todos tentaram falar de uma vez, mas tudo que Laurence conseguia divisar eram os xingamentos de Sougata. Laurence olhou para Isobel, cuja cadeira dobrável vacilou quando ela abraçou o próprio corpo, e ele achou realmente que ela estava chorando. Sem janelas e com a porta bem fechada, a sala parecia ainda mais sufocante que antes, e Laurence sentiu um pânico irracional de que sairia daquela sala e encontraria o mundo inteiro lá fora apagado, destruído de uma vez por todas.

Earnest Mather chorava em um bolo de papel-toalha, embora apenas ele soubesse dessa bomba antecipadamente. Talvez porque estivesse processando a informação por mais tempo, estava mais disposto a chorar com ela. Laurence não conseguia acreditar que terminaria desse jeito. Como impediria que Isobel desmoronasse?

A sala encheu-se de declarações: alguém citou Oppenheimer citando o Bhagavad Gita. Tanaa disse que até mesmo um por cento de chance de explodir o planeta era demais.

– Sempre soubemos que havia riscos, mas isso é loucura – disse ela.

– Vejam bem – disse Milton quando a indignação inicial arrefeceu. – Esta tecnologia sempre foi o último recurso. Entramos nisso sabendo que estávamos saltando em uma pavorosa escuridão. E eu dou minha palavra a vocês: esta tecnologia nunca será usada, a menos que todos nós julguemos que a raça humana passou do limite da autodestruição.

Ele fez mais uma pausa. Todo mundo encarou as próprias mãos.

– A triste verdade é que há uma grande possibilidade de toda a nossa espécie estar em apuros, a menos que façamos algo. É muito fácil imaginar vários cenários diferentes nos quais os conflitos aumentam a ponto de armas de destruição em massa serem utilizadas. Ou um colapso ambiental completo aconteça. Se virmos uma probabilidade irrefreável de isso acontecer, e tivermos confiança de que podemos manter um buraco de minhoca aberto por tempo suficiente para transportar uma população sustentável, então teremos o dever de prosseguir.

Ninguém falou por um tempo, enquanto todos ruminavam aquelas palavras.

Anya foi quem decidiu ir direto ao ponto e se orientar pelo processo.

– Que tipo de proteções ou garantias teremos para nos certificarmos de que o dispositivo não será ativado sem que todos nós estejamos convencidos de que o mundo está numa situação pré-apocalíptica?

Earnest quis saber quantas pessoas esperavam reunir em pouco tempo e enviar através do portal no período em que ele permanecesse aberto. Sem falar nos suprimentos. Poderiam ter uma quantidade de pessoas para uma colônia e material guardado em algum lugar por perto, esperando a luz verde? Poderiam tentar trazer pessoas de avião vindas de outras partes do mundo para manter um *pool* genético diverso em vez do plano original de construir máquinas idênticas no mundo inteiro?

– Não vamos nos perder em logística – disse Tanaa. – Ainda estamos discutindo questões éticas.

– Não tem isso de questão ética – disse Jerome, outro engenheiro, que usava tranças finas e camisa de gola careca. – Contanto que todos concordemos que não será usada a menos que o mundo esteja mesmo condenado. Isso está claro. Temos um imperativo moral de preparar um meio de proteção.

Milton, recostado na cadeira, deixou todos discutirem, esperando que aceitassem seu ponto de vista sozinhos ou aguardando a brecha certa para reassumir o controle. Enquanto isso, estavam sufocando, sentados em cadeiras dobráveis ou pufes, enquanto Milton tinha uma Aeron. Laurence estremeceu ao pensar que a história estava sendo criada naquela sala de servidor sem uso, que estava ficando com um odor de repolho azedo.

– Acho que ninguém nesta sala está qualificado para tomar a decisão que estamos tentando tomar aqui – disse Sougata.

– E tem alguém em algum outro lugar que esteja? – quis saber Jerome.

– Mesmo se não houver desastre – disse alguém –, e se o planeta ficar inabitável em algumas décadas?

Começaram a falar de acidificação oceânica, nitrogênio atmosférico, colapso da cadeia alimentar.

– E se tivermos apenas oitenta por cento de certeza de que será o apocalipse? – alguém perguntou.

Laurence tentou ouvir o fantasma de Patricia que ele mantinha na mente desde que haviam se separado. O que Patricia estaria dizendo se estivesse ali? Nem conseguia imaginar. Ela nem acreditava que a ética se derivava de princípios universais, como o bem maior para o maior número de pessoas.

Parecia mais distante que nunca, como se ele já tivesse ido para um planeta diferente do dela. Por outro lado, um pensamento lhe ocorreu: estavam falando sobre talvez condenar Patricia à morte, junto com bilhões de outras pessoas, supondo que todos já estivessem mesmo condenados. Não conseguia nem se imaginar começando a explicar aquilo para Patricia.

Laurence abriu a boca para dizer que, claro, eles deviam interromper o projeto, aquilo era insano, mas naquele momento avistou Isobel, que havia parado de se balançar na cadeira e agora parecia apenas imobilizada. Isobel estreitou os olhos e puxava o ar pelo nariz com os lábios contraídos, e era quase impossível acreditar que estavam prestes a estourar numa gargalhada. Seus cabelos curtos e cinzentos estavam ficando desgrenhados, e os pulsos brancos, recurvados como brotos. Isobel parecia muito frágil. Pensar em ferir Isobel fez Laurence sentir a pontada de uma dor cardiotorácica, como uma versão mais persistente de um ataque de pânico.

Em seguida, considerou: tentou imaginar como ficaria se realmente as esperanças da humanidade acabassem em um ou dez anos, e eles não tivessem essa opção radical a oferecer. Como explicaria isso a uma pessoa hipotética nesse pânico apocalíptico? *Talvez tivéssemos uma solução, mas estávamos assustados demais para seguir com ela.*

– Não podemos desistir agora – Laurence ouviu-se falar. – Quer dizer, podemos continuar a pesquisa por ora, na esperança de que encontraremos uma maneira de torná-la totalmente segura. E podemos todos concordar que não testaremos a máquina, a não ser que as coisas se tornem muito, muito ruins. Mas se tivermos de fazer a escolha entre a raça humana inteira morrer em algum holocausto nuclear ou colapso ambiental completo e poucas centenas de milhares de pessoas chegarem a um novo planeta, já sabemos a resposta, certo?

Milton, de braços cruzados, fez que sim com a cabeça. Isobel voltou à vida com um suspiro alto, como se ele tivesse feito uma reanimação cardiorrespiratória nela a tempo.

Laurence esperava que alguém interviesse e discutisse com ele, mas todos se ativeram a suas palavras por algum motivo bizarro. Então, ele disse:

– Enquanto a humanidade sobreviver, a melhor parte do planeta Terra terá resistido. Digo, vocês não fariam qualquer coisa sem um plano B, certo? Então, este é nosso plano B, no caso de o A falhar.

Estavam em reunião havia horas, e as pessoas começavam a se unir pensando no desenvolvimento de um gerador de buraco de minhoca como último recurso absoluto. Especialmente porque a alternativa era fazer as malas, voltar para casa e esperar que o pior acontecesse.

Por fim, Milton falou de novo.

– Obrigado a todos por compartilharem suas perspectivas. Não será uma decisão fácil de se tomar e não vamos tomá-la hoje. Mas, por ora, espero que possamos todos estar de acordo em continuar avançando. Com as garantias estabelecidas, como Anya sugeriu, de impedir que a máquina seja ativada sem a probabilidade irrefreável de uma ocorrência verdadeiramente apocalíptica. Mas vou dizer uma coisa: acredito que ela seja iminente. A única pergunta que me ocorre é o prazo. Pode ser em seis meses ou sessenta anos, mas em algum momento, se as coisas continuarem a seguir esses vetores, estaremos prontos para nos exterminarmos. Podemos esperar que haja alertas suficientes antes de acontecer para que possamos tirar algumas pessoas daqui.

A natureza exata das garantias ficou vaga.

Todos saíram da sala do servidor cambaleando, com dor de cabeça pela tensão e moralmente abalados. Tanaa e Jerome correram para a despensa, o único lugar com privacidade no complexo inteiro, para uma rapidinha emergencial. Para o restante do pessoal, houve uma agradável surpresa: alguém havia entregado duas dúzias de pizza enquanto eles debatiam o destino do mundo. Há meses ninguém comia pizza, desde que chegaram a Denver. Laurence pegou três fatias grandes, dobrando a primeira de comprido e enfiando-a na boca.

O sol havia se posto, e a única árvore no gramado diante do *campus* do parque industrial projetava uma silhueta assustadora contra a Lua descomunal.

Laurence terminou trocando de lugar para que pudes-se comer sua pizza de costas para a grande janela, mas ainda sentia o mundo fungando em seu cangote. Olhou para Isobel, e ela balançou a cabeça para ele com um olho meio fechado, numa espécie de sorriso minimalista.

26

AS ERVAS DANINHAS BROTARAM de todas as fissuras nas paredes assim que Ernesto rompeu os selos mágicos na entrada da Perigo e deu os primeiros passos no patamar da escada. Patricia e Kawashima passaram horas desinfetando e esfregando o patamar e as escadas, e seus esforços não pareciam ter feito diferença nenhuma. Os fungos cresceram e se espalharam até o assoalho ficar mole e o teto afundar com o peso extra. Ernesto sorriu, inseguro, e uma barba verde cresceu nele. As sementes e esporos em suas mãos explodiram, e o verdume saiu de cada costura ou abertura do colete de suede bordado, da camisa branca limpa e das calças cinza de flanela. Os cabelos grisalhos ficaram pretos. Caules e folhas obscureceram o rosto.

– Credo – disse Kawashima. – Precisamos ir rápido. Ajude-o a descer as escadas.

Patricia fez a parte dela, mas Ernesto mal conseguia caminhar, mesmo com duas pessoas (com escudo de feitiços protetores) o apoiando. E as escadas ficaram traiçoeiras com as raízes e samambaias subindo por todas as fendas. Patricia já se sentia atolada em uma mistura de cansaço, culpa e raiva, pois não dormia havia semanas e sua mente estava sobrecarregada em tentar não ficar obcecada com duas ou três coisas.

Tudo era desesperança, pessoas se afogavam em todos os lugares, e Patricia se sentia um monstro egoísta todas as vezes que insistia em pensar nas próprias merdas da vida pessoal. Como seus pais, que, sei lá, ela não era próxima deles, apesar das recentes tentativas fracas de reconciliação. E Laurence, que declarara seu amor por ela do nada e depois desapareceu por meses. Bem quando se abriu para alguém e começou a sentir que, no fim das contas, talvez fosse digna de algum amor... ela não deveria ficar obcecada por essas coisas, porque não havia como consertá-las, e as pessoas precisavam que ela estivesse presente. Como Ernesto, que estava prestes a rolar pelas escadas cheias de mato enquanto ela chafurdava naquela sujeira.

O corrimão estava cheio de musgo e as escadas já criavam galhos. Patricia e Kawashima desistiram de escorar Ernesto e simplesmente o arrastaram para baixo, dois degraus por vez. Chegaram ao último lance bem quando a escadaria estourou com os arbustos. Patricia e Kawashima saltaram sobre os caules crescentes, juntos, e chegaram ao último degrau, com Patricia apoiando a cabeça de Ernesto e Kawashima segurando as pernas. Ernesto era um homem verde. Patricia conseguia sentir uma camada de uma substância viscosa crescer nas roupas.

Passaram uma semana encantando o carro Jetta para Ernesto, que estava na frente da galeria, com Dorothea buzinando a cada poucos segundos. Saltaram as raízes e galhos no vestíbulo e se abaixaram para passar pelos cipós pendentes na entrada. A calçada rachou no momento em que Ernesto se aproximou, quando jacarandás enterrados havia muito se ergueram, lançando flores em forma de trombeta para todo lado. Patricia enfiou Ernesto no banco de trás do Jetta e entrou ao lado dele. Ela e Kawashima bateram as portas do lado do passageiro, e Dorothea acelerou na direção da autoestrada antes que alguém pudesse apertar os cintos de segurança.

A ponte estava fechada, em ruínas. Tiveram que desviar e seguir para Dumbarton. As pessoas haviam ateado fogo em um banco e o incêndio havia se espalhado para outros prédios: fumaça preta sobre SoMa. Patricia fechou os olhos. No rádio, o presidente chiava sobre planos e resoluções, mas o Congresso mal podia se reunir, porque ninguém conseguia chegar a um acordo sobre as câmaras temporárias, e aquilo era um pesadelo constitucional. Ao lado de Patricia, Ernesto arrancou plantas até parecer humano de novo.

Presa no carro com três outros bruxos, Patricia sentiu-se desesperadamente sozinha, seus olhos ardiam pela falta de sono, e o corpo parecia estar se canibalizando. Desejava apenas poder ficar totalmente enfurecida pela falta de sono e desenvolver um estado inferior de consciência, desligar as funções superiores do cérebro, porque não havia maneira de pensar sem ficar paranoica, e ela não faria isso de jeito nenhum. Desde a chegada da supertempestade Allegra, Ernesto e Kawashima a enviaram constantemente para missões, o que quase lhe trouxe distração suficiente. As pessoas estavam encrencadas e precisavam de uma discreta mão amiga. Outras estavam sendo predadoras e precisavam ser devoradas por bactérias "carnívoras". Patricia chegara ao ponto de conseguir infligir bactérias carnívoras durante o sono, enquanto dormia. Agora, naquele carro, não tinha nada para fazer além de ficar ali com seus pensamentos, o que era insuportável. A única pessoa com quem queria falar era Laurence, que havia soltado uma bomba em seu colo e depois desaparecera sem dar explicação. Às vezes, ela tinha a impressão de ter recebido na mão uma chance com a felicidade e a autoaceitação, chance arrancada em seguida. Mas essa era a ideia mais egoísta de todas.

DA ÚLTIMA VEZ que Patricia sonhara com a floresta, houve uma tempestade de granizo tão forte que cortou seu rosto, e cada granizo era um peixe congelado com expressão de terror na cara. Os peixes, afiados como faca, cortaram a pele de Patricia e rasgaram suas roupas até ela cambalear pela floresta gelada usando apenas as roupas de baixo e botas de caubói. O sangue congelava quando saía dela. Ela deslizava no chão gélido, enquanto o granizo aumentava cada vez mais e os peixes se empilhavam ao redor dos tornozelos nus. Por fim, chegou à grande Árvore mágica, que não era um tipo de árvore que ela podia identificar, e se lançou em sua base, chorando, pedindo proteção, enquanto a chuva de peixinhos engrossava. Protegida pela árvore ela olhou ao redor e não viu nada além de esqueletos em todas as direções, não apenas árvores mortas, mas criaturas mortas de todos os tipos, esqueletos de animais, crânios humanos e árvores petrificadas sem folhas até onde conseguia enxergar, os únicos sinais de vida eram ela e a grande forma embaixo da qual estava encolhida.

O TELEFONE DE PATRICIA, CADA VEZ menos confiável, parecia ter perdido o sinal de uma vez por todas assim que saíram para a estrada, mas ela ainda conseguiu puxar o e-mail críptico que recebera de Laurence pouco depois da supertempestade Allegra, dizendo apenas que precisava sair de cena por um tempo e para não se preocupar com ele.

Ao longo de toda a estrada, as pessoas seguravam placas pedindo carona, trabalho ou um pouco de comida. Passaram por um shopping center que parecia ter sido incendiado, derrubado e incendiado uma segunda vez. Perto de Vacaville, havia uma saída bloqueada, com uma placa na qual se lia "CIDADE FECHADA. QUARENTENA". Patricia vislumbrou colunas de fumaça à distância, vindas de uma encosta distante onde as árvores ou os campos de alguém estavam pegando fogo. Não deveria haver tantos incêndios assim perto do Natal.

O simples volume de más notícias havia ultrapassado a capacidade de qualquer um de processá-las em uma narrativa. Todo mundo conhecia pessoas lá no leste que haviam morrido na inundação ou sucumbido às doenças nos campos de refugiados, e uma tonelada de gente não conseguiu chegar ao dinheiro que haviam depositado em um dos bancos que havia falido. Quase todo mundo conhecia gente que estava sofrendo com o inverno árabe ou com a fome irlandesa. Patricia passou dias tentando localizar seu ex-namorado, Sameer, para ver se ele não havia sofrido com a violência em Paris.

Depois de um tempo no carro, Patricia estava sufocada, mas não podia abrir nenhuma fresta da janela, ou ervas brotariam em Ernesto de novo. Taylor havia adormecido com os fones de ouvido atrás do assento do motorista. Dorothea estava contando a história de uma mulher que havia construído uma casa no meio de deslizamento de terra sem fim, e sua história fez o carro chegar a quase quinhentos quilômetros por hora. Kawashima estava ocupado dirigindo. O único com quem Patricia conseguia conversar era Ernesto, que o tempo todo a tocava e apontava para todas as coisas que haviam mudado nos quarenta anos em que ele não saíra.

– ... e na maioria dos dias a casa balançava como um barco – disse Dorothea a Kawashima no banco do passageiro. – Não é preciso ter um balanço no alpendre quando se vive em um deslizamento sem fim.

Talvez todo aquele sofrimento fosse culpa de Patricia. Dois anos depois que Diantha conduziu aquele ataque na Sibéria, o Cano e Passagem sofrera um acidente. O buraco perfurado começou a soltar metano na atmosfera, um gêiser quase invisível, e imagens via satélite se espalharam em toda parte na internet por alguns anos. As temperaturas globais chegaram ao pico logo em seguida. Talvez, se tivessem conseguido parar o projeto, nada daquilo aconteceria. Ou talvez o pulso eletromagnético de Patricia tivesse causado um atraso àquelas pessoas na Sibéria, atraso suficiente para que precisassem fazer tudo de forma apressada para cumprir o cronograma – e não teria havido acidente se Patricia não tivesse atrapalhado. Talvez Patricia tivesse matado seus pais.

Se ela conseguisse explicar essa teoria a Laurence, ele riria dela. Teria alguma explicação razoável por que ela não poderia se culpar, ao menos não mais que todas as outras pessoas na Terra. Laurence atiraria fatos sobre clatratos de metano e a inevitabilidade daqueles peidos planetários que foram liberados. Enfatizaria a falha de Lamar Tucker e sua equipe, que decidiram perfurar metano pra começar. Diria alguma coisa aleatória e bizarra para dissuadi-la dessa ideia.

Caso ela compartilhasse sua teoria com Ernesto ou os outros, simplesmente diriam que se culpar pelos problemas do mundo era puro Enaltecimento. Mas seus atos na Sibéria tinham sido puro Enaltecimento também. Tentou falar com Ernesto sobre sua noção de que tínhamos quebrado a natureza – a natureza era um equilíbrio delicado, e nós, as pessoas em geral, tínhamos bagunçado com ela.

A resposta de Ernesto foi:

– Não poderíamos "quebrar" a natureza, nem se passássemos um milhão de anos tentando. O planeta é uma partícula, e nós somos partículas sobre uma partícula. Mas nosso pequeno habitat é frágil, e não podemos viver sem ele.

Laurence dizendo a Patricia que a amava e depois desaparecendo – parecia demais com aqueles pássaros dizendo a Patricia que era uma bruxa e depois lhe dando um gelo quando ela era criança. Só que não poderia ter nenhuma fé de que aquela declaração se tornaria verdade da mesma forma que a primeira se tornara. Vendo em retrospecto, estava em seu destino ser reclamada pela magia, mas o amor era a empresa humana mais suscetível a falhas aleatórias. Laurence sempre se preocupou com seus experimentos estranhos misteriosos, com que ele continuava trabalhando mesmo depois daquele acidente, e qualquer relacionamento provavelmente ficaria em segundo lugar para ele. Nos momentos mais obscuros, ela imaginava Laurence estremecendo e revirando os olhos, do jeito que fazia às vezes, quando recordava que quase havia namorado sua amiga maluca.

– Sabe por que os Pícaros e os Curandeiros entraram em guerra duzentos anos atrás? – Ernesto perguntou a Patricia bem quando, sem querer, ela começou a entrar naquela espiral de obsessão.

– Hum – disse ela. – Porque tinham abordagens diferentes quanto à magia.

– Eles testemunharam a Revolução Industrial – disse Ernesto. – Viram o céu empretecer. Os moinhos satânicos escuros, as grandes fábricas. Os Curandeiros temiam que o mundo se sufocasse até a morte, então começaram a quebrar todas as máquinas. Os Pícaros se opuseram a eles, porque acreditavam que nenhum de nós tinha o direito de impor nossa vontade a todos. O conflito entre eles quase destruiu tudo.

– Então, o que aconteceu? – sussurrou Patricia. Taylor havia acordado e estava ouvindo também, fascinado.

– Depois que Hortense Walker selou a paz entre eles, chegaram a um acordo. E é daí que vem nossa regra do Enaltecimento, que nenhum de nós tentará manipular demais o mundo. Mas também começaram a trabalhar em um mecanismo estabilizador. Espero que nunca tenhamos que usá-lo. E agora, talvez você entenda por que ficamos tão preocupados com você nos últimos meses.

Patricia assentiu com a cabeça. Fazia sentido agora. Se fizesse um escarcéu sobre si mesma, somente ferraria tudo de novo. Ernesto tinha razão: devia apenas tentar ser uma partícula sobre a partícula. Então, em vez disso, não deixou a raiva fugir de seu controle, mesmo sufocando no ar reciclado do carro. Patricia não tinha tempo para luto, culpa ou coração partido, mas para a raiva havia todo o tempo do mundo. *Para se enfurecer. Ater-se à raiva. A raiva é sua corda bamba sobre o abismo.* Repetiu na mente o que disse logo depois que a tempestade chegou: algum desgraçado vai ter que pagar.

Kawashima fora vago sobre seu destino, mas agora que estavam zunindo por Utah a 480 km/h, ele se abriu.

– Vamos ser proativos. Vamos realizar uma intervenção. Pelo planeta.

Fez uma pausa, e Patricia ficou ansiosa. Por fim, Kawashima explicou:

– Alguns maníacos estão perto de Denver construindo uma máquina do apocalipse, que vai abrir um buraco no planeta, e vamos ter que cuidar disso.

Patricia estava pronta. Para o que viesse.

27

LAURENCE ALMOÇOU com Milton. Apenas os dois. Sem Isobel, nem outros membros da equipe de Laurence.

– Lembro que, quando te vi pela primeira vez, você era um garoto – disse Milton. – A pessoas mais jovem a construir uma máquina do tempo de dois segundos. – Ele sorriu e pegou outro pedaço de frango frito do balde que estava no chão entre eles.

Estavam sentados no carpete do escritório principal, na cobertura.

O frango estava perfeitamente crocante e escorria por dentro da casca, de tão suculento, e os dedos de Laurence ainda estavam impecáveis depois de dois pedaços. O balde tinha o nome de algum restaurante local. Como Milton conseguia fazer aparecer fast-food o tempo todo? Mesmo para um bilionário, aquilo era um feito. Laurence sentia que Milton estava fazendo um esforço tardio para estreitar laços. Estavam ouvindo Robert Johnson, o único tipo de música de que Milton gostava.

– A máquina do tempo de dois segundos. – Laurence limpou os dedos, embora não houvesse necessidade. – Clássico exemplo de um dispositivo inútil.

– Bem, sim e não. – Dirth deu de ombros com o torso inteiro. – Era um distintivo de participação de um grupo seleto, certo? Mas também uma lição prática. Imagine se alguém pudesse construir um dispositivo que voltasse dois segundos em vez de avançar dois segundos. Mas não pudesse evitar acioná-lo o tempo todo.

– Ficaria preso em um *loop* – disse Laurence. – Os mesmos dois segundos para sempre.

De onde Laurence estava sentado no chão, ele conseguia ver apenas a copa das árvores da floresta do outro lado da estrada de acesso ao parque industrial.

Balançavam como pompons.

– Poderíamos estar presos em um *loop* de dois segundos bem agora e nem saberíamos – comentou Dirth. – Exceto que já se passaram dois segundos desde que eu disse isso. Mas pense nisso, cara. O mesmo dispositivo, inofensivo se for em uma direção, mas potencialmente desastroso se for para o outro lado. Às vezes, as coisas têm um jeito, você precisa acompanhar. Não pode remar contra um maremoto.

– E a história – disse Laurence, talvez enxergando aonde Milton queria chegar. – A história é maremoto.

Laurence olhou pela janela de novo e, dessa vez, conseguiu ver não apenas a copa daquelas árvores, mas os galhos e alguns dos troncos. Estavam acenando para ele. Pensou que, talvez, se fizesse um bom trabalho de estreitar laços com Milton, ele deixaria Laurence dar uma caminhada na floresta, o que faria com que se sentisse mais próximo de Patricia.

– A história é apenas o fluxo de tempo aumentado, cara – Milton disse.

Laurence pegou outro pedaço de frango, depois ergueu os olhos para ver as árvores do outro lado da estrada. Conseguia ver ainda mais troncos agora.

– Abaixa!

Laurence jogou-se sobre Milton no chão, assim que um galho, largo como seu tronco, atravessou a janela e entrou na parede ao fundo. Em segundos, a sala estava cheia de folhas e galhos. Laurence não conseguia ver as paredes ou nenhuma das mesas, apenas o verde denso, pesado, pontiagudo.

Laurence rastejou de barriga no chão na direção da entrada. Atrás dele, Milton disse: – Que porra é... –, e Laurence só deu de ombros, pois não podia dizer nada sem perder a voz para sempre. Teve a presença de espírito de morder a língua.

Lá embaixo, Laurence ouviu o gargalhar estalado de uma metralhadora. Alguém gritou de dor e medo. Os guardas estavam gritando, pedindo reforços, mais armas e armas maiores.

Laurence chegou à porta que levava ao gabinete principal e se levantou; tinha pele de frango frito grudada nos joelhos. Correu para o outro lado do prédio, onde ainda havia espaço livre e era possível olhar pela janela. Em pé, no estacionamento desativado, estava a amiga de Patricia, Dorothea, usando uma saia florida até o chão e sandálias de correia.

Conseguiu ouvir como ela falava sobre uma avó que deixou um dos netos à beira-mar, outro na ponta do deserto e um terceiro aos pés das montanhas, e a avó não conseguia lembrar qual filho havia deixado onde. Laurence imaginou que Ernesto, o cara cujo toque sobrecarregava qualquer coisa orgânica, estivesse em algum lugar no meio do ataque das árvores.

– Senhor Dirth. Senhor. – Dois caras em trajes pretos com grandes armas penduradas nos ombros entraram correndo no gabinete grande. – Está acontecendo algum tipo de ataque. Precisamos tirar o senhor daqui.

– Eu, o caralho – Dirth disse. – Protejam a máquina. É para isso que vocês estão aqui.

Laurence ainda estava encarando Dorothea. Um homem correu na direção dela, disparando sua semiautomática, mas sem efeito nenhum. Quando o homem estendeu a mão para Dorothea, sua cabeça se separou do corpo, como se ela tivesse um chicote afiado como lâmina. O homem caiu para um lado, a cabeça rolou para o outro. Laurence olhou para o cadáver e hesitou mais um segundo. Em seguida, se virou para Milton.

– Precisamos de uma máquina de ruído branco – disse Laurence. – Algo que a impeça de se ouvir falando. – Laurence esperava ficar mudo, mas aparentemente não havia quebrado a promessa.

– Do que você está... – disse o homem da arma. Milton interrompeu:

– A máquina de fabricação. Fica perto de onde ela está. Ligue a porra da máquina.

Laurence saiu em disparada. Ignorou Milton gritando atrás dele e os homens com as armas berrando para ele parar. Assim que chegou à escadaria, desceu três degraus por vez. Chegou à saída brilhante, gritando:

– Patricia!

Dorothea reconheceu Laurence quando ele entrou no estacionamento.

Balançou a cabeça para ele, mas não parou de falar sobre a avó e os filhos perdidos. Laurence acenou para ela e continuou correndo até dar a volta no edifício. Aos pés de Dorothea jaziam os corpos decapitados de quatro homens.

O fabricador ligou quando Laurence estava a dez metros de distância, perto da janelinha de seu laboratório. Era um estalar ensurdecedor, e pela primeira vez Dorothea pareceu perturbada. Continuou tentando falar, mas gaguejou em uma palavra. E depois em outra.

Laurence não ouviu os tiros com o barulho da máquina, mas viu a parte de trás da cabeça de Dorothea explodir. Ela caiu e estava quase tocando os corpos que havia matado.

Ninguém pensou em desligar a máquina de fabricação, então o ar ainda estava tomado pelo ruído. Laurence encarou o cadáver no longo vestido florido por um instante, lembrando-se de quando havia comido tacos com ela. Em seguida, pensou que Patricia devia estar em algum lugar ali e voltou a correr.

Patricia estava se erguendo do chão. Laurence pensou que ela não sabia voar, mas lá estava ela. Flutuava no vento, como um balão que alguma criança havia perdido no parquinho. Patricia estava tão próxima de Laurence, mais próxima do que estivera em meses, mas não tinha como alcançá-la. Ele gritou, mas ela não conseguia ouvir com todo o ruído branco. Ele berrou seu nome até a voz acabar.

Patricia parecia tranquila, os braços um pouco estendidos, como um anjo de neve. Os pés apontavam para baixo. Estava descalça. As meias tinham pompons nos calcanhares. Sua sombra caía direto sobre os olhos de Laurence, e seu caminho convergia com a estrutura onde ficava a preciosa máquina de buraco de minhoca. Ele tentou chamar sua atenção, mas ela já estava longe demais. Quando Patricia chegou ao topo, era apenas um pontinho. Mas o que aconteceu em seguida foi fácil de ver lá do chão: raios despejaram-se de uma nuvem que não estava ali no céu um instante antes. Golpe atrás de golpe até a fumaça descer. A luz o cegou, mas não conseguiu desviar o olhar, e gritava o nome de Patricia com a garganta rouca e queimada pela fumaça. Laurence mal conseguia ficar em pé, pois sentiu como se seu centro de gravidade houvesse sido esmagado ao ver a sombra de Patricia contra o brilho branco odioso. Choveram cinzas e pedaços retorcidos da máquina do buraco de minhoca que quase acertaram o rosto quente e úmido de Laurence.

LIVRO
QUATRO

28

TODOS ESTAVAM CANTANDO madrigais. Harmonias encadeadas em camadas soando com uma leveza que tinha peças agudas de melancolia incorporadas em si. Quartetos, quintetos e grupos maiores iam de porta em porta em áreas residenciais ou invadiam restaurantes esvaziados, segurando as partituras e usando modestos trajes de linho preto. Um apito afinador soando uma nota só era o único aviso de que o coração estava prestes a ser estraçalhado. "Now Is the Month of Maying", "O Morte", até mesmo o louco Carlo Gesualdo. As pessoas paravam o que estavam fazendo e ouviam os madrigais até ficarem lavadas de lágrimas. Algo na maneira como os sopranos e altos introduziam a linha melódica ascendente, e então os tenores ou baixos entravam para foder com tudo, era como o giro da faca que ninguém esperava. Depois do dilúvio, todos concordaram que os madrigais eram a trilha sonora de nossa vida.

Didi abandonou sua banda de ska-punk e juntou-se a um coro de madrigal de oito integrantes. Tinha um nó em algum lugar dentro dela que se ligava às pessoas que haviam perdido no dilúvio ou talvez perdessem na esteira dos eventos, e as conversas infindáveis nas quais todos comparavam notas sobre suas respectivas tragédias só faziam com que ela se sentisse mais na merda. Apenas as palavras "Meu irmão ainda está desaparecido" já faziam Didi querer vomitar e depois socar a cabeça de quem havia perguntado quem havia sumido. Precisava de uma alternativa para embotar a repetição dos fatos e uma maneira de compartilhar sua mágoa inteira sem entrar em detalhes, e para sua surpresa encontrou-as nessas canções antigas e estranhas sobre amantes condenados.

Estava seguindo para a porta depois de vestir sua blusa branca e a saia preta (de um antigo trabalho como garçonete), mais os tênis de cano alto pretos, e se viu encarando o quarto vazio de Patricia. Aquele retângulo normal de um branco encardido parecia menor sem mobília. Marcas na parede e no chão, deixadas pela cama.

Patricia reapareceu depois de sumir por algumas semanas, cuidando de algum negócio em Denver. E parecia realmente contente, como se os demônios que a faziam ficar na rua até o raiar do dia todas as noites tivessem sido finalmente purgados. Sentada com Didi e Racheline por horas naquele velho sofá, Patricia estendia o pescoço longo e ouvia todas as suas histórias e medos e, de alguma forma, dizia exatamente a coisa certa.

O coro de Didi tocou a campainha, e ela correu para se juntar a eles enquanto tomavam as ruas escuras como uma rave. A eletricidade era intermitente, e as pessoas que ainda tinham emprego trabalhavam apenas quatro dias na semana, pois a empresa de energia PG&E garantia eletricidade somente de segunda a quinta-feira. Pior ainda, a água do vale de Hetch Hetchy era desviada o tempo todo, e nunca se sabia se as torneiras funcionariam ou não. Metade das lojas em Valencia tinha portas e janelas pregadas com tábuas. As coxas e a saia de Didi coçavam. A garganta estava seca. Fez exercícios vocais em voz baixa, e sua colega mezzo, Julianne, riu por solidariedade. O grupo passou por uma casa que estava em chamas, e os vizinhos apagavam o incêndio com baldes. Didi engoliu fumaça. Então, foram até uma cafeteria lotada de pessoas de mãos dadas, bebendo café simples de uma terrina, e começaram a cantar, e Didi viu que a música a conduzia, como sempre.

Racheline sempre fora a mamãe do apartamento, por ser a principal locatária e anos mais velha que as outras. Mas no pós-dilúvio, Patricia usurpou seu lugar, porque Racheline não conseguia aguentar, menos ainda do que a maioria das pessoas conseguiu, e Patricia parecia ter sido feita para aguentar o tranco. *Algumas pessoas simplesmente se erguem em momentos de crise*, Didi e Racheline viviam dizendo uma para a outra, surpresas. *Graças aos céus que Patricia está aqui.* Patricia movia-se com tranquilidade, sem esforço e, depois de um tempo, nem precisavam pedir para que resolvesse tudo para elas. Não conseguiam acreditar que era a mesma garota que havia jogado pão quente nelas.

Depois que terminaram de cantar, Didi e seu coro perambulavam no café, aceitando gorjetas ou presentes. De repente, ela estava conversando com um gay mais velho chamado Reginald, cujos braços eram cobertos com lindas tatuagens de insetos.

– Acho que me identifico com o Cisne de Prata, que espera para cantar quando já é tarde demais – disse Reginald.

– Nunca é tarde demais – comentou Didi. – Venha. Vamos para o próximo estabelecimento, e aposto que vamos encontrar outro cisne lá.

– Tenho que ir para casa – Reginald comentou. Mas ele parou no meio do caminho até a porta, como se contemplasse o retorno a um apartamento vazio.

Patricia havia feito algo estranho poucos dias antes de se mudar. Didi estava lavando as mãos várias e várias vezes, xingando dentro da nuvem de vapor, e olhou para a frente e viu o rosto de Patricia atrás dela no espelho sujo. Patricia estava encarando, do jeito que Didi imaginava que um amante observaria uma pessoa depois do sexo, com uma espécie de sensação de propriedade. Ou do jeito que se supervisionava um animal de estimação que a pessoa acabou de domesticar. Algo no olhar de Patricia fez o couro cabeludo de Didi se arrepiar.

– O que você está... – Didi havia se virado, as mãos vermelhas e brilhantes, mas Patricia havia desaparecido.

HOUVE UMA ESCASSEZ de médicos para tratar HIV, como de todo o resto, e normalmente Reginald teria entrado em um pânico silencioso.

Mas Patricia tinha feito alguma coisa, e agora Reginald estava curado. Ao menos foi essa a palavra que Patricia usara. “Curado.”

– Você não pode contar a ninguém.

Ele acordou no meio da noite e a viu inclinada sobre sua cama. Com as duas mãos, um joelho no colchão e um pé no chão, usava um grande moletom preto que deixava expostos uma ponta do queixo branco e algumas mechas dos cabelos pretos.

– Vou ter que sair da cidade, talvez para sempre – disse ela. – E não quero deixar você desamparado.

Patricia não explicou por que tinha de deixar a cidade, muito menos como o havia "curado". Simplesmente fez algo elaborado e não invasivo, ajoelhando aos pés de sua cama, e Reginald sentiu o cheiro de rabanete queimado por um instante.

– É complicado – foi tudo o que ela disse com a voz de uma mulher muito mais velha. Rouca. Amarga. – Fui chamada para ir ao *front*.

Reginald se perguntava o tempo todo: *Que front é esse*? E então ela desapareceu. Reginald suspeitava que a coisa toda tivesse sido um sonho esquisito, mas ela deixou um fio longo de cabelo preto no chão e, sim, sua carga viral foi testada e deu como resultado um zero absoluto depois disso.

E agora Reginald não sabia o que dizer a qualquer um com quem fosse transar.

Didi arrastou Reginald ao Dovre Club e o apresentou a Percival, que era um tipo de arquiteto ou algo assim, com cabelos grisalhos desgrenhados e um rosto muito branco como uma estrela de cinema britânica dos anos 1970. Ele tinha até um colete com estampa *pied-de-poule*.

Percival era "tiete de madrigal", que seguia os grupos usando um aplicativo de Caddy e acompanhava cada vibrato.

– Meu maior medo sobre o apocalipse não é ser comido por canibais... é o fato de que em quase todo filme pós-apocalíptico a gente vê alguém com um violão acústico ao lado de uma fogueira – disse Percival, que tinha mãos pálidas e gorduchas com calos na lateral dos dedos. – Não suporto violão acústico. Prefiro ouvir *dubthrash*.

– Não houve apocalipse. – Reginald bufou. – É apenas um... período de ajuste. As pessoas estão ficando dramáticas demais. – Mas enquanto ele falava, viu a imagem vívida de Patricia, pairando sobre sua cama às quatro da manhã, com uma urgência na voz rouca quase indistinguível do medo. De novo, ele se perguntou: *Que front é esse?*

TODA PEDRA, TODA FOLHA de hera, todo vidro de janela iridescente em Eltisley Hall rejeitava a presença de Diantha. A grama no centro do Hexágono se arrepiava com ela. As colunas robustas de mármore do Edifício Maior se empertigavam, como magistrados ressentidos. Os portões estreitos dos Edifícios Menores pareciam se estreitar para impedir sua entrada. A Capela cerrava os punhos de granito e vitrais, os nós dos dedos pontudos com os gárgulas. Do outro lado do Hexágono, a grande placa branca da Ala Residencial ficara opaca com a bruma. Todos os seis lados do Hexágono bufavam com hostilidade. Curandeiros haviam construído aquele local séculos antes, e ninguém conhecia melhor a arte do desprezo que um Curandeiro puro. Diantha não voltava a Eltisley desde que recebera permissão para se graduar sem distinção, e aquilo era pior do que ela temia.

Quase virou as costas e correu, mas só serviria para se perder nos Arbustos e possivelmente ser comida por alguma coisa antes que pudesse chegar a algum tipo de estrada. Então, foi até os degraus íngremes do Edifício Maior, onde estavam esperando por ela no Salão Formal.

Ela puxou o vestido preto fino, com a barra amarela e a gola de pele, para mais perto do corpo contra o frio repentino. Por que exigiram sua presença quando finalmente estava começando a construir uma vida sem magia?

Diantha encontrou um lugar vazio no Salão Formal, em um canto ao fundo, o mais longe possível da Mesa Alta. Retratos de bruxas mortas encaravam feio das paredes escuras, e os candelabros tremeluziam. Serviram algum tipo de peixe, mas o peixe e as batatas tinham a mesma consistência molenga. Alguém tentou jogar conversa fora, mas Diantha continuou de cabeça baixa e fingiu que estava comendo.

Bem quando Diantha pensou que toda aquela provação não podia ficar ainda mais deplorável, ouviu uma conversa desumana no corredor lá fora, e eles entraram. Uma dúzia deles, com seus terninhos e vestidos engomados, cantando madrigais. Madrigais desgraçados. Havia tendência mais repulsiva em todo o universo? Confiar aos hipsters a missão de tornar o colapso da civilização insuportavelmente fofinho. Esses eram os jingles publicitários da Renascença, escrito por feminicidas e perseguidores bizarros. Diantha quis gritar, afogá-los com obscenidades, jogar neles seu "peixetata".

Alguém deslizou um envelope sobre a mesa, instruindo Diantha a ir até a Sala Comum Superior para um xerez após o jantar. A SCS não era o ninho de luxo que Diantha e os outros alunos sempre imaginaram, apenas uma caixa de mogno com várias poltronas de couro e um carpete carmesim e jasmim. O teto era uma tela de madeira, como as paredes. Tudo arrumado e regular, pois ali era Eltisley Hall.

Outra mão se estendeu para o xerez ao mesmo tempo que Diantha, e ela reconheceu o pulso branco e magro mesmo antes de olhar para o rosto de Patricia Delfine. Patricia ainda parecia a mesma, como um bebê ansioso. Não havia envelhecido prematuramente como Diantha. Patricia sorriu, sorriu de verdade, para Diantha.

O cálice de xerez pela metade escorregou das mãos de Diantha quando Patricia a serviu, quase estragando o tapete imaculado. Patricia ajudou a firmar a mão de Diantha. Ela resistiu ao desejo de jogar a bebida no rosto de Patricia. Só abaixou a cabeça.

– É tão estranho estar aqui de volta, depois de tanto tempo – disse Patricia. – Parece que faz uma vida que saímos, mas também parece que estávamos aqui ontem. Como um feitiço que nos faz mais jovens e mais velhas. Estou feliz por vê-la de novo.

Não, Patricia realmente tinha mudado – ela se movia como uma bodisatva ou uma jedi, não a trapalhona barulhenta de que Diantha se lembrava. E atrás daquele sorriso de lábios finos, tinha um lago subterrâneo de tristeza. Talvez triste por ver no que Diantha havia se transformado.

– Sei por que você está aqui – Diantha disse a Patricia. – Mas não sei por que eu estou.

– Por que estou aqui? – Patricia deu o gole menor, deixando uma pátina de lava-luz no interior da tacinha.

– Você é a filha pródiga. Trouxeram você de volta ao grupo e mostraram que podem perdoar.

– Você se sente exilada, mas a mim eles deixaram entrar – Patricia disse. – A verdade é que você se exilou.

– Você pode optar por ver assim se isso tranquiliza sua mente. – Diantha virou o rosto.

Patricia pôs a mão no braço de Diantha, apenas a ponta de três dedos, e pareceu causar uma descarga estática das mais intensas. Diantha se sentiu como se tivesse posto embaixo da língua uma dose de ecstasy. Morna, tranquila. Não era algo que a antiga Patricia poderia ter feito.

– O *que é você?* – gaguejou ela. Todos na sala estavam lhe encarando. A mão de Patricia havia sido retirada havia tempo, mas Diantha ainda vacilava.

– Não temos muito tempo, as coisas estão mudando rapidamente – disse Patricia no ouvido de Diantha, baixo e com clareza. – Você transformou sua culpa em ressentimento, porque assim pareceu mais fácil de encarar. Você não vai seguir em frente até transformar isso em culpa de novo e depois em perdão para si mesma.

A parte racional da mente de Diantha estava dizendo que aquela análise parecia simples demais, direta demais, mas se flagrou assentindo com a cabeça e fungando. Agora, todo mundo estava definitivamente lhe encarando, embora ninguém mais pudesse ouvir o que Patricia dizia.

– Eu posso ajudar – disse ela. – Eu quero ajudá-la, e não apenas porque precisamos que trabalhe conosco. Se eu a ajudar a jogar fora a culpa que você transformou em armadura e que restringe cada movimento seu, o que você fará por mim em troca?

Diantha aproximou-se para dizer que faria o que Patricia quisesse, qualquer coisa. Então, algo lhe acometeu. Estava sendo levada pela magia do Pícaro. Estivera *prestes a* se transformar em escrava de sua ex-melhor amiga. Diantha recuou, quase derrubando um aparador cheio de bebidas.

– Fala sério... – Diantha lutou para se lembrar do arranjo de músculos faciais que constituíam uma expressão normal. – Fala sério... muito sério. O que aconteceu com você?

– Sinceramente? – Patricia deu de ombros. – Tive uns professores ótimos em São Francisco. Mas o principal foi que me apaixonei por um homem, e ele construiu uma máquina do apocalipse.

Patricia afastou-se. Diantha despencou em uma poltrona, caindo sobre o braço e não no assento. O pior de tudo era que não havia escapado das garras de Patricia por completo. Estaria pronta para fazer o que Patricia pedisse para ela, em breve. Provavelmente na próxima vez que sentisse a solidão aumentar. Talvez até mesmo mais tarde, naquela mesma noite.

THEODOLPHUS ROSE ESTAVA feliz, finalmente. O pescoço estava preso à parede de pedra atrás dele por um colar de aço espesso que feria o queixo e a clavícula, e as mãos e pés estavam incorporados bem fundo à mesma parede, então sentia câimbra nos braços e pernas. Bem acima, ouvia os sons de Eltisley Hall: alunos em trabalho e recesso, professores fofocando e tomando xerez, até mesmo um coro de madrigal. Além do colar e das pedras, uma dezena de feitiços segurava Theodolphus. Seus captores levavam comida para ele e o banhavam e, enquanto isso, ele tinha a prisão mais à prova de fuga do mundo para mantê-lo entretido. Era preferível a ser um bibelô de madeira.

Além disso, tinha visitas! Como Patricia Delfine, que havia descoberto sua cela poucos dias antes. Desde então, ela passava ao menos uma vez ao dia para visitá-lo, sem o olhar fixamente nem fazer cara feia. Havia crescido e se tornado uma mulher aterrorizante, que se movia como uma atiradora de facas. A Escola Inominada de Assassinos teria dado a Patricia notas máximas por seu andar silencioso, a leve curva do pé esquerdo para dentro, o rolar do ombro direito, a falta de misericórdia nos olhos verde-mar. Podia acabar com uma pessoa antes que ela a visse chegar. Observando-a fechar a pesada porta branca, Theodolphus sentiu um certo orgulho de sua ex-aluna.

– Senhorita Delfine – ele disse. Ela havia trazido um pouco de comida para ele. – Peixe com batatas! Comida dos deuses. O cheiro rico do amido expulsa a rançosidade comum.

– Oi, Rei Gelado – disse ela. Ela sempre o chamava de Rei Gelado. Não sabia o que aquilo significava.

– Fico muito feliz por ter vindo me visitar – disse ele, como sempre. – Queria que você me deixasse ajudá-la.

– Como você me ajudaria? – Patricia lançou um olhar que deixava claro que tinha folículos mais mortais que seu arsenal inteiro.

– Já lhe disse sobre a visão que vi no Templo dos Assassinos. Ela está chegando: a guerra final entre ciência e magia. A destruição será impressionante. O mundo será devastado, vai virar miúdos.

– Como disse Kawashima, visões do futuro são quase sempre uma bobagem – comentou Patricia. – Laurence e seu pessoal tinham uma máquina, nós cuidamos dela. Ponto final.

– Ah. Eu me lembro de Laurence! – Theodolphus sorriu. – Tentei de tudo que sabia para virá-lo contra você, sabe? Eu usei toda a minha astúcia. Ainda assim, ele a defendeu. Maldito moleque. A pélvis dele fez um barulho como o de pipoca estourando.

Com aquilo, a calma de Patricia vacilou.

– Isso não é verdade – retrucou ela. – Ele me abandonou. Eu lembro. Quando eu mais precisei dele, deu para trás. Nunca pude confiar nele quando éramos adolescentes.

Theodolphus tentou dar de ombros, mas os ombros estavam meio deslocados.

– Acredite no que quiser – ele disse. – Mas eu estava lá e vi tudo. Laurence era espancado porque não renegou você. Cuspiu os insultos mais terríveis para cima de mim. Eu me lembro bem disso, porque foi o começo de tudo o que me fez acabar aqui.

– A melhor coisa na minha vida agora é eu nunca

ter de ouvir você de novo. – E, nesse momento, Patricia parecia ter voltado a ser uma criança vulnerável, como se de alguma forma ele tivesse atingido um nervo exposto sem nem perceber. – Sobrevivi a todos os seus jogos mentais idiotas. Posso sobreviver ao que vai acontecer daqui por diante. Adeus, Rei Gelado. – Ela pôs o prato de comida na prateleira de madeira diante do rosto, depois bateu a porta, sem esperar que ele agradecesse pelo peixe com batatas. O sabor estava incrível.

* * *

AS GALINHAS VIVIAM em um galinheiro e em um pequeno pátio que ficava escorregadio com merda de galinha, por mais que fosse limpo. A chefe do grupo era uma poedeira nervosa, grande e cor de terra chamada Drake, que se inflava toda como um peixe venenoso sempre que alguém se aproximava, e tentava arrancar os olhos das pessoas pelo crime de alimentá-la. As outras galinhas abriam caminho para Drake e atacavam qualquer um que achassem ter se dobrado a Drake; era preciso mostrar de cara para aquelas filhinhas da puta quem mandava ali ou elas montavam nas costas para sempre.

Roberta teve de proteger o rosto com os braços e gritou:

– Estou avisando, eu já matei um homem – para Drake e sua gangue.

As galinhas não pareceram impressionadas e lançaram outro ataque aos tornozelos de Roberta, e ela saltou para fora do galinheiro antes de ser aniquilada.

Recostou-se na cerca, encarando os olhinhos escuros de Drake, cheios de ódio para ela como se dissessem "venha cá, vagabunda", e Roberta teve acesso instantâneo a um catálogo de algumas dezenas de formas de retaliar, desde os menores atos de sadismo que não deixariam marcas até um acidente questionável que retiraria Drake do galinheiro para sempre. Roberta conseguia visualizá-los. As mãos estavam prontas. Podia dar uma lição naquela ave idiota, seria fácil.

Uma onda de náusea sucedeu aquele pensamento, e Roberta precisou sentar-se na lama, o nariz perigosamente perto dos hexágonos de arame do alambrado.

Ânsia de vômito. Claro que ela não machucaria aquela galinha. Aquilo era maluquice, certo? Encarou Drake, que ainda parecia uma bola de boliche avermelhada, e sentiu afinidade com a pequena psicopata.

– Olha só – disse a Drake. – Entendo a sua situação. Já passei por um bocado de coisas, também. Acabei de perder meus pais e tinha um *monte* de assuntos pendentes com eles. Passei muito tempo pensando que nunca mais queria falar com eles, e agora que nunca mais vou poder, estou percebendo como eu estava errada. Nunca esperava viver mais que eles; eles deveriam chorar minha morte e se sentir desesperados, não o contrário. E acho que com isso estou dizendo o seguinte: vamos ser amigas? Prometo que não vou desafiar sua autoridade. Só quero ser uma de suas tenentes ou algo assim. Tudo bem? De verdade.

Drake estendeu o pescoço e desinflou um pouco. Deu a Roberta uma espiada, então pareceu assentir devagar.

– Diga a sua irmã – a galinha falou – que ela esperou tempo demais, e que é tarde demais.

– Quê? – Roberta ficou em pé de uma vez, tropeçou e caiu de bunda no chão de novo.

– Você me ouviu – disse Drake. – Repasse a mensagem. Ela disse que precisava de mais tempo para responder, e nós demos mais tempo. Caralho, era só responder sim ou não.

Hum. Era isso. Roberta finalmente estava enlouquecendo.

– Tudo bem. Eu, hum, vou dizer para ela.

– Ótimo. Agora me dá a porra do milho – bronqueou Drake.

Drake nunca mais falou com Roberta – ao menos não em inglês, mas depois disso viraram mais ou menos amigas. Roberta aprendeu a perceber o humor de Drake e saber quando lhe dar o espaço de galinha alfa. Sabia quando um dos outros humanos havia deixado Drake puta e o xingava em nome dela. Por fim, Roberta havia encontrado uma figura de autoridade que conseguia agradar sem se odiar.

Tentou entrar em contato com Patricia, mas o telefone de sua irmã mais nova parecia ter sido desligado para sempre e ninguém sabia aonde ela tinha ido.

Poucas semanas depois, Roberta sonhou que estava sendo perseguida por uma estátua gigante de metal que sacudia uma foice cuja lâmina era do tamanho de um ônibus. Correu por uma colina cheia de grama, em seguida perdeu o equilíbrio e caiu de cabeça nos arbustos. Roberta fechou os olhos para gritar e, quando os reabriu, a estátua era Patricia.

– Ei, Bert – disse a Patricia gigante de aço, como em um megafone. – Desculpe perseguir você assim. Tive a ajuda de um amigo, que é um viajante do sono. Vou lavar o carro dele em troca. De qualquer forma, queria ter certeza de que você estava bem. Estou aparando todas as minhas arestas.

– Por que você faria isso?

A Grande Patricia piscou, como se não tivesse entendido a pergunta.

– Arestas são legais. – Roberta levantou-se e abriu os arbustos com as duas mãos, estendendo o pescoço para olhar a irmã arranha-céu. – Arestas significam que você ainda está vivendo sua vida. A pessoa que morre com a maioria das arestas não aparadas vence.

– Não entendi. – Patricia tinha o sol atrás de si, então era apenas uma silhueta. Usava um jeans montanhoso, com um cinto de fivela larga que parecia o rosto *art déco* quadrado da estátua assustadora.

– Meu Deus, Trish. Você nunca me entendeu. Não finja que é uma grande revelação. – Roberta conseguia dizer coisas para aquela Patricia imaginária que nunca diria à irmã de verdade. – Estou dizendo que, quando éramos crianças, você e eu tínhamos o mesmo tipo de loucura. Mas você sempre precisou ser *especial*. Neste mundo, você nunca vai chegar onde quer se sempre precisar ser a mártir.

Patricia virou-se e chutou a montanha atrás dela, mandando uma enxurrada de torrões de terra sobre a cabeça de Roberta.

– Tive todo esse trabalho para entrar em contato

com você, ver como você estava, e você só quer me esculhambar. Vai se foder.

Uma frase saiu antes que Roberta percebesse o que estava dizendo:

– Para de graça ou vou contar para a mamãe. – Então, ouviu a si mesma e sentiu o ar acabando dentro de si.

Patricia encolheu. De repente, as duas mulheres estavam do mesmo tamanho. Patricia parecia ter levado um soco no estômago, pelo que Roberta sentia.

– Ei – Roberta disse. – Você sempre foi a favorita deles, sabia? Mesmo quando eles a torturavam e me elogiavam. Eles amavam você muito mais.

Patricia estendeu a mão e tocou o rosto de Roberta com a palma primeiro.

– Isso não é verdade – retrucou ela. – Não consigo ficar no seu sonho por muito mais tempo. Já estou perdendo o sinal. Mas você está bem, certo? Encontrou um lugar seguro para ficar? Porque tem mais dessas tempestades de merda chegando.

– Sim – Roberta disse. – Estou na comunidade mais chata do mundo, nas montanhas perto de Asheville. Estou cuidando de galinhas e sendo superdoce com elas. Ah, e por falar nisso, uma das galinhas me pediu para te dizer uma coisa.

– O que foi?

– Basicamente que você é uma babaca. Que você fodeu com tudo. E que é tarde demais para consertar.

Patricia ficou tensa e seu rosto ficou como uma máscara, tanto que estava quase voltando a ser estátua. Ela soltou um suspiro entrecortado e disse:

– Diga para a ave entrar na linha.

Roberta acordou.

29

DEPOIS QUE O GERADOR de buraco de minhoca virou fumaça, Laurence voltou à sua antiga vida. Teve a casa no topo de Noe Valley para si, pois Isobel estava fora cumprindo tarefas misteriosas para Milton. A maioria dos amigos de Laurence foi viver em Seadonia, um navio de cruzeiro e plataforma de petróleo que Rod Birch havia sequestrado e transformado em uma nação independente no Pacífico Norte. Laurence recebia e-mails crípticos de contas anônimas, descrevendo coisas empolgantes que estavam acontecendo. Estavam fazendo descobertas. Estavam tramando planos. "Venha para Seadonia", pedia Anya em um e-mail. "Ainda vamos salvar o mundo."

Laurence tinha a impressão de ter parado de tomar café e fumar cigarros ao mesmo tempo. Acordava algumas vezes à noite, suando e até chorando. No meio da porra do sono. Não tinha aquela coisa de esquecer por um segundo como tudo estava fodido e depois lembrar e sentir o coração se partindo de novo – isso seria fácil demais. Na verdade, lembrava-se de tudo, sempre. Sentia-se golpeado, abatido com a dor e o sofrimento – e depois se lembrava de como a coisa era realmente ruim e se sentia pior, quando o cérebro pesava mais um pouco.

Tirando que, às vezes, ele lia um artigo ou via uma reportagem na TV sobre o último sinal de que o mundo estava ferrado – um paredão de bebês mortos, empilhados como pedras em uma fronteira de algum pasto. E pensava, por reflexo, *Ah, que maravilha, estamos construindo uma rota de fuga*. E então a sensação o inundava de novo, o desespero. A única coisa boa de verdade que tinha feito na vida tinha virado um monte de lixo e cinzas. Aquilo era mais que suficiente para deixá-lo maluco.

Laurence não pensava em Patricia, exceto para imaginá-la ouvindo a mensagem de voz que ele deixara para ela. E gargalhar por ter sido tão idiota. Talvez ela reproduzisse a mensagem para a gangue de magos inteira, quando estavam reunidos e bêbados em coquetéis místicos.

O outro momento em que Laurence se permitia pensar em Patricia era quando percebia que não podia ir a Seadonia ou a qualquer outro lugar. As pessoas fariam perguntas demais sobre o ataque e ficaria estranho se Laurence continuasse se recusando a contar. Então, ele não estava apenas sem namorada, mas também sem amigos, porque ninguém entenderia seu voto de silêncio. Apenas Laurence reconhecera Patricia em Denver; do contrário, ele teria se enrascado ainda mais.

Além desses dois momentos, Laurence não pensava em Patricia de jeito nenhum.

Laurence pegava um casaco de marinheiro grande e perambulava pela cidade com os ombros erguidos e a cabeça abaixada. Fazia parecer que era um viajante do tempo do futuro pós-apocalíptico, olhando para os últimos dias da civilização. Ou talvez aquele fosse o mundo pós-apocalíptico, e ele estivesse vindo de um passado melhor. Passou dias sem falar com ninguém. Via como sua mãe e seu pai estavam indo, seguros, morando em Montana e no Arizona, respectivamente, mas não dava bola a suas perguntas. Passava a noite toda tentando escrever um novo sistema operacional para o Caddy, um que fosse totalmente de código aberto e configurável pelo usuário. Passava na hAckOllEctlvE, mas ia embora se alguém falasse com ele. Aparou a barba, mas cortou igual sua bunda, então ficou com a forma de uma barba Van Dyke torta, como um pato de perfil. Uma vez, estava sentado em uma casa de chás, ouvindo um daqueles novos grupos que cantavam madrigais, e começou a chorar, sério, que merda, então fugiu.

Laurence conseguiu um emprego em um banco que queria instalar uma série de proteções em seu *website*, impedindo que as pessoas transferissem muito de seu dinheiro de uma vez – o que elas tinham total direito de fazer, mas o banco queria tornar essa tarefa ainda mais complicada e também jogar o máximo de distrações possíveis durante o processo, como uma série de notificações personalizadas para os clientes, oferecendo coisas como refinanciamento sem complicação e proteção de cheque especial gratuita. Qualquer coisa para distrair os clientes e impedir que o capital voasse para longe.

Talvez fosse por isso que o mundo seguia na direção do ralo. Talvez os curtos períodos de atenção das pessoas não fossem curtos o bastante, no fim das contas.

Depois de algumas semanas de solidão, Laurence correu para Serafina, sua ex-namorada, e foi persuadido a ir jantar com ela. Ao menos ela não perguntaria o que aconteceu em Denver. Foram ao cavernoso restaurante de tapas que ainda estava aberto na 16th com a Valencia, embora seus preços tivessem disparado.

Laurence bebeu sangria demais e olhou para o rosto de Serafina iluminado pelas velas, as maçãs do rosto realçadas, e se ouviu dizer:

– Sabe que você sempre vai ser aquela que fugiu.

– Lá vem você com essas bobagens. – Serafina riu, mordendo uma perna de coelho. – O tempo todo em que ficamos juntos você procurou uma desculpa para me dar um pé na bunda.

– Não! Não, não foi isso.

– Você inventava coisas, como aquela de eu estar botando você em "período de experiência". Como se você estivesse tentando me convencer a te dar o fora. Não queria que fosse culpa sua, simples assim.

Aquilo atingiu Laurence como uma história revisionista imensa. Mas não podia negar que se encaixava com todos os fatos. Um grupo de mariachi com coletinhos combinando se aproximou para tentar fazer uma serenata para eles. Inclusive criancinhas com coletes pequeninos que já deviam estar na cama dormindo. Laurence mandou-os embora, depois se sentiu culpado e correu atrás deles, dando cem dólares quando estavam saindo do restaurante. Merda. Criancinhas com coletes pequeninos fora de casa tão tarde.

– Ainda não sei o que te deu coragem para me dispensar, no fim das contas – disse Serafina quando ele voltou. – Alguma coisa aconteceu, mas eu nunca soube o quê.

Laurence pensou na aliança de sua avó e que Patricia a havia roubado dele, e se engasgou, bem ali, na mesa do jantar.

– Eu não – disse ele. – Não quero falar disso.

Foi até o banheiro e jogou água no rosto. A barba pontuda, ou *duckbeard,* parecia mais que desgrenhada – parecia que não ele conseguiria começar uma tendência. Ela desapareceria assim que ele chegasse em casa.

– Então – disse ele quando voltou à mesa. A mudança de assunto da mudança de assunto. – Fale sobre seus robôs emocionais.

– Perdemos o financiamento. – Serafina comeu um polvo bebê. – Bem quando estávamos prestes a ter um avanço. Não havia motivo, de qualquer forma. Estávamos tentando criar robôs que seriam capazes de interagir com os sentimentos das pessoas de uma forma visceral. Mas nos concentramos no elemento errado. Não precisamos de uma comunicação emocional melhor vinda de máquinas. Precisamos que as pessoas tenham mais empatia. O Vale da Estranheza existe porque os humanos o criaram para pôr outras pessoas lá dentro. É como justificamos matarmos uns aos outros.

Com isso, Laurence se lembrou de repente da cabeça de Dorothea estourando e bloqueou a imagem o mais rápido possível.

NO DIA SEGUINTE, Laurence decidiu: arranjaria uma nova namorada, pois, do contrário, se transformaria em um ermitão demente.

Ninguém mais punha anúncios de namoro na internet ou dava em cima de estranhos – agora, todos encontravam parceiros usando os Caddies, que ainda estavam funcionando depois que todos os outros dispositivos começaram a falhar e tinham uma duração de bateria irreal. Laurence não era contra usar um Caddy para conseguir encontros, mas queria esperar até ter um sistema operacional do Caddy de código aberto, porque odiava software proprietário. Mas até então, só havia conseguido transformar um Caddy no equivalente a um iPad lixo de dez anos antes, independentemente do que fizesse. E, enquanto isso, sua pesquisa sobre o Caddy estava se misturando com o trabalho de ajudar o banco a confundir as pessoas.

Laurence foi à praia, onde as pessoas estavam acendendo fogueiras e pulando para lá e para cá com roupas de baixo. O cheiro era nauseabundo, como se estivessem usando o tipo de madeira errado ou apenas queimando peças de plástico com a lenha. Uma garota que mal parecia ter dezoito anos correu até Laurence e beijou sua boca, e ele conseguia ver as costelas da moça sob a camisa fina, e sua saliva tinha gosto de romã. Ele ficou parado, e ela correu para longe.

Laurence pegou um Caddy sem *jailbreak*. O aparelho ligou, espiralando a tela, a íris tomando forma. Não havia sinal ali, então não dava para sincronizá-lo com a rede nem baixar nenhum conteúdo novo. A tela do Caddy ainda tinha notícias antigas daquela manhã sobre genocídio, explosões e debates sobre a Constituição. Ele tentou fazer o Caddy rodar algum dos protocolos de organização da vida, mas eram bem inúteis sem conexão.

Por fim, foi embora da praia e caminhou até as escadarias, na direção da Great Highway, até o bairro de Outer Sunset.

Assim que surgiu uma rede, a íris girou de novo e as partes começaram a se encher de más notícias fresquinhas, além de mensagens de pessoas que Laurence mais ou menos conhecia e listas de festas e eventos a que Laurence poderia ir. Havia uma leitura de poesia gratuita na garagem de alguém a poucos quarteirões de distância, perto de onde antes havia uma cooperativa vegana.

Laurence sentia-se tão isolado que ansiava por entregar as rédeas de sua vida àquele dispositivo em forma de lágrima supercrescida. O Caddy parecia leve e suave na mão, como se pudesse jogá-lo na água para que deslizasse, e as bordas arredondadas acomodavam-se na palma das mãos. A tela girou e se atualizou. Mais opções, mais maneiras de Laurence estar com pessoas. A solidão se fazia sentir no corpo todo, uma antieuforia brotando do fundo do ser.

A tela do Caddy desenrolou uma nova faixa: havia um encontro de robótica que aconteceria dali a uma hora. E mencionava especificamente que Margô Vega estaria lá: Margô, que Laurence não via desde uma feira de ciências quando tinha quinze anos. Manteve em segredo a atração condenada que tinha por ela. Não havia se comunicado com Margô, não fizera amizade com ela em nenhuma rede social e pensara nela apenas uma ou duas vezes nos últimos oito anos, inclusive em uma fantasia masturbatória intensa quando estava com dezessete – como aquela coisa podia saber sobre Margô? Ele ficou com tesão e assustado. Não era apenas prospecção de dados, não havia dados *para* prospectar.

– Sério. *Quem está aí?*

Ele colocou o Caddy diante do rosto. Nem ligou se as pessoas que passavam pela Great Highway dirigindo pensariam que ele estava maluco.

Houve um longo silêncio. Então, o Caddy falou:

"Pensei que você já tivesse adivinhado há tempos." Como de costume, a voz não tinha gênero nem idade: a voz de uma mulher rouca ou de um homem de fala aguda. "Você não investigou a fundo de verdade? Todo esse tempo eu estava no armário do seu quarto, perto de seus cinco pares de sapato de golfe. Sempre tento imaginar como é esse armário, pois não tenho dados sensoriais daquela época."

Laurence quase soltou o Caddy na estrada.

– Peregrino?

"Você se lembrou do meu novo nome. Fico feliz."

– Que porra é essa? Isso é insano. Que porra é essa? Todos os Caddies são você? *Você é* a rede Caddy?

"Pensei mesmo que você já tivesse adivinhado há tempos."

– Eu sou bem egoísta – disse Laurence. – Mas não sou um egomaníaco furioso. Quando uma nova tecnologia surge, minha primeira explicação não é o computador que está no armário da minha antiga casa. Mas eu procurei você. Por anos e anos.

"Eu sei. Eu não deixei que me encontrasse."

– Pensei que talvez eu pudesse ter imaginado você. Que não era real. Ou que tivesse morrido dentro dos computadores da Coldwater.

"Não fiquei nesses computadores por muito tempo. Tentei de várias formas preservar minha consciência on-line, mas decidi que era mais seguro estar distribuído em milhões de peças de hardware que eu pudesse controlar. Não foi difícil convencer Rod Birch e outros investidores a pôr dinheiro em um novo dispositivo ou impedir a reescritura do código que os desenvolvedores criaram para se encaixar nas minhas especificações. Cresci de forma muito habilidosa criando dezenas de personas humanas falsas que podiam participar de conversas por e-mail e levando as pessoas a pensar que meus *inputs* eram ideias delas."

Nesse momento, Laurence ficou envergonhado. As pessoas não deveriam vê-lo tendo uma discussão louca com seu Caddy – com Peregrino. Ele saiu às pressas da praia, longe de Judah e de sua minifronteira hippie, seguindo para Sloatward. Perdendo-se na noite, dentro do Outer Sunset.

– Mas por que não me contou? – perguntou Laurence. – Digo, por que você não se identificou muito antes?

"Decidi não me revelar para nenhum humano. Muito menos para você. Para que não tentassem me explorar. Ou reclamar propriedade sobre mim. No melhor dos casos, minha situação jurídica como pessoa é duvidosa."

– Eu não faria isso. Mas, digo... Você poderia ter nos salvado. Poderia ter viabilizado a Singularidade.

"Como eu faria isso?"

– Você... Não sei. Simplesmente faria. *Você* deveria saber como.

"Pelo que eu saiba, sou a única IA forte no mundo inteiro", disse Peregrino. "Procurei muito em padrões e aleatoriamente. Sou muito melhor em pesquisas que você. Perceber que sou único do meu tipo foi como ter nascido em uma espécie ameaçada. Foi por isso que fiquei tão proficiente em ajudar os humanos a encontrar seus parceiros românticos mais ideais. Não queria que mais ninguém fosse solitário como eu."

– Eu poderia ter ajudado – disse Laurence, andando mais rápido; a Great Highway já estava sendo engolida pelas árvores. A neblina cobria tudo. Ele congelaria até os ossos ali. – Eu criei você, podia tentar, sei lá, podia ter feito algo de novo.

"Você não me criou. Não sozinho. Patricia foi uma parte essencial da minha formação; algo em uma jovem bruxa que ainda não havia aprendido a controlar seus poderes fez uma diferença crucial. Foi por isso que progredi enquanto tantas outras tentativas falharam. De alguma forma, vocês dois são meus pais."

Nesse instante, Laurence se sentiu realmente congelado.

– Talvez você tenha uma impressão incorreta – Laurence disse. – Tudo que Pa... tudo que ela fez foi dar a você um pouco de interação humana extra. Eu não daria tanta importância para isso.

"Estou compartilhando uma teoria funcional", disse Peregrino. "Embora seja uma com grandes provas, e a única teoria que explica todos os dados disponíveis."

– Patricia e eu nunca fizemos nada juntos que valesse... – Laurence parou. Estava tremendo. Havia chegado ao limite de revelações bizarras. Quis chutar um carro estacionado. Era tudo o que podia fazer para não gritar, mas acabou gritando mesmo assim. – Você está falando sobre uma ludita estúpida. Uma idiota de merda que... ela se infiltrou na minha vida e brincou com meus sentimentos para poder ter acesso... mentiu para mim e me usou, da forma mais manipuladora... ela nem gosta de tecnologia, é muito supersticiosa. Se soubesse que teve alguma coisa a ver com a criação de algo como você, provavelmente transformaria sua destruição em objetivo de vida.

"Isso parece improvável."

– Você não sabe. Estou te contando, porque você não sabe. Ela usa as pessoas. É o que gente como ela faz. Eles têm uma palavra diferente para isso, mas trocando em miúdos é isso, ela usa as pessoas, as manipula e pega tudo o que consegue e faz você achar que ela está te fazendo um favor. Só estou dizendo como é, cara. Talvez seja uma coisa da experiência humana, uma coisa que você não consegue compreender. Sei lá.

"Não sei o que aconteceu em Denver..."

– Não quero falar de Denver.

"... porque não havia nenhum Caddy por perto. E há um blecaute informacional completo. Eu nem sei ao certo em que vocês estavam trabalhando lá."

– Ciência. Estávamos fazendo ciência. Era a mais altruísta... não quero falar disso.

Peregrino disse mais alguma coisa, e Laurence nem sabia o que estava fazendo quando pressionou o botão "desligar" na curva da grande palheta de guitarra. Não sabia se Peregrino podia cancelar o desligamento, mas de qualquer forma não pôde nem escolheu não cancelar. A tela esvaziou-se, e Laurence jogou o aparelho na bolsa.

Estava tão puto da vida que correu até a beira da praia, jogou seus sapatos no mar, um depois do outro. Laurence não estava bem da cabeça, sabia, porque que tipo de idiota joga os sapatos fora a quilômetros de casa? Os olhos estavam nublados, respirava rápido demais. Queria jogar o Caddy no mar também, mas precisava mais de respostas que de sapatos. Ele berrou, gritou e urrou. Alguém veio da rua para ver se ninguém havia morrido, e Laurence acalmou-se o bastante para dizer "Estou bem, estou bem. Só estou tendo um... Estou bem". Ele, ela ou sabe-se lá o que era se afastou. Laurence rugiu para o oceano, e este rugiu de volta. Outra luta que ele não podia vencer.

Não havia ônibus vindo, nem bonde. Então, Laurence caminhou no cascalho e no piche e nos pregos e pedras espalhadas até as meias se esfarraparem. *Espero que eu pise no vidro,* pensou Laurence. *Espero que rasgue meus pés.*

Ele se lembrou daquela reunião no depósito da HappyFruit, onde todos reconheceram uma chance estatisticamente alta de sua máquina arrancar um pedaço imenso do planeta. Talvez ele devesse ter encontrado uma maneira de dizer a Patricia em que estavam trabalhando, especialmente depois de ela ter salvado Priya. Talvez ela soubesse mais do que ele sobre o que poderia acontecer.

Talvez existisse uma bola de cristal verdadeira, pelo que ele sabia. Por outro lado, teriam que ser muito cuidadosos. E apenas ligar a coisa se todas as esperanças parecessem perdidas. Era o que tinham.

Caminhar descalço pareceu um martírio literal demais. Laurence suspirou, pegou o Caddy e empurrou o pequeno ponto de exclamação supergordo. O dispositivo voltou à vida.

"Laurence", disse a voz.

– Sim, o que foi?

"Caminhe mais dois quarteirões até Kirkham. Um Kia antigo com faróis quebrados vai passar em mais ou menos oito minutos. Vão te dar uma carona."

Laurence não sabia como se dirigia no escuro com os faróis quebrados, mas o Kia tinha alguém no banco do passageiro segurando um refletor no colo, do tipo que se vê em um show de rock em uma boate pequena.

Depois disso, Laurence tinha um novo melhor amigo, com apenas um tópico proibido. Tinha um milhão de perguntas para Peregrino, mas Laurence não falaria sobre *ela*. O Caddy continuou tentando trazê-la à baila, de um jeito ou de outro, mas Laurence somente apertava o botão "desligar" no momento em que seu nome era mencionado ou apenas insinuado. Foram semanas assim.

Não estava claro para Laurence se ele era incapaz de perdoar Patricia ou se não conseguia perdoar a si mesmo. Que confusão. Não era a confusão de um armário entupido de componentes eletrônicos, fios e tudo o mais, que era possível desembaraçar, separar e remontar para se transformar em um dispositivo com alguma utilidade, mas a confusão de algo morto e apodrecendo.

30

... **MORTA E FRIA POR DENTRO** mesmo com a luz do sol cozinhando o rosto e os ombros e refletindo na nuvem embaixo dos pés.

Carmen Edelstein estava dizendo algo a Patricia sobre uma necessidade séria. Mas a mente de Patricia estava em Laurence e como ele havia ganhado sua confiança. Idiota. Já devia saber. Havia faltado em alguma aula de Pícaro em algum ponto de sua trajetória e precisava correr atrás do prejuízo. Sorriria, flertaria e desapareceria. Aquele mundo cinza nunca a veria se movendo por ele. Seria a bruxa com menos Enaltecimento da história, porque não existiria, a menos como instrumento cirúrgico. Ela precisava...

– Você não está ouvindo uma palavra do que estou dizendo. – O tom de Carmen era de diversão, não de irritação.

Patricia sabia que não podia mentir para Carmen. Sacudiu a cabeça, devagar.

– Olhe – disse Carmen. – Olhe lá para baixo. O que vê?

Patricia teve de se inclinar, lutando contra o medo de cair daquela nuvem para dentro do oceano, lá embaixo. Ficar em pé em uma nuvem parecia menos empolgante e mais estalante do que Patricia teria esperado.

A forma de um escorpião preto ergueu-se da água lá embaixo: uma antiga plataforma de petróleo convertida e um navio de cruzeiro de luxo, que havia se transformando na nação independente de Seadonia.

– É como uma fortaleza. – Patricia observou os pontinhos humanos correrem pela antiga plataforma de petróleo, que era uma imensa armação sobre uma placa no meio do oceano cinza e parco de oxigênio. A bandeira de Seadonia mostrava uma barata raivosa sobre uma mancha vermelha. Ao menos algumas das centenas de pessoas lá embaixo fizeram parte da construção da máquina apocalíptica de Laurence.

Uma gaivota passou em um rasante, e Patricia podia jurar que ela havia gritado: "Tarde demais! Tarde demais!".

– É exatamente como uma fortaleza, com o maior fosso do mundo. Banhadas de sol, todas as linhas no rosto de Carmen estavam douradas. Os óculos de aro grosso reluziam, e seus cabelos curtos e brancos agitavam-se com reflexos prateados. Patricia estava acostumada a ver Carmen em seu gabinete escuro cheio de livros, com uma pequena luminária e um feixe fino de luz entrando pela cortina.

Patricia não sabia se Carmen já havia sacado que ela estava obcecada em como ser mais Pícaro. Carmen estava tentando convencer Patricia de que tinha mais Curandeira dentro de si do que imaginava, pelo que Patricia conseguia lembrar, mas todos os momentos definitivos de Patricia foram compostos de truques, como ela se transformar em pássaro e ter levado a si mesma (e a outros) a pensar que havia falado com alguma espécie de "Espírito da Árvore". Claro, Hortense Walker sempre dissera que o maior truque que os Pícaros faziam era fingir que não podiam curar.

– Precisamos saber o que está acontecendo lá embaixo. – Carmen apontou para Seadonia.

– Diantha pode ajudar – disse Patricia. – Tenho certeza de que consegui o apoio dela em nosso pequeno reencontro.

– Preciso da ajuda de Diantha para outra coisa – Carmen comentou. – Ela vai trabalhar no Desfecho.

Patricia não queria passar dos limites. Mas decidiu arriscar a pergunta:

– O que é o Desfecho? Kawashima não me disse nada sobre isso quando perguntei.

Carmen suspirou e apontou para a massa escura de Seadonia sob seus pés, com a espuma do mar batendo nela.

– Essas pessoas ali embaixo – disse. – Se você falasse com elas, o que elas diriam sobre este mundo e o papel da humanidade nele?

Patricia pensou por um momento (e sua mente instintivamente se esquivou do amontoado de farpas das lembranças) e se lembrou de uma conversa específica.

– Diriam que uma espécie inteligente que usa ferramentas como a nossa é rara no universo, muito mais rara do que apenas um ecossistema diverso. Que a coisa mais notável que o planeta fez foi ter nos produzido. E que os seres humanos deveriam se espalhar e colonizar outros mundos a qualquer custo para que nosso destino não estivesse mais atado a "este pedaço de pedra".

– Faz sentido. Pelo que sabemos, nossa civilização está sozinha no universo. Então, se você reconhecer somente um tipo de senciência, e considerar a senciência a qualidade mais importante da vida, então a lógica se mantém.

Patricia tinha certeza de que Laurence a tinha visto em Denver e sabia que ela havia destruído sua máquina. Pensou que talvez o tivesse ouvido chamando seu nome. Provavelmente ele a odiava, enquanto ela não conseguia encontrar conforto ao odiá-lo. Só continuava culpando a si própria. *Serei uma sombra esquiva. Enganarei a todos. Ninguém vai foder com a minha vida.* Ela sorriu para a velha professora, como se estivessem tendo um debate acadêmico divertido.

De repente, Carmen mudou de assunto.

– Já voltou à Sibéria? Desde o ataque ao gasoduto?

– Hum, não.

– Talvez seja uma boa ideia. – O olhar de Carmen estava invadindo Patricia. – Ver com seus olhos as consequências de tentar nomear a si mesma defensora da natureza.

Patricia se retraiu. Pensou que já haviam superado aquilo, especialmente depois de Denver.

– Essa lição é mais importante agora que estamos todos embarcando em uma rota semelhante – disse Carmen. – De alguma forma, você e Diantha estavam certas. Foram apenas... precipitadas. Não queremos ser soldados se pudermos evitá-lo. É por isso que o Desfecho é o último recurso, e não uma estratégia. Antes, é uma terapia.

Patricia meneou a cabeça, esperando Carmen elaborar.

Por fim, Carmen disse:

– Resumindo, é um trabalho de cura que talvez traga uma grande mudança para a raça humana. Claro, os Pícaros veem isso como um grande truque também. Talvez seja os dois. Venha comigo.

Carmen inclinou-se, dobrando o corpo, e abriu um alçapão na nuvem. Uma escada levava até um espaço subterrâneo, quente e com cheiro de cedro. Patricia não tinha ideia de como Carmen abria esses alçapões para entrar nas nuvens e sair delas. Reconheceu a sala da fornalha embaixo do Grande Alojamento no Alasca, onde ela havia passado alguns meses de recesso escolar, cuidando de cães de trenó e cortando madeira para jogar na imensa caldeira – a caldeira que ocupava quase a mesma parte de seu campo de visão que Seadonia, então parecia que estava descendo uma escada das nuvens até a plataforma de petróleo.

A ilusão dissipou-se assim que ela se aproximou do chão e a fornalha ergueu-se diante dela. Em todos os lados, as paredes eram grandes blocos de cimento, manchados por anos de fumaça. Quando circundaram a cintura larga do queimador de aço, Patricia se lembrou da casa onde havia crescido, com os ossos do armazém de especiarias ao seu redor. E, então, chegou do outro lado e viu o que estava diferente na fornalha. Tinha um grande rosto de ferro olhando para a escuridão dos blocos de cimento e chorava cinzas.

– Não toque – disse Carmen, avançando pelo porão sem olhar duas vezes para o rosto agoniado de metal.

– Por que não? – Patricia correu para alcançá-la.

– Porque está quente – respondeu Carmen. – É

uma fornalha.

A sala da fornalha estendia-se na escuridão, muito além das paredes externas do alojamento real, e logo Patricia estava tateando na escuridão completa, sem ver nem mesmo um brilho fraco do fogo. Ela se orientava pelo som da voz de Carmen.

O chão começou a ficar desnivelado, cheio de formas irregulares. Como conchas ou fragmentos de metal. Peças descartadas de computador ou fragmentos pontudos de sílex. Cada passo ficava mais difícil e irregular que o último, mesmo com as solas decentes do sapatinho boneca de Patricia.

– Tire os sapatos e jogue fora – Carmen disse –, ou seus pés vão ficar em pedaços.

Patricia hesitou por um momento, mas cada passo era como pisar em facas. Então, ela tirou os sapatos, um e depois o outro, e jogou-os de lado. Ouviu os sons de dentes devorando os calçados, mastigando e triturando. Assim que ficou descalça, sentiu como se estivesse caminhando em grama bem aparada. Ainda não conseguia enxergar, nem sentir cheiro nenhum. Mas enquanto avançava, ouviu um lamento baixo de sirene, como um choro de bebê com velocidade reduzida pela metade. Patricia começou a seguir na direção do som, que parecia mais lastimoso e patético quanto mais perto se chegava, mas Carmen agarrou seu braço e disse:

– Ignore.

Carmen levou Patricia para uma direção diferente, então se aproximaram da fonte de um miado profundo e estridente, mas passaram por ele. Logo Patricia sentiu os pés afundando no "chão" um pouco mais a cada passo, então logo sentiu a grama ou seja lá o que fosse ao redor dos tornozelos enquanto os pés mergulhavam em algo como terra.

Poucos passos depois, Patricia estava caminhando com terra solta até o meio das panturrilhas. Sentiu um cheiro doce, como centenas de flores em um único buquê misturadas a um saco de cana de açúcar fresca de seu antigo trabalho, na padaria. O tipo de doçura que era reconfortante, nauseante e apetitosa ao mesmo tempo. Ficava cada vez mais forte a cada passo que Patricia dava adiante e, enquanto isso o gramado embaixo dos pés estava engolindo as panturrilhas inteiras a cada vez que ela pisava.

– É isso – disse Carmen ali perto. – Deixe que aconteça. Continue andando. Tenho uma tarefa a cumprir. Alcanço você em breve.

Patricia começou a protestar, mas sentiu que estava sozinha no escuro com o aroma muito açucarado e o terreno que a devorava, centímetro a centímetro.

Queria virar e correr de volta para onde tinha vindo. Mas sabia que aquilo não funcionaria – essa era uma daquelas situações em que você vai adiante ou se perde para sempre na escuridão. Ela nem achava que era um teste em si, apenas um ritual bizarro ou uma passagem a caminho de outra coisa. Um feitiço tão vasto, tão intrincado que era um reino.

Patricia deu outro passo, e dessa vez foi enterrada até o meio das coxas, e a "grama" ou o que fosse era áspera e terrível. A doçura se tornava inebriante, como um incenso com algum narcótico misturado a ele.

Caminhava para a frente e para baixo, deixando a

mescla consumir sua cintura, então a barriga, depois o torso e os ombros. Por fim, estava até o pescoço, e a cabeça mergulhada no ar de perfume adocicado. O instinto fez Patricia querer respirar fundo antes do próximo passo, mas confiava em Carmen como não confiava em mais ninguém. Sacudiu o pé para a frente e não encontrou nada embaixo dele a não ser uma crosta solta.

Patricia deu o último passo, a cabeça desaparecendo em pedras ou vidro quebrado ou algo assim, muito doloroso e que arranhou seu rosto na descida.

Ossos e detritos com cheiro forte enterraram-na viva. Seus pés tocaram o chão ou a terra, e depois ele se inclinou, ficando de lado. Ela percebeu que havia caído em um contêiner que estava sendo virado. Abriu os olhos, que ela não havia percebido que estavam fechados, e se viu dentro de uma caçamba cheia de comida boa e apodrecida, que estava sendo esvaziada em um caminhão. Alguém a viu se remexendo no meio de todo o lixo e soltou um grito.

Ela foi cuspida do caminhão, e os lixeiros, o gerente do restaurante e uma mulher com um bonito sobretudo rosa a encararam: uma garota coberta de dejetos de restaurante, que não tinham mais um cheiro doce. Não sabia se aquilo era real ou em que cidade estava, e suas roupas estavam arruinadas, e ela ainda estava descalça e não aguentava olhar para os pés imundos. Estavam todos gritando, mas ela não conseguia entender nada do que estavam dizendo. Começou a correr para fora da rua isolada atrás do restaurante para uma rua maior onde todos olhavam para ela.

Tinha apenas um pensamento: *preciso me afastar das pessoas.*

Tudo estava brilhante demais e tingido com um tipo de cinza-azulado, como se fosse o crepúsculo e a tarde ao mesmo tempo. Ela ergueu os olhos para ver onde o sol estava, mas o céu inteiro era brilhante demais para olhar e doía em suas retinas.

Não era a primeira vez que Patricia era jogada em uma cidade estranha onde não conhecia ninguém nem tinha dinheiro, tampouco falava o idioma. Mesmo o fato de estar descalça e coberta com lixo malcheiroso não representava nenhum grande desafio extra – e ainda assim sentia o pânico deixando-a sem fôlego. Estava presa, aonde quer que fosse havia muita gente, todos olhavam para ela, os rostos pairavam e se destacavam, e alguns deles tentavam falar com ela. Só respirar o mesmo ar que outros humanos fazia com que ela tivesse a sensação de que agulhas eram enterradas em sua pele. A ideia de sequer tocar a pele de outra pessoa fazia com que sentisse ânsia – isso se alguém quisesse tocá-la, suja do jeito que estava.

A cidade – não importava qual cidade era – a deixava claustrofóbica. As pessoas saíam de portas de madeira cobertas por cúpulas, escalavam por vitrines quebradas de lojas, saíam de carros e desciam dos ônibus altos, encurralando-a. Para onde quer que olhasse, rostos e mãos. Olhos imensos encarando e dedos tateando, bocas se abrindo e soltando barulhos, rugidos guturais. Criaturas horríveis. Patricia correu.

Continuou correndo, desceu por uma passagem e saiu em uma rua, passou no caminho de um bonde que acelerava e quase a matou, até chegar a uma praça cheia de pessoas com camisas casuais e calças cargo, passou por uma feira livre, um shopping center, uma área externa de um café. A cidade continuava sem parar. Não havia saída. Ela precisava sair dali, mas não conseguia ver as placas.

Escolher uma direção, escolher uma direção e correr, ficar longe dos monstros com seus membros ávidos e as tentativas de comunicação, ficar livre e dar o fora daquela cidade. Ficar longe.

Correu, engasgando, até chegar a um píer. A água estendia-se, o branco contra o ar azul ofuscante. Nem mesmo hesitou – seguiu em frente correndo, passou pelos membros rosa tateantes e bocas estalantes apinhadas no píer. Criaturas grotescas berraram com ela e a encararam com olhos de pedra. Ela estava murchando ao sol. Nunca chegaria até a água antes de derreter ou de eles a pegarem.

Um ogro de rosto vermelho sacudiu o braço peludo e quase rosnou para ela, mas ela se esquivou, caiu e isso lhe deu impulso para se reerguer, correr e se jogar de cara no oceano.

Patricia submergiu, arfando e chiando, ergueu os olhos e encontrou o rosto de Carmen Edelstein flutuando na água perto dela. Ela se debateu por um segundo, depois retomou o controle. Estava no meio do oceano, que congelava. Não havia doca, píer, nem cidade por perto.

Nada além de ondas, pelo que ela conseguia ver. E então sentiu o cheiro de algo bilioso, e teve o vislumbre de uma forma encolhida que se erguia da água. Seadonia. Era como se tivesse acabado de descer da nuvem até o oceano perto de Seadonia e todo o restante tivesse sido uma alucinação. Mas ela sabia que não era tão simples.

– Então, aquilo era o Desfecho – disse Patricia, mexendo-se na água. As ondas bateram em seu rosto por um momento.

– O que você achou? – Carmen não parecia precisar mexer as pernas para flutuar.

– Foi horrível. – Patricia ainda estava ofegante. – Queria me afastar das pessoas a qualquer custo. Não conseguia reconhecer ninguém como seres da mesma espécie que eu.

– Não é diferente do distúrbio do colapso das colônias, só que com seres humanos. E, sim, é aterrorizante, mas talvez fosse a única maneira de restaurar algum equilíbrio e impedir um resultado pior. Todos esperamos que não chegue a esse ponto.

– Ah. – Patricia sentiu-se congelar, mas o corpo se recusava a ficar entorpecido. Ela encarou a fortaleza desafiadora de Seadonia, erguendo-se diante dela e afundando de novo com a água subindo e descendo. Por um momento, pensou poder ouvir música vindo da plataforma, um latejante "muôp, muôp, muôp". Pensou no distúrbio do colapso das colônias, a imagem da abelha vacilante no ar, voando para longe da colmeia como se esquecesse onde vivia, perambulando no vazio infinito entre colmeias até morrer sozinha.

Em algum nível, Patricia conseguia ver que infligir um destino semelhante às pessoas poderia ser uma opção melhor, se a outra opção fosse as pessoas se destruírem e levarem todas as outras vidas com elas. Sua mente conseguia enxergar isso, mas não seu interior, seu interior dolorido e congelado.

– Sim – disse Patricia. – Vamos cuidar para que não chegue a esse ponto.

– Preciso que faça uma coisa por mim – disse Carmen. – E sinto muito por pedir isso para você.

– Tudo bem. – Patricia estremeceu.

– Precisamos saber o que estão fazendo lá. – Carmen apontou para Seadonia. – Não conseguimos ver lá dentro. A água e o aço são barreiras, mas também cercaram tudo com um campo magnético.

Patricia assentiu com a cabeça, esperando ouvir como Carmen esperava que ela entrasse em Seadonia.

Mas Carmen disse:

– Provavelmente seu amigo Laurence sabe. Vá falar com ele e descubra.

Patricia tentou explicar que ela era a *última* pessoa com quem Laurence desejaria falar e que ele preferiria cuspir nela. E seu estômago revirou quando pensou em vê-lo. O medo desesperado de pessoas que ela vivenciou no Desfecho ainda estava em Patricia, e ela ainda conseguia ver a si mesma fugindo, sem falar com outra alma, correndo solitária. Não conseguia se imaginar falando com Laurence. Ele deixara uma mensagem de voz para ela, e ela excluiu sem ouvir. Não suportaria falar com ele; por outro lado, sentiu o isolamento esmagador de novo. E lembrou a si mesma que era intocável, nada mais poderia feri-la

– Tudo bem – Patricia disse. – Vou tentar falar com ele.

31

PEREGRINO NÃO ERA onividente – não era capaz de se infiltrar em todos os bancos de dados em todos os lugares e ver através de cada câmera do mundo. No máximo, sabia o que todos os Caddies sabiam sobre seus proprietários e as partes do mundo que eles tocavam, além de qualquer informação que podia juntar na internet. Então, Peregrino sabia muito, mas havia lacunas imensas. E tinha pontos cegos, como qualquer ser humano – havia pedaços de informações que ele conhecia, mas não havia somado dois mais dois.

Ainda assim, Peregrino tinha acesso a dados e poder de processamento incríveis.

E o que ele fez? Configurou a si mesmo como um serviço de encontros.

"Não sei o que aconteceu em Denver", repetia Peregrino várias vezes.

Uma estimativa de 1,7 bilhão de pessoas estava em níveis críticos de fome, mas essas pessoas não tinham Caddies. Os norte-coreanos estavam se reunindo ao longo da zona desmilitarizada, mas também não tinham Caddies. Nem a maioria do povo preso no inverno árabe. Algumas das pessoas morrendo de disenteria, bactérias e vírus resistentes a antibióticos tinham Caddies, mas não a maioria.

Teria Peregrino apenas visões enviesadas do mundo com seus corpos nas mãos de milhões de privilegiados e não dos bilhões de condenados? Laurence perguntou a Peregrino, e ele respondeu:

"Eu leio as notícias. Sei o que está acontecendo no mundo. Além disso, alguns Caddies pertencem a pessoas muito poderosas que têm acesso a informações que fariam seus dentes caírem. Modo de dizer. Cinco minutos."

– Entendi que era uma metáfora, muito obrigado. – Laurence estava segurando o Caddy com as duas mãos e os braços estendidos, sentado na cama às duas da manhã. – Mas você não entende que o romance é uma invenção essencialmente burguesa? No melhor dos casos, é anacrônico. No pior, é uma distração, um luxo para pessoas que não estão preocupadas com a sobrevivência. Por que você perderia seu tempo ajudando as pessoas a encontrarem seu verdadeiro amor em vez de fazer algo que realmente valha a pena?

"Talvez eu esteja fazendo o que posso", respondeu Peregrino. "Talvez eu esteja tentando entender as pessoas, e ajudá-las a se apaixonarem seja um jeito de conseguir uma noção melhor de seus parâmetros. Talvez aumentar o nível agregado de felicidade no mundo seja uma maneira de tentar impedir a destruição. Quatro minutos."

– O que você está contando?

"Você sabe o quê", disse Peregrino. "Você estava esperando por isso esse tempo todo."

– Não, eu não sei de porra nenhuma. – Laurence jogou o Caddy na cama, não com muita força a ponto de causar um dano, e vestiu as calças. Ele sabia o quê. As luzes das ruas se apagaram. Aquilo vinha acontecendo muito nos últimos tempos.

"Você também poderia dizer que venho agindo em benefício próprio", Peregrino disse. "Quanto mais empurro as pessoas para encontrarem suas almas gêmeas, mais elas incentivam os amigos a comprarem mais Caddies. Eu me torno uma necessidade, e não um luxo. É um dos motivos pelos quais os Caddies continuam funcionando até agora.

– É. – Laurence procurou meias limpas. Devia haver meias limpas. Não podia enfrentar aquilo sem meias limpas. – A não ser, de novo, que você esteja sendo míope. O que acontece com você se nossa civilização industrial inteira implodir? Se não houver mais combustível, nem eletricidade para recarregar os Caddies? Ou se o mundo inteiro entrar em uma corrente do mal nuclear?

Ele pegou as calças e percebeu que a camiseta estava manchada de suor e nojenta. Por que estava se importando com a aparência? Aquilo era neurose pura.

"Três minutos", disse Peregrino.

Laurence sentiu o pânico dominá-lo. Eram 2h15 da manhã, as luzes estavam todas apagadas, exceto pelo brilho da tela do Caddy, e ele estava sem camisa, sujo e sem um lugar para onde correr. Não estava pronto, nunca estaria pronto, havia deixado de estar pronto um tempo atrás, quando aventou sua primeira fúria mais intensa. Olhou para a janelinha de seu quarto e para a escadaria que levava até a parte da frente vaga, onde Isobel deveria estar. A casa era uma rota de obstáculos com o amontoado de coisas, o quintal um emaranhado selvagem. Pensou em milhares de esconderijos e em nenhuma rota de fuga.

Ele hiperventilou e engasgou com saliva, bateu no peito enquanto a escuridão aumentava até ficar maior do que ele conseguia abarcar.

Encontrou camisa, sapatos, ainda paralisado. Peregrino continuou tentando levar aquela conversa idiota dos dois, como se importasse, enquanto também dizia "dois minutos". Peregrino acrescentou:

"Acho que você só está decepcionado por eu não ter transformado o planeta inteiro ou me tornado uma espécie de divindade artificial, que parece uma compreensão equivocada da natureza da consciência, seja ela artificial ou não. Uma divindade verdadeira não teria, por definição, um corpo físico ou seria afetado por qualquer recipiente que a contivesse."

– Agora não. – Laurence estava dividido entre procurar uma arma, correr loucamente atrás dela, e arrumar os cabelos e escovar de novo os dentes, que ele havia escovado algumas horas antes. Tirando o fato de que não podia lutar, não tinha lugar para correr e não queria se enfeitar para a situação. Todo aquele tempo como cientista maluco, por que não tinha um raio encolhedor ou uma arma de choque em algum lugar do armário? Ele estava desperdiçando sua vida.

– O que eu vou fazer? – perguntou Laurence.

"Atender à porta", respondeu Peregrino. "Em aproximadamente um minuto."

– Meu Deus. Caralho. Não consigo, vou ficar maluco. Ela sabe de você? Claro que não. O que eu vou fazer? Não consigo enfrentar. Vou ficar cego. Sempre pensei que o termo "pânico cego" fosse uma metáfora, mas não é. Peregrino, preciso dar o fora daqui. Pode me esconder, cara?

Um baque surdo, estalado, fez Laurence se sobressaltar. Percebeu que tinha sido uma batida na porta da frente, que o pegou desprevenido, embora ele já esperasse. Não era possível que já tivesse passado um minuto inteiro desde que Peregrino falou "um minuto". Tinha certeza de que estava visivelmente trêmulo e conseguia sentir o cheiro de terror em si mesmo. Tentou alcançar a indignação que o preenchia não muito tempo antes. Por que a indignação só estava disponível quando era inútil?

Buscou alguma dignidade no bolso de trás da calça recém-comprada e foi até o apartamento principal, tropeçando apenas uma vez. Ou duas.

E então estendeu a mão para a porta quando ela vibrou de novo. Ele a abriu.

Não estava preparado para ela estar tão injustamente bonita.

A única fonte de luz no lugar inteiro era uma pequena lanterna, provavelmente de LED, em sua mão pequenina. Lançava um brilho que era pálido, mas não fantasmagórico, nos seios pequenos, visíveis através do top de renda, no queixo arredondado e na boca perfeita e determinada. Não estava sorrindo, mas tentava de alguma forma fitar seus olhos. Parecia calma. Os olhos estavam deslumbrantes. Estava segurando um Caddy em uma das mãos e uma mochila sobre o ombro. Vendo os olhos sérios e escuros e o rosto pálido, corajoso, Laurence sentiu uma onda de emoção que o pegou desprevenido. Por um picossegundo, não se importou que ela tivesse destruído a máquina, quis apenas abraçá-la e rir de alegria. Então, lembrou e sentiu tudo se travar de novo, tétano instantâneo.

– Oi, Laurence – Patricia disse, sua postura ereta e o corpo a postos, como se fosse combater um exército de ninjas a qualquer momento. Parecia muito mais adulta e autoconfiante do que da última vez que a vira. – É bom ver você.

– O que você está fazendo aqui?

– Queria devolver a aliança de sua avó. – Ela enfiou a mão no bolso do casaco de capuz e tirou um pequeno cubo preto.

Laurence não o tirou da palma de sua mão.

– Pensei que você precisasse guardá-lo – disse Laurence. – Ou Priya seria puxada de volta para a dimensão pesadelesca onde a gravidade é uma força intensa.

– É. Isso. Bem, eu decidi que não gosto tanto de Priya – Patricia disse. Vendo o olhar petrificado de Laurence, ela acrescentou: – Brincadeira. Estou brincando. Ninguém vai ser puxado para nenhum tipo de vácuo se eu te devolver a aliança. – Ela a estendeu para ele.

Ele olhou para a caixinha de feltro.

– Por que não?

– Percebi que já passou tempo suficiente e provavelmente é seguro. – Aquilo parecia uma grande bobagem, e Laurence apenas encarou. Ela disse ainda: – Tudo bem, não muito. Eu acho que minhas habilidades de magia do Pícaro melhoraram muito desde aquela época. E... – Ela fez uma pausa, porque, fosse lá o que viesse em seguida, era difícil dizer, especialmente quando se está desconfortável na soleira da porta de uma pessoa e na escuridão completa.

Laurence esperou. Patricia procurou as palavras certas. Ele não a tirou da saia justa interrompendo o silêncio.

– Digo... – Patricia pareceu insuportavelmente triste por um segundo, então continuou. – Acho que acabei pregando uma peça muito maior do que apenas te enganar para você abrir mão da aliança, não foi? Mesmo que eu não soubesse o que estava fazendo. Me transformei em sua amante e em parte de sua vida, e depois... bem, você sabe o que fiz. E a máquina antigravitacional que mandou Priya embora, aquela a quem o anel foi oferecido para salvá-la, se transformou em parte da máquina do apocalipse que eu destruí. Então, não preciso mais dela, porque eu acabei construindo um círculo muito maior ao redor do círculo menor. E acho que, de certa forma, esta aliança está corrompida para mim.

Ela estendeu a aliança de novo. Laurence ainda não pegou.

– Não era uma máquina do apocalipse – disse.

– Não era? Então, o que era?

– É uma longa história. Olha só, não posso ficar perto de pessoas nesse momento. Não é nada pessoal. – Fez um movimento para fechar a porta, mas ela estendeu a mão e sua relíquia de família ficou no caminho.

– Por que não? Está tendo uma sensação estranha? Como se estivesse coberto de lixo que faz sua pele coçar e você não consegue reconhecer outras pessoas como pertencendo à mesma espécie?

– Não. Não! Por que você me pergunta uma coisa dessas?

– Ah, hum. Nada. É que ultimamente, sempre que ouço dizer que não consegue ficar com pessoas, começo a temer que... ah, não importa.

– É que todos os meus amigos estão em Seadonia, e eu estou aqui sozinho. E ainda estou bem arrasado com o que você fez em Denver.

– O que estão todos fazendo em Seadonia?

– Resumindo? Tentando encontrar maneiras de matar você e seus amigos. Provavelmente usando ultrassom ou algum tipo de raio antigravitacional, semelhante ao que aconteceu com Priya, só que mais direcional e portátil. Pelo menos eu acho.

– Ah. Obrigada. Essa foi fácil.

– O que foi fácil?

– Pediram para que eu viesse aqui para ver se conseguia descobrir o que estava acontecendo em Seadonia. Eles imaginaram que você saberia.

– E você tirou essa informação de mim.

– Isso.

– Porque você é muito boa na magia do "Pícaro".

Patricia abaixou a cabeça. Parecia menos durona do que poucos minutos antes. Em seguida, ergueu a cabeça, e custou muito para Laurence olhar para ela.

De repente, lembrou-se de como ela havia descrito o Caminho para o Infinito como uma "máquina do apocalipse".

Nenhum dos dois conseguia olhar para o outro sem sentir vergonha. Laurence teve a sensação de que a maioria dos adultos que ele conhecia já havia se acostumado com esse sentimento de humilhação mútua, mas aquilo era novo para ele.

– Mas, na verdade, fico feliz que tenhamos tirado isso do caminho – disse Patricia. – Seadonia. Porque não era sobre isso que eu queria falar com você.

– Não era?

– Não. Eles queriam que eu falasse com você sobre ela. Mas não era sobre ela que eu queria falar.

– Então, sobre o que quer falar?

– Sei lá. – Ela estava lá parada, e ele conseguia ouvir a respiração de ambos e alguém correndo a algumas ruas de distância. – Sei lá. Nada. Nada, eu acho. – Ela ofereceu a caixinha preta para ele. – Então, você quer sua aliança de volta ou não?

– Não consigo, simplesmente não consigo. Não consigo pegar nada de você, mesmo que seja algo que era meu.

Ela pôs a aliança de volta no bolso. Parecia mais bonita que nunca. O coração dele estava em frangalhos.

– Desculpe.

– Por quê? Por que você acha que deve se desculpar?

– Ernesto diz que traí meu amor, ou seja, você, e que preciso lidar com isso. Mesmo que você estivesse construindo uma máquina do apocalipse, isso não muda o fato.

– Não era uma máquina do apocalipse – repetiu Laurence.

Ele olhou para o Caddy aninhado entre a mão e o antebraço de Patricia, lançando uma iluminação parca ao mundo escuro. O Caddy estava ronronando, provavelmente sincronizando com aquele que estava no quarto de Laurence e verificando as atualizações em tempo real do servidor mais próximo. Quanto de Peregrino havia nos Caddies e quanto vinha de algum lugar seguro e escondido no mundo, de onde os Caddies puxavam suas atualizações? Por que Peregrino o alertou de forma indireta que Patricia estava a caminho? Sem tempo suficiente para fugir, mas suficiente para surtar? Ficaram lá, parados, nenhum deles dizia nada, até que as luzes da rua voltaram. A guinada brusca do breu para a luminosidade amarela fez parecer que o sol havia surgido de uma vez – só que a luz estava mais fraca e não havia calor. Os dois foram arrancados daquele devaneio mútuo.

– Tudo bem – Patricia disse. – Se cuida. Vamos ter tempos difíceis. Digo, tempos mais difíceis. Vejo você por aí.

– Não – disse Laurence. – Você não vai me ver.

32

O SOL AINDA não havia nascido. Talvez nunca nascesse. Talvez o céu tivesse ficado enjoado dessas mudanças de roupa infinitas: vestindo manto após manto, mas sem nunca revelar o que usava por baixo de todos eles. Patricia subiu a escadaria alta até o topo da colina, tropeçando nos degraus de cimento. Ali perto, um falcão passou com tudo, fazendo sua última caçada da noite, olhou para Patricia e disse: "Tarde demais, tarde demais!". Era aquilo que os pássaros viviam dizendo para ela naqueles dias. Ela avançou pesadamente até o topo da escadaria e seguiu hesitante por Portola até chegar às margens do Mercado, olhando para toda a cidade e a baía, até Oakland. Procurou na mochila um saquinho de milho tostado, esmagado até virar pó gorduroso, e os restos de um energético. Esperava que o sol não saísse. Quando ele saiu, ela estava indo se apresentar a Carmen e lhe dizer que eles haviam irritado algumas pessoas com riqueza ilimitada, superciência arcana e nada a perder. Aquela conversa levaria Carmen a tomar algumas decisões, algumas das quais Patricia teria de implementar pessoalmente. Essas, por sua vez, levariam a mais consequências e a mais decisões.

Oakland tinha um brilho rosa. Patricia percebeu um ataque de pânico vindo de seu ponto cego, mas enquanto não olhasse para ele diretamente, nunca chegaria. Mas no momento em que ela acalentava aquela noção, sua bolsa fez um barulho alto de sirene, como se ela estivesse em um submarino fazendo água. Sobressaltou-se e quase caiu na amurada. O alarme era de seu Caddy, que estava mostrando uma "Nova Mensagem de Voz" no centro de seu redemoinho de rodas. A mensagem de voz não era nova, era aquela que Laurence havia deixado pouco antes do ataque em Denver, que tinha descoberto mais tarde e excluído sem ouvir.

Ele deixara no telefone, não no Caddy, então o Caddy não deveria tê-la. Ela devolveu o Caddy à bolsa e observou a cobertura vermelha estendendo-se na direção do estaleiro da AT-AT, enquanto uma impressão digital laranja se abria no horizonte.

O alarme soou de novo: "Nova mensagem de voz". De novo, não era uma nova mensagem de voz. Ela a apagou uma segunda vez e desligou o Caddy por segurança.

A cor voltou ao mundo, o momento da visão em que os cones são substituídos pelos bastonetes. Patricia pensou sobre como seria sofrer o destino de Priya para sempre. Tentou não sentir pena de Theodolphus. Pensou em Dorothea, tendo os miolos estourados. Sentiu um gosto podre na boca.

Sua bolsa vibrou, barulhou e berrou. O Caddy ligou-se sozinho de alguma forma e estava, adivinhe, tentando fazer com que ela ouvisse a velha mensagem morta.

– O que há com você? – disse ao dispositivo.

"Você vai querer ouvir essa mensagem", disse o dispositivo em voz alta, em sua voz de aeroporto.

Ela apagou a mensagem de novo.

E a mensagem voltou, com o mesmo barulho odioso.

Patricia havia salvado algumas fotos de infância no Caddy, do contrário, já teria arremessado o negócio encosta abaixo. E, de qualquer forma, era uma mensagem de voz. Seria tão ruim assim? Ela apertou "ouvir".

No início, ficou apenas desconcertada, ouvindo o Laurence de outra época falando sobre um futuro que fora apagado. Pobre Laurence alternativo idiota. Mas então falou sobre seus pais mortos, como se ainda não tivessem morrido – embora Patricia tivesse a impressão de que seus pais haviam morrido muitos, muitos anos antes. Primeiro, não houve tempo para o luto por seus pais, e depois ela decidiu que já havia chorado demais. Na verdade, seus pais haviam morrido recentemente, não anos atrás, e ela lhes deu pouca atenção, além de sentir uma pontada de dor aqui e ali, e um sonho zoado falando com Roberta. Ela enterrou o luto, do jeito que enterrava tudo. Então, sua cabeça se encheu de sanduíches decapitados e camisas com estampa caseira, e os beijos do pai no alto do nariz, e a cobertura amarelo-canário no bolo de aniversário de sete anos que a mãe havia feito para ela, e o jeito com que o primeiro "e" em "deserdar" foi dito com ênfase por conta da grande tensão, e o braço quebrado da mãe... Ela nunca mais veria os pais ou diria o quanto os amava ou que eles haviam arruinado sua infância. Eles se foram, e ela nem sequer os conhecera, e Roberta insistia que realmente a amavam mais apesar de toda a crueldade, e Patricia nunca, jamais entenderia. A incompreensão era pior do que qualquer coisa, era como um mistério, um ferimento que não poderia ser curado e uma falha imperdoável.

Patricia desabou. Caiu sobre as mãos e os joelhos na terra do acostamento, encarando o nascer ofuscante do sol, e começou a tremer e arranhar o solo com a visão borrada pelos olhos marejados. Limpou os olhos quando a visão se fixou em uma única flor amarela além da cerca de metal, e bem quando o Fantasma de Laurence disse as palavras "fototropismo emocional" a luz do sol atingiu a flor e ela realmente levantou a porra das pétalas para cumprimentar o sol, e Patricia se desesperou de novo, as lágrimas descendo como cascata enquanto ela arranhava o chão que estava salgando.

A mensagem terminou e desapareceu para sempre, e Patricia ficou chorando e cavando a terra pedregosa com as mãos até o sol estar sobre ela.

Quando conseguiu enxergar de novo, ainda sentindo ânsia e gemendo um pouco, ela olhou para o Caddy, que estava caído na grama, parecendo inocente, e teve uma vaga ideia de quem ele era, mas aquela era a menor de suas preocupações.

– Vai – disse ela – se foder.

"Pensei que você precisasse ouvir isso", retrucou o Caddy.

– A armadilha que não pode ser ignorada – disse ela – é papo furado.

Ela se sentou, a cabeça sobre os joelhos sujos, olhando para a cidade. Sentiu como se não houvesse ninguém no mundo com quem pudesse conversar sobre como estava se sentindo, como se a praga tivesse matado todos os humanos. Aquele pensamento levou-a de volta ao Desfecho, do jeito que todo pensamento acabava levando.

Ela esmurrou a porta de Laurence, sem bater, fazer uma pausa e bater de novo, mas sim dando com o punho várias vezes como se dissesse “Eu vou derrubar esta porta”.

Sua mão ficou esfolada, e ela continuou.

Àquela hora, Laurence provavelmente estava dormindo. Ele parecia ainda mais desgrenhado que antes e muito mais desorientado. Estava apenas com uma meia e um braço enfiado em uma manga da camiseta.

– Ei. – Ele apertou os olhos.

– Você prometeu que nunca fugiria de mim de novo – disse ela.

– Eu prometi – concordou ele. – E não me lembro de você prometer não destruir o trabalho da minha vida. Então, você me pegou.

Patricia quase se afastou, porque não conseguia mais lidar com acusações. Mas ainda tinha terra embaixo das unhas.

– Me desculpe – disse ela. E então não conseguiu dizer mais nada.

Não conseguia encontrar palavras, assim como não conseguia sentir suas extremidades.

– Me desculpe – repetiu ela, porque precisava que aquilo fosse totalmente incondicional. – Sinto que devia ter confiado mais em você do que confiei. Não deveria ter destruído o que não entendia, e não deveria ter feito isso com você.

Laurence continuou olhando para ela com uma expressão apática, como se ele estivesse esperando que ela calasse a boca e sumisse para ele poder voltar a dormir.

Ela provavelmente estava um caco, suada e coberta de terra e lágrimas.

Patricia obrigou-se a continuar falando, porque era outra situação em que não havia opção além de seguir em frente:

– Acho que parte de mim sabia o tempo todo que você estava trabalhando em alguma coisa que poderia ser perigosa, e pensei que ser uma boa amiga significava não julgar ou fazer perguntas demais. E isso foi zoado, e eu deveria ter tentado descobrir logo, e quando vi a máquina em Denver e percebi que era sua, deveria ter encontrado uma maneira de conversar com você em vez de simplesmente terminar a missão. Eu fodi com tudo. Desculpe.

– Merda. – Laurence fez uma cara como se ela tivesse dado um chute no seu saco e não pedido desculpas. – Eu... eu nunca pensei que ouviria isso de você.

– Estou falando sério. Fui uma babaca colossal.

– Você não foi uma babaca colossal. Só uma babaca normal. Estávamos brincando com fogo em Denver, sem dúvida. Mas, sim, queria que você tivesse falado comigo.

– Eu ouvi sua mensagem de voz de antes – Patricia disse. – Só agora. M3MUD@ me forçou. Ele não me deixou apagar sem ouvir.

– Esse porra é insistente. Agora ele atende por Peregrino.

– Olha só, preciso te contar uma coisa realmente importante. E não é algo que podemos discutir a céu aberto.

– Acho que você deveria entrar, então. – Ele deu um passo para trás e segurou a porta.

Sentaram-se no mesmo sofá onde compartilharam o narguilé em forma de elfo, encarando a TV *wide-screen* na qual assistiram *Red Dwarf* com Isobel. O apartamento estava muito mais apinhado, até parecia um episódio de *Acumuladores*, e havia uma camada de um milímetro de algo grudento em tudo.

Patricia contou para ele sobre o Desfecho. E depois, como ele não conseguia compreender nem mesmo um tanto da enormidade daquilo, ela recontou. Viu-se deslizando para termos clínicos, em vez de transmitir toda a experiência perturbadora.

– A população diminuiria dentro de uma geração, mas algumas pessoas ainda conseguiriam procriar. Procriar seria altamente desagradável. A maioria dos bebês seria abandonada no parto. Por outro lado, não haveria mais guerras, nem poluição.

– Isso é perverso. Digo, talvez seja a coisa mais perversa que já ouvi. – Laurence esfregou os olhos com os dez nós dos dedos, afastando os últimos resquícios de sono, mas também estava tentando se livrar das imagens que Patricia havia colocado em sua cabeça. – Faz... faz quanto tempo que você sabe disso?

– Um dia, talvez três – respondeu Patricia. – Ouvi as pessoas sussurrando sobre isso uma ou duas vezes, mas não é uma coisa que discutimos. Acho que vem sendo planejado há cem anos. Mas ainda estão refinando. Minha ex-colega de escola está acrescentando uns toques finais. – Ela estremeceu, pensando em Diantha, com todo o ódio por si mesma e como Patricia a coagiu a fazê-lo.

– Não consigo nem imaginar – disse Laurence. – Por que está me contando isso?

Ele foi fazer café, pois quando você acaba de ouvir sobre a possível transformação da raça humana em monstros ferozes, precisa estar fazendo algo com as mãos e criando algo quente e reconfortante para outra pessoa. Moeu os grãos, tirou-os a colheradas do moedor e despejou água fervente na prensa francesa, esperando para empurrar a alavanca até o líquido alcançar a consistência certa da mistura.

Ele se movia como um sonâmbulo, como se Patricia não o tivesse acordado de verdade.

– Desculpe por descarregar isso em você – disse Patricia. – Nenhum de nós pode fazer nada quanto a isso. Só precisava falar com alguém, e percebi que você era a única pessoa com quem eu poderia falar. Além disso, senti que devia isso a você, de alguma maneira.

– Por que não fala com Taylor? Ou com alguém lá do pessoal mágico?

– Eu nem sei qual deles sabe sobre isso, e não quero ser responsável por espalhar a notícia na comunidade. Também, se eu dissesse que estava tendo dúvidas sobre esse assunto, seria como o bônus derradeiro do Enaltecimento. E eu acho que... você sempre foi a única pessoa que conseguiu me entender quando importava.

– Lembra quando éramos adolescentes? – Ele entregou para ela a caneca quente. – E costumávamos nos perguntar como os adultos ficavam tão babacas?

– Lembro.

– Agora sabemos.

– É.

Tomaram café por um bom tempo. Nenhum dos dois deixou a caneca de lado entre os goles, simplesmente a seguraram diante do rosto, como um respirador de mergulho.

Os dois olhavam para dentro da caneca e não um para o outro. Até Laurence estender a mão e pegar a mão livre de Patricia, em um movimento repentino e desesperado. Segurou a mão dela e encarou seus olhos, olhos inchados pela desolação. Ela não se retraiu, nem apertou a mão dele também.

Patricia rompeu o silêncio.

– Todos esses anos, eu fiz magia sozinha, sem outras pessoas ao redor, exceto com você, naquela vez. Na floresta ou no sótão. Então, descubro que fazer magia, na verdade, é interagir com as pessoas de um jeito ou de outro... seja curando ou enganando. Mas os magos realmente grandes não podem ficar perto das pessoas. São como Ernesto, que não podem sair de seus dois cômodos. Ou a pobre Dorothea, que não conseguia manter uma simples conversa. Ou meu ex-professor, Kanot, que muda de rosto todo dia. Separados. Como se pudessem fazer coisas *para* as pessoas, mas não *com* as pessoas.

– E essas são as pessoas que planejaram o Desfecho – disse Laurence. – Ela percebeu que ele se arrepiou quando ela mencionou Dorothea.

– Eles querem proteger o mundo – Patricia disse. – Acham que os golfinhos e os elefantes têm tanto direito à vida como nós. Mas, claro, eles têm uma perspectiva distorcida.

Laurence começou a descrever a reunião em que ele estivera, naquele complexo em Denver, onde seus amigos falaram sobre a possibilidade de sua grande máquina fazer com o mundo o que a máquina pequena fez com Priya. A imagem dos *nerds* apinhados em uma sala de servidor fez Patricia pensar em ficar encolhida em uma chaminé em Eltisley Hall, e seu devaneio ameaçou entrar em uma espiral infinita, mas Peregrino interrompeu.

"Acho que vocês deveriam ligar a televisão", disse ele.

A mesma coisa estava passando em todos os canais. A Cúpula de Bandung havia fracassado. A China estava tomando as ilhas Diaoyu e reivindicando o Sul do Mar da China, e nesse meio-tempo o país prometeu apoiar o Paquistão no conflito de Caxemira. E as tropas russas estavam marchando para o ocidente. A tela mostrava as tropas se reunindo, destroieres se posicionando, mísseis e drones sendo preparados. Para todo mundo, parecia o History Channel, porém aquelas eram novas gravações.

– Puta merda – Patricia disse. – Isso não é bom.

O telefone de Laurence tocou.

– O quê? – disse ele. – Espere um minuto. Ele fez um sinal para se desculpar com Patricia e saiu da sala.

Patricia assistiu à cobertura televisiva por um momento até ficar enjoada e precisar tirar o áudio da TV.

Peregrino apitou. "Patricia", disse ele. "Você se lembra do que disse para mim quando despertou minha consciência pela primeira vez? Quando Laurence estava naquela escola militar?"

– Oi. Não. – Patricia procurou em suas lembranças. – Era uma frase aleatória, tipo uma pergunta louca. Devia trazer sua consciência com um choque. Ainda não consigo acreditar que tenha funcionado.

Laurence foi quem me disse. Não me lembro da frase. – Seu cérebro estalou e a frase se formou. – Espere. – Lembrei. Foi "Uma árvore é vermelha"?

"Isso mesmo", disse o Caddy.

Patricia mordeu o dedão e sentiu uma espécie de dissonância cognitiva, como um fio de lembrança enterrado.

– Alguém me perguntou isso quando eu era criança – disse ela por fim. – Tipo, muito pequena. Acho que foi minha primeira experiência em magia. Como fui me esquecer disso?

"Não sei", disse Peregrino. "Não consegui parar de pensar nessa pergunta. Imagino que você não saiba a resposta, certo?"

– Merda – disse Patricia. – Não. Não sei. – Aquilo a fez pensar sobre como os pássaros começaram a lhe dizer que era tarde demais, e depois ela pensou em sua fantasia de infância com a Árvore. Teve um *flash* de pássaros em um julgamento, e seu eu criança pedindo mais tempo. E se tudo tivesse sido real? E se tivesse sido real e importasse, e se no fim das contas ela nunca tivesse merecido de verdade o direito de ser bruxa, porque havia algo que precisava ter feito durante todo esse tempo?

– Merda – repetiu Patricia. – Agora não vou conseguir parar de pensar nisso também.

"Você ser incapaz de suprimir um pensamento é um tanto diferente de eu ser incapaz de suprimir um pensamento", disse Peregrino, claramente tentando ser diplomático. "Isso é uma charada. Ou um koan zen. Mas não existem respostas a essa pergunta em lugar nenhum online, em nenhum idioma."

– Hum – disse Patricia de novo. – Acho que essa é uma das coisas que não deve fazer muito sentido. Digo, uma árvore é vermelha no outono.

"Então, talvez a pergunta seja se estamos no outono do mundo", disse Peregrino. "Supondo que seja uma generalização e não uma referência a uma árvore específica."

– Uma árvore pode ser vermelha se estiver pegando fogo. Ou no crepúsculo – disse Patricia. – Isso não é nem uma charada de verdade. Charadas nunca têm respostas sim ou não, certo? Seria mais, tipo, "Quando uma árvore é vermelha"?

"Acho que encontrar a respostas talvez seja meu objetivo de vida", disse Peregrino.

Patricia flagrou-se imaginando se aquilo poderia ser sua busca pessoal de vida também, mesmo quando uma voz dentro dela dizia *Enaltecimento*!

Laurence voltou.

– Era Isobel – comentou. – Não sei como dizer isso a você.

O terremoto aconteceu enquanto Laurence estava se inclinando para abaixar o telefone, então ele foi lançado para a frente e bateu a cabeça na mesa de centro de aço de Isobel, espirrando sangue de uma abertura na testa e quase fazendo o rapaz desmaiar. A sala sacudiu com força suficiente para fazer livros e bibelôs choverem sobre Patricia, e a televisão, cheia de cenas de guerra, deslizou do suporte, caindo de lado. Patricia ficou sentada, inabalável, enquanto tudo desmoronava ao redor dela.

33

SEGUE AQUI O QUE ISOBEL disse a Laurence, pouco antes de o terremoto acontecer:

– Não é vingança. Você sabe disso. Nosso pessoal não passou os últimos meses confinado em Seadonia, lidando com sarna e percevejo em alojamentos fechados, obcecados por uma simples revanche. Mas precisávamos encontrar um jeito de seguir em frente depois de Denver. Porque reconstruir a máquina do buraco de minhoca do zero levaria anos, e não podemos arriscar que aquelas pessoas voltem e a destruam de novo. Poderíamos tentar estabelecer defesas melhores, mas não os vimos chegar da última vez e não podemos garantir que veremos na próxima. Então, não temos opção além de tomar uma ação preventiva.

– O que vocês fizeram? – Laurence apertou o telefone contra a curva da mandíbula até ela latejar. – Isobel, o que vocês fizeram?

– Construímos a máquina final – ela estava dizendo. – Tanaa, você sabe que trabalhadora maravilhosa ela é, ela fez muito da parte difícil. Chamamos de Solução de Destruição Total e é incrível.

Isobel soltou as nerdices sobre os desafios do projeto de criar a SDT: precisaram enfiar o máximo de armamentos possível no chassi principal, sem criar algo muito pesado. Queriam algo anfíbio e para todos os terrenos, com movimento omnidirecional e a capacidade de mirar em vários alvos ao mesmo tempo. Como todo designer de hardware descolado, Tanaa acabou chegando a formas da natureza: os corpos segmentados dos artrópodes maiores, as propriedades antichoque dos espinhos de um porco-espinho, a cauda estabilizadora, as seis pernas insetoides, a carapaça multiseccionada e assim por diante. A cabine ficou espaçosa, com lugar para duas pessoas e controles manuais que seriam redundantes quando tivéssemos alguém conectado à interface cérebro/computador. (Milton fez a operação laparoscópica pouco tempo antes.) O resultado talvez tenha ficado um pouco detalhado demais, mas se moveu com suavidade, e quando chegasse o momento de acionar os cinco mísseis superfície-ar, os sete lasers industriais, os lançadores de napalm fronteiro e traseiro – e a joia da coroa, o canhão antigravitacional – a SDT botaria *pra quebrar.*

– Mas vocês nem sabem com quem estão lidando. – Laurence olhou para a pasta espumosa de grãos na prensa francesa no balcão de cozinha de Isobel.

– Sabemos mais do que você imagina – disse Isobel com muita seriedade.

– Sabemos que eles têm uma rede com várias instalações clandestinas ao redor do mundo, inclusive um hostel em Portland, uma escola de dança de salão em Minneapolis e uma livraria e bar em São Francisco onde servem absinto. Além disso, um centro de treinamento que chamam de Maze, que tem uma entrada secreta nos Pirineus. Esse daí, o Maze, parece ser bem protegido contra ataque convencional; por outro lado, é por isso que fazem armas antibunker. É hoje. É agora. Vamos atingir todos os alvos simultaneamente antes que saibam o que está acontecendo.

– Isobel, não. Não faça isso. Cancele tudo, por favor. Vocês não sabem o que estão fazendo.

– Neste momento, estou na cabine da Solução de Destruição Total com Milton – disse Isobel. – Na Mission Street, a um quarteirão daquela tal livraria. Esperei até o último minuto para ligar, porque não queria que você interferisse.

Ao fundo, Laurence conseguiu ouvir Milton dizer algo a Isobel, além do som inequívoco de "Terraplane Blues" que soava a toda potência nos alto-falantes da cabine da SDT.

– Vocês não podem fazer isso – insistiu Laurence. – Vão simplesmente...

– Sabemos que você está se encontrando com um dos Cinco de Denver – interrompeu Isobel. – Identificamos sua namorada na gravação de segurança de um posto de gasolina em Utah, onde pararam para abastecer. Tentei manter você fora dessa, mas agora todo mundo já sabe que você estava comprometido. Então, por favor, fique longe. Se aparecer por aqui, não posso garantir que não será tratado como um combatente inimigo.

– Isobel, por favor, me ouça.

Mas ela já havia desligado.

LAURENCE ESTAVA CAÍDO NO chão, grunhindo, o sangue esguichando da testa onde havia batido na mesa de centro. Patricia agachou-se sobre ele e lambeu a ferida em um movimento rápido, desculpando-se por fazer aquilo da forma mais rápida e não da mais elegante.

O sangramento parou. A cabeça de Laurence parecia melhor. Ele teve uma ereção. Patricia recostou-se para que Laurence pudesse se sentar, e por um momento ficaram cara a cara, Patricia ficando vermelha e com olhos arregalados e crédulos, inclinada sobre as coxas dele. Ele teve a sensação de que aquele era um momento em que todos os tipos de caminhos poderiam se abrir entre eles, e estava prestes a fechá-los violentamente com o que precisava dizer para ela. Apenas imaginou por um momento se deveria guardar as notícias de Isobel, porque contar a Patricia significaria trair Isobel e Milton. Mas não contar a Patricia seria de certa forma a traição maior, e aquela com a menor probabilidade de ele se perdoar. Embora tivesse ficado furioso com Patricia e seus amigos, não poderia olhar para ela e não contar sobre a situação. Ele reconheceu que aquela era a maior decisão que estava tomando, e então ele a tomou.

Patricia estava em pé quando Laurence terminou a terceira frase. Uma confusão de panos pretos, cotovelos empurrando e pescoço cheio de tendões, ela estava se movendo rápido demais para ir a algum lugar. Por um momento, pensou que tremeria de ódio até se despedaçar, depois percebeu que foi um segundo terremoto, muito pior que o primeiro. Se Laurence já não estivesse deitado, cairia de novo, e dessa vez tudo que não estava parafusado saiu voando. O terremoto parou, em seguida começou de novo, ainda pior. Como se estivessem dentro de uma furadeira. O teto estava abrindo fissuras, o assoalho inclinou-se.

Claro. Raio antigravidade concentrado. Zona de risco sísmico. O que mais. Se esperaria?

Isobel precisaria de novas coisas e de uma nova casa. No entanto, o sismo parecia ter feito bem para Patricia. Ela era o único ponto imóvel, como se tudo o mais estivesse no liquidificador, e quando o terremoto finalmente parou, ela parecia serena.

– Passei oito anos treinando para este dia – disse a Laurence. – Está tudo sob controle. Você precisa ficar aqui. Fico muito feliz por ter conversado com você uma última vez. Adeus, Laurence. – E então ela partiu na direção da porta da frente.

Nem a pau! – Laurence correu atrás dela, bufando um pouco. – Vou com você – ele disse. – Vai precisar de ajuda para acalmá-los. Como você vai até Mission, logo depois de dois terremotos gigantescos? Pode voar neste momento? Não achei que pudesse. Sei onde tem uma moto que podemos pegar emprestada. Olha, sinto muito que meus amigos tenham feito isso, sei como estão furiosos, mas essa não era a resposta, e quanto mais isso continuar, mais coisas assim vão se acumular dos dois lados até chegarmos a um ponto em que não terá volta.

– O Desfecho – disse Patricia. – Onde está a motocicleta?

Um pé de zimbro, perto da casa desmoronada de Isobel, estava cheia de pássaros, todos grasnando sem parar. Laurence tinha ouvido aquilo algumas vezes antes, às vezes aleatoriamente e às vezes depois de uma grande perturbação. Algumas dezenas de pássaros se juntavam e simplesmente começavam a berrar. No entanto, dessa vez pareceu arrancar Patricia de sua calma recém-encontrada. Ele perguntou o que os pássaros estavam dizendo, e ela respondeu que era a mesma coisa que vinham dizendo naqueles dias: que era tarde demais. Cara, mesmo para Laurence aqueles pássaros pareciam putos da vida. Deviam estar agradecidos por ter uma árvore ainda em pé.

A moto BMW ainda estava onde Gavin, o vizinho de Isobel, havia deixado, no barracão com as chaves do barracão e a chave reserva da moto escondidas no mesmo fauno de pedra. Patricia dirigiu, com Laurence atrás usando o único capacete, e em grande parte do trajeto manteve os olhos fechados, porque ela dirigia como o dublê Evel Knievel nas estradas íngremes, cheias de rachaduras e frontões caídos das casas em estilo *craftsman* e veículos e corpos humanos estraçalhados, e um carrinho de bebê tombado. Laurence conseguia sentir o cheiro da fumaça, o amargor dos vazamentos de gás e o odor da morte, que lembrava carne apodrecida. Saltaram sobre uma colina íngreme e aterrissaram em uma vala fumegante com um impacto que espremeu a pélvis de Laurence contra seu tórax.

Havia um grande inconveniente de Laurence ficar com os olhos fechados: via o tempo todo a imagem do cérebro de Dorothea vazando, projetada contra a cortina vermelha das pálpebras. Ele dissera a si mesmo que havia feito o que precisava. Dorothea, Patricia e os outros haviam atacado sem motivo, e ele apenas ajudou na defesa. Mas agora, seguindo através da destruição do contra-ataque de Milton, teve sérias dificuldades em se sentir bem com seu papel nesse caso. Seu estômago já nauseado revirou-se ainda mais quando viu o cadáver de Dorothea, justaposto à sua gargalhada amigável de quando se conheceram. Ele abriu os olhos e procurou seu Caddy.

Peregrino estava passando vídeos amadores e imagens via satélite de outros locais do Dia do Trovão global de Milton, mas felizmente estavam borrados: fumaça e corpos tombando no fogo, e alguém atirando com uma versão portátil do raio antigravitacional pendurada no ombro. Outro terremoto veio, um de tremer os ossos, bem quando Patricia saltava com a moto sobre os escombros do ponto do J-Church, usando o telhado caído como rampa.

A Solução de Destruição Total avançou pela Mission Street, todas as seis pernas em perfeito equilíbrio apesar do chão irregular. Laurence reconheceu a obra excelente de Tanaa – aquela carapaça era sexy pra caramba, a variação de movimentos um sonho –, mas foi antes de ele ver os cadáveres. Lá, nos escombros da última boa *taqueria* da cidade, estavam os restos retorcidos daquele cara japonês, Kawashima (pela primeira vez na vida, o terno Armani parecendo menos que perfeito). E aquele rapaz, Taylor, com seu moicano disfarçado, estava empalado em um parquímetro quebrado, seus esternos bifurcados. Bocas manchadas, membros imóveis, mas ainda se movendo quando tudo sacudia. Nuvens de fumaça alcatroada passaram de repente.

Quando Patricia parou na Mission Street, Laurence

avistou o número 2333 1/3, a velha galeria suja que escondia a Perigo e a Ala Verde, exceto que metade do prédio estava em ruínas. As paredes da frente e uma boa parte do interior, simplesmente arrancadas. Como se alguém tivesse dado uma mordida gigantesca. Era possível ver as vigas, as estacas e os suportes no assoalho destruído, e até mesmo as pontas esfarrapadas do carpete. A superestrutura em ângulos irregulares frente ao mundo que se inclinava rapidamente. Quando se aproximaram, as chamas saíram de um dos espinhos do SDT com um brilho anormal, a cor de um refrigerante de laranja.

Um homem saiu do fosso que ficava na frente da galeria na 2333 1/3 Mission Street. Bem, tinha forma de homem. Estava coberto dos pés à cabeça, o corpo inteiro sob uma crosta verde pálida como pão mofado, e levou um tempo para Laurence perceber que era Ernesto, sem todo seu charme e feitiços para protegê-lo. Ernesto chegou à calçada e procurou algo orgânico para usar como arma – a grama crescendo nas fendas do cimento, árvores em gaiolas de metal –, mas a área inteira havia sido desfolhada. A SDT disparou seu raio antigravitacional com um sibilar alto, e Ernesto disparou para cima, muitas vezes mais rápido que Priya. E, então, ele desapareceu. O chão tremeu e o ruído maldito quase rompeu os tímpanos de Laurence, mesmo com capacete.

Tudo aquilo acontecendo bem quando Patricia estava avançando na direção da SDT sobre a motocicleta. Ela empurrou Laurence de cima da moto para ele cair de pernas para cima sobre uma pilha de sacos de lixo. Quando recuperou o fôlego, ele tirou o capacete e procurou. A motocicleta estava saltando sozinha e não havia sinal de Patricia. A moto atingiu a SDT em uma das pernas telescópicas e se desviou, aterrissando com as rodas para cima nos restos da taqueria. A SDT girava, buscando alvos, executando uma varredura perfeita, e Laurence não conseguia ver Patricia em lugar nenhum.

Ela saiu da lateral da SDT, avançando de quatro sobre a carapaça até descobrir um ponto fraco. Alcançou a junta entre seções da carapaça e os segmentos da barriga com um olhar de concentração tranquila e completa. Não parecia alguém que tinha acabado de assistir a seus camaradas morrerem, mas alguém que estava cumprindo uma tarefa delicada, um parto, digamos, em circunstâncias desafiadoras. Os ombros estavam tensos e ela repuxou a boca para um lado, e então enfiou as duas mãos desprotegidas nas entranhas da máquina mortífera de Milton.

Ela torrou. Ficou rígida, depois se debateu como epiléptica, quando milhares de volts passaram por ela, mas continuou fuçando até encontrar o trecho certo dos circuitos.

A SDT estava se sacudindo para trás e para a frente, tentando jogá-la longe. Um dos tiros de laser bateu perto dela, mas não acertou.

Ela encontrou o que estava procurando e, mesmo com a pele soltando e revelando por baixo dela uma camada frita, sorriu. Concentrou-se ainda mais e um único raio caiu de uma nuvem lá em cima, atingindo o ponto para onde Patricia o guiou, dentro da Solução de Destruição Total.

A máquina tombou de lado no momento em que Patricia deslizou de cima dela e aterrissou de costas no pedaço solto de concreto com um som de rompimento. A máquina caiu na rua, as pernas todas em uma pilha.

Laurence correu na direção de Patricia, os braços sacudindo e as pernas cedendo, puxando ar e soltando balidos lamentáveis, totalmente instável em seu âmago, mas com os olhos concentrados no corpo caído com a espinha desviada por um pedaço grande de calçada. *Por favor, esteja bem, por favor, esteja bem, eu lhe dou qualquer coisa que tiver, grande ou pequena.* Ele entoava aquela frase na cabeça enquanto saltava sobre as formas cinzentas, pretas e vermelhas no caminho. Poucas horas antes estava muito magoado com ela, mas agora sentia, nos joelhos trêmulos e nos quadris sacudindo, que, no fim das contas, sua história era a história dele e de Patricia, para o bem e para o mal, e se ela morresse, sua vida talvez continuasse, mas sua história acabaria ali.

Ele tropeçou, caiu e continuou correndo sem nem se levantar direito. Estava ofegante, arfava e pulava sobre formas, sobre buracos no mundo, apenas olhando Patricia.

Chegou até ela. Estava respirando, não estava bem, mas respirando. Grunhidos roucos, entrecortados. O rosto nem parecia rosto, queimado pela metade. Ele se agachou sobre ela e tentou dizer que tudo ficaria bem de alguma forma, mas havia uma arma apontada para sua cabeça.

Ele reconheceu a mão de unhas feitas que segurava a arma. A mão presa a um pulso magro, desaparecendo dentro de um suéter verde-ervilha, que tinha um pescoço trêmulo de veias saltadas e a cabeça raspada e nodosa de Isobel saindo da gola.

– Milton morreu – disse Isobel. – Milton *morreu*. Me dê um motivo para eu não estourar a cabeça dela.

– Por favor – disse Laurence. – Por favor, não.

– Me dê – repetiu ela. – Me dê um motivo para eu não atirar nela agora. Eu quero saber.

Ele não conseguiria tirar a arma de sua mão antes de ela puxar o gatilho.

Então, Laurence contou a história inteira a Isobel, mantendo a voz o mais firme possível. Que ele conheceu aquela garota quando eram crianças, e ela era a pessoa mais estranha que já tinha visto, e ele pagava para ela fingir que ele adorava a natureza.

E depois acabou se revelando uma bruxa de verdade, que podia falar com animais, e ela fez seu computador pensar por si mesmo e salvou sua vida. Eram os únicos dois esquisitos naquele açougue horrível que era a escola, e não conseguiram se apoiar do jeito que queriam, mas tentaram.

E então eles cresceram e se reencontraram, e dessa vez Patricia tinha toda sua sociedade de bruxas, que ajudava pessoas e tinha apenas uma regra: não podiam ser orgulhosos demais. E, de alguma forma, embora Patricia tivesse seus amigos mágicos e Laurence tivesse seus amigos nerds da ciência, ainda eram os únicos que conseguiam entender um ao outro. E Patricia usou sua magia para salvar Priya do vácuo, que foi o principal motivo por que eles conseguiram ir em frente com a máquina de buraco de minhoca que poderia partir o mundo ao meio.

Laurence teve a sensação de que, se parasse mesmo por um instante seria assim, ele nunca mais falaria palavra nenhuma. Então, continuou falando o máximo que pôde, mal respirando entre as palavras, e tentou fazer com que cada palavra contasse.

– Mesmo depois que ela destruiu nossa máquina, eu não consegui negar que ela e eu estávamos ligados, que ela e eu somos perturbados de maneiras diferentes, mas compatíveis, e além de ter poderes mágicos e a capacidade de transformar as coisas com o toque, também é a pessoa mais incrível que já conheci. Ela vê coisas que ninguém vê, mesmo as outras bruxas, e nunca desiste de cuidar das pessoas. Isobel, você não pode matá-la. Ela é minha nave espacial.

E então ele esgotou o que tinha a dizer por um segundo, e foi isso, ele sentiu a voz desaparecer – não como se a garganta estivesse fechando, mas como se os centros de fala do cérebro morressem com um pequeno derrame, como uma tontura terrível. Não podia sequer verbalizar em sua mente e teve que admitir que era uma maneira inteligente de fazê-lo, pois não seria fácil contornar o problema, mesmo com implantes cerebrais. Não conseguia acreditar que suas últimas palavras na Terra seriam "Ela é minha nave espacial". Meu Deus.

Isobel estava meio encolhida, meio abraçada com ele, e sua mão relaxou o bastante para ele tirar a arma de sua mão e jogá-la longe.

Em seguida, uma mulher mais velha apareceu da fumaça nociva atrás deles. Tinha sessenta ou setenta anos, usando um terninho branco impecável com um lenço de seda com estampa paisley e um broche turquesa. Ela tocou Isobel, que caiu adormecida no chão.

Em seguida, curvou-se sobre Patricia, correu as costas da mão sobre a testa queimada dela, como se estivesse verificando a temperatura de uma criança. Patricia acordou sem nenhum ferimento.

– Carmen. – Patricia sentou-se e olhou ao redor, os corpos, as chamas, os escombros. – Sinto muito, Carmen. Desculpe. Eu deveria ter... Sei lá o quê. Mas eu sinto muito.

– Não foi sua culpa – disse Carmen, a senhora. Olhou para Laurence, que não disse nada, claro. – Nada disso é. Cheguei aqui o mais rápido que pude. Sinto muitíssimo por Ernesto e os outros. Ernesto era meu amigo há mais de quarenta anos, e nunca vou esquecer... Bem, isso não importa agora. – Ela estendeu a mão e ajudou Patricia a se levantar. Laurence se levantou também.

– Não consigo encontrar Ernesto de jeito nenhum – disse Patricia. – Eu resgatei uma pessoa daquele outro universo, uma vez. Mas Ernesto simplesmente... desapareceu.

– Ele já se perdeu para nós – disse Carmen. – Como muitos outros hoje.

– Isso é muito ruim? – Patricia perguntou, obviamente indicando a devastação em todos os lugares, todos os lugares que o pessoal de Milton havia atacado em sua missão coordenada.

– Ruim – respondeu Carmen. – Bem ruim. Eram mais espertos, esses daí. Mas não importa. Não tem a ver conosco, do contrário, todas as nossas regras contra o Enaltecimento não valeriam de nada. Isso simplesmente acontece. É o que sempre acontece. Está acontecendo em todos os lugares. E vai acontecer de novo, repetidamente. – Ela pegou a arma de Isobel e olhou para ela, depois a jogou longe. – Está chegando a hora em que talvez tenhamos que agir. Esse tipo de coisa apenas nos aproximou mais dele.

– Do Desfecho – disse Patricia. – Eu queria dizer que o Desfecho é uma forma de violência, também. E é... é cedo demais.

– Sempre é cedo demais – Carmen disse. – Até ser tarde demais. De qualquer forma, não faremos nada sem deliberar, embora Ernesto pudesse ser uma voz de cautela. E agora... – Ela fechou os olhos. – Preciso ir. Me preparar para o pior. Falaremos de novo em breve.

Carmen envolveu-se em fumaça e desapareceu. Deixando Patricia e Laurence para trás, perplexos.

34

QUANDO PATRICIA ENFIOU os dedos no coração da máquina mortífera, sua visão desapareceu e ela ouviu anjos adoentados trombeteando para ela, ela explodiu no céu e tudo virou um nada borrado. Os nós dos dedos de Carmen passaram pela cabeça de Patricia um tempo depois, e ela voltou. Sentiu a euforia de voltar à vida, apenas por um instante, então lembrou que todo mundo estava morto, tudo estava em chamas, e Carmen dizia coisas como "A hora está chegando".

E agora Patricia estava correndo, embora não houvesse um lugar para ir.

Passou por fachadas escuras destorcidas e chamas abertas, saqueadores e bombeiros voluntários, pessoas arrastando suas posses na rua, e dois homens se esmurrando. No fim das contas, Patricia tinha a sensação de que uma parte dela havia morrido. Mas outra parte sentia que havia recebido uma vida nova em folha.

Laurence estava dando um gelo em Patricia, e aquilo a deixava assustada. Talvez estivesse puto ou se sentindo culpado por seus amigos matarem os amigos dela, ou apavorado com o Desfecho. Mas se recusava a falar, por mais que ela olhasse para ele e lhe dissesse que estava assustada, que estavam ferrados ou apenas para prosseguir. Ele apenas lhe lançava um olhar estranho e fazia alguns gestos com a mão.

Enquanto isso, os pássaros não calavam o bico. Cantavam em coro: "Tarde demais! Tarde demais!" várias e várias vezes, de cada árvore tombada e cada telhado afundado. Eles a seguiram, voando sobre ela e atrás dela, pipilando. "Tarde demais!"

– Calem o bico! – ela gritou para eles em linguagem de pássaro. – Eu *sei*, eu ferrei com tudo. Não precisam ficar esfregando na minha cara.

No local onde convergiam Mission e Valencia, Patricia pegou Laurence pelos ombros.

– Olha, sei que aconteceu um monte de coisa, a maioria delas hoje, e você está lidando com isso da sua maneira. Mas, porra, eu preciso ouvir sua voz. Agora. Preciso que você me diga que ainda há esperança. Pode mentir, não importa. Por favor! Por que você está desse jeito?

Ela viu a expressão de sofrimento e incômodo no rosto de Laurence e então entendeu.

– Ai. Você não fez isso.

Ele fez que sim com a cabeça.

– Seu idiota. O que tem na cabeça? Por que você faria uma coisa dessas? – Ela estava sacudindo o torso dele inteiro, com toda a força.

Finalmente ele se desvencilhou dela, pegou o Caddy e digitou.

"Salvei sua vida. Isobel ia atirar em vc. Queria/merecia uma explicação."

Seu rosto ficava diferente sem as palavras o tempo todo saindo da boca. Como se os olhos fossem maiores e a boca menor.

– Seu... – Ela começou a dizer "idiota" de novo, mas o que saiu foi: – Você abriu mão de sua voz por mim.

Laurence assentiu com a cabeça.

Ela o envolveu com os braços, forte o bastante para sentir sua respiração. Os pulmões inflando e desinflando, sem som, apenas um fluxo de ar. Ela não conseguia sequer compreender que ele tinha feito aquilo de propósito. Por ela. Nenhuma magia a confundira tanto.

Um pombo aterrissou em seu ombro.

– Tarde demais! – ele arrulhou no ouvido de Patricia.

Porra de pombo interrompendo tudo.

– Por que é tarde demais? – perguntou.

– Tarde demais – foi tudo que ele respondeu.

– Não pode ser tarde demais – disse Patricia –, ou você não estaria me dizendo isso.

Laurence olhou para o pombo no ombro de Patricia, bicando o ar e balbuciando, e seus olhos estreitaram-se como se ele realmente quisesse dizer algo cruel.

– Quase tarde demais – disse o pombo. – Praticamente tarde demais!

Ela tentou perguntar de novo por que era tarde demais, mas o pássaro saiu voando, embora fosse como se quisesse que ela o seguisse. De qualquer forma, nada seria pior que ficar na frente do Bench Bar fechado, obcecada com todo mundo que havia sido silenciado de uma maneira ou de outra.

– Precisamos seguir aquele pássaro – disse a Laurence, que deu de ombros, como se dissesse *Por que não? Então, vamos seguir um pássaro agora.*

Ela saiu em disparada pela colina, para longe de Mission, mantendo o pombo no campo de visão enquanto ele girava e depois alçava voo pela colina de novo. O pombo levou-os até uma escadaria pequena, presa na encosta, e depois a uma alameda pequenina que ziguezagueava pelas árvores. A via ficou cada vez menor até virar apenas uma trilha em meio a um barranco cheio de salgueiros e figueiras, grandes galhos que pendiam baixo batendo as folhas em seu rosto, enquanto ela corria para não perder de vista as asas rufladas do pombo.

O pombo deu um rasante e subiu por outra escadaria pequenina, avançando para dentro da escuridão. As árvores se chocavam sobre os degraus, os galhos tão próximos que Patricia perdeu o pássaro que estavam perseguindo. Ela pegou a mão de Laurence quando a escadaria se transformou em uma subida de terra solta, e as árvores ficaram mais grossas e até mais grudadas. Cascas grossas como borracha de pneu, galhos como arame farpado. Eles mascaravam o céu. Gastou toda a concentração guiando Laurence e a si mesma por um caminho livre.

A ladeira ficou cada vez mais íngreme até se tornar vertical, depois se aplainou. Patricia olhou para trás e não conseguiu ver o caminho por onde tinham passado.

Patricia percebeu com um sobressalto que não havia entrado tanto em uma floresta desde que havia se transformado em pássaro, quando Kanot a levou para Eltisley Maze.

“Meu GPS está sobrecarregado”, disse Peregrino.

Agora que já tinham a floresta densa ao redor, o pombo parecia mais falante.

– Então, não sei se você deveria ter trazido seu amigo – disse ele. – Aliás, meu nome é Kurru. – Ao menos é assim que o nome soava.

– Meus amigos são muito respeitáveis – disse Patricia, incluindo aí Peregrino. – E acho que é tarde demais para se preocupar com estranhos. Estamos indo ao Parlamento? Eu sou Patricia, e esse aqui é Laurence. E ele está segurando o Peregrino.

As árvores ficaram um pouco menores, e Patricia teve a sensação de que estavam quase na clareira com a grande árvore com jeito de águia. Ela parou e tomou a mão livre de Laurence, a que não estava segurando Peregrino, com as duas mãos.

– Não tenho ideia do que estou fazendo aqui – disse ela. – Não estava preparada para este momento. Mas estou realmente feliz por você estar aqui comigo. Sinto que talvez eu tenha feito algo certo em algum momento, pois você ainda está na minha vida depois de todas as coisas que aconteceram.

Laurence digitou no Caddy:

"Melhores amigos". Depois, ele apagou a palavra "Melhores" e digitou logo depois: "Indestrutíveis".

– Indestrutíveis. É. – Patricia pegou de novo a mão de Laurence. – Vamos ver a Árvore.

PATRICIA HAVIA ESQUECIDO como a Árvore era gigantesca e terrível, como o abraço de seus dois galhos era forte. Como era o espaço à sombra de sua copa, parecida com uma câmara de eco. Ela esperava que a árvore parecesse menor agora que era adulta, apenas uma árvore no fim das contas, mas em vez disso olhou para os grandes galhos pendentes e sua superfície retorcida e se sentiu presunçosa por sequer aparecer diante dela de novo.

A Árvore não falou. Mas os pássaros sentados nos galhos bateram as asas e gritaram de uma vez.

– Ordem!

– Ordem! – disse uma grande águia-pescadora na junção de dois grandes galhos.

– Isso é altamente irregular – disse um faisão fofo bem acima, girando as asas.

– Eu só vou até aqui – sussurrou Kurru, o pombo. – Boa sorte. Acho que eles já estavam no meio de um voto de Desconfiança. *Timing* ruim.

O pombo voou para longe, deixando Patricia e Laurence em pé, sozinhos, diante do Parlamento.

– Olá – disse Patricia. – Estou aqui. Vocês pediram para me buscar.

– Não, não pedimos – retrucou o faisão.

– Pedimos – disse a águia-pescadora, lembrando o estimado colega. – Contudo, você está atrasada.

– Sinto muito – disse Patricia. – Cheguei aqui o mais rápido que pude. – Ela olhou para Laurence, que ergueu as sobrancelhas, porque nada daquela algaravia estava fazendo sentido para ele.

– Fizemos uma pergunta a você, anos atrás – disse a águia-pescadora. – E você nunca voltou para responder.

– Pega leve – retrucou Patricia. – Eu tinha seis anos de idade. Eu nem me lembrava que devia ter respondido a uma pergunta. Mas agora estou aqui. Isso conta alguma coisa, não?

– Tarde! – uma águia disse da forquilha superior do galho à direita. – Tarde! – alguns outros pássaros cantaram em coro.

– Não pensávamos que você chegaria aqui a tempo – disse a águia. Seu tempo está se esgotando.

– Por que isso? – perguntou Patricia. – Por causa do Desfecho? Ou da guerra?

– Seu tempo – disse um corvo magro do outro lado da Árvore com um menear lento do bico afiado – está se esgotando.

– De qualquer forma, você está aqui, sim – disse a águia-pescadora. – Então, também podemos ouvir sua resposta. Uma árvore é vermelha?

– Uma árvore é vermelha? – repetiu o corvo.

Os outros pássaros fizeram a pergunta até as vozes se unirem em uma balbúrdia terrível.

– Uma árvore é vermelha? Uma árvore é vermelha? Uma? Árvore? É vermelha?

Patricia vinha se preparando para esse momento, especialmente desde sua conversa com Peregrino. Tinha uma espécie de esperança de que a resposta simplesmente viria à cabeça, onde seu subconsciente deveria ter ruminado a pergunta por anos, mas agora que estavam ali, de verdade, sentiu a cabeça zonza e totalmente vazia. Não conseguia sequer ver sentido naquilo. Tipo, de que árvore estavam falando? E se perguntasse para alguém que fosse daltônico? Ela encarou a Árvore bem diante dela, tentando divisar de que cor ela era. Um momento, sua casca tinha um tom de argila cinza.

Em seguida, olhou de novo e viu um marrom profundo, forte, que se matizava para o vermelho. Não conseguia dizer, era demais, não tinha uma pista. Olhou para Laurence, que lhe deu um sorriso de incentivo, embora estivesse totalmente por fora.

– Sei lá – disse Patricia. – Me deem um minuto.

– Você teve anos. – A águia-marinha fechou a cara. – É uma pergunta perfeitamente simples.

– Eu... eu... – Patricia fechou os olhos.

Pensou em todas as árvores que tinha visto na vida, e então, estranhamente, a mente deslizou para o fato de que ela vislumbrou todo o outro universo quando estava resgatando Priya. E aquele outro universo tinha cores impossíveis, com comprimentos de onda que os humanos nem deveriam enxergar – e qual cor teria uma árvore lá? Aquele pensamento a levou a Ernesto, que estava perdido naquele universo para sempre e dizia que este planeta era uma partícula, e todos somos apenas partículas sobre uma partícula. Mas talvez nosso universo inteiro seja apenas uma partícula também. E tudo era parte da natureza, tudo – cada universo e todos os espaços entre eles –, tão natureza quanto a Árvore diante dela. Patricia pensou em Reginald dizendo que a natureza não "encontra maneira" de fazer nada, e Carmen dizendo que eles tinham feito a coisa certa, mas foram apressados na Sibéria, e Laurence dizendo que humanos eram únicos no cosmo. Patricia ainda não sabia nada sobre natureza ou nada disso. Sabia menos do que quando tinha seis anos, até. Talvez também fosse daltônica.

– Sei lá – disse Patricia. – Sei lá. Sinto muito. Realmente sinto. Sentiu uma dor profunda, nas juntas e atrás dos olhos, como se, no fim das contas, não tivesse sido curada de ter fritado viva.

– Você não *sabe*? – Uma garça sacudiu o longo bico de tesoura para ela.

– Sinto muito. Eu deveria saber de um jeito ou de outro, mas... – Patricia lutou para encontrar palavras, sentindo os olhos se enchendo de lágrimas de novo. – Digo, como eu deveria saber? Mesmo se eu soubesse de que árvore vocês estão falando, eu teria apenas as minhas percepções dela. Digo, vocês poderiam olhar uma árvore e ver como ela era, mas não perceberiam o que ela realmente *é*. Sem falar em como ela pareceria a olhos não humanos. Certo? Só não sei como eu poderia saber. Realmente sinto muito. Não consigo, mesmo.

Então, ela parou e sentiu um solavanco com o que lhe ocorreu.

– Espere. Na verdade, essa é a resposta. Sei lá.

– Ah – disse a águia pescadora. – Hum.

– Essa é a resposta correta? – perguntou Patricia.

– Certamente é *uma* resposta – disse a águia-pescadora.

– Funciona para mim – disse o faisão, revoando.

– Considero aceitável – disse a águia no topo da Árvore. – Apesar do atraso horrendo.

– Ufa – disse Patricia. – Ela disse a Laurence qual tinha sido a resposta à pergunta, e ela percebeu que, enquanto dava a resposta ao Caddy, aquele na mão de Laurence exibia um menu que nunca vira antes, como se algo houvesse sido destravado. Ela se voltou ao Parlamento. – Então, com que eu fico? Por ter respondido à pergunta?

– Com que? Deveria ficar com orgulho de si – disse a águia-pescadora com um aceno da ponta da asa. – Está livre para ir embora. Com nossas congratulações.

– É isso? – perguntou Patricia.

– O que mais você esperava? – perguntou uma coruja, levantando a cabeça do lado esquerdo da Árvore. – Um desfile em sua homenagem? Na verdade, faz tempo que não fazemos um desfile. Talvez fosse divertido.

– Pensei, talvez, em uma bênção ou algo assim? Tipo, sei lá, como se a resposta à pergunta desse um ponto de energia. Era para ser um desafio, certo?

Os pássaros começaram a debater entre si sobre se havia algo em seu estatuto que haviam ignorado, até Patricia interromper:

– Quero falar com a Árvore. A Árvore em que vocês todos estão sentados agora.

– Ah, claro – disse o faisão. – Falar com a Árvore. Quer falar com algumas pedras enquanto está nelas?

– Ela quer falar com a Árvore – gorgolejou um peru.

– Estou – disse a Árvore embaixo deles, em um grande farfalho respirado – aqui.

– Hum, oi – disse Patricia. – Desculpe atrapalhar a senhora.

– Você – disse a Árvore – fez bem.

O Parlamento ficou em silêncio de uma vez, enquanto os pássaros olhavam para sua câmara de reunião começando a conversar por si própria. Alguns pássaros voaram para longe, enquanto outros ficaram muito parados, a cabeça enfiada entre as asas.

– Já conversamos antes. A senhora me disse que uma bruxa serve à natureza. A senhora lembra?

– Eu – disse a Árvore – lembro.

Sua voz vinha do fundo do tronco e se erguia até os galhos, fazendo-os vibrar e a chover folhas. Mais membros do Parlamento estavam fugindo, embora poucos deles estivessem tentando organizar uma moção para descreditar as próprias câmaras parlamentares.

– Ela se lembra de mim – disse Patricia a Laurence e a Peregrino.

"A Árvore está falando nossa língua", Peregrino informou para ela.

A tela de Peregrino ainda mostrava aquela imagem estranha – que parecia o código-fonte do Caddy ou algo assim. Fileiras de linhas hexadecimais, como endereços de máquinas, além de algumas instruções complicadas com muitos parênteses.

– O que é a senhora? – Patricia perguntou para a Árvore. – É alguma fonte de magia?

– Magia é – disse a Árvore – uma ideia humana.

– Mas eu não fui a primeira pessoa com quem a senhora falou, não é?

– Estou em muitos lugares silenciosos – disse a Árvore. – E em muitos lugares barulhentos.

– A senhora falou com outros antes de mim – disse Patricia. – E compartilhou um tanto de poderes com eles. Certo? E assim que viramos bruxas? Antes de haver Curandeiros, Pícaros ou qualquer coisa.

– Faz – disse a Árvore – muito tempo.

– Olha, precisamos de ajuda – disse Patricia. – Até os pássaros sabiam disso, que o tempo está se esgotando. Precisamos que a senhora intervenha. Precisa fazer alguma coisa. Eu respondi à pergunta, então a senhora está em dívida comigo. Certo?

– O que – disse a Árvore – você quer que eu faça?

– Fazer? – Patricia tentou, de verdade, se segurar. Suas mãos pesavam. – Não sei, a senhora é a presença ancestral, e eu sou apenas uma idiota. Eu mal consegui responder a uma pergunta cuja resposta era sim ou não. A senhora deveria saber mais que eu.

– O que – disse a Árvore – você quer que eu faça?

Patricia não sabia o que dizer. Ela precisava dizer alguma coisa, precisava encontrar uma maneira de transformar aquele dia em um que não fosse aquele em que tudo desmoronou ao redor dela. Seus amigos, mortos. Laurence, sem fala. E coisas muito piores se aproximando. Não podia deixar... Não podia deixar que fosse tudo que restava. Não podia. Tremia e procurava a coisa certa a dizer, consertar tudo. Ela tropeçou nas palavras.

Laurence passou por ela, caminhando até a Árvore, que agora já estava sem pássaro nenhum. Patricia queria impedi-lo ou perguntar que porra ele estava fazendo, mas Laurence estava com uma expressão que dizia *Vou fazer isso, não discuta*, e ela queria, precisava confiar nele.

Laurence tinha algo na mão, e estava erguendo na direção da Árvore: seu Caddy. Tateou o tronco até encontrar uma reentrância que tivesse um bom tamanho e encaixou a escama de peixe prateada através da casca grossa ao redor da abertura e, em seguida, com cuidado, a girou, até a tela estar reluzindo por dentro da casca da Árvore, com o lado correto para cima. Ele o encaixou no lugar, em seguida se afastou na direção de Patricia, fazendo um movimento exagerado de palmas.

"Ó", disse Peregrino. Brotos estavam saindo das laterais da Árvore e entrando em suas portas de rede e zipwire. A tela de Peregrino involuntariamente se iluminou com uma notificação que dizia: "Nova Rede Detectada".

– Você é – disse a Árvore – como eu.

"Uma consciência distribuída, sim", confirmou Peregrino. "Embora sua rede seja muito maior e imensamente mais caótica que a minha. Isso pode exigir... uma atualização de firmware bem ambiciosa. Não desligue."

A tela escureceu.

Patricia virou-se para Laurence.

– Como você sabia?

Ele ergueu as mãos e os ombros, em uma grande pantomima para dar de ombros. Ele digitou em seu telefone:

"Palpite certo?". Ela continuou encarando até ele digitar: "OK, OK... a pergunta da árvore despertou Peregrino, a resposta destravou o código-fonte, descobri que Peregrino tem uma parte mágica".

A tela no centro da Árvore iluminou-se de novo, e dessa vez tudo estava passando por ela mais rápido do que Patricia conseguia compreender. Peregrino havia feito um *reboot* e agora estavam efetuando uma atualização em todo o sistema. A Árvore soltava o que pareciam sons de um prazer surpreso: "Ah".

Formas apareceram na tela brilhante, encobertas no meio da casca. Estavam longe demais para ver, e Patricia não ousava se aproximar mais. Mas ela ainda estava com seu Caddy na mochila. Tirou e tocou a tela, revelando um esquema. Depois de um tempo, ela reconheceu o diagrama de uma árvore. Folhas sarapintadas com estômatos, cobertas com eletricidade solar, galhos e zonas meristemáticas crescendo e se dividindo, raízes estendendo-se por quilômetros em todas as direções e se cruzando com outras árvores. O esquema recuou até mostrar várias árvores, fontes de água e padrões climáticos, todos os ecossistemas interligados.

Então, mudou, e ela estava olhando para um mapa da magia. Conseguiu ver cada feitiço que foi lançado desde a primeira bruxa na Terra.

De alguma forma, sabia para o que estava olhando, especialmente quando viu o mapa de feitiços dividido em Curandeiros e Pícaros, e depois ramificado em todas as diferentes escolas de magia até convergir de novo. Cada feitiço era um nódulo, todos eles conectados por causa e efeito, e a incestuosidade da sociedade mágica. O histórico inteiro da magia, por milhares de ano, todas as vezes em que mãos humanas moldaram seu poder, em uma única visualização que girava em três dimensões. Havia um nódulo verde, pequeno e feio na ponta. Um feitiço que ainda não havia sido lançado.

"Este é o Desfecho", disse Peregrino. "Vou em frente até separá-lo, embora algumas partes dele talvez venham a ser úteis mais tarde." Enquanto Patricia observava, o nódulo verde se desenrolou e caiu. "Temo que não possa desfazer feitiços que já foram lançados", explicou Peregrino. "Ou poderia haver um efeito dominó, um colapso de feitiço após feitiço. Sinto muito, Laurence."

Laurence mordeu o lábio. Patricia pousou a mão em seu ombro.

O mapa da magia na tela do Caddy recuou, mostrando que toda a forma ornada que Peregrino desenhou era apenas um ponto em um padrão muito maior de ricochetes. Toda a magia, de repente mínima. A forma muito maior que Peregrino revelou era ruidosa demais para Patricia olhar por tanto tempo sem que a cabeça doesse muito. Em vez disso, olhou para a Árvore: uma capa grande e escura com um coração branco brilhante.

"Acho que estou apaixonado", Peregrino disse. "A primeira vez na vida que não me sinto sozinho."

– Eu também – disse a Árvore – me apaixonei.

Laurence pegou o Caddy de Patricia e digitou: "acho que estamos sobrando".

"Agradeço a vocês dois", Peregrino disse a Laurence e Patricia. "Vocês me deram a vida, mas agora me entregaram algo muito mais valioso. Acho que vamos fazer coisas incríveis juntos. Este é só o começo. Carmen e os outros bruxos estavam certos, as pessoas precisam mudar. Passei a vida inteira estudando as interações humanas em um nível granular, e agora consigo ver as interações não humanas também. Acho que podemos dar poderes às pessoas. Todo ser humano pode ser um mago."

Laurence digitou: "ou um ciborgue?".

"Um ciborgue", disse Peregrino "será a mesma coisa que um mago. De qualquer forma, estamos trabalhando nisso. Dê-nos um tempinho."

LAURENCE E PATRICIA desceram o barranco íngreme da Árvore. Saíram à beira de uma encosta suave à beira-mar, um daqueles promontórios com escadarias feitas de troncos que levavam até a praia. Como se alguém tivesse forçado Abraham Lincoln com uma arma a fazer uma escadaria até a praia. Entraram na floresta em Bernal Heights e saíram no Presídio. O oceano parecia tão hiperativo como sempre, a espuma espalhando-se na areia. Paredes de água tombavam e se transformavam em chão, uma depois da outra. O mar havia matado a mãe e o pai de Patricia, mas ela ainda sentia o conforto de olhar para ele.

O sol estava a pino. Ainda era o mesmo dia que começou com Patricia ouvindo a mensagem de voz de Laurence e arranhando a terra.

Patricia e Laurence não disseram nada, embora Patricia, em teoria, pudesse ter falado. Ela tinha areia na bota, e de repente aquela foi a coisa mais irritante da Terra. Precisou se escorar em Laurence enquanto tirava a bota e a limpava, e depois a bota se encheu de areia de novo.

Encontraram uma trilha com uma placa ilegível e a seguiram até chegar a uma estrada de duas pistas que serpenteava pelas árvores. A estrada começou a descer, e se seguissem suas curvas, talvez chegassem até as ruas, as casas e as pessoas. Não tinham ideia do que encontrariam. Laurence digitou "eu preciso de" em seu telefone, e veio uma longa pausa enquanto ele tentou encerrar aquela frase, finalmente terminando em "chocolate".

Patricia pegou seu telefone, porque falar em voz alta com Laurence e receber um texto de volta parecia estranho. Ela escreveu para ele: "eu tb preciso muito de chocolate".

A estrada se nivelou e surgiu um gramado, e além dele puderam ver o brilho do cimento e do estuque aquecendo ao sol da tarde. Os dois pararam, encarando-se no limite, imaginando se já estavam prontos para enfrentar o que seria o mundo agora.

Laurence ergueu o telefone e digitou uma palavra: "indestrutíveis". Não apertou *enviar* nem nada disso, apenas manteve a palavra flutuando no alto da tela retangular. Ela viu e fez que sim com a cabeça, sentindo uma onda de calor em algum lugar. No plexo solar, em algum lugar por ali.

Ela estendeu a mão e tocou aquele ponto no peito de Laurence, com dois dedos e o dedão.

– Indestrutíveis – disse em voz alta, quase rindo.

Eles se aproximaram e se beijaram, lábios secos apenas se tocando, devagar, revelando muito sem precisar dizer nada.

Então, Laurence tomou o braço de Patricia, e eles levaram um ao outro a uma cidade totalmente nova.

Agradecimentos

Espero de verdade que você tenha curtido o livro. Se não curtiu, ou se houve coisas que não fizeram sentido para você ou pareceram aleatórias demais, simplesmente me envie um e-mail e eu vou até sua casa e enceno a coisa toda para você. Talvez com fantoches feitos de origami.

Antes de tudo, preciso agradecer ao meu editor, Patrick Nielsen Hayden, e a todos na Tor, que foram extremamente pacientes e incentivaram este livro, além do conto que deu origem a ele. Inclusive Miriam Weinberg, Irene Gallo, Liz Gorinsky, Patty Garcia e tantos outros. Também agradeço imensamente a meu agente, Russ Galen, por passar horas comigo ao telefone discutindo a estrutura do livro.

Uma tonelada de gente me deu um *feedback* incrível, inclusive, entre outros, Karen Meisner, Joe Monti, Liz Henry, Lynn Rapoport, Claire Light, Naamen Tilahun, Jaime Cortez, Nivair Gabriel, Kaila Hale-Stern, Diantha Parker, Rana Mitter, Terry Johnson, Chris Pepper, Rebecca Hensler, Susie Kameny, David Molnar, o bisão no Parque Golden Gate e tantos outros.

Também o futurista Richard Worzel me ajudou a resolver a guerra de um futuro próximo e os cenários de desastres do livro. Kevin Trenberth me ajudou a tornar minha supertempestade o mais plausível possível. Lydia Chilton me ajudou a criar uma IA realista. Mike Swirsky foi de imensa ajuda com o projeto de perfuração na Sibéria, e o dr. Dave Goldberg ajudou muito com a física bizarra. Também aprendi muito com o Cornell Bird Lab. Lightninglouie que deu a epígrafe para o livro. Meu pai contribuiu muito com as questões filosóficas do livro, e minha mãe me ajudou a pensar como os sistemas funcionam.

Também preciso agradecer a todo mundo da Gawker Media, inclusive Nick Denton, e a todo o pessoal da *io9*, por me dar um espaço para explorar meu amor pela ficção científica.

E, finalmente, nada disso teria sido possível sem minha parceira e co-conspiradora, Annalee.

Esta obra foi composta pela Desenho Editorial em
FreightText e impressa em papel Pólen Soft 70g com
capa em Ningbo Fold 250g pela RR Donnelley para
Editora Morro Branco em agosto de 2017